古典学志

第二辑

北京师范大学中国优秀传统文化研究与传播中心 编

广州出版社
广州新华出版发行集团

图书在版编目（CIP）数据

古典学志. 第二辑 / 北京师范大学中国优秀传统文化研究与传播中心编. —广州：广州出版社，2023.4

ISBN 978-7-5462-3550-9

Ⅰ. ①古… Ⅱ. ①北… Ⅲ. ①中国文学—古典文学研究—文集②中华文化—文化研究—古代—文集 Ⅳ. ① I206.2-53 ② K203-53

中国版本图书馆CIP数据核字（2022）第224491号

书　　名　**古典学志：第二辑**
　　　　　　Gudian Xuezhi：Di-Er Ji
编　　者　北京师范大学中国优秀传统文化研究与传播中心
出版发行　广州出版社
　　　　　　（地址：广州市天河区天润路87号广建大厦9、10楼
　　　　　　邮政编码：510635　网址：www.gzcbs.com.cn）
责任编辑　司丽丽　何　旻
责任校对　窦兵兵
印刷单位　三河市祥达印刷包装有限公司
　　　　　　（地址：三河市杨庄镇杨庄村　邮政编码：065200）
规　　格　787 mm × 1092 mm
开　　本　16
印　　张　13.5
字　　数　279千
版　　次　2023年4月第1版
印　　次　2023年4月第1次
书　　号　ISBN 978-7-5462-3550-9
定　　价　68.00元

发行专线：（020）38903520　38903521

如发现印装质量问题，影响阅读，请与承印厂联系调换

《古典学志》编委会

目　录

【特稿】

章炳麟《小学略说》注译

唐文遗稿　郭万青整理

按：有清一代之朴学，传统称之为考据之学。其特点谓重证据，重归纳。“无征不信”，为清代语言学家之重要原则，正是在这一原则指导下，清代的音韵、文字、训诂之学的成就是辉煌的。前人称清代的朴学为实事求是之学，是十分恰当的。清代的朴学，发轫于昆山顾氏，至乾嘉而盛。及清之季世，余杭章炳麟以其宏富的撰述、特异的成就，起了总结的作用。

章炳麟有关语言学之专著，其内容是涉及多方面的。他的《文始》为探求汉语语源之重要论著；他的《小学答问》为有关文字通假之专著；他的《新方言》以古语与今语互证，为方言词源学之重要论著。他的《国故论衡》上卷十一篇论文，实为中国自己的语言学概论。也就是说，是总结了汉语发展以及汉唐以降的语言学研究成果而形成的语言学概论。

章炳麟所处的时代是一个新旧交替的时代，兼之他又是一位坚定的革命家。所以，他在语言学方面的成就实在起了承前启后的作用。因此，系统地研究章炳麟的语言学专著，对于总结前人的成就并使之现代化，从而建立中国自己的语言学有着重要的意义。然而，无可讳言，章炳麟的著作，文字艰深古奥，初学者有一定的困难。基于这种认识，笔者近来着手将《国故论衡》上卷中的十一篇论文加以注译。本篇是已完成的第一篇。

《小学略说》为有关文字、音韵、训诂诸学科之概说。小学，在汉代专指文字之学，因文字为童蒙之初学，故名。但在以后之发展中，实际上包括了文字、音韵、训诂诸方面。《小学略说》一文，就中国传统的文字、音韵、训诂之学的起源、演变、成就、流弊加以深刻的阐述，总结前人，启迪后学，是章氏语言学之代表作。

本文的注释力求简要，译文力求口语化以便初学。现在发表的目的是为了广泛征求意见以避免错误，殷切希望海内专家学者不吝指教。

《地官·保氏》[1]：“教国子[2]以六艺[3]，曰：‘礼、乐、射、御、书、数。’”《七略》[4]

列书名之守于小学[5]。《律历志》[6]曰："数者，一、十、百、千、万也。其法在算术，宣于天下，小学是则。"此则书、数并称，而礼、乐、射、御阙焉。盖六艺者，习之不一时，行之不一岁。射、御非儿童所任。六乐[7]之舞，十三始舞"勺"[8]；成童舞"象"[9]；二十而舞"大夏"[10]。礼亦准是。独书、数不出刀笔口耳，长幼宜之。

【注释】

[1] 地官：周代六卿之一，即地官司徒，职掌教育，《周礼·地官·司徒》："乃立地官司徒，使帅其属而掌邦教，以佐王安扰邦国。"此处指《周礼》篇名。

[2] 国子：周代公卿大夫之子弟称国子，犹言贵族子弟。《汉书·礼乐志上》："国子者，卿大夫之子弟也。"

[3] 六艺：周代教育国子的六科，即礼、乐、射、御、书、数。《周礼·地官·保氏》："保氏掌谏王恶，而养国子以道。乃教之六艺：一曰五礼、二曰六乐、三曰五射、四曰五驭、五曰六书、六曰九数。"

[4] 七略：汉代刘歆所撰图书目录分类之著作。原为刘向所撰，未及成书而由其子歆续成之。分辑略、六艺略、诸子略、诗赋略、六书略、术数略、方技略。详《汉书·艺文志》。

[5] 小学：汉代称文字之学为小学。

[6] 律历志：《汉书》篇名，载有关天文、历法等内容。

[7] 六乐：相传为古六代之乐。《周礼·地官·保氏》："乃教之六艺……二曰六乐。"郑注："六乐：云门、大咸、大韶、大夏、大濩、大武也。"据传，《云门》为黄帝之乐，《大咸》为尧乐，《大韶》为舜乐，《大夏》为禹乐，《大濩》为汤乐，《大武》为周武王乐。

[8] 勺：古乐舞名。《礼·内则》："十有三年，学乐、诵诗、舞'勺'。"

[9] 象：古乐舞名。《礼·内则》："成童，舞'象'，学射、御。"

[10] 大夏：古六乐之一，为成人之舞。《礼·内则》："二十而冠，始学礼，可以衣裘、帛，舞'大夏'。"

【译文】

《周礼·地官·保氏》说，用六艺教化"国子"，这就是行礼、作乐、射箭、驾车、书写和计数。刘歆的《七略》将书、数列于"小学"一类。班固在《汉书·律历志》中说：数，就是一、十、百、千、万，它的（演算的）方法是算术，明白宣示天下，在"小学"上作为准则。这里都是书、数并称而缺了礼、乐、射、御，因为"六艺"学习它不限于一时，实行它也不限于一年。"射"和"御"不是儿童所能胜任的。"六乐"这种舞，十三岁时开始舞"勺"，成童时舞"象"，二十岁舞"大夏"。对于礼也大致如此。唯有书写和计数，不外运用刀笔和口耳，这对于年纪大的和幼儿，都是适宜的。

《说文叙》[1]曰："保氏教国子，先以'六书'。"明节次最初也。其与"九数"[2]，容得并习。故刘歆言“小学”，独举书、数。若夫理财正辞[3]，百官以治，万民以察，莫大乎文字。自李斯[4]、萧何[5]以降，小学专任“八体”[6]久矣。《世本》[7]言苍颉[8]作书。司马迁[9]、班固[10]、韦诞[11]、宋忠[12]、傅玄[13]，皆云苍颉为黄帝[14]史官。崔瑗[15]、曹植[16]、蔡邕[17]、索靖[18]以为古之王者。张揖[19]言苍颉为帝王，生于禅通之纪[20]。揖所说，盖本慎到[21]。曰:“苍颉在庖牺[22]前。”其时代无以明焉。

【注释】

[1]《说文》：又称《说文解字》。东汉许慎著文字学之专著。叙，同“序”。

[2] 九数：六艺之一，有人以为即后世之“九章算术”。黄帝命隶首作数，即此。

[3] 理财正辞：财，指国家之财政；辞，言辞。

[4] 李斯：秦始皇丞相，作“小篆”。《说文解字·叙》:“言语异声，文字异形。秦始皇初兼天下，丞相李斯乃奏同之，罢其不与秦文合者。斯作《仓颉篇》……皆取史籀、大篆，或颇省改，所谓小篆者也。”

[5] 萧何：汉初丞相，曾参酌秦律，取其宜于当时者，作《汉律》，见《汉书·刑法志》。

[6] 八体：大篆、小篆、刻符、虫书、摹印、署书、殳书、隶书。见《说文解字·叙》。

[7]《世本》:《汉书·艺文志》著录《世本》十五篇，记自黄帝至春秋时各国诸侯大夫之世系、氏姓等。原书已佚，清人有辑本。

[8] 苍颉：一作“仓颉”。传说苍颉始作文字。

[9] 司马迁：西汉武帝时人，作《史记》一百三十卷。

[10] 班固：东汉人，作《汉书》一百卷。

[11] 韦诞：三国时魏人，善书法。

[12] 宋忠：即宋衷，后汉人，与刘表共定五经章句，有《世本注》。

[13] 傅玄：西晋人，著有《傅子》一书。

[14] 黄帝：古代传说中中原各部族的共同祖先，姬姓，号轩辕氏。

[15] 崔瑗：三国时魏人，曾受学于郑玄。

[16] 曹植：三国时魏人。

[17] 蔡邕：后汉人，著有《独断》《蔡中郎集》。

[18] 索靖：晋人，著有《五行三统正验论》《草书状》。

[19] 张揖：三国时魏人，著有《广雅》，为研究古代词汇和训诂的重要著作。

[20] 禅通之纪：谓远古时代。见《广雅·释天》。

[21] 慎到：战国时赵国人，是法家代表人物，有《慎子》一书。

[22] 庖牺：古代传说中的部落酋长，风姓，又称太昊。通作“伏牺”，又作“包牺”“宓牺”等。

【译文】

《说文解字·叙》说，保氏教养国子，先用“六书”。这是为了明确次序上最先应做的。其实它与“九数”是同时学习的。所以刘歆谈“小学”，仅举书、数。至于管理财政，修正文辞，百官用来治事，万民用来观察，没有比文字的作用再大的了。自从李斯、萧何以来，文字上专讲“八体”已经很久了。《世本》上说苍颉创造文字。司马迁、班固、韦诞、宋忠、傅玄都说苍颉是黄帝的史官。崔瑗、曹植、蔡邕、索靖认为苍颉是古代的王。张揖说苍颉是帝王，生于远古时代的“禅通之纪”。张揖所说，是根据慎到，说苍颉在伏牺之前，其时代是无法明白的。

《说文·叙》曰：“苍颉之初作书[1]，盖依类[2]象形[3]，故谓之文[4]，其后形声相益[5]即谓之字[6]。文者物象之本，字者言孳乳[7]而寖[8]多也。”郑康成[9]注《礼》曰：“古曰名，今曰字。”寻讨旧籍，书契称字，虑非始于李斯。何者？人生幼而有名，冠[10]为之字。名、字者，一言之殊，号名不可二。孳乳寖多谓之字。足明周世有其称矣。“六书”之次，《说文·叙》曰：“一曰指事[11]，指事者，视而可识，察而见意，上、下是也；二曰象形[12]，象形者，画成其物，随体诘诎，日、月是也；三曰形声[13]，形声者，以事为名，取譬相成，江、河是也；四曰会意[14]，会意者，比类合谊，以见指撝，武、信是也；五曰转注[15]，转注者，建类一首，同意相受，考、老是也；六曰假借[16]，假借者，本无其字，依声托事，令、长是也。”

【注释】

［1］书：文字。

［2］类：物类，犹事物。

［3］形：物类之形。

［4］文：段玉裁《说文解字·叙》注：“依类象形，谓指事、象形二者也。”即传统的所谓单体为文。

［5］益：增益。

［6］字：段玉裁《说文解字·叙》注：“形声相益，谓形声、会意二者也。”即传统的所谓合体为字。

［7］孳（zī）乳：言繁殖、生长。《史记·扁鹊仓公列传》：“怀子而不乳。”司马贞《索隐》：“乳，生也。”

［8］寖（jìn）：同“浸”，犹“渐”。段玉裁《说文解字·叙》注：“寖，犹渐也。”

［9］郑康成：东汉经学家郑玄，字康成。

［10］冠（guàn）：古礼，男子二十而加冠（guān），称作“冠（guàn）”。

［11］指事：是古代用符号与符号，或符号与字的结合以制造新字的方法，又称“象事”。

［12］象形：是我国描摹实物之形而造字的方法。

［13］形声：我国古代造字方法之一。即用表示所属类别的意符和表示读音的声符组成新字。又称“象声”“谐声”。我国现行的方块汉字，绝大部分为形声字。

［14］会意：我国古代造字方法之一。把两个意义相同的字合为一字以产生新义。

［15］转注：指字与字之间的关系而言。即同一部首（建类一首）中的两个字，可以互相解释（同意相受）。

［16］假借：对语言中已有的某些词，不造新字而借用另一个同音字表示。

【译文】

许慎在《说文·叙》中说，当初苍颉造字的时候，依照所属的事类而描摹其形，所以叫做“文”，其后，“形”与“声”相增益就叫做“字”。“文”是物象的本源，“字”是繁殖衍生而逐渐多起来了。郑康成注《礼记》说：“在古代叫‘名’，现在叫‘字’。”寻求探讨古代的典籍，书写和契刻称作“字”，大概并非从李斯开始。什么原因呢？人生下来幼年时有“名”，二十岁行冠礼后替他起个“字”。“名”与“字”是一字的差异，起“名”不能不同。繁殖衍生而逐渐增多叫做“字”。足以说明周代就有了名称了。“六书”的次序，《说文·叙》说，第一叫“指事”，“指事”是看上去可以认识，深入考察可以见到字意，上、下就是这样的；第二叫“象形”，“象形”是画成那个事物，随着物体而曲折，日、月就是这样的；第三叫“形声”，“形声”是以（所属）事物定它的名（意符），譬况它的声音（定个声符），江、河就是这样的；第四叫“会意”，“会意”是把同类的字合起来，产生一个新意，武、信就是这样的；第五叫“转注”，“转注”是按事类统一部首，字意互相解释，考、老就是这样的；第六叫“假借”，“假借”是本来没有字，按声音相同的字把词义寄托进去，令、长就是这样的。

世称异域[1]之文谐声，中国之文象形。此徒[2]明其大校[3]，非复刻定[4]之论。征寻外纪[5]，专任象形者，有西南天教[6]之国。会意一例，域外所无。至于计数之文，始一终九，自印度、罗甸[7]、亚罗比耶[8]皆为指事。转注、假借，皆为文字繁省之例，语言变异之端，虽域外不得阙也。“六书”所以始指事者，固由夷夏所同，引以居首。若其常行之字，中土不可一用并音，亦诚有以[9]。盖自轩辕[10]以来，经略[11]万里，其音不得不有楚夏[12]，并音之用[13]，只局一方。若令地望[14]相越，音读虽明，语则难晓。今以“六书”为贯，字各归部，虽北极渔阳[15]，南暨儋耳[16]，吐言难谕而按字可知，此其所以便也。海西诸国，土本陋小，寻响相投，蝓[17]用并音，宜无疐碍[18]。至于印度，地大物博，略与诸夏[19]等夷[20]。言语分为七十余种，而文字犹守并音之律。出疆数武[21]，则笔札[22]不通。梵文[23]废阁[24]，未踰千祀[25]，随俗学人，多莫能晓，所以古史荒昧，都邑殊风。此则并音宜于小国，非大邦便俗之器明矣。

【注释】

[1] 异域：犹言外国。

[2] 徒：仅。

[3] 大校：通作“大较”，梗概、大略。

[4] 刻定：限定不变。

[5] 外纪：外国历史。“纪”通“记”，记录。《文选·张衡·东京赋》：“咸用纪宗。”李善注：“纪，录也。”

[6] 天教：佛教。

[7] 罗甸：古罗马。

[8] 亚罗比耶：阿拉伯。

[9] 以：同“已”，即“矣”。

[10] 轩辕：黄帝。

[11] 经略：处置、管理。

[12] 楚夏：指不同之方言。《荀子·儒效》：“君子居楚而楚，居越而越，居夏而夏。”楚，楚音，喻方音；夏，又称“雅音”，类似后世之普通话。

[13] 并音：拼音。

[14] 地望：犹言地区。

[15] 渔阳：渔阳郡，战国时燕置（治所在渔阳，即今之北京市密云县），为秦汉时极北之郡。

[16] 儋（dān）耳：儋耳郡，汉武帝时置（治所在今广东省儋县西北①），为汉时极南之郡。

[17] 媮（tōu）：同“偷”，苟且。

[18] 疐（zhì）碍：犹窒碍。

[19] 诸夏：原指周代所分封之诸侯之国。《论语·八佾》：“夷狄之有君，不如诸夏之无也。”后亦泛指中国。

[20] 等夷：等同。《史记·留侯世家》：“今诸将皆陛下故等夷。”

[21] 数武：古六尺为步，半步为武。《国语·周语下》：“夫目之察度也，不过步武尺寸之间。”韦昭注：“六尺为步，半步为武。”数武，犹数步，极言距离之短。

[22] 笔札：书信。《宋史·钱熙传》：“善谈笑，精笔札。”

[23] 梵文：印度古代书面语称“梵文”。

[24] 废阁：即“废搁”，废弃、搁置。“阁”同“搁”。

[25] 祀：商代称年为祀。《书·洪范》：“惟十有三祀。”

① 今海南省。著者编写之时尚未从广东省分出。

【译文】

一般的说法外国的文字用谐声，中国的文字用象形，这仅仅明了梗概，不再是限定不变的结论。查阅外国的历史记载，专用象形的，有西南佛教的国家。“会意”一法，是外国所没有的。至于用来计数的字，始于一，终于九，自印度、罗甸、亚罗比耶都用“指事”。“转注”“假借”，都是文字上繁与省以及语言上变化差异的表现，即使是外国，也不会缺少的。“六书”之所以从“指事”开始，本来由于中国和外国所相同，所以居于首位。至于常用的字，中国本土不能用拼音，也确实是有的。自从黄帝以来，国土发展了万里，在言语上不能不有方言和共同语的区别。拼音的作用，只能局限于一些地方。假使地区相隔很远，读音虽然明白，但是意思很难弄清楚。现在用“六书”加以条贯，每个字都归入一定的部类，即使北到渔阳，南到儋耳，说话难懂而字义可以明白，这是方便之处。西洋各国，国土本来狭小，他们的语言在发音上互相吻合，苟且使用拼音，应该没有阻碍。至于印度，地大物博，大致上同中国相等。它的语言分为七十几种，而它的文字尚遵守拼音的法则，越出国界几步，就书信不通了。梵文废弃，没有超越千年，一般的学者大多不能通晓了。所以古代的历史荒昧，城市的风俗也就不同了。这说明，拼音的□□原则适用于小国，不是大国用来方便人们的工具。

汉字自古籀[1]以下，改易殊体，六籍[2]虽遥，文犹可读。古字或以音通借[3]，随世相沿。今之声韵，渐多讹变。由是董理[4]小学，以韵学为候人[5]，譬犹旌旃[6]辨色，钲铙[7]习声，耳目之治，未有不相资[8]者焉。言形体者始《说文》，言故训[9]者始《尔雅》[10]，言音韵者始《声类》[11]。三者偏废则小学失官[12]。自《声类》而下者，卷轴散亡，今所难理，后出之书，独有《广韵》[13]，则其粲然[14]者矣。《广韵》者今韵之宗，其以推迹古音，犹从部次。上考《经典释文》[15]及《一切经音义》[16]，旧音绝响，多在其中。顾炎武为《唐韵正》[17]，始分十部；江永《古韵标准》[18]分十三部；段玉裁《六书音均表》[19]分十七部；孔广森《诗声类》[20]分十八部；王念孙[21]分二十一部。大氐前修[22]未密，后出转精。发明对转[23]，孔氏为胜。若其悛次[24]五音，本之反语。孙炎[25]、韦昭[26]，财[27]有魄兆[28]。旧云双声，《唐韵》[29]云纽，晚世谓之字母。三十六母[30]虽依拟梵书，要[31]以中夏[32]为准。顾氏稽古[33]有余，审音或滞，江氏复过信字母，奉若科律[34]。段、孔以降，含隐不言。独钱大昕差次[35]古今，以舌上[36]、轻唇[37]二音，古所无有，然后宫商[38]有准，八风[39]从律。斯则定韵莫察乎孔[40]，审纽莫辩[41]乎钱[42]。虽有损益，百世可知也。

【注释】

［1］古籀（zhòu）：亦称“籀文”“大篆”，因著录于《史籀篇》而得名。

［2］六籍：六经。《文选·班固·东都赋》：“盖六籍所不能谈，前圣靡得言焉。”李善注：“六籍，六经也。”

［3］通借：即“假借”。

［4］董理：即“理董”，整理。

［5］候人：周代设以专司迎送宾客之官吏。《国语·周语中》：“敌国宾至，关尹以告，行理以节逆之，候人以导。”韦昭注：“导宾至于朝，出送之于境也。”此处喻“□□”。

［6］旌（jīng）旃（zhān）：旌，饰以旄牛尾的五彩旗；旃，赤色曲柄旗。

［7］钲（zhēng）铙（náo）：钲，古乐器名，又名“丁宁”，有长柄，击之则鸣；铙，古乐器名，中空，插入木柄后，击之则鸣。

［8］资：凭借。

［9］故训：即训诂。

［10］《尔雅》：我国最早的解释词义的专著。一般以为西汉初年学者纂集而成书，全书分十九篇。

［11］《声类》：三国魏李登所著之韵书，已佚。

［12］官：官能、职能。

［13］《广韵》：宋陈彭年等奉敕撰之韵书，分二百零六韵，属《切韵》一系的韵书，为研究中古汉语音韵之重要依据。

［14］粲然：明白的样子。又作“粲如”。《史记·太史公自序》：“自孔子卒，京师英崇庠序，唯建元、元狩之间，文辞粲如也。”

［15］《经典释文》：唐初吴人陆德明撰。全书三十卷，分别释《周易》《古文尚书》《毛诗》《三礼》《春秋三传》等古代典籍。兼将汉魏以降二百余家之诂训、音读。

［16］《一切经音义》：注释佛教经典之书：1.唐代僧人玄应撰，二十五卷，简称《玄应音义》；2.唐代僧人慧琳撰，一百卷，简称《慧琳音义》。

［17］顾炎武：明末清初之重要语言学家，江苏昆山人，字宁人，号亭林。《唐韵正》是他所著的“音学五书”之一。其它四书是：《音论》《诗本音》《易音》《古音表》。

［18］江永：字慎修，清安徽婺源人，撰有《古韵标准》《音学辨微》等音韵学之专著。

［19］段玉裁：字若膺，一字懋堂，清江苏金坛人，其重要文字学专著《说文解字注》后附有《六书音均（韵）表》，为段氏研究上古韵部之重要著作。

［20］孔广森：字撝约，清山东曲阜人。《诗声类》为孔氏研究古韵部之重要著述。

［21］王念孙：字怀祖，号石臞，清江苏高邮人。清代重要的训诂、音韵学家。他关于古音的研究专著，有《诗经群经楚辞韵谱》。他分古韵为二十一部的主张，见其子王引之的《经义述闻》卷三十一所录王念孙的《与李方伯书》。

［22］前修：犹“前贤”。《楚辞·离骚》：“謇吾法夫前脩兮，非世俗之所服。”王逸注：“前修，谓前代修习道德之人。”“脩”同“修”。

［23］对转：古音中阴声字（收元音）与阳声字（收辅音）互相转变之例，称作“阴

阳对转”，简称“对转”。

[24] 悛（quān）次：犹序列次第。悛，次。《左传·哀公三年》：“自太庙始，外内以悛。”杜预注：“悛，次也。”

[25] 孙炎：字叔然，三国魏人。著名的经学家、训诂学家，受学于郑玄，曾为《毛诗》《礼记》《春秋三传》《国语》等书作注，均佚，清人有辑本。

[26] 韦昭：三国吴人，字弘嗣，有《国语注》等书。

[27] 财：同“才”，仅。《汉书·霍光传》：“长财七尺三寸。”

[28] 魄兆：“魄”通“霸（pò）”，每月初出之月。此与“兆”同义。魄兆，犹言“征兆”。

[29]《唐韵》：唐人孙愐增益陆法言《切韵》而成之韵书，已佚，清以来有残卷发现。

[30] 三十六母：唐末僧人守温所创，以三十六个汉字代表汉语中之声纽。这三十六字母为：见、溪、羣、疑、端、透、定、泥、知、彻、澄、娘、帮、滂、並、明、非、敷、奉、微、精、清、从、心、邪、照、穿、床、审、禅、晓、匣、影、喻、来、日。

[31] 要：大要、总要。

[32] 中夏：中国。《文选·班固·东都赋》：“目中夏而布德，瞰四夷而抗棱。”

[33] 稽古：考古。《书·尧典》：“曰若稽古帝尧。”

[34] 科律：金科玉律，犹不可动摇之准则。

[35] 差次：分别等次。《汉书·高后纪》：“今欲差次列侯功，以定朝位。”颜师古注：“以功之高下为先后之次。”

[36] 舌上：舌上音，此为发音部位之旧名。今称舌面音。

[37] 轻唇：轻唇音，此为发音部位之旧名。今称唇齿音。

[38] 宫商：陈澧《论四声与宫商角徵羽》：“古无平上去入之名，借宫商角徵羽以名之……盖分平声清浊为二也。”

[39] 八风：八方之风。《说文》：“风，八风也。东方曰明庶风，东南曰清明风，南方曰景风，西南曰凉风，西方曰阊阖风，西北曰不周风，北方曰广莫风，东北曰融风。”《礼·乐记》：“八风从律而不奸。”郑玄注：“八风从律，应节至也。”此处喻各地方音。

[40] 孔：孔广森。

[41] 辩：同“辨”。

[42] 钱：钱大昕。

【译文】

汉字从籀文以下改变成了不同的字体。六经的距离虽然遥远，但它的文字尚可辨认。古代的文字有些是以语音为枢纽而通假的字。随着年代的发展而沿袭下来，现在的声韵音读和古代相比，逐渐发生了变化。从此，整理小学，都用音韵为向导。比如辨色要用旌旃，习舞要用钲铙一样，耳听目识，没有不借助它的。论述形体的从《说文》开始，论述古代文义的从《尔雅》开始，论述音韵的从《声类》开始。这三者如果有所偏废，那么小学就失了功用了。自《声类》而下的韵书，① 只有《广韵》，是十分明白而具体的了。《广韵》是现在韵书的根据，用它来推求古音的发展，就如同汉字之部首次第一样。向上考求陆德明的《经典释文》，玄应的《一切经音义》，很多旧的或者已经失传了的音乐，都在《广韵》里面了。顾炎武著《唐韵正》分古韵为十部，江永的《古韵标准》分古韵为十三部，段玉裁的《六书音均表》分古韵为十七部，孔广森的《诗声类》分古韵为十八部，王念孙分古韵为二十一部。大致上是前代学者还未尽周密，后来的更加精到。发明阴声、阳声之间互相转变的规律，孔广森较别人为胜。至于序列五音，本来是根据反切，这些在孙炎、韦昭的时代，仅仅有了一些征兆。旧名双声的，《唐韵》称作“纽”，时代再晚些叫作“字母”。三十六字母之拟定，虽然依据印度的佛典，但其大体精神总要以中国的为标准。顾炎武考古是很有成就的了，但对于审音就赶不上。江永② 又过于相信字母，奉为不可动摇的准则。段玉裁、孔广森以来都没有论及。唯有钱大昕排列古今次第，认为舌上、轻唇二音，是古代所没有的。这样，平仄、阴阳就有了准则，各地方就显示了规律。这说明，确定韵部没有比孔广森考察得准的了，审定声纽没有比钱大昕分辨得明白的了。对于他们的学说，将来虽然可能有所增减，但他们的成就，即使在百代以下，也会被人们所理解的。

段氏为《说文注》[1]，与桂馥[2]、王筠[3]并列，量[4]其殊胜[5]，固非二家所逮[6]。何者？凡治小学，非专辨章[7]形体，要于推寻故言，得其经脉。不明音韵，不知一义所由生。此段氏所以为桀[8]。旁有王氏[9]《广雅疏证》、郝氏[10]《尔雅义疏》，咸与段氏相次。郝于声变，犹多亿必[11]之言。段于雅训[12]，又不逮郝。文理密察，王氏为优，然不推《说文》本字，是其瑕適[13]。若乃规摹[14]金石[15]，平秩[16]符玺[17]，此自一家之业。汉之鸿都[18]鸟篆[19]盈简[20]，曾非小学之事守之。专治许书，窜句增字，中声雅诰[21]，略无旁通，若王筠所为，又非夫达神恉[22]者也。盖小学者国故[23]之本，王教之端[24]。上以推校先典[25]，下以宜民便俗，岂专引笔画篆，缴绕[26]文字而已。苟失其原，巧伪斯甚。昔二徐[27]初治许书，方在草创，曾未百岁而荆舒[28]之《字说》[29]横作，自是小学破坏，言无常典。明末有衡阳王夫之[30]分文析字，略视荆舒为愈。晚有湘潭王闿运[31]亦言指事、会意，不关字形体。此三王者，异世同术，后虽愈前，乃其刻削[32]文字，不求声音，譬瘖聋[33]者之视书，其揆[34]一也。

【注释】

[1]《说文注》：段玉裁注《说文解字》，简称《说文段注》。

① 原译文阙“卷轴散亡，今所难理，后出之书”三句。

② 原“江永”属上为句，按照正文，“江永”二字当在本句，今移至“又过于相信字母”之首。

［2］桂馥：字冬卉，号未谷，清重要的文字训诂学家，山东曲阜人，撰《说文义证》五十卷。

［3］王筠：字贯三，号菉友，清文字学家，山东安丘人，撰有《说文句读》《说文释例》《说文系传校录》等书。

［4］量：衡量。

［5］殊胜：特异过人。

［6］逮：及。

［7］辨章：一作"平章"，辨别章明。郭璞《方言序》："辨章风谣而区分。"

［8］桀：同"杰"，杰出。《诗·卫风·伯兮》："邦之桀兮。"

［9］王氏：王念孙。

［10］郝氏：郝懿行，字恂九，号兰皋，清代重要的训诂学家，山东栖霞人。著有《尔雅义疏》《山海经笺疏》等书。

［11］亿必：推测肯定。"亿"同"臆"，测度。《论语·先进》："亿则屡中。"朱熹集注："亿，意度也。"必，肯定。

［12］雅训：雅，规范；训，训释。一作"雅驯"，《史记·五帝纪赞》："百家言黄帝，其言不雅驯，荐绅先生难言之。"张守节正义："驯，训也。谓百家之言皆非典雅之训。"

［13］瑕（xiá）適：瑕，美玉上的斑痕。《吕氏春秋·举难》："寸之玉必有瑕適。"適，读为谪，谪亦瑕也。《老子》："善言无瑕谪。"

［14］规（guī）摹：规，通頍。谓刻画摹勒。

［15］金石：古铜器铭文和石刻文字。

［16］平秩：治理和秩序，犹研究。平，治。《诗·大雅·皇矣》："修之平之。"疏："修理之，平治之。"朱集传："修、平，皆治之。"秩，《书·尧典》："平秩东作。"《传》："次序东作之事以务农。"

［17］符玺：符信、印玺。此处当指符玺所刻之文字。

［18］鸿都：东汉皇室藏书之所。《后汉书·儒林传上》："自辟雍、东观、兰台、石室、宣明、鸿都诸藏典策文章，竞共剖散。"

［19］鸟篆：鸟形的篆书。索靖《草书状》："仓颉既生，书契是为，科斗鸟篆，类物象形。"亦称作"鸟籀"。

［20］简：竹简。

［21］中声雅诰：中，合；声，声律。《书·舜典》："声依永，律和声。"雅，正。《周礼·春官·大师》："曰雅曰颂。"郑注："雅，正也。"诰，文告。

［22］神恉：神，精神；恉，意旨。

［23］国故：旧称我国历史上形成的文化学术遗产为国故。

［24］端：开始。端，同"耑"。

［25］典：典籍。

［26］缴绕：纠缠细节而不识大体。《史记·太史公自序》："各家苛察缴绕，使人不得反其意。"裴骃《集解》："缴绕，犹缠绕，不通大体也。"

［27］二徐：南唐徐铉校订《说文解字》，其弟徐锴作《说文解字系传》，史称"二徐"。

［28］荆舒：王安石封荆国公，又封舒王，因合称"荆舒"。

［29］《字说》：王安石所撰文字著作，对文字的解析多不依旧说而自创新解，凡二十四卷，原书已佚。

［30］王夫之：明末清初思想家，湖南衡阳人，字而农，号姜斋，学者称船山先生，著有《船山遗书》。

［31］王闿运：清末学者，文学家，湖南湘潭人，字壬秋，著有《湘绮楼全书》。

［32］刻削：犹削夺。

［33］瘖（yīn）：同"喑"，哑。

［34］揆（kuí）：准则。《孟子·离娄下》："先圣后圣，其揆一也。"

【译文】

段玉裁作《说文注》，和桂馥、王筠并列，衡量一下特殊的成就，本来不是二家所可企及的。什么原故呢？大凡研究文字之学，不仅要专门辨别清楚形体，还要考证古义，弄清发展的脉络。不弄明白音韵，就不了解一字数义产生的原因。这正是段玉裁所突出之处。同时有王念孙的《广雅疏证》、郝懿行的《尔雅义疏》，都和段玉裁不相上下。郝懿行对于语言的演变，有很多主观推测的话。段玉裁对于古词的典范训释，又赶不上郝懿行。文理的周密深刻，王念孙为优。但是，不推究《说文解字》的本义，又是他的缺陷。至于研究金石、符玺的文字，又自是一家的专门事业，汉朝藏书的鸿都中鸟篆文字写满竹简，并不是小学的职分。专门研究许慎的《说文解字》，窜改文句，增加文字，以为符合声律和正确解析古文字，而丝毫没有接触到别的相关的内容，如同王筠所做的那样，又不是弄通精神实质的了。"小学"是国家学术文化的根本，王者教化的开端。向上可以推求校阅古代的典籍，向下可以适宜于百姓方便习俗。那里仅仅专门执笔写篆书，纠缠在文字上就可以了呢？假使丧失原意，巧伪的说法更加严重。从前徐铉、徐锴最初研究《说文解字》还处于草创的时候。没有到一百年而王安石的《字说》突然出现，从此，小学受到破坏，言论没有固定的标准。明代末年衡阳王夫之分析文字，比王安石稍为高明些；晚近有湘潭的王闿运也论述指事、会意而不牵涉字形。这三位王姓各自所处的时代不同而方法相同，后者虽比前者强，至于削夺文字（的真实含意），不研究声音，比如哑聋的人看书，他们的标准是一样的。

或言书契因于八卦[1]，水为坎象[2]，巛[3]则坤图[4]，若尔八卦小成。乾则三画[5]，何故三画不为天字？又言始一终亥[6]，是即《归臧》[7]。循是以推，韵书始于一东[8]，何知非帝出乎震[9]，为大一[10]下行九宫[11]之法乎？《尔雅》始于“初”[12]字，初者裁衣之始。复可云取诸乾坤垂衣裳而天下治[13]邪！或言文字之始肇于结绳[14]，一绳衍[15]为数形，一画衍为数字，此又矫诬眩世[16]，持论不根[17]。即如是者，始造一字，继则有二，二必继一，宜在诸文之前，何故重累成文，不以一画纡绌[18]？且苍颉造文，本象鸟兽蹏迒之迹[19]。马蹏[20]而外，宁有指爪不分，独为一注者？若斯之徒，妄穿崖穴[21]，务欲胜前，不悟音、训[22]相依，妙入无间。先达之所未祛[23]，当推明者尚众，何为亢越[24]兔蹊[25]，自绝大道？斯所谓攻难之士，求名而不得者也。大凡惑并音者，多谓形体可废，废则言语道窒而越乡如异国矣。滞[26]形体者又以声音可遗，遗则形为糟魄[27]而书契与口语益离矣。余以寡昧[28]，属兹衰乱[29]，悼[30]古义之沦丧，愍民言之未理，故作《文始》[31]以明语原，次《小学答问》[32]以见本字，述《新方言》[33]以一萌俗。简要之义，著在兹编，旧有论纂，亦或入录。若夫阴阳对转，区其弇侈[34]，半齿[35]、弹舌[36]归之舌头，明一字之有重音[37]，转注之系造字[38]，比于故老，盖有讨论修饰之功矣。如谓不然，请俟来哲[39]。

【注释】

[1] 八卦：《周易》中的八种图象，传为伏牺所作。即☰（乾，象天）；☳（震，象雷）；☱（兑，象泽）；☲（离，象火）；☴（巽，象风）；☵（坎，象水）；☶（艮，象山）；☷（坤，象地）。均分别由代表阴的“--”和代表阳的“—”组成以代表自然界的若干事物。最初当为人们记事之符号，后来被用作演算天命、宣扬迷信之工具。

[2] 水为坎象：在八卦中的坎象代表水，其图形为“☵”，实为小篆中的“水”，即“水”字。

[3] 巛（kūn）：古“坤”字，《后汉书·舆服志下》：“乾巛有文。”

[4] 坤图：八卦图象之一，作“☷”，象“地”。

[5] 乾（qián）：八卦图象之一，其形为“☰”，象“天”之形。《周易·说卦》：“乾为天，为圜，为君，为父。”

[6] 始一终亥：许慎《说文解字》分五百四十部，始于一，终于亥。《说文解字》第十五卷下：“此十四篇，五百四十部也。九千三百五十三文，重一千一百六十三，解说凡十三万三千四百四十一字。其建首也，立‘一’为耑，方以类聚，物以群分，同条相属，共理相贯，杂而不越，据形系联，引而申之，以究万系，毕终于‘亥’。”

[7]《归臧》（zàng）：即《归藏》，相传为《周易》前之古《易》，原书已佚，清人有辑本，但不足信。

[8] 韵书始于一东：“东”为我国韵书中韵目之一。现可见之《切韵》、《唐韵》（均残卷）、《广韵》、《集韵》等诸韵书，均以“东”为第一个韵部的韵目，故云“韵书始于一东”。

［9］帝出乎震：《易·说卦·传》："帝出乎震，齐乎巽，相见乎离，致役乎坤，说言乎兑，战乎乾，劳乎坎，成言乎艮。"朱熹注："帝者天之主宰。"按：下文为"万物出乎震，震东方也；齐乎巽，巽，东南也，齐也者，言万物之洁齐也；离也者明也，万物皆相见，圣人南面而听天下，向明而治，盖取诸此也；坤也者地也，万物始致养焉，故曰致役乎坤；兑，正秋也，万物之所说（脱）也，故曰说言乎兑；战乎乾，乾，西北之卦也，言阴阳相薄（迫）也；坎者水也，正北方之卦也，劳（lào）卦也，万物之所归也，故曰劳乎坎；艮，东北之卦也，万物之所成终而所成始也，故曰成言乎艮。"以八卦之说以解释"圣人"之生与"万物"之成，为作者所批判。

［10］大（tài）一：神名，《史记·天官书》："中宫天极星，其一明者，大一常居也。"张守节《正义》："泰一，天帝之别名也。刘伯庄云：泰一，天神之最尊贵者。"

［11］九宫：东汉前《易》纬家之言，以离、艮、兑、乾、巽、震、坤、坎八卦之宫，加上"北辰大一"为九宫。此为汉代谶纬家解释天象之说。《后汉书·张衡传》："臣闻圣人明审律历以定吉凶，重之以卜筮，离之以九宫。"李贤注："《易乾凿度》曰：大一取其数以行九宫。郑玄注云：大一者北辰神明也，下行八卦之宫，每四，乃还于中央，中央者北神之所居，故谓之'九宫'。"

［12］《尔雅》始于初：《尔雅》十九章，首章《释诂》，所释之第一字为"初"。

［13］垂衣裳而天下治：《易·系辞下》："黄帝、尧、舜垂衣裳而天下治，盖取诸乾坤。"后用以形容能无为而达至治。

［14］文字之始肇于结绳：文字发明以前用结绳以记事。《易·系辞下》："上古结绳而治，后世圣人易之以书契。"

［15］衍：繁衍。

［16］矫诬眩世：以假乱真，迷惑世人。矫诬，以假乱真。眩，迷乱，迷惑。《汉书·元帝纪》："俗儒不达时宜，好是古非今，使人眩于名实。"

［17］持论不根：即"无根之论"。

［18］纡绌：犹"曲折"。纡，曲也。《考工记·矢人》："中弱则纡。"郑玄注："纡，曲也。"绌，屈。《荀子·非相》："缓急嬴绌。"杨倞注："嬴绌，犹言伸屈也。"

［19］鸟兽蹏迒之迹：鸟兽蹏迹。蹏，足，俗作"蹄"。迒，兽迹。均见《说文》。

［20］马蹏：马蹄。

［21］妄穿崖穴：犹"妄加穿凿"。

［22］音训：音读与训释。

［23］先达之所未祛：先达，犹"先贤"；祛，去除。此句意为先贤（对于妄加崖穴之说）未能去除。

［24］亢越：过越。亢，过。《易·乾卦》："上九，亢龙有悔。"

［25］蹊：径。

［26］滞：凝滞而不知变。

［27］糟魄：同“糟粕”。喻无用之物。《庄子·天道》：“然则君之所种者，古人之糟魄已夫！”

［28］寡昧：寡闻、愚昧。

［29］衰乱：指世道之衰微和混乱。

［30］悼：哀伤。

［31］《文始》：章太炎之重要语言文字学专著。作者取《说文解字》中独体之文为“初文”及某些合体之字为“准初文”两者共五百十字，其它无论“变易”、“孳乳”，均由此而来。为探求汉语语源之重要论著。

［32］《小学答问》：章太炎所著有关文字通假之专著。

［33］《新方言》：章太炎所著有关方言学之专著，取方言词八百余条，分《释词》、《释言》等十一篇，以古语与今语互证，是方言词源学上的重要论著。

［34］弇（yǎn）侈：指发音上的开合。

［35］半齿：即“鼻音加摩擦音”。

［36］弹舌：即“舌上音”。

［37］一字之有重音：指汉字中某些字在特定的词句中一字读成二音。如《淮南子·主术论》中“鵕鸃”读成“私鈚头”。“鵕”读作“私鈚”。参看章太炎《字重音说》。

［38］转注之系造字：转注字发生的原因。章太炎有《转注假借说》一文，专论其事。

［39］来哲：未来之贤哲。

【译文】

有人说，书契是从八卦而来的。水在八卦中是坎的图象，巛是坤的图象。这样，八卦就成了。在八卦中乾象是三画，为什么三画不是“天”字？又说五百四十部始于一，终于亥，这就是古代《易》书《归藏》的内容。沿着这个方法去推求，那么韵书始于一东，岂不是也可以说成“圣人之出”和“万物之生”始于东方（即“帝出乎震”），并且太一北极组成九宫那样的道理了吗？《尔雅》的第一个字是“初”字，“初”表示裁衣的开始，还能傅会说成垂衣裳而天下得到治理吗？有人说文字发生于在绳子上打结，一根绳子发展为几个结，一画发展为几画，这又是以假乱真、迷惑世人的没有根据的言论。即使是这样，那么开始造“一”字，揭下来有“二”字，“二”一定跟着“一”，应该在文字的前头。为什么笔画重复积累而成为文字，不用“一”来曲折组成？而且苍颉造字，本来象鸟兽足蹄走的印迹。马蹄之外，哪有指爪不分独为“一注”的呢！象这样的人，妄加傅会穿凿，一心想胜过前人的学说，不懂语音和语义之间互相依存、互相投合至妙而无间隙。从前的学者对于这些傅会穿凿之说没有能全部去掉，需要推究的还很多。为什么偏偏要跨越兔子走的小路而自绝大道？这就是平素说的专攻难题，贪求名声而不能得到的啊！大凡迷惑于“拼音”的，大多认为文字的形体可以废而不论；形体废而言语不通，跨越一乡就如同走到异国了。拘泥于文字形体的，又以为声音可以遗弃，语音遗弃，那么形体将为无用之物，书写同口语之间就更加分离了。我因为寡闻和愚昧，又处于世道衰微混乱之时，哀怜文字古义的沦丧和人民口语没有得到研究，所以写了《文始》以探明语源，其次写了《小学答问》以明本字，著述了《新方言》来统一说明方言俗语。（对于小学中）简要的意思，都写在这篇文章中了。从前有所论纂，有的也收入了。至于阴阳对转的理论，区别发音上的开合洪细，半齿、舌上归入于舌头音；探明一字有几个读音；转注的造字，都比方于过去的学者，也有一些讨论、修饰的功效。如果认为不是这样，请等将来的学者吧！

附：整理说明（郭万青撰）

《国故论衡》是章太炎先生（1869—1936）的一部重要著作，完成于1910年，当年5月由日本国学讲习会刊行，谓为先校本。1915年7月，《章氏丛书》由上海右文社铅字排印出版，收入《国故论衡》。后又有浙江图书馆1917—1919年木刻校刊《章氏丛书》本，谓为校定本，卷首有黄侃先生（1886—1935）《国故论衡赞》。2014年，上海人民出版社重新启动《章太炎全集》编纂整理，收入《国故论衡》之先校本和校定本二种。①

章太炎先生文字多古奥难读，《国故论衡》也是如此。二十世纪三十年代，四川学者庞俊教授（1895—1964）服膺太炎之学，购读《章氏丛书》二本，并疏证《国故论衡》中下卷以行世，有华西大学印本和四川大学印本。②庞俊曾嘱托弟子胡芷藻补作《国故论衡》上卷疏证，胡氏先于庞氏辞世，未能成书。③民国时期，李镜蓉（1880—1947）曾撰《成韵图释》，惜乎流传未广。④徐复先生（1912—2006）曾于1977年10月撰成《章氏〈成韵图〉疏证》一稿，并在1978年南京师院校庆学术讨论会上报告，后辑入《徐复

① 今检《章太炎全集》所录《国故论衡》先校本和校定本差别虽有，绝大多数文字相同。即便文字相同的语句，两种整理本有些标点差别较大，未能厘定划一。

② 庞俊1935年12月20日《与章太炎先生书》谓："有所为《国故论衡疏证》（稿本已印中、下二卷，约三十万字，以充讲义，故不免辞费。大抵可删十之三），颇有疑滞，恨不能摄齐请益也。"（《养晴室遗集》，成都：巴蜀书社，2013年，第268页）

③ 见白敦仁1994年3月所撰《庞石帚先生〈养晴室遗集〉后记》，《水明楼文集》，杭州：浙江古籍出版社，2015年，第590页。又白氏谓："先生《国故论衡疏证》中、下卷修订定本，生前已交中华书局。""今则郭君诚永已别作疏证上卷交中华书局，则全书问世，当无大难。"（同页）

④ 李镜蓉字亮工，山西河津人，曾留学日本，在日本时期从章太炎先生问学，1912年2月—5月担任过山西大学校长，于北京讲学一年后，应山西大学之邀，任山西大学文学院院长，执掌山西大学教席二十余年。遗著有《音韵学》《〈音韵学〉增订加注》《〈说文解字〉注订》《〈说文解字增订笺记〉》《〈尔雅〉新义》《〈春秋左氏疑义答问〉笺注》《章太炎〈文始〉注释》《成韵图解》《文始笺记》《〈文学总略〉笺注》《说文例十六种》等（据薛千山：《国学大师李亮工》，太原：三晋出版社，2012年，第1—2页）。今检徐复先生《成韵图疏证》，对李镜蓉《成韵图释》有所引述。

语言文字学丛稿》。[1]是皆疏证单篇，而未及《国故论衡》上卷全部者。庞氏弟子郭诚永教授（1913—1998）早年即阅览太炎先生《检论》《国故论衡》二书，在庞俊教授启示下，自1934年立志为《检论笺释》，至1965年，积成札记四十余册，规模已具，尚待排比董理之时，而文革起，手稿全部被撕毁。[2]新时期以后，郭诚永“转念先师所疏，尚阙一卷，幸有余力，当续成之。朋侪闻其志者，辄复殷勤相勖。爰重振精神，奋然命笔，寒暑再易，未敢怠荒”[3]，又花费两年时间，于1984年疏证《国故论衡》上卷[4]，撰成《国故论衡（上卷）疏证》十余万言，曾投中华书局，中华书局允以付印，后无音讯。[5]至2008年，中华书局才合庞俊、郭诚永疏证，出版《国故论衡疏证》全书，出版说明仅谓庞氏的疏证并未正式出版过，郭诚永的疏证更是稿本，“本次合并出版，均系首次公开问世”[6]。

此外，朱星教授（1911—1982）也曾有疏证《国故论衡》上卷的打算，其1981年12月22日致信唐文（1931—1992）云：“1950年我回苏省母，趋锦帆路，登堂拜汤师母（吾乡人均尊称章太炎夫人汤国黎为汤夫人、汤师母）。汤氏赠我《訄书》一部，我说《国故论衡》上卷11篇是中国最早之语言学概论，但文字艰深，我拟加注译，汤氏甚为赞许，并说‘章先生《訄书》是近代学术思想之代表巨著，章先生甚喜此作，但文字更艰深，子盍勉为注’，我因未读此书，只唯唯而退。回北后，曾反复读《訄书》数过，书眉上笔纵横，自信可勉力为之作注。然而迄今未着手，而注《国故论衡》之心未已。足下若能与我合作，《国故论衡》上卷11篇至多一年当可完成并加注译为白话文，这对于建立适合汉语情况的语言学概论，将大有裨益。”[7]

可见，最初的设想是二人合作，由唐文教授出初稿，由朱星教授定稿，徐复先生也

---

① 徐复：《章氏〈成韵图〉疏证》，《徐复语言文字学丛稿》，南京：江苏古籍出版社，1990年，第44—114页。

② 郭诚永：《讲台生活四十年》，四川师范学院工会委员会1979年编印《隆重庆祝国庆三十周年献礼——教学经验汇编》，第20页。郭氏《国故论衡疏证》上卷序谓“积稿三十八帙”（北京：中华书局，2008年，第1页）。

③ 章太炎著，庞石帚、郭诚永疏证：《国故论衡疏证》，北京：中华书局，2008年，第1页。

④ 其《国故论衡疏证》上卷序署“公元一九八四秋九月”。

⑤ 王启涛《先生之风山高水长——怀念郭诚永教授》云：“在我跟随郭先生读硕士研究生时，亲眼见过先生委托我的一位学兄用工整的毛笔抄写书稿。我的学兄读过此书，全书10余万字，可谓字字珠玑。”“甚至连他数十年磨一剑而写成的《国故论衡（上卷）疏证》送到中华书局后，先被通知已经发排付印，后又泥牛入海，直到他去世前也不知道该书之下落时，他也一笑了之。”（见李成良主编：《师大旧事》，成都：电子科技大学出版社，2002年，第83—84页）检王启涛教授1980—1988年在四川师范大学读本科和硕士，则郭诚永教授请王启涛学兄誊写稿件当在1984年9月前后不久的一段时间之内。又王启涛谓其所见郭诚永疏证稿本开篇谓“诚永生五年”，今中华书局本开篇谓“诚永生十二岁”。

⑥ 中华书局编辑部：《出版说明》，载于庞石帚、郭诚永《国故论衡疏证》书首，北京：中华书局，2008年，出版说明第2页。

⑦ 参见唐文：《深切怀念星元先生》，语文出版社编《朱星先生纪念文集》，北京：语文出版社，1994年，第55页。

鼓励唐文教授这样做。不意朱星教授1982年3月因病入院，于当年辞世。故该书由唐文教授独立完成。中国训诂学研究会秘书处1985年4月编《训诂通讯》第7期刊有“唐文同志完成《〈国故论衡〉小学之部注译》”的消息，谓：“国学大师章太炎先生的《国故论衡》三卷，是他在本世纪初亡命日本时的重要著述，其上卷小学之部十一篇，是综论音韵、文字、训诂的专著。内容十分重要，但文字艰深，一般人阅读已有困难。《国故论衡》中卷、下卷论文学与诸子，解放前四川庞俊石帚先生已有疏证，四川大学、前华西大学有印本。唐文同志应陕西人民出版社之约，已完成《国故论衡》上卷小学之部的注译，全书三十万字，审稿工作全部完成，已经由该社发排。黄焯教授、陆宗达教授、殷孟伦教授分别为该书作序。”①

唐文教授在1985年、1986年的《苏州科技学院学报》分两期发表了《成均图疏证》《成均图疏证（续）》，手写上版，共21页，为其《成均图疏证》全稿的一部分。1985年发表的部分，第108页和109页内容前后不相连属。由于当期发表的姚淦铭《论两周金文形体结构演变规律》也是手写上版，故把姚淦铭文稿一页误排在唐文的文稿中，而唐文《成均图疏证》一页误排在姚淦铭文下。故该期第109页和第122页互换位置，二文各得其宜。《成均图疏证（续）》有“编者致意”，谓：“本文系《国故论衡疏证》一书中的一章，约五万字。本刊已连载三万字，但囿于篇幅，不拟再续。读者可阅专著《国故论衡疏证》，将由陕西人民出版社出版。特此说明，顺致歉意。”②可见，其书内容经历了有注有译到周密疏证的变化。

1986年6月14日—18日，章太炎先生逝世五十周年学术讨论会在杭州召开，唐文教授提交《〈国故论衡〉小学之部疏证自序》参会，可见其时书稿已正式命名为《〈国故论衡〉小学之部疏证》。这次学术讨论会的参会论文结集出版，唐文教授这篇《自序》并未收入。1989年出版的《江苏省高等学校教授录》“唐文”条列有唐文教授专著有《古代汉语简编》《郑玄辞典》《“国故论衡小学之部”疏证》。③徐复先生生前一直关注《郑玄辞典》的出版问题，但《郑玄辞典》的出版至2004年才实现。徐复先生在1987年11月份所撰《郑玄辞典序》中也提到了《〈国故论衡〉小学部注译》，谓：“近年君研读余杭章先生《国故论衡》，上卷为小学论述，陈义精要，因撰为《〈国故论衡〉小学部注译》一书，余友黄焯、陆宗达、殷孟伦三教授为之序，勉其善承章黄之绪，而有所恢拓，所以属望之者深矣。”④

① 中国训诂学研究会秘书处编：《训诂通讯》1985年第7期，第8页。

② 苏州科技学院学报编辑部：《苏州科技学院学报》（社会科学版）1986年第1期，第1页。

③ 《江苏省高等学校教授录》编委会编：《江苏省高等学校教授录》，南京：南京大学出版社，1989年，第48页。

④ 徐复：《唐文〈郑玄辞典〉序》，《徐复语言文字学论稿》，南京：江苏教育出版社，1995年，第315—316页；复见载于《郑玄辞典》书首，北京：语文出版社，2004年，徐序第1页。

程千帆教授1997年4月1日致傅杰信函谓："石帚先生遗著，如荷先生及元化先生鼎力，介绍出版，更是一件大事……又《国故论衡疏证》最好也能择郭诚永教授或唐文教授补作上卷之本一同印出，俾成全书。郭唐两本孰愈，我未见过，如都觅得，不妨请南京师范大学徐复教授择定。徐老在太炎门下执事多年，当可信其抉择也。"①1997年5月7日致傅杰信谓："又庞《国故论衡疏证》，弟已函中华傅璇琮先生，请其设法付印（郭诚永君恕上卷，庞中下卷，所交中华稿庞亲笔校过，当无脱落之弊）。"②一月之间即已确定用郭诚永上卷疏证。不知道是比核过唐疏由于体例问题而未用，还是唐疏未能寻得。

可见，唐文《〈国故论衡〉小学之部疏证》公开发表的只有《成均图疏证》部分内容，其他内容皆未面世，不知其稿尚在人间否。二十世纪八九十年代的时候，一些比较专门的学术著作由于没有销量，出版很困难，其中完稿未能出版的恐怕不在少数，一些作者又过早辞世，致其学术成果未能为世所知。③倘若有关部门成立一个机构，来拯救这批学术成果，也是一件功德无量的事情。时至今日，唐文教授《〈国故论衡〉小学之部疏证》仍有出版的价值与必要，若有志之士寻访其遗著，为出版推广，不唯传其学术，且对章太炎先生《国故论衡》之研究与普及良多裨益。

笔者偶于孔夫子旧书网见唐文教授《章炳麟〈小学略说〉注译》油印本，是作者参加第二届中国训诂学研究会年会（1982年9月份召开）的参会论文，油印本共22页，每页28行。该稿把《小学略说》析分为七节进行注译，原稿注释在原文相应词句之后以带圈字符标注，于正文之下顺次排列，总共施注188条，可谓细密。每条注释很简明，要言不烦，确实很适合普及。译文，则以"[译文]"标识在段首以与注释文字和下一段正文区分。从《〈小学略说〉注译》可知，唐文注译《国故论衡》所用版本为校定本，所注所译皆《国故论衡》原书正文文字，原书中注文则阙略不录。今将全文录出，个别漫漶不清之处以空□出之，个别刻印错字直接改正，正文段落之下加"注释"二字以相区别，注释序号用方括号字符。其他标点、断句，一依原文。

[唐文，苏州铁道师范学院（今苏州科技大学）教授；
郭万青，唐山师范学院教授]

① 程千帆著，陶芸编：《闲堂书简》，上海：上海古籍出版社，2004年，第296页。

② 同上书，第297页。

③ 笔者一直以来对《国语》比较感兴趣，近年来搜求到《国语》译注手稿、未刊稿两部半，其译注质量要优于某些译注本。作者苦心孤诣，经营多年，积稿盈尺，最终人亡稿散，令人叹惋。

黄侃《文选》讲义稿笺

黄侃遗作　杨应源笺释

曹元首《六代论》

李申耆[①]曰："一气奔放，尚是西汉之遗，往复过多，则利害切身，不觉言之灌灌耳。义门[②]辨此为陈思之文，信然。"[③]

案：文中云："大魏之兴，于今二十有四年。"自黄初元年下数至正始六年，适得二十四年。[④]其时曹爽正专柄，与《三国志注》[⑤]引《魏氏春秋》[⑥]所说相合。《三国志》陈思王植篇曰："建安十九年，徙封临菑侯，太祖征孙权，使植留守，戒之曰：'吾昔为顿丘令，年二十三，思此时所行，无悔于今。今汝年亦二十三矣，可不勉与？'"陈王之薨在太和六年，年四十一，下距正始复十余年，[⑦]安得复撰斯文，托之元首？[⑧]义门考核不审，申耆乃率尔信从，何也？[⑨]

《三国志》武文世王公篇注引《魏氏春秋》载宗室曹冏上书："臣闻古之王者，必建同姓以明亲亲，必树异姓以明贤贤。故《传》曰：'庸勋亲亲，昵近尊贤。'（此左氏文）[⑩]

---

① 李兆洛（1769—1841），字申耆，江苏武进人，清代骈文大家。

② 义门：清代学者何焯（1660—1722）别号，何焯著有《义门读书记》，其中云："段成式《语资篇》载：元魏（北魏）尉瑾曰：'《九锡》或称王粲，《六代》亦言曹植。'按元首不以文章名世，安得宏伟至此。意者陈思感怆孤立，尝著论欲上，以身属亲藩，嫌为己比，至身没而元首以贻曹爽与？"

③ 此条见李申耆《骈体文钞》卷二十。

④ 黄初元年（220），正始六年（245），相差26年。从黄初元年下数24年，应该是正始四年（243）。何焯《义门读书记》此处批语云"云二十四年，则此论当齐王芳正始四年上也"。

⑤ 《三国志》，六十五卷，［西晋］陈寿撰，［南朝］裴松之注。

⑥ 《魏氏春秋》，二十卷，［东晋］孙盛撰，今佚。

⑦ 太和六年（232），比正始四年（243）早12年。

⑧ 曹冏字元首。

⑨ 黄侃《文选平点》于此文云："此文最善效《过秦》，殆非子建不办，何曹氏之多才乎。据《晋书・曹志传》，晋武帝且疑其为子建之作，由元首自托于子建也。"（《文选平点》，北京：中华书局，2006年，第586页）论点与此不同。

⑩ 语出《左传・僖公二十四年》，周襄王准备带领狄人攻打郑国，富辰劝谏，曰："庸勋、亲亲、昵近、尊贤，德之大者也。"

《书》曰：‘克明峻德，以亲九族。’[①]《诗》曰：‘怀德维宁，宗子维城。’[②]由是观之，非贤无与兴功，非亲无与辅治。夫亲亲之道，专用则其渐也微弱；贤贤之道，偏用则其弊也劫夺。先圣知其然也，故博求亲疏而并用之。近则有宗盟藩卫之固，远则有仁贤辅弼之助。盛则有与共其治，衰则有与守其土。安则有与享其福，危则有与同其祸。夫然，故能有其国家，保其社稷，历纪长久，本支百世也。今魏尊尊之法虽明，亲亲之道未备。《诗》不云乎：‘鹡鸰在原，兄弟急难。’[③]以斯言之，明兄弟相救于丧乱之际，同心于忧祸之间，虽有阋墙之衅，不忘御侮之事。何则？忧患同也。今则不然，或任而不重，或释而不任。一旦疆埸称警，关门反拒，股肱不扶，胷心无卫。臣窃惟此，寝不安席，思献丹诚，贡策朱阙。谨撰合所闻，叙论成败。论曰云云……”“冏，中常侍兄叔兴之后（中常侍，曹腾也，腾字季兴），少帝族祖也。是时天子幼稚，冏冀由此感悟曹爽，爽不能用。”

案上书之辞，比之于论，尤为简劲。论文陈古讽今，凡指承利害处，皆隐据当世情状为说。推详反复，不厌其繁。忧之深故言之长，见之切故陈之痛。昭伯[④]豚犊，不用嘉谋，卒成司马篡夺之祸，元首作论时其见之矣。

观《文选》所载陈王《求通亲之表》及《赠白马王彪》诗，魏之薄待宗室，可以概见。《三国志》陈思王植篇注引《魏略》[⑤]载陈王因发诸国士事上书，略云“臣所得兵百五十人，皆年在耳顺或不逾矩，虎贲官骑及亲事凡二百余人，皆复老耄疲曳”，是魏世诸王之威，远不敌一墨绶。故其篇终自陈求为匹夫之意，以见愤懑。文、明二帝，意存猜忌，终不见省。至少帝即祚，方在冲龄，昭伯又魏之公族，故元首以为可言之时，因有上书献论之事矣。

此文雄厚似《过秦》，恳至似刘向论外家封事。

讥刺秦汉，即所以讽当时，于前代用直辞，于当时用巽语，所谓微而显、婉而成章者与？

叙论兼行，间以反振之词、重顿之笔，故眉目踈豁，不嫌其冗。

韦弘嗣《博奕论》

题虽为论而意有所指斥，实书牍之类。

此文盖学《国语》而复调稍多。

---

① 语出《尚书·尧典》。

② 语出《诗·大雅·板》。

③ 语出《诗·小雅·棠棣》章“鹡鸰在原，兄弟急难。每有良朋，况也永叹”；第四章“兄弟阋于墙，外御其务。每有良朋，烝也无戎”对应下文“阋墙之衅”“御侮之事”。

④ 曹爽字昭伯，时曹爽为丞相，司马懿为太尉，共同辅佐少主齐王芳。

⑤ 《魏略》，三十八卷，［三国魏］鱼豢撰。纪传体史书，今佚。

篇首纯从惜阴勤事立论，笔意畅满，有高屋建瓴之势。

格局严整，笔兼反正，最可摹仿之文。

《三国志》孙和篇曰：“常言当世士人宜讲修术学，校习射御，以周世务，而但交游博奕，以妨事业，非进取之谓。后群寮侍宴，言及博奕，以为妨事费日而无益于用，劳精损思而终无所成，非所以进德修业，积累功绪者也。且志士爱日惜力，君子慕其大者，高山景行，耻非其次。夫以天地长久，而人居其间，有白驹过隙之喻，年齿一暮，荣华不再。凡所患者，其于人情所不能绝，诚能绝无益之欲，以奉德义之涂；弃不急之务，以修功业之基，其于名行，岂不善哉？夫人情犹不能无嬉娱，嬉娱之好，亦在于饮宴琴书射御之间，何必博奕然后为欢？乃命侍坐者八人，各著论以矫之。于是中庶子韦曜[①]退而论奏，和以示宾客。时蔡颖好奕，直事在署者颇敩焉，故以此讽之。”案，此则弘嗣此文大旨，皆本于子孝[②]之言，特词采有所修饰耳。

嵇叔夜《养生论》

此文骤观觉其漫羡，细按之，条理仍自井然。繇其气体清壮，天机骏利，故词虽多而不觉繁，但未可轻于放效耳。

“服药求汗”数语，设譬至切，符采可观。

说世人养生无成之理，致为精透。

“岂惟蒸之使重而无使轻”数语殊繁，校以文律，但云“岂惟如上所云而已”，其意已明。

“芬之使香而无使延”，李引《方言》为释[③]，未谛“延”当为“脡”之残字，《说文》：“脡，生肉酱也。”[④]《集韵》二仙尸连切，与羴、膻同音[⑤]。叔夜此文盖借以为“羴”字。

恕、庶并商署切。“恕可与羡门比寿”即“庶几可与羡门比寿”也。李引《声类》释之，[⑥]亦未谛。

叔夜性好老庄，然养生之说，实与庄生微异。庄生所云养生，非服食之谓。其要在于以恬养知，以知养恬。知世涂之多患，故无心以相待；知万事之靡定，故无为而自得。鸣雁散木之喻，单豹张毅之事，皆足以摧陷服食仙道之谈，使之不得成立。又说叔夜尚奇任侠，性烈才儁，以处衰世，所谓游于羿之彀中。虽朝炼五石，夕餐六芒，终陈幽愤之诗，无救弹琴之痛。每读此论，良为怅然。

---

① 韦曜本名昭，史为避晋讳改之，字弘嗣。

② 孙和字子孝，时韦曜任太子孙和的中庶子。

③ 李善注：“《方言》曰：‘延，年长也。’”

④ 《说文》：“脡，生肉酱也。从肉延声。”

⑤ “脡”在《集韵》两见：1.抽延切，《说文》：“生肉酱也。”（彻母仙韵开口三等平声）2.尸连切，酱生肉者曰脡。（书母仙韵开口三等平声）羴、膻同音。

⑥ 李善注：“《声类》曰：‘恕，人心度物也。’”

《嵇中散集》载向子期《难嵇叔夜养生论》，又载嵇答文，互相驳诘，皆持之有故，观之可悉持辨之术。嵇文太繁，兹录向作如左①：

向子期《难嵇叔夜养生论》

难曰：若夫节哀乐，和喜怒，适饮食，调寒暑，亦古人之所修也。至于绝五谷，去滋味，寡情欲，抑富贵，则未之敢许也。何以言之？

夫人受形于造化，与万物并存，有生之最灵者也。异于草木，草木不能避风雨、辞斤斧；殊于鸟兽，鸟兽不能远网罗而逃寒暑。有动以接物，有智以自辅。此有心之益，有智之功也。若闭而默之，则与无智同，何贵于有智哉？有生则有情，称情则自然，若绝而外之，则与无生同，何贵于有生哉？

且夫嗜欲，好荣恶辱，好逸恶劳，皆生于自然。夫“天地之大德曰生，圣人之大宝曰位”“崇高莫大于富贵”。然富贵，天地之情也，贵则人顺己以行义于下，富则所欲得以有财聚人，此皆先王所重，关之自然，不得相外也。

又曰“富与贵，是人之所欲也”，但当求之以道义，在上以不骄无患，持满以损俭不溢，若此何为其伤德邪？或睹富贵之过，因惧而背之，是犹见食之有噎，因终身不飡耳。神农唱粒食之始，后稷纂播殖之业，鸟兽以之飞走，生民以之视息，周孔以之穷神，颜冉以之树德。贤圣珍其业，历百代而不废。今一旦云五谷非养生之宜，肴醴非便性之物，则“亦有和羹”“黄耇无疆”“为此春酒，以介眉寿”，皆虚言也。博硕肥腯，上帝是飨。黍稷惟馨，实降神祇。神祇且犹重之，而况于人乎？肴粮入体，不踰旬而充，此自然之符，宜生之验也。夫人含五行而生，口思五味，目思五色，感而思室，饥而求食，自然之理也，但当节之以礼耳。今五色虽陈，目不敢视；五味虽存，口不得尝；以言争而获胜则可，焉有芍药为荼蓼，西施为嫫母，忽而不欲哉？苟心识可欲而不得从，性气困于防闲，情志郁而不通，而言养之以和，未之闻之也。又云“导养得理，以尽性命，上获千余岁，下可数百年”，未尽善也。若信可然，当有得者，此人何在，目未之见。此殆影响之论，可言而不可得。纵时有耆寿耇老，此自特受一气，犹木之有松柏，非导养之所致。若性命以巧拙为长短，则圣人穷理尽性，宜享遐期，而尧舜禹汤文武周孔，上获百年，下者七十，岂复疏于导养邪？顾天命有限，……

李萧远《运命论》

陆士衡《辨亡论》上

陆士衡《辨亡论》下

① 原书为竖排。

附：整理说明

《黄侃黄焯批校昭明文选》①一书影印了黄侃、黄焯两位先生批校的《昭明文选》，底本系清同治八年湖北崇文书局翻刻清胡克家本，为黄焯先生长年研治之书，载有其批校文字。1961年，黄焯先生又将黄侃先生多种《文选》批本校语过录于此。书中有朱、墨两色批校，一般认为朱色批校为黄侃先生的，墨色批校为黄焯先生的。

书后还附录了黄侃先生于北京大学时期的一份《文选》讲义稿，整理后，发现讲义涉《养生论》的内容，与此篇的一部分批校②有重复或相似处。比较如下：

有三处与墨批重复：

1.“此文骤观觉其漫羡……但未可轻于放效耳。”

2.“服药求汗……可观。”

3.“叔夜性好老庄……良为怅然。”

墨批中，“服药求汗数语”共出现两次，一处在《养生论》原文的标题旁，无后文，下面放空。又另起一行，眉批“叔夜性好老庄……良为怅然”。一处在原文“服药求汗，或有弗获”句正上方，“服药求汗数语”后紧接“设譬至切，符采可观”，与讲义一致。

有三处与朱批相似：

1.讲义：“岂惟蒸之使重而无使轻”数语殊繁，校以文律，但云“岂惟如上所云而已”，其意已明。

眉批：岂惟四句，只承豆、熏辛、齿、麝言，四语殊繁，校以文律，但云“岂惟如上所云而已”，其意已明。

2.讲义：“芬之使香而无使延”，李引《方言》为释，未谛“延”当为“脡”之残字，《说文》：“脡，生肉酱也。”《集韵》二仙尸连切，与羴、膻同音。叔夜此文盖借以为“羴”字。

眉批：延当为脡，生肉酱也。嵇盖用以为“膻”字耳。注非。

3.讲义：恕、庶并商署切。“恕可与羡门比寿”即“庶几可与羡门比寿”也。李引《声类》释之，亦未谛。

眉批：恕即庶也。庶几之庶正当作恕字，李注引《声类》释之，未谛。

讲义其余内容，则皆与批注不同。

---

① ［南朝梁］萧统选编，［唐］李善注，黄侃、黄焯批校：《黄侃黄焯批校昭明文选》，湖北：崇文书局，2022年。

② 在上书第九册，第2903—2914页。

据安大简《仲尼曰》用“堇”为“隐”说《周易》的“利艰贞”和《老子》的“勤能行之”*

沈 培

摘 要：新出《安徽大学藏战国竹简（二）·仲尼曰》有四个“堇”字，如何释读，各家意见颇为分歧。本文支持读为“隐”的说法，并为此说在通假和辞例方面提供了较为直接的证据。通过战国竹简这一用字习惯，本文认为《周易》的“利艰贞”当读为“利隐贞”，《老子》的“勤能行之”当读为“隐而行之”。

关键词：安大简；《仲尼曰》；《周易》；利艰贞；《老子》；勤能行之

一

新出《安徽大学藏战国竹简（二）》收录了整理者命名为《仲尼曰》的简文，其中四个“堇”字如何解读，目前已经成为大家讨论的热点。①我们也想谈谈自己的看法，这里先把这四个“堇”字出现的简文抄录出来：②

（1）仲尼曰：“回，汝幸，如有过，人不堇汝，汝能自改。赐，汝不幸，如有过，人弗疾也。”（简4—5）

（2）仲尼曰：“仁而不惠于我，吾不堇其仁。不仁〈不〉〖而〗惠于我，吾不堇其不仁。”（简6）

（3）中（仲）尼曰：“见善如弗及，见不善如逕。堇以避难，静居③以成其志。伯夷、叔齐死于首阳，手足不弇，必夫人之谓乎?”（简10—11）

例（1）的“堇”，整理者读为“谨”，解释为“谨敕”。例（2）的“堇”，整理者

* 本文为“古文字与中华文明传承发展工程”规划项目“出土文献学科建设与中国古典学的当代转型”（项目号G2607）的阶段性研究成果。

① 参看本文文末所附“网络文章和发言目录”。

② 简文除了需要讨论的字，都采用宽式释文，主要根据黄德宽、徐在国主编《安徽大学藏战国竹简（二）》，有的句子断句略有改动，下文将会说明。文中所引《仲尼曰》整理者的意见，皆出自此书，不一一注明。

③ 读为“居”的字，原作“凥”。按照楚文字的用法，当读为“处”。

也读为“谨”，解释为“恭敬”。例（3）的“堇”，整理者读为“仅”，并把所在的话读为：“见善如弗及，见不善如袭。仅以避难静居，以成其志。”整理者还串讲了文义：“看见善良，努力追求，好像追不上；看见邪恶，努力避开，好像避不开。只能躲避灾难，安居不出，以保全自己的意志。”可见是把“仅”理解为“只能”。

简文公布后，大家都注意到这几个“堇”字的用例值得讨论，提出了多种不同的意见。通过大家的讨论，有的问题已经比较清楚，对于确认“堇”的用法有帮助作用，有必要先作交代：

一、关于例（2）“不仁不惠于我”的读法：整理者认为“不仁”后面可能漏抄了“而”字。侯乃峰（2022b）认为，简文“不仁不惠于我”的第二个“不”字当是“而”字的误写，正确的话应该是“不仁而惠于我”。①孟跃龙（2022）的看法相同。②

我们认为侯、孟两位先生的看法是言之有理的。但是，侯先生在改正简文误字的时候，仍然从整理者的意见，将“堇”读为“谨”，解释为“恭敬”。网友“梁惠王”（2022）不同意侯先生的改字，就是因为把简文读为“谨”，从上下文来讲，是讲不通的。其实，如果重新考虑“堇”的读法，就可以知道，侯先生改正误字的做法是正确的，我们后面将会谈到。

战国简就有“而”讹为“不”的例子。上博简《用曰》简19“有昧昧其不见，而昭其甚明”的“而”就误写为“不”。③张峰《楚文字讹书研究》专门有“‘而’与‘不’、‘其’写讹”一节，④可以参看。

古书里面“而”“不”互讹的例子则更多。例如《墨子·尚同》：“故古者圣王，明天鬼之所欲，而避天鬼之所憎，以求兴天下之害。”孙诒让就指出“而避”的“而”“旧本误‘不’，今据《道藏》本正，《天志中篇》同”。⑤又如高亨《老子正诂》在校读“夫唯不盈，故能蔽不新成”时，先引易顺鼎之说，又加以自己的判断，还补充了别的例子：⑥

> 易顺鼎曰：“疑当作‘故能蔽而新成’。‘蔽’者‘敝’之借字。‘不’者‘而’之误字也。敝与新对。能敝而新成者，即二十二章所云‘敝则新’。与上文能浊而清，能安而生同意。《淮南子·道应训》作‘故能蔽而不新成’。可证古本原有‘而’

① 又见网友“汗天山”（2022）。“汗天山”是侯乃峰先生的网名。

② 网友“汗天山”（2022）对“而”误为“不”的原因有解释，跟“侯乃峰”（2022b）所说不太相同，孟跃龙（2022）只提及“汗天山”（2022），并就简文致误的原因作了另外的解释，跟侯乃峰（2022b）相同。

③ 简文校读采用程少轩、蒋文（《上博藏楚竹书〈用曰〉篇试读一则》，《东南文化》2010年第5期）之说。此文初稿名为《〈用曰〉第4简与第19简试读》，发布于复旦大学出土文献与古文字研究中心网站，http://www.fdgwz.org.cn/web/show/385，2008.3.24。孟蓬生（《简帛文献语义研究》，载《简帛文献语言研究》课题组《简帛文献语言研究》，北京：社会科学文献出版社，2009年，第112页）也有相同的意见。此例蒙苏建洲先生提供，非常感谢。

④ 张峰：《楚文字讹书研究》，上海：上海古籍出版社，2016年，第354页。

⑤ 参看孙诒让：《墨子间诂》（孙诒让全集本），孙启治点校，北京：中华书局，2009年，第82页。

⑥ 参看高亨：《老子正诂　老子注释》，北京：清华大学出版社，2004年，第73—74页。

字。‘不’字殆后人臆加。”

亨按：易说是也。篆文“不”作，“而”作，形近故讹。《墨子·兼爱下》：“不鼓而退也。”“而”乃“不”字之讹。可以互证。《易·谦·彖传》：“天道亏盈而益谦。地道变盈而流谦。鬼神害盈而福谦。人道恶盈而好谦。”故《老子》云：“夫唯不盈，故能蔽而新成。”

古书里面还有更多的“而”“不”互讹的例子，为免繁琐，就不多举了。①总的说来，“而”“不”这两个字至少从战国时代开始，由于字形相近，容易产生互相讹误的情况，这是事实。

或有人认为“不仁不惠于我”即“不仁而不惠于我”，也是能讲得通的。虽然如此，我们认为，从前后文来看，孔子先说“仁而不惠于我”，接着说“不仁而惠于我”，相对为文，显然更为合理。因此，我们同意侯文的意见。

二、例（3）“见不善如遝”当如何理解，目前有几种看法，其中正确的看法，需要加以确认。整理者读“遝”为“袭”，训为“及”，同时还提到李家浩先生就直接读为“及”。网友“质量复位”（2022）同意李家浩先生的读法。网友“汗天山”（2022）还指出：

据传世文献所引，孔子此语也属于格言谚语式的文句，原简文也是有韵的，“及”“遝（袭）”上古音皆属于缉部，故简文更有可能当是这句话的原貌。

这也是很好的意见。结合他们的意见，我们也认为李家浩先生的意见最为可取。整理者在注释中已经引用《大戴礼记·曾子立事》：“君子祸之为患，辱之为畏，见善恐不得与焉，见不善恐其及己也，是故君子疑以终身。”②简文的“见不善如及”就是“见不善如及不善”，跟《大戴礼记》的“见不善恐其及己也”是一个意思。或疑同样一个“及”，为何写成不同的字。其实也不必疑，出土文献中同一篇，乃至同一句话在记录同一个词时使用了不同的字，网友“质量复位”（2022）已经指出陈伟武先生有相关的研究成果，这里就不举例了。

有了以上的讨论作为基础，我们认为，目前各家对“堇”字的释读意见中，以网友“梁惠王”（2022）和网友“予一古人”（2022）的意见最为可靠。“梁惠王”认为以上四个“堇”字可以读为“廑”或“隐”。大概因为“廑”从“堇”声，“梁惠王”认为“廑”以“堇”为声符，“堇”可读为“廑”。《广雅·释言》训“廑”为“荫”，《说文》训“殣”为“道中死人，人所覆也”，荫、覆同义，故“廑”的意思是覆盖、遮蔽、隐藏，把这个意思代入到简文中，都能讲得通。不过他也认识到，古书中“廑”不常用，读为“隐”可能也行。“隐”“堇”韵部同为文部，声纽喉牙接近，似有同源关系。比如，“隐”“廑”“墐”皆有“堵塞”之义，“隐”“勤”皆有“忧伤”之义，“堇”声的“僅”“廑”“谨”“慬”“馑”

① 邬可晶也讨论过跟“而”“不”相讹有关的例子，可以参看《〈孔子家语〉成书考》，上海：中西书局，2015年，第161—162页。

② 方向东：《大戴礼记汇校集解》，北京：中华书局，2008年，第426页。

与“隐”皆有“少”“微小”之义，所以把以上例子中的“堇”都用“隐”来读，“意思就更好懂了”。

网友“予一古人”（2022）大概没有看到网友“梁惠王”的意见，他也提出《仲尼曰》几个“堇”字都应该读为“隐”的意见，并在文义和辞例对比方面提供了解释和证据：

“回，汝幸，如有过，人不堇（隐）汝，汝能自改。”别人不会隐瞒/掩盖你的过错（会直接指出你的过错）。

“仁而不惠于我，吾不堇（隐）其仁。不仁不〈而〉惠于我，吾不堇（隐）其不仁。”说明夫子对“仁”非常推崇，不会因他人对自己的爱憎而执行双重标准。

“堇（隐）以避难，静居以成其志。”先找个地方隐起来避难，然后再安静地待着修养自我。《季氏》中的“隐居”是对这句话做了缩略，或由于不同的弟子记录而有详略。

参考《论语·子路》：“孔子曰：‘吾党之直者异于是。父为子隐，子为父隐，直在其中矣。’”

《汉书·司马迁列传》赞：“其文直，其事核，不虚美，不隐恶，故谓之实录。”

在“梁惠王”“予一古人”两位先生发表意见之后，王宁先生公开表示支持读为“隐”的意见。[①]网友“谢亦章”（2022b）也表示“相比较而言，……廑，隐藏讲，恐更好些”。吴铭（2022）则明确表示他不同意“梁惠王”的意见，原因是：

史氏（引者按：即网友“梁惠王”，下同）大体得其意，在训诂上有瑕疵。首先，“廑，荫也”“廑，荫也”之训不见用例，“人不廑汝”这样的用法可以成立吗？得不到文献证据。其次，“堇”破读为“隐”无其例。“隐”与“堇”的同源关系也证据不足。史氏所凭是王念孙常用的“平行互证法”，一般是通过两条平行线上的诸对应点推导出有其他点对应，并不能将两条线合并为一。第三，如果其词真是“隐”，会用“堇”字来记录吗？我有个鄙陋之见，就是越是常用的词与其记录形式之间的羁绊越深，越趋向于专字专用而非本有其字却临时假借，无他，手熟耳。“隐”是常用词，书者不太可能统一书为“堇”，除非有当时当地习惯如此的证明，否则不宜作此设想。

确实，我们在古书里找不到“人不廑汝”的说法，读为“廑”自然难以成立。吴文的第二、第三个疑点其实归为一点，就是“堇”读为“隐”，到底有没有证据。“梁惠王”的文章只从同源词的角度来说明从“堇”之字可能是同源词，证据不够有力。“予一古人”和王宁两位先生也没有在二字关系方面提出什么证据。

其实，“堇”读为“隐”，还是有比较坚强的证据的。最直接的证据就是马王堆帛书

① 参看王宁（2022）。她大概没有看到“梁惠王”的意见，所以文章中只提到“予一古人”读为“隐”的意见。（但把“予一古人”错写成了“予古一人”。）

《系辞》用“根”表示“隐”。裘锡圭主编《长沙马王堆汉墓简帛集成》[①]注〔二六〕引张政烺先生说：

深备错根，韩本作“探赜索隐”。深、探，错、索，根、隐，皆音近假借。备与赜音义不相近，盖误赜为颐，又写为备。[②]

此例不少通假字工具书都已收录，大家可能都没有注意。有了这个可靠的用例，再简单想一下“堇”或从“堇”之字跟“根”的关系，我们就可以知道，“堇”读为“隐”一点也不奇怪。战国简中，“堇”可以直接表示“根”这个词。这里为了方便，仅从白于蓝《简帛古书通假字大系》书中把例子摘录出来。白书第1347页“堇与根”有三例：[③]

《老子》甲：“天道员员，各复其堇。”按，河上、王弼及帛书乙本堇作根。

《周易·大畜》：“九厽（三）：良马由（逐），利堇（艰）贞。”按，帛书本堇（艰）作根。

《程寤》：“明武褁（威），女（如）棫柞亡堇（根）。”

上博简《凡物流形》甲乙本都把“根”字写成“槿”。白于蓝《简帛古书通假字大系》云：

既臬（本）既槿（根），奚（奚）后之奚（奚）先？[④]

我们可以说“槿”就是“根”字的异体字，二字所用的声旁“堇”“艮”，关系至为密切。很多字的异体都是由这两个声旁变换造成的，不烦举例。而且，大家都知道，“艰”本身就是一个双声字，“堇”“艮”皆为声旁。出土文献中还有用“艮”记录“根本”的“根”这个词的（参看白于蓝书“艮与根”条[⑤]）。“艮”之于“根”，犹“堇”之于“槿”。“艮”可以记录“根”，“堇”也可以记录“根”，“根”可以记录“隐”，“堇”当然就可以记录“隐”。这是没必要怀疑的。

至于辞例，《仲尼曰》几个“隐”字后面所带的宾语，有的指人，有的指事。网友“予一古人”已举传世古书中相似的例子加以对比。其中“父为子隐”的“隐”，今人有新说，此“隐”或非“隐藏”义。即便如此，我们也可以找到更多的例子从辞例上支持读“隐”说。例如：

《孟子·公孙丑上》：柳下惠不羞污君，不卑小官；进不隐贤，必以其道；遗佚而不怨，厄穷而不悯。

《荀子·王制》：四海之内若一家，故近者不隐其能，远者不疾其劳，无幽闲隐

① 裘锡圭主编《长沙马王堆汉墓简帛集成》第三册，湖南省博物馆、复旦大学出土文献与古文字研究中心编纂，北京：中华书局，2014年，第72页。

② 刘彬《帛书〈系辞〉疑难词句新释十四则》有“十、‘深备错根’句”一节，也可参看，载丁四新主编《楚地简帛思想研究》第6辑，长沙：岳麓书社，2015年，第323—326页。

③ 白于蓝：《简帛古书通假字大系》，福州：福建人民出版社，2017年，第1347页。

④ 同上书，第1348—1349页。

⑤ 同上书，第1343页。

僻之国莫不趋使而安乐之。

《韩非子·难三》：论之于任，试之于事，课之于功，故群臣公政而无私，不隐贤，不进不肖。

《尸子·分》：胜任者治，则百官不乱；知人者举，则贤者不隐；知事者谋，则大举不失。

《春秋繁露·执贽》：玉至清而不蔽其恶，内有瑕秽，必见之于外，故君子不隐其短。

《史记·晋世家》：君子曰："祁傒可谓不党矣！外举不隐仇，内举不隐子。"

例（2）简文说"不隐其仁""不隐其不仁"，网友"予一古人"以《汉书》"不隐恶"与之对比。再看《逸周书》《大戴礼记·文王官人》都有"不饰其美，不隐其恶"，"恶"之前有"其"，跟"不仁"前面有"其"一样，对比就更为贴切。

抱小（2022）以《孔子家语·六本》"恭俭以避难"之例，证明"将《仲尼曰》的'堇'读为'谨'，从用字习惯及文义来看，是完全没有问题的"。此话过于绝对，"避难""避患""避恶"等避免坏事的方法所在多有，古人说"隐伏逃窜，以避患害"（《列子·黄帝》）、"弃君以避患"（《春秋繁露·玉英》）、"违君以避难"（《国语·鲁语》）、"同男女之功，除民之害，以避天殃"（《国语·越语）、"武仲在齐，齐将有祸，不受其田，以避其难"（《孔子家语·颜回》）、"逊辞以避咎"（《孔子家语·子贡问》）、"圣人深居以避患"（《文子·微明》）、"杀身以避难"（《新语·慎微》），各种方式不胜枚举，可见简文"以避难"前面并非一定是"恭俭""谨"一类的话。况且，用"谨"去读其他两处简文，并不能读通，这正是大家不同意这种读法的主要原因。将"堇"读为"隐"之后，简文几处"堇"的用法得到了统一解释，各处都能文通字顺，显然是合适的。

二

了解了战国时代可以用"堇"表示"隐"之后，促使我们对古书中一些"堇"或从"堇"之字用法作重新思考。这里分别从《周易》和《老子》二书中举几个例子来讨论。

《周易》多次出现"艰"字，最常出现的是"艰贞"（以下引文的标点从通行的读法）：

（4）《周易·泰》：九三：无平不陂，无往不复。艰贞，无咎。勿恤其孚，于食有福。

（5）《周易·噬嗑》：九四：噬干胏，得金矢。利艰贞，吉。

《象》曰："利艰贞，吉"，未光也。

（6）《周易·大畜》：九三：良马逐，利艰贞，曰闲舆卫，利有攸往。

（7）《周易·明夷》：䷣离下坤上，明夷，利艰贞。

《彖》曰：明入地中，明夷。内文明而外柔顺，以蒙大难，文王以之。"利艰贞”，晦其明也，内难而能正其志，箕子以之。

也有“艰”后面并无“贞”者：

(8)《周易·大有》：初九：无交害，匪咎，艰则无咎。

(9)《周易·大壮》：上六：羝羊触藩，不能退，不能遂，无攸利，艰则吉。《象》曰：“不能退、不能遂”，不详也，“艰则吉”，咎不长也。

这些话里面的“艰”字一般都解释为“艰难”义。但也有人读为其他词。例如李镜池屡次论述这种“艰”当读为“旱”。[①]廖名春则读为“限”，解释为“限止”。[②]

前人解释《周易》的“艰”为“艰难”，在疏通上下文时往往都比较“艰难”。例如《文公易说》就载潘子善有这样的疑问：[③]

问：“大壮上六‘羝羊触藩，不能退，不能遂，无攸利，艰则吉’，《传》以‘艰’字为遇艰困则失其壮而得柔弱之分，故吉。窃意不能退、遂而无所利，则是已艰困矣，而又曰‘遇艰’，何也？恐此‘艰’字只作艰难其事，而不敢求进不已则吉，如大畜九三‘利艰贞’之‘艰’说，如何？”

答云：“当如大畜之例。”

问者所问，是对例（9）而言，从其所问，可知问者感到经文的前后是矛盾的。朱熹的回答大概也难以让人释疑。查慎行[④]在解释“明夷，利艰贞”时说：

《杂卦传》云：“明夷，诛也。”《本义》训“诛”为“伤”。以世道言，“明入地中”，时方幽暗，君子无不受伤者。论卦德，则内明外顺，又为君子不受伤之象。合六爻观之，自“初”至“五”皆用晦之臣。伤之者，“上”也。“利艰贞”者，“利”在艰难以守其“贞”，君子之处患难，总离不得个正道。“艰”字内有多少委曲，多少痛苦，难以告人处。

这段话说得很有意思。但把“利艰贞”解释为“‘利’在艰难以守其‘贞’”，取义跟孔颖达《周易注疏》“宜艰难坚固守其贞正之德”相同，[⑤]未免有“增字解经”之嫌。前人对“利艰贞”的解释往往难逃此弊。

其实前人并非没有怀疑“艰”的含义。例如李光地引李舜臣之说：[⑥]

《易》卦诸爻，噬嗑之九四，大畜之九三，曰“利艰贞”，未有一卦全体以“利

① 例如李镜池《周易通义》（李铭建整理，中华书局，2009年，第453页）说：“利艰贞”，占旱，艰从，旱本字，卜辞作“贞”，《易》作“艰贞”。

② 参看廖名春：《楚简〈周易·大畜〉卦再释》，《清华大学学报》（哲学社会科学版）2004年第3期。廖先生还有其他相关的论文，这里不一一列出。

③ 参看曾枣庄、刘琳主编：《全宋文》第249册，上海：上海辞书出版社；合肥：安徽教育出版社，2006年，第35页。

④ 查慎行：《周易玩辞集解》，范道济点校，北京：中华书局，2017年，第297页。

⑤ 参看阮元校勘：《十三经注疏·周易注疏》，台北：艺文印书馆，2001年，第88页。

⑥ 李光地：《康熙御纂周易折中》，刘大钧整理，成都：巴蜀书社，2013年，第177—178页。

艰贞”为义者。此盖睹君子之明伤为可惧，而危辞以戒之，其时可知也。

回头再看时代较早的郑玄的看法，就更有意思了。郑玄对“明夷”的解释如下：①

夷，伤也。日出地上，其明乃光，至其入也，明则伤矣，故谓之明夷。日之明伤，犹圣人君子有明德而遭乱世，抑在下位，则宜自艰，无干事政，以避小人之害也。

这段话里面“宜自艰”难以理解，但如果我们把“艰”改为“隐”来理解，前后文就贯通无碍了。通过前面的讨论，我们知道，战国时代曾以“堇”表示“隐”，因此，我们怀疑《周易》里面的几个“艰”字都当读为“隐”。《周易》在记录这个词的时候，很可能原本就是写成“堇”（上博简《周易》正用“堇”字②），后来在传抄过程中，由于“堇”也常作“艰”来用，就一直沿用下来，人们又按照“艰”的常用义去理解，以致矛盾丛生。

上引《周易》各例，“贞”皆表“贞卜”。③例（4）—（7）的“艰贞”即“隐贞”，意即“为‘隐’这件事而贞卜”。观其上文，都是因为有了不好的事情发生，占卜主体认为需要“隐避”，故而作“隐贞”。至于例（8）和例（9）“艰则无咎”“艰则吉”，读为“隐则无咎”“隐则吉”，都非常通顺。由此可见，当时通行为“隐避”之事占卜。

下面再来简单谈谈《老子》中的“勤能行之”。王弼本《老子》第四十一章说：④

上士闻道，勤而行之；中士闻道，若存若亡；下士闻道，大笑之。不笑不足以为道。

其中有的话，在现在所见《老子》各种版本中不尽相同。⑤我们主要谈谈“勤而行之”的读法。

此句傅奕本作“而勤行之”，郭店简《老子》乙组作“堇能行于其中”，马王堆帛书《老子》乙本作“堇能行之”，北大简《老子》作“堇能行”。三种出土本都作“堇”，值得注意。学者们主要有读“勤”、读“仅”、读“谨”几种说法。⑥我们认为，从郭店本《老子》“堇能行于其中”来看，很可能应该读为“隐而行于其中”。“能”读为“而”，过去已有多人指出，不必赘言。大家都认为，“勤而行之”的“之”指“道”，“堇能行于其中”的“行”后面省略了宾语“之”（即“道”）。那么，“于其中”是何所指呢？过去好像并没有说清楚。我们认为，根据战国简给我们提供的线索，把“堇”读为“隐”，

① 参看王应麟：《周易郑康成注》，郑振峰等点校，北京：中华书局，2012年，第38—39页。

② 马承源主编：《上海博物馆藏战国楚竹书（三）》，上海：上海古籍出版社，2003年，第167页。

③ 参看张玉金：《甲骨文中的“贞”和〈易经〉中的“贞”》，《古籍整理研究学刊》2000年第2期。《周易》的“贞”是“贞卜”义，并非张文首先指出，这里为了方便，仅举张文为例。

④ 参看楼宇烈校释：《老子道德经注校释》，北京：中华书局，2008年，第111页。

⑤ 参看北京大学出土文献研究所编：《北京大学藏西汉竹书［贰］》，上海：上海古籍出版社，2012年，第174—175页所附《〈老子〉主要版本全文对照表》。

⑥ 参看彭裕商、吴毅强集释：《郭店楚简老子集释》，成都：巴蜀书社，2011年，第431—435页。

整个句子是说“隐而行道于上士之心”，就容易理解了。这几句话是说上士、中士、下士三种人在闻道之后的不同反应，体现其认知层次的不同。这是大家都同意的。我们这样释读之后，三种人的三种层次由高到低就更为清楚：上士在闻道之后默默在心中行之（这样做，可能别人还以为他没闻过“道”），中士则好像听到，又好像没听到（弄得别人搞不清楚他到底闻没闻过“道”），下士则故作声势大笑之，生怕别人不知道他闻过“道”而且在“为道”。准此，其他各本中的“堇”或“勤”都当读为“隐”，自不待言。

以上是我们对安大简《仲尼曰》中“堇”字释读的补充以及一点联想，能否成立，敬请读者指正。

2022年9月3日初稿

附记：小文蒙梁月娥博士改正错字数处，谨此表示感谢。又，拙文（署名“尚贤”）在复旦大学出土文献与古文字研究中心网站和微信公众号发布之后（分别于9月5号和9月6号发表），又看到两篇相关的文章：一篇是陈民镇先生的《安大〈仲尼曰〉补说》，发表于安徽大学汉字发展与应用研究中心网站，2022.9.5。文中第二节“说‘堇’”，同意将“堇”读为“隐”的说法，主要从音理和意义上作了补充论证。另一篇是吴铭先生的《辨〈周易〉之“艰”不读为“隐”——〈安大简〉“堇”字余论》一文（刊于“吴铭训诂札记”微信公众号，2022年9月6日），表示不同意拙文对《周易》“艰贞”的看法。请读者参考。

2022年9月6日

（沈培，香港中文大学中国语言及文学系）

附录：网络文章和发言目录（基本按发表时间顺序排列）

单育辰（2022）《安大简〈仲尼曰〉札记三则》，安徽大学汉字发展与应用研究中心网站，http://hz.ahu.edu.cn/2022/0818/c6036a291100/page.htm，2022.8.19

侯乃峰（2022a）《读安大简（二）〈仲尼曰〉札记》，http://www.fdgwz.org.cn/Web/Show/10939，2022.8.20

侯乃峰（2022b）《安大简（二）〈仲尼曰〉补札一则》，http://www.fdgwz.org.cn/Web/Show/10940，2022.8.20

网友“质量复位”（2022） 在武汉大学“简帛”网站之简帛论坛“安大简《仲尼曰》初读”专题下发言，http://www.bsm.org.cn/forum/forum.php?mod=viewthread&tid=12727&extra=&page=2，第16楼，2022.8.20

网友“激流震川2.0”（2022a）在武汉大学“简帛”网站之简帛论坛“安大简《仲尼曰》初读”专题下发言，http://www.bsm.org.cn/forum/forum.php?mod=viewthread&tid=12727&extra=&page=2，第18楼，2022.8.20

网友“激流震川2.0”（2022b）在武汉大学“简帛”网站之简帛论坛“安大简《仲尼曰》初读”专题下发言，http://www.bsm.org.cn/forum/forum.php?mod=viewthread&tid=12727&extra=&page=4，第32楼，2022.8.21

网友“激流震川2.0”（2022c）在武汉大学“简帛”网站之简帛论坛“安大简《仲尼曰》初读”专题下发言，http://www.bsm.org.cn/forum/forum.php?mod=viewthread&tid=12727&extra=&page=4，第33楼，2022.8.21

网友“心包”（2022）在武汉大学“简帛”网站之简帛论坛“安大简《仲尼曰》初读”专题下发言，http://www.bsm.org.cn/forum/forum.php?mod=viewthread&tid=12727&extra=&page=2，第20楼，2022.8.20

网友“汗天山”（2022）在武汉大学“简帛”网站之简帛论坛“安大简《仲尼曰》初读”专题下发言，http://www.bsm.org.cn/forum/forum.php?mod=viewthread&tid=12727&extra=&page=3，第24楼，2022.8.21

网友“cbnd”（2022）在武汉大学“简帛”网站之简帛论坛“安大简《仲尼曰》初读”专题下发言，http://www.bsm.org.cn/forum/forum.php?mod=viewthread&tid=12727&extra=&page=4，第31楼，2022.8.21

网友“tuonan”（2022a）在武汉大学“简帛”网站之简帛论坛“安大简《仲尼曰》初读”专题下发言，http://www.bsm.org.cn/forum/forum.php?mod=viewthread&tid=12727&extra=&page=4，第34楼，2022.8.21

网友“tuonan”（2022b）在武汉大学“简帛”网站之简帛论坛“安大简《仲尼曰》初读”专题下发言，http://www.bsm.org.cn/forum/forum.php?mod=viewthread&tid=12727&extra=&page=4，第35楼，2022.8.21

网友“梁惠王”（2022）《安大简〈仲尼说〉中的四个“堇”字试释》，载“梁惠王的云梦之泽”微信公众号，2022.8.24

孟跃龙（2022）《安大简〈仲尼曰〉简5、6“堇”字试释》，http://m.bsm.org.cn/?chujian/8778.html，2022.08.25

网友“白羽城”（2022）在武汉大学“简帛”网站之简帛论坛“安大简《仲尼曰》初读”专题下发言，http://www.bsm.org.cn/forum/forum.php?mod=viewthread&tid=12727&extra=&page=5，第47楼，2022.8.25

网友“谢亦章”（2022a）在武汉大学“简帛”网站之简帛论坛“安大简《仲尼曰》初读”专题下发言，http://www.bsm.org.cn/forum/forum.php?mod=viewthread&tid=12727&extra=&page=5，第48楼，2022.8.26

网友“谢亦章”(2022b) 在武汉大学“简帛”网站之简帛论坛“安大简《仲尼曰》初读”专题下发言，http://www.bsm.org.cn/forum/forum.php?mod=viewthread&tid=12727&extra=&page=7，第66楼，2022.9.2

网友“予一古人”(2022) 在武汉大学“简帛”网站之简帛论坛“安大简《仲尼曰》初读”专题下发言，http://www.bsm.org.cn/forum/forum.php?mod=viewthread&tid=12727&extra=&page=5，第49楼，2022.8.26

吴铭(2022)《安大简〈仲尼曰〉“堇”字训诂之我见》，载“吴铭训诂札记”微信公众号，2022.8.26

网友“王宁”(2022) 在武汉大学“简帛”网站之简帛论坛“安大简《仲尼曰》初读”专题下发言，http://www.bsm.org.cn/forum/forum.php?mod=viewthread&tid=12727&extra=&page=6，第51楼，2022.8.28

网友“潘灯”(2022) 在武汉大学“简帛”网站之简帛论坛“安大简《仲尼曰》初读”专题下发言，http://www.bsm.org.cn/forum/forum.php?mod=viewthread&tid=12727&extra=&page=6，第57楼，2022.8.30

抱小(2022)《据安大简〈仲尼曰〉校〈论语〉一则》，http://www.fdgwz.org.cn/Web/Show/10943，2022.8.31；又载“锦州抱小”微信公众号，2022.8.31

王宁(2022)《安大简二〈仲尼曰〉读札》，载“群玉册府”微信公众号，2022.9.1

《法言》校诂

萧　旭

摘　要：西汉扬雄撰《法言》，近人汪荣宝撰《法言义疏》既汇聚众说，且自出己见，是目前最为精审的整理本。但此书校勘训诂未臻至善，还有可补可议者。

关键词：《法言》；校勘；训诂

西汉扬雄所撰《法言》，也称作《杨子》。东汉侯芭、吴宋衷、吴陆绩、隋辛德源曾各注《扬子法言》[①]，今均已佚。北宋司马光汇集晋人李轨、唐人柳宗元、宋人宋咸、宋人吴秘旧注，附以己见，著成《法言集注》，合称"五臣注"。有清以还，学者的学术札记中于《扬子法言》有所校正，大致有如下各种：王念孙《法言杂志》[②]，姚鼐《惜抱轩笔记》卷七[③]，洪颐煊《读书丛录》卷十六[④]，蒋超伯《南漘楛语》卷八[⑤]，周悦让《法言通》[⑥]，俞樾《杨子法言平议》[⑦]，孙诒让《札迻·法言》[⑧]，李慈铭《越缦堂读书记》[⑨]，刘师

① 《隋书·经籍志》："《扬子法言》十五卷，解一卷。（扬雄撰，李轨注。梁有《扬子法言》六卷，侯芭注，亡。）《扬子法言》十三卷。（宋衷注。）"《隋书·辛德源传》："德源注《扬子法言》二十三卷。"《新唐书·艺文志》："《扬子法言》六卷扬雄，宋衷注《法言》十卷，李轨注《法言》三卷，陆绩注《扬子太玄经》十二卷。"

② ［清］王念孙：《法言杂志》，收入《读书杂志》余编上卷，北京：中国书店，1985年，第53—56页。

③ ［清］姚鼐：《惜抱轩笔记》卷七《子部·法言》，收入《续修四库全书》第1152册，上海：上海古籍出版社，2002年，第199—200页。

④ ［清］洪颐煊：《读书丛录》卷十六，《续修四库全书》第1157册，上海：上海古籍出版社，2002年，第702—703页。

⑤ ［清］蒋超伯：《南漘楛语》卷八《扬子法言》，《续修四库全书》第1161册，上海：上海古籍出版社，2002年，第372页。

⑥ ［清］周悦让：《法言通》，收入《倦游庵椠记·子通》，济南：齐鲁书社，1996年，第734—735页。

⑦ ［清］俞樾：《杨子法言平议》，收入《诸子平议》卷三十四至三十五，上海：上海书店，1988年，第675—709页。

⑧ ［清］孙诒让：《札迻·法言》，收入《札迻》卷八，北京：中华书局，1985年，第265—267页。

⑨ ［清］李慈铭撰、由云龙辑：《越缦堂读书记》，上海：上海书店，2000年，第618—619页。

培《扬子法言校补附校勘记》《法言补释》[①]，陶鸿庆《读扬子法言札记》[②]，于省吾《法言新证》[③]，徐仁甫《法言辨正》[④]。

近人汪荣宝（？—1933）撰《法言义疏》，是《法言》研究的集大成之作。其初版《法言疏证》，曹元忠、钱维骥分别作序；修订版《法言义疏》，胡玉缙、黄侃分别作序[⑤]。曹、钱、胡、黄四子皆极称赞之，自非虚誉。汪氏《疏证》出版后，汪东著《法言疏证别录》[⑥]，汤炳正著《〈法言〉汪注补正》[⑦]，各有所补订。

整理版《义疏》由陈仲夫点校，凡有所校正，陈氏于当页作“校记”。陈氏时有失误，如：

①第98页：“《真西山文集》、杨实之《字说》引亦作‘史’。”当作“真《西山文集》杨实之《字说》引亦作‘史’”，指宋人真德秀《西山文集》卷三十三引杨实之《字说》所引《扬子》作“史”字。

②第100页：“知《集解》之说，乃汉师古义也。”陈氏于“汉”和“师古”旁标专名线，大误。当读作“汉师／古义”。

③第124页：“《老子》云：‘大音希声。’河上公注云：‘大音犹雷霆，待时而动。’喻常爱气希言也，故设问以论其义。”“喻常爱气希言也”七字亦是河上公注文，当放在引号中。

④第173页：“盍势诸名卿，可几也。”汪氏《义疏》明云“‘盍势诸’为句，‘名’为句，‘卿可几也’为句”，陈氏标点，竟不顾汪氏疏语！

⑤第176页：“太山之与蚁、垤，江、河之与行潦，非难也。”陈氏不知“蚁垤”指蚁堆，竟至加顿号以为“蚁”、“垤”平列。

⑥第199页：“《易・蒙》王注云：‘付物以能，不劳聪明，功斯克矣，故云何乃明哲。’”王注止至“功斯克矣”，“故云何乃明哲”是汪荣宝语。

⑦第226页：“《释文》云：‘沈字或作耽，皆‘媅’之假。’”《释文》止至“耽”字，“皆媅之假”是汪荣宝语。

⑧第267页：“吴云：‘矢，放也；肆，恣也。放口恣笔，动成典训。’《尔雅》曰：

---

① 刘师培：《扬子法言校补附校勘记》《法言补释》，并收入《刘申叔遗书》，南京：江苏古籍出版社，1997年，第1037—1051、1052—1059页。又见汪荣宝《法言义疏》附录一、二。本稿引刘氏《校补》但称刘师培说，引后二文称作刘氏《校勘记》《补释》以区别之。

② 陶鸿庆：《读扬子法言札记》，收入《读诸子札记》卷14，北京：中华书局，1959年，第421—427页。

③ 于省吾：《法言新证》，收入《双剑誃诸子新证》，上海：上海书店，1999年，第438—441页。

④ 徐仁甫：《法言辨正》，收入《诸子辨正》，北京：中华书局，2014年，第564—586页。

⑤ ［清］汪荣宝撰、陈仲夫整理：《法言义疏》，北京：中华书局，1987年。初版题《法言疏证》，汪氏金薤琳琅斋1911年排印本。修订版改题《法言义疏》，1933年排印本，收入《续修四库全书》第933册，上海：上海古籍出版社，2002年，第117—328页。本稿随文标示《义疏》页码，以便覆按。

⑥ 汪东：《法言疏证别录》，《华国月刊》第1卷第1、3、6、8期，1923—1924年。

⑦ 汤炳正：《〈法言〉汪注补正》，《制言》1935年第4期，第1—6页。

‘矢，弛也。’郭云：‘弛，放。’”《尔雅》及郭注，亦吴秘所引，陈仲夫不检《集注》，误以为是汪荣宝语。又郭注“弛放”当连文，郭氏以复词“弛放”释“弛”。

⑨ 第281页：“体之大而无实者曰魁梧；言之大而无实者曰诡讹，曰怪误，曰怪迂，其义一也。合音言之，则曰夸逸，《周书·谥法》‘华言无实曰夸’，是也。”陈氏居然不知“逸”当属下，《逸周书》是书名。不思“夸逸”不辞，且《谥法》但出“夸”字，何得“夸逸”连文邪？“夸逸”又怎得是“怪迂”或“怪误”之合音邪？

⑩第292页：“《淮南子·齐俗》云：‘今握一君之法，籍以非传代之俗，譬由胶柱而调瑟也。’”陈氏不知“法籍”当连文。此等谬误，荒陋已甚，不胜枚举，姑出十例，以见一端。

兹依汪氏《义疏》整理本为底本作校补焉。本文先列五臣注，次汪氏《义疏》（汪氏但出李轨注及《音义》，另四家说偶有引用或化用），次汪氏未引之诸家说。

余所见《法言》版本如下：国图藏宋刘通判宅仰高堂《纂图分门类题五臣注扬子法言》本（省称作宋刻本），秦恩复石砚斋翻宋治平二年国子监《扬子法言》李轨注本（附《音义》一卷，省称作宋治平本，四部丛刊本、湖北先正遗书本均是影印此本），辽宁省图书馆藏宋淳熙八年唐仲友台州公使库《扬子法言》五臣注本（附《音义》一卷，省称作宋台州本），明程荣校刻《汉魏丛书》《法言》白文本（省称作程本），日本内阁文库藏明初《纂图互注扬子法言》五臣注本（省称作明刊本），日本内阁文库藏日本万治二年（1659）跋刊《新纂门目五臣音注扬子法言》本（省称作万治刊本），四库全书《扬子法言》五臣注本（省称作四库本）。

本文引用类书版本如下：孔广陶校刻本《北堂书钞》（省称作《书钞》），古香斋本《初学记》，南宋刻本《艺文类聚》（省称作《类聚》），景宋本《太平御览》（省称作《御览》），南宋刻本《事类赋注》，宋刊本《记纂渊海》。汪荣宝、刘师培均未见景宋本《御览》，每依所据俗本误校。

下列五书余未见：许瀚《法言训诂》[①]、叶景葵《扬子法言校异》、日人立野春节《扬子法言校勘》、日人佚名《训点五臣注扬子法言》[②]、卫仲璠《扬子法言会笺》[③]。

（1）羿、逢蒙分其弓，良舍其策，般投其斧（《学行》）

汪荣宝曰：《音义》：“羿，五计切。逢蒙，薄江切。”按：逢蒙，《汉书·人表》《艺文志》《王褒传》均作“逢门”，《荀子·王霸》《正论》诸篇、《史记·龟策传》均作“蠭门”，

① 瀚，原作翰，疑为瀚之误，下同。

② 许瀚《法言训诂》、叶景葵《扬子法言校异》、立野春节《扬子法言校勘》、佚名《训点五臣注扬子法言》，严灵峰《周秦汉魏诸子知见书目》第5册著录，北京：中华书局，1993年，第331、350、352页。

③ 卫仲璠：《〈扬子法言会笺〉前言》，《安徽师大学报》1989年第3期，第315—316页。卫氏撰《前言》，但其书迄未得见。

《庄子·山木》作“蓬蒙”，《吕氏春秋·具备》作“蠭蒙”，惟《孟子·离娄》作“逄蒙”，与此同。世德堂本作“逢蒙”。俞氏樾《平议》云：“‘分’字之义不可通，当读为‘焚’，正与下文‘良舍其策，般投其斧’一律。”按，《说文》：“分，别也。别，分解也。”《后汉书·寇恂传》“今日朕分之”，章怀太子注云：“分，犹解也。”《说文》：“弛，弓解弦也。”分、弛同训解，则分弓犹云弛弓矣。①

洪颐煊曰：“分其弓”与下文“良舍其策”“般投其斧”对言之，“分”当是解散之名。《素问·五常政大论》“分溃痈肿”，王砅注：“分，裂也。”与“解散”义近。②

刘师培曰：分当训裂。③

刘师培《补释》曰：俞说非。《说文》训分为别，引伸之则为离析之义。《庄子·渔父篇》：“远哉！其分于道也。”司马彪注云：“分，离也。”《素问·五常政大篇》云：“分溃痈肿。”王砅注云：“分，裂也。”则羿、逄蒙分其弓犹言裂其弓耳，不必改“分”为“焚”也。④

郭鹏飞曰：此句与“良舍其策”“般投其斧”相对，“舍”“投”皆有弃义，“分”理应义亦相当。案桃源藏（1722—1801）指“分”是“分手”之“分”，甚是。“分”本义为分开、分离……“分”字本通，不必如俞氏改读。⑤

按：①“逄蒙”，程本、明刊本、四库本同，宋刻本、宋治平本、宋台州本、万治刊本作“逢蒙”。是本书早期刊本作“逢蒙”。汪氏所引《庄子·山木》“蓬蒙”，世德堂本如此，道藏注疏本、白文本、《口义》本作“逢蒙”。景宋本《淮南子》作“逢蒙子”，道藏本作“逄蒙子”。②汪氏“分弓犹云弛弓”乃采其弟汪东说。⑥郭鹏飞说“分”是弃义，是也，但未得本字。“分”，读作“粪”。《说文》：“粪，弃除也。”引申训作弃，与“舍”“投”同义对举。扬雄《甘泉赋》云“般、倕弃其剞劂兮，王尔投其钩绳”，文例同。

（2）雾縠之组丽（《吾子》）

李轨注：言可好也。

吴秘曰：组织纤丽。

汪荣宝曰：《书·禹贡》马融注云：“组，文也。”《御览》卷816引此作“雾縠之丽”，无“组”字。⑦

---

① ［清］汪荣宝撰、陈仲夫整理：《法言义疏》，北京：中华书局，1987年，第13页。

② ［清］洪颐煊：《读书丛录》卷十六，《续修四库全书》第1157册，上海：上海古籍出版社，2002年，第702页。

③ ［清］汪荣宝撰、陈仲夫整理：《法言义疏》附录，北京：中华书局，1987年，第576页。

④ 同上书，第613页。

⑤ 郭鹏飞、蔡挺：《俞樾〈诸子平议·杨子法言〉辨疑》，《汉语史学报》第二十一辑，上海：上海教育出版社，2019年，第92页。

⑥ 汪东：《法言疏证别录》，《华国月刊》1923年第1卷第1期。

⑦ ［清］汪荣宝撰、陈仲夫整理：《法言义疏》，北京：中华书局，1987年，第47页。

按：《合璧事类备要》前集卷四十四、《事文类聚》别集卷十一、《礼记集说》卷六十六引同今本，《御览》脱“组”字。《广雅》：“珇，美也。”又“珇，好也。”王念孙曰：“《方言》：‘珇，美也。’[①]《晏子春秋·谏篇》云：‘今君之服驵华。’《法言·吾子篇》云：‘雾縠之组丽。’组、驵并与珇通。”[②]吴秘说误，王、汪说是。“珇”是玉有文采的分别字。字亦作“袓”“䱙”，音转作“楚”。《说文》：“袓，事好也。”《荀子·乐论》“其服组”，孙诒让曰：“‘组’谓华丽也，即‘䱙’之假字。《说文》：‘䱙，合五色（采）鲜色。《诗》曰“衣裳䱙䱙”。’《晏子春秋·谏下篇》云‘圣人之服中侻而不驵’，又云‘今君之服驵华，不可以导众’，组、驵字亦通。”[③]《诗·蜉蝣》作“衣裳楚楚”，毛传：“楚楚，鲜明貌。”

（3）捖革为鞠（《吾子》）

吴秘曰：“梡”当为“捖”。捖，刮摩也。

司马光曰：“梡”当作“楦”。楦，呼愿切，所以塞履也。以毛楦革而为鞠。[④]

孙诒让曰：“捖”当为“垸”之假字。垸革，言以革为圆丸也。《考工记·冶氏》“重三垸”，注：“郑司农云：‘垸，量名，读为丸。’”《列子·黄帝篇》“累垸二而不坠”，《庄子·达生篇》“垸”作“丸”。此“捖”亦谓丸也。《史记·卫青传》《索隐》引《三仓》云：“鞠，毛丸，可蹋以为戏者。”《御览》卷七五四引《风俗通》云：“丸毛谓之鞠。”蹋鞠，以革裹毛为丸，故谓之垸。诸说并失之。[⑤]

汪荣宝曰：捖，各本皆作“梡”。《音义》：“梡革，音缓，又音款。断木也。”此不得其义。司马云：“梡，旧本作捖。”今据订正。《说文》：“刓，抟也。抟，圜也。”字亦作“捖”，《淮南子·俶真》云“嫥捖刚柔”，高注云：“和调也。”嫥捖，即抟刓也。孙氏诒让《札迻》云云（《史记》以下汪氏未引）。按：孙说亦通。《说文》：“鞠，蹋鞠也。”《文选·曹子建·名都篇》李注引郭璞《三苍解诂》云：“鞠，毛丸，可蹋戏。”《史记·卫将军骠骑列传》云：“穿域蹋鞠。”《索隐》云：“鞠戏以皮为之，中实以毛，蹴蹋为戏也。”[⑥]

支伟成曰：梡，完缮。革，皮革。鞠，球。[⑦]

庞俊曰：“捖”与“刮”通。《周礼·考工记》“刮摩之工五”，郑注：“故书‘刮’作

---

① 引者按：见卷十三。

② ［清］王念孙：《广雅疏证》，收入徐复主编《广雅诂林》，南京：江苏古籍出版社，1992年，第54页。又第61页说略同。

③ ［清］孙诒让：《札迻·荀子》，收入《札迻》卷六，北京：中华书局，1985年，第190页。中华本“䱙”字右旁误作“卢”。

④ ［清］汪荣宝撰、陈仲夫整理：《法言义疏》，北京：中华书局，1987年，第65页。

⑤ 中华书局1985年点校本《札迻》第265页点作：“《三仓》云：‘鞠毛丸可蹋以为戏者。’《御览》卷754引《风俗通》云：‘丸毛谓之鞠。蹋鞠以革裹毛为丸，故谓之垸。’”殊误。“蹋鞠，以革裹毛为丸，故谓之垸”是孙诒让语，点校者竟误作《风俗通》文，又读不懂《三仓》！

⑥ ［清］汪荣宝撰、陈仲夫整理：《法言义疏》，北京：中华书局，1987年，第65页。

⑦ 支伟成：《标点注解〈扬子法言〉》，上海：上海泰东图书局，1923年，第11页。

'㧓'。"①

按：汪氏读"㧓"作"刓"，乃采其弟汪东说。②宋刻本、宋治平本、宋台州本、程本、明刊本、万治刊本、四库本均作"梡"，欧阳修《与石推官书》、《演繁露》卷九、《记纂渊海》卷二十五、《事文类聚》前集卷四十二引同。③《诗补传》卷八引作"㧓"，《书叙指南》卷九、欧阳修《试笔·用笔之法》、秦观《进策·兵法》、李复《答辛祖德书》引作"刓"，《石门文字禅》卷二十四引作"丸"。诸字当以"丸"为正字，孙诒让说是也，所引"《风俗通》"当作"《通俗文》"，"丸毛"当是"毛丸"倒文。④《玄应音义》卷二十二引《三苍》："毱，毛丸，可戏笑者也。"《广韵》："毱，皮毛丸也。""毱"同"鞠"，"革"即"皮"。丸革者，以皮毛为丸球也。

（4）震风陵雨（《吾子》）

李轨注：陵，暴。

汪荣宝曰：陵，世德堂本作"凌"；《御览》卷十、又卷四〇一两引，一作"凌"，一作"陵"。二字古亦通用。《演连珠》："迅风陵雨，不谬晨禽之察。""陵雨"字本此……《演连珠》注引此文李轨注作"陵雨，暴雨也"。《广雅》云："凌，暴也。"义出《法言》此文，当是侯芭、宋衷旧义。⑤

刘师培曰：《御览》卷十、洪兴祖《楚辞·九章》补注引"陵"作"凌"，《文选·陆机·连珠》注引注作"陵雨，暴雨也"。⑥

按：宋治平本作"陵"，《文选·演连珠》李善注、《御览》卷四〇一引同；宋刻本、宋台州本、程本、明刊本、万治刊本、四库本作"凌"，《岁华纪丽》卷二，《御览》卷十，《记纂渊海》卷二、一三〇引同。⑦其本字是"夌"，由侵犯、欺辱义引申训作暴虐。《管子·明法解》"强不凌弱，众不暴寡"，《新语·道基》《说苑·修文》《盐铁论·轻重》同，《韩非子·奸劫弑臣》《韩诗外传》卷六"凌"作"陵"，《礼记·祭义》《家语·正论解》作"犯"。"凌（陵）""暴"同义对举，此自是常用义，《广雅》不必义出《法言》此文也。

（5）荧魂旷枯，糟莩旷沈（《修身》）

李轨注：莩，熟也。

柳宗元曰：荧，明也。荧魂，司目之用者也。"糟"当为"精"。莩如葭莩之莩，目精之表也。言魂之荧明，旷久则枯。精之轻浮，旷久则沈。

---

① 庞俊、郭诚永：《国故论衡疏证》卷中之五，北京：中华书局，2008年，第388页。

② 汪东：《法言疏证别录》，《华国月刊》1924年第1卷第8期。

③ 《记纂渊海》四库本在卷五十九，字作"㧓"。

④ 《故训汇纂》引误作"凡毛"，北京：商务印书馆，2003年，第2223页。臧庸从卢文弨说改"《风俗通》"作"《通俗文》"，是也。臧庸辑本《通俗文》，邃雅斋丛书本，第13页。

⑤ ［清］汪荣宝撰、陈仲夫整理：《法言义疏》，北京：中华书局，1987年，第80—81页。

⑥ 同上书，第581页。

⑦ 《记纂渊海》四库本分别在卷五十五、七十二。

吴秘曰：荧，光。荧魂，神光。精莩，精之白也。故本“精”作“糟”。[①]

俞樾曰：荧魂以喻轻清之气，糟莩以喻重浊之气。糟者酒之滓，莩者米之皮也。其轻清者日以枯，其重浊者日以沈，斯盲矣。柳宗元注以“糟”为“精”之误，而训莩为目精之表，殆失其旨。李注曰：“莩，孰也。”义亦未安。[②]

汪荣宝曰：“糟”当依旧本作“精”，“精”、“糟”形近而误。“荧魂”、“精莩”皆迭字为义，荧魂谓神，精莩谓光也。“荧”读为《老子》“载营魄”之“营”，营亦魂也……是荧魂者，神气也。陆士衡《文赋》：“揽营魂而探赜。”[③]营魂即荧魂，士衡用《法言》语也。《淮南子·本经》高注云：“精，光明也。”“莩”读为《聘义》“孚尹旁达”之“孚”。彼郑注云：“谓玉采色也。”……是精莩犹言光采。旷者，久废之谓。“荧魂旷枯”谓目之神气久废而枯槁。“精莩旷沈”谓目之光采久废而湛没也。俞云云。荣按：俞以糟莩为喻重浊之质，夫重浊之质无取其上浮，盲者亦不因重浊之质日沈而致盲，此说殊不可从。子厚破糟为精，是矣。而以精莩为目精之表，则亦失其义。[④]

朱骏声曰：柳注：“糟当为精。”按：精，今睛字。莩，假借为稃。[⑤]

黄式三曰：莩，“稃”之借字，穅也。[⑥]

刘师培曰：“糟”字当从柳注易“精”。《淮南·俶真训》云：“夫人之事其神而娆其精营，慧然而有求于外（高注“营彗”连读，失之），此皆失其神明，而离其宅也。”荧、营古通。（“营”即《老子》“营魄”）荧魂、精莩，即《淮南》所谓“精营”。又《荀子·赋篇》云：“血气之精也，志气之荣也。”《成相篇》云：“思之精，志之荣。”《管子·内业篇》曰：“精存自生，其外安荣。”精、营对文，亦与此文荧、精意合。（李注不改字者，盖以“糟”犹《淮南·道应训》“糟粕荧魂”，糟粕别精粗言之。）[⑦]

刘师培《补释》曰：李注云：“莩，熟也。”柳注以“糟”为“精”之误，而训莩为目精之表。俞氏樾云云。案：众说均非。惟柳改“糟”为“精”，则其说甚确。《淮南子·俶真训》云云，“精营”二字正此文“荧魂精莩”之的解（高注以“营慧”连文，失之）。“荧”当作“营”，《老子》云：“载营魄。”注云：“神之常居处也。”《法言》之“荧魂”，即《老子》之“营魄”。盖神之养于中者谓之营，神之显于外者谓之精。凡从孚声之字均含有外字之义。精莩者，精之浮露于外者也。柳注以为目皮，失之矣。考扬子此

① ［清］汪荣宝撰、陈仲夫整理：《法言义疏》，北京：中华书局，1987年，第94—96页。

② ［清］俞樾：《杨子法言平议》，收入《诸子平议》卷三十四，上海：上海书店出版社，1988年，第681—682页。

③ 引者按：“而”当作“以”。

④ ［清］汪荣宝撰、陈仲夫整理：《法言义疏》，北京：中华书局，1987年，第94—96页。

⑤ ［清］朱骏声：《说文通训定声》，武汉：武汉市古籍书店，1983年，第270、272页。

⑥ ［清］黄式三：《儆居集》卷四《读子集一·读李注〈法言〉》，收入《黄式三全集》第5册，上海：上海古籍出版社，2014年，第271页。

⑦ ［清］汪荣宝撰、陈仲夫整理：《法言义疏》附录，北京：中华书局，1987年，第582—583页。

文，盖以神之内蓄者日以枯，神之外著者日以沈（沈即消减之义），则其智日昏。①

按：各本均作“糟”，吴秘亦指出“故本精作糟”，北宋晁补之《后招魂赋》：“舍君之灵龟，而糟莩沈些。”是晁氏所见本是“糟”字。《音义》：“旧本亦作‘精莩’。”注“熟”，宋治平本、宋台州本同，宋刻本、万治刊本作“孰”，四库本改作“郭”。诸说各有对错。柳宗元说“糟当为精”，朱骏声云云，“精莩”指眼睛之表皮，今言眼膜；汪荣宝说“荧魂”即“营魂”，营亦魂也。均是也。诸家均未得“沈”字之谊。《说文》：“沈，一曰浊黕也。”又“黕，滓垢也”。“沈”，读作“黕”，污浊也。

（6）箪瓢捽茹（《修身》）

汪荣宝曰：《音义》：“捽茹，上音在忽切；下音人恕切，菜也。”俞云：“捽读为啐，尝也。”按：当读为“啐”。《说文》：“啐，小饮也。”“啐”即“啐”之假。此以捽为之，其义亦同。《方言》云：“茹，食也。吴、越之间，凡贪［饮］食者谓之茹。”然则捽茹犹言饮食耳。②

洪颐煊曰：捽，古通作“掇”字。《礼记·檀弓》：“啜菽饮水。”《尔雅》：“啜，茹也。”郭璞注：“啜者，拾食。”与“掇”字同义。《广雅》：“茹，食也。”旧注失之。③

支伟成曰：捽，手持也。茹，食也。以手取食，不用箸。④

按：汪、洪说均是。字亦作“歠”，《说文》：“啜，尝也。”又“歠，歓（饮）也”。又“啐，小歓（饮）也”。《广雅》：“啜，食也。”黄侃指出“歠”“啐”同文⑤。俗字或作“歠”，又音转作“哾”“餟”“嘬”。至于“啜（歠）”训“饮食”的语源，郭璞说是“掇”，指拾食，朱骏声、徐复从其说⑥；刘熙说是“绝”，《释名》云：“啜，绝也，乍啜而绝于口也。”⑦余谓二说皆误，语源当是“叕”“缀”，取连续不止为义。

（7）吾焉开明哉？惟圣人为可以开明，它则苓（《问道》）

李轨注：焉，安也。开，发也。

宋咸曰：“苓”当为“蒙”字之误也。言开吾道之瞽以为之明者，惟圣人尔。他则愈蒙暗矣。

吴秘曰：吾道可以开明哉？惟闻圣人之言为可开明，若诸子它道，无所闻焉。苓，

---

① ［清］汪荣宝撰、陈仲夫整理：《法言义疏》附录，北京：中华书局，1987年，第614—615页。

② 同上书，第99页。

③ ［清］洪颐煊：《读书丛录》卷十六，《续修四库全书》第1157册，上海：上海古籍出版社，2002年，第702页。

④ 支伟成：《标点注解〈扬子法言〉》，上海：上海泰东图书局，1923年，第17页。

⑤ 黄侃：《说文同文》，收入《说文笺识》，北京：中华书局，2006年，第58、79、107页。

⑥ 朱骏声：《说文通训定声》，武汉：武汉市古籍书店，1983年，第675页。徐复：《释名补疏上篇》，收入《徐复语言文字学晚稿》，南京：江苏教育出版社，2007年，第25页。

⑦ 啜、绝是声训，《说文》：“蠿、蠿蝥，从蚰，𢇍声。𢇍，古绝字。”“蠿蝥”即《尔雅·释虫》郭璞注“蝃蝥”。

苓耳也。苓耳徒有其名，而无聆闻之实。郭璞云："苓耳形似鼠耳，丛生如盘。"

汪荣宝曰：《音义》："苓，音聆。"俞云："'苓'当读为'笭'。《说文》：'笭，车笭也。'《释名》曰：'笭横在车前，织竹作之，孔苓苓也。'此言惟圣人为可以开明，其他则如车笭然，所见者小矣。"按：俞说是也。"苓""笭"古字通。①

姚鼐曰："苓"乃"棂"字假借。言一棂之开亦有明焉，然其明发小矣。②

刘师培曰：《管子·宙合篇》云："明乃哲，哲乃明，奋乃苓，明哲乃大行。"下文释之曰："奋，盛。苓，落也。"彼文明、苓对文（此文"开明"，"开"与"闿"同。李注训发，似非），与此文同，即此文所本。苓义诂落，当从彼说。③

刘师培《校勘记》曰：《吾子篇》云："好说而不要乎仲尼，说铃也。"李注："铃以喻小声。"此文之"苓"，盖即彼"铃"字之假字也。言惟圣人能开明，余皆所闻弗远也。李于此文无注，盖以"铃"字已注释于前，"苓"与"铃"同，故不加释训。此"苓"当作"铃"之确据（此条改前作）。④

刘师培《补释》曰："苓"字义不可通。宋、吴之说固非，俞说亦穿凿。"开明"为智字之义，则"苓"字必当愚昧之义。古字"令"与"民"通。《说文》："笢，竹肤也。"而《仪礼·士丧礼》作"黔"，此其确证，则"苓"当作"民"。郑注："民，冥也。"《春秋繁露》："民者，瞑也。"贾子《新书》："民之谓言萌也，萌之谓言盲也。"《荀子》注云："民泯无所知。"则扬子所谓"苓"，即泯无所知之义。《书·吕刑》"泯泯棼棼"，《汉书》"泯"作"湎"。湎亦昏昧之状，与"开明"之义相反。⑤

方槃如曰：圣人生而知之，故自可以开明。他人则闻而知之，故必聆乃开发耳。"苓"与"聆"同。⑥

徐仁甫曰：《音义》："苓，音聆。"即训苓为聆。谓他人则聆听圣人之开明而已。其余说皆凿不可从。⑦

郭鹏飞曰：蓝秀隆读苓作笭，指隔车苓而观外，蒙眬不清，如此兀突迂曲，显非扬雄手笔。桃源藏以"苓"通"零"，言他道则落失其所以开发者。姚鼐云云。方槃如云云，徐仁甫说同。刘师培云云。今案"苓"疑"芩"之误。芩于此读若黔，犹染黑也……

① ［清］汪荣宝撰、陈仲夫整理：《法言义疏》，北京：中华书局，1987年，第116页。

② ［清］姚鼐：《惜抱轩笔记》卷七《子部·法言》，收入《续修四库全书》第1152册，上海：上海古籍出版社，2002年，第199页。

③ ［清］汪荣宝撰、陈仲夫整理：《法言义疏》附录，北京：中华书局，1987年，第584页。

④ 同上书，第608页。

⑤ 同上书，第615—616页。

⑥ 方槃如说转引自卫仲璠《〈扬子法言会笺〉前言》注③，《安徽师范大学学报》1989年第3期，第316页。

⑦ 徐仁甫《法言辨正》，收入《诸子辨正》，北京：中华书局，2014年，第569页。

"它则芩(黔)"是说他道则使世人双目染黑，云使人蒙昧也，与上文"开明"义正相对。[①]

按："它"，宋台州本、四库本同，宋治平本作"他"，宋刻本、程本、明刊本、万治刊本作"佗"。"芩"，当读作"遴"，难也。《说文》："遴，行难也。《易》曰：'以往遴。'"《广雅》："遴，难也。"言惟圣人可以开明，它人则难矣。郭鹏飞改字，毫无根据，且"黔"是黑色，指颜色而言，也没有引申出蒙昧的用法，不达训诂而妄改，断不可信。

(8)庄周、申、韩不乖寡圣人而渐诸篇，则颜氏之子、闵氏之孙其如台?(《问道》)

李轨注：言此数子之才，苟不乖少圣人之术，渐染其心于篇籍之中，以训学徒，则颜、闵不能胜之。

汪荣宝曰："乖寡"双声连语，犹云"睽孤"。《汉书·五行志》颜注云："睽孤，乖剌之意也。"凡双声叠韵连语，以声为义，无正字也。[②]

按：李轨注"乖少"非是。汪说是也，但连语虽以声为义，并非无正字。《说文》："乖，戾也。"又"竵，不正也"。"乖"同"竵"，俗作"歪"，音转作"睽"。《易·睽》："睽孤。"上博楚简(三)作"楑伓"，帛书本作"乖苽"。"乖"又音转作"伓"，亦借"弧、狐、孤、苽、窊、欣、呙、华"为之，"寡"亦是"伓"双声叠韵转语。本书《重黎》："守失其微(徽)，天下孤睽。""乖寡""乖苽""睽孤""孤睽"都是音变复合词。

(9)面相之，辞相适，抒中心之所欲，通诸人之嚍嚍者，莫如言(《问神》)

李轨注：嚍嚍，犹愤愤也。

吴秘曰：嚍嚍，犹声闻也。通众人善恶之声。

司马光曰：宋、吴本"嚍"作"嚍"，呼陌切，叫呼也。今从李本。嚍，音晋。

汪荣宝曰：《音义》："嚍嚍，音即刃切。俗本作'嚍嚍'，误。"按：宋、吴本作"嚍嚍"，此《音义》以为俗本者。然《音义》引俗本，往往有古音古义存其间，转较胜其所据本。嚍、嚍形近易误。重言形况，以声为义，尤难定其文字之是非。《法言》多韵语，今以声韵求之，颇疑作"嚍嚍"者为合。《离骚》："忽纬繣其难迁。"王注云："纬繣，乖戾也。"字亦作"敹憣"，《广雅》云："敹憣，乖剌也。"王疏云："意相乖违，谓之敹憣。"然则"嚍嚍"即"纬繣""敹憣"之意。通诸人之嚍嚍，犹云通众意之相乖耳。按："嚍"字《说文》《玉篇》均不录。《荀子·非十二子篇》"尽尽焉"，彼杨注云："极视尽物之貌。"此望文生训。俞氏樾《平议》云："尽尽犹津津也。《庄子·庚桑楚篇》曰：'津津乎犹有恶也。'此作尽尽者，声近，故假用耳。"按：《庚桑楚》《释文》："津津，如字。崔本作'律律'，云：'恶貌。'""嚍嚍"当即"尽尽""津津"之谓。弘范以为愤愤者，《方言》云："愤，盈也。"《国语·周语》："阳瘅愤盈。"韦注云："积也。"《淮南子·俶真》："繁愤

① 郭鹏飞、蔡挺：《俞樾〈诸子平议·杨子法言〉辨疑》，《汉语史学报》第二十一辑，上海：上海教育出版社，2019年，第94页。

② ［清］汪荣宝撰、陈仲夫整理：《法言义疏》，北京：中华书局，1987年，第134页。

未发。”高注云：“繁愤，众积之貌。”然则愤愤者，积意欲发之义。[1]

按：①宋刻本、宋治平本、宋台州本、程本、万治刊本、四库本作“嚜嚜”，《永乐大典》卷二九五〇引作“哸哸”；台州本有校语云：“嚜，一作嚍。”吴秘本亦作“嚍”。明刊本作“嚍嚍”，宋林之奇《尚书全解》卷十六、《记纂渊海》卷一五四、《合璧事类备要》续集卷四十八、《事文类聚》别集卷二十六、南宋李廷忠《贺钱左相》引同（《事文类聚》注“愤愤”作“愦愦”，又误作正文）[2]。《集韵》《类编》：“嚜，即刃切，愤也。”并引《扬子》“通诸人之嚜嚜”。《附释文互注礼部韵略》卷五：“嚍，呼陌切，声也。”《增韵》卷五：“嚍，胡麦切，言声。”并引《扬子》“通诸人之嚍嚍”。方以智曰：“嚍嚍，啧啧也。《法言》曰‘通诸人之嚍嚍，莫如言’，注：‘犹愤愤也。’宋、吴本作‘嚍嚍’。《礼韵新制》但引《扬子》作‘嚍嚍’。《广韵》又有‘懎’字：‘懎懎，快辨也，出《音谱》。’何逊诗：‘蘧居向北阙，懎懎不道车。’《集韵》或作‘陌’，升庵故造‘陌陌’。《神女赋》‘即（既）姽婳于幽静’，《韵会》‘姽’字下引作‘姽嫿’。左思《赋》‘用以鋻倮为嫿’，而韵书竟无‘嫿’字，‘嫿’是‘婳’讹。”[3]方氏引左思《魏都赋》出《文选》，四部丛刊影南宋六臣注本作“嫿”，有校语云：“五臣本作‘婳’，胡麦反。”李善注：“《说文》：‘嫿，静好也。’音尽。”国图藏宋刻本同。今《说文》作“婳”，则“嫿”是“婳”形误，“音尽”当作“音画”。宋淳熙八年尤刻本、宋明州本、宋绍兴三十一年陈八郎刊本正作“婳”，尤刻本注音作“音画”。《荀子·儒效》杨倞注引《魏都赋》作“婳”，指出“婳音获”。“婳”“姽婳”是美好貌，“懎懎”即“快快”，均与“嚍嚍”无涉，方氏引之不当。汪氏说此文当作“嚍嚍”，是也，但说即“纬繣”“散懎”之意，则误。嚍嚍，大叫声也，状诸人之不解事。《方言》卷十三：“咸，声也。”郭璞注：“咸，荒麦反，亦音郁。”钱绎曰：“《玉篇》‘咸’音呼麦、于六二切，云：‘声也，或作欶。’《说文》：‘欶，吹气也，于六切。’《玉篇》：‘嚍，嚍啧，叫呼。’《法言·问神篇》吴秘注：‘嚍，呼陌切，叫呼也。’‘嚍’与‘咸’字异义同。”[4]钱说均是。《玉篇残卷》“欶”字条引《字书》：“亦咸字也。咸，声也。”裴务齐《正字本刊谬补缺切韵》：“咸，声。”王仁昫《刊谬补缺切韵》：“咸，于六反，声。又呼麦反。或作欶。”字亦作“嚄”“陌”，裴氏《切韵》：“嚄，嚄咋。又作‘咋陌’。”“嚍啧”亦作“擉啧”“嚄啧”，声转则作“嚄唶”“嚄諎”“获齰”“嚄咋”“陌咋”“陌咋”等。李轨注“愤愤”，当作“啧啧”。《古文苑》卷七蔡邕《短人赋》：“啧啧怒语，与人相拒。”《永乐大典》卷二九七八引“啧啧”同，《蔡集》作“嚍啧”，《初学记》卷十九引作“嚍喷（啧）”。

① ［清］汪荣宝撰、陈仲夫整理：《法言义疏》，北京：中华书局，1987年，第160—163页。

② 《记纂渊海》四库本在卷六十三。

③ ［清］方以智：《通雅》卷十，收入《方以智全书》第1册，上海：上海古籍出版社，1988年，第387页。方氏引“既”误作“即”。

④ 钱绎：《方言笺疏》卷十三，上海：上海古籍出版社，1984年，第731页。钱氏误司马光注为吴秘注。

（10）弥纶天下之事，记久明远，着古昔之㖧㖧，传千里之忞忞者，莫如书（《问神》）

李轨注：㖧㖧，目所不见。忞忞，心所不了。

宋咸曰：㖧㖧，犹喋喋。忞忞，犹勉勉。言书画者，所以着古人喋喋之言，传千里勉勉之怀也。

吴秘曰：㖧㖧，不可知也。忞忞，自强勉也。

汪荣宝曰：《音义》："㖧㖧，呼昆切。"《文赋》注引《法言》作"昏昏"。又《音义》："忞忞，武巾切。"俞云："'忞忞'与'㖧㖧'同义。《史记·屈原传》：'受物之汶汶。'《索隐》曰：'汶汶，昏暗不明也。''汶汶'即'忞忞'也。"①

按：俞樾说是也。"㖧㖧"，四部丛刊影南宋本《文选·文赋》李善注引作"昬昬"，《鹖冠子·近迭》陆佃注引作"涽涽"。"昬"是"昏"俗字。"㖧㖧"即"惛惛""昏昏"。"忞忞""汶汶"或省作"文文"，亦是"惛惛"转语。《易林·明夷之蛊》："文文墨墨，祸福相杂。"《广雅》："惽惽、忞忞，乱也。""惽惽"是"惛惛"俗字，又省作"怋怋"。《集韵》："怋、惽，怋怋，不明也，乱也，闷也，或从昏。"《孟子·尽心篇》："今以其昏昏，使人昭昭。"又音转作"闷闷""闵闵""闽闽"。《老子》第二十章"俗人察察，我独闷闷"，帛书甲本"闷闷"同，帛书乙本作"闽闽"，北大汉简本亦作"昏昏"，傅奕本、范应元作"闵闵"。《老子》第五十八章"其政闷闷，其民淳淳"，北大本"闷闷"作"昏昏"，傅、范本作"闵闵"，景宋本《淮南子·道应篇》引作"惽惽"（道藏本仍作"闷闷"）。

（11）辰乎，辰！曷来之迟，去之速也，君子竞诸（《问明》）

李轨注：进德修业，欲及时也。

吴秘曰：君子无所竞，必也为道亟于时也。

汪荣宝曰：《小尔雅》云："竞，逐也。"②

按："诸"是"之"声转，代指辰，即指时。"竞"，读为"遽"，急遽也。《诗·长发》"不竞不絿"，马王堆帛书《五行》引"竞"作"剧"。《文子·道德》"吾若与俗遽走"，《淮南子·齐俗训》"遽"作"竞"。《文子·上礼》"邪人谄而阴谋遽载"，《淮南子·览冥训》"遽"作"竞"。均其音转之证。下文云"君子谨于言，慎于好，亟于时"，"君子竞诸"即"亟于时"之谊，亟竞一声之转。李轨注："亟，急。"吴秘于"竞"上增"无所"二字解之，非是。

（12）荒乎淫，拂乎正，沈而乐者，君子不听也（《寡见》）

李轨注：拂，违也。沈，溺也。

汪荣宝曰：《音义》："拂乎，符勿切。"世德堂本作"佛"。按：《说文》："弗，挢也。"

---

① ［清］汪荣宝撰、陈仲夫整理：《法言义疏》，北京：中华书局，1987年，第161页。

② 同上书，第193页。

引伸为戾，为违。经传多以“拂”或“佛”为之。①

按：宋治平本、宋台州本作“拂”，宋刻本、程本、明刊本、万治刊本、四库本作“佛”。台州本有校语云：“拂，又作佛。”注文作“佛”。李轨注拂训违，是也，汪氏以“弗”为本字则误。“拂”“佛”，并读作“咈”。《说文》：“咈，违也。”《史记·秦始皇本纪》“不敢尽忠拂过者”，钞本《治要》卷十一引“拂”作“咈”（天明刊本改作“拂”）。字亦作“怫”“费”“䯽”，又省作“弗”，音转作“悖”“勃”“弼”。又音转作“非”，《说文》：“非，违也。”

（13）雷震乎天，风薄乎山（《寡见》）

汪荣宝曰：《广雅》：“薄，聚也。”

按：汪说误也。《淮南子·兵略训》：“击之若雷，薄之若风。”薄，读为迫，急促也。

（14）或问“淳于越”。曰：“伎曲。”……越与亢眉，终无挠辞，可谓伎矣（《重黎》）

李轨注：有才伎也。

汪荣宝曰：伎读为䮼。《说文》：“䮼，马强也。”引伸为凡强之称。《广雅》：“䮼，强也。”《通俗文》：“强健曰䮼。”“伎曲”相反为义，谓强而终屈也。②

章太炎曰：“伎”与“曲”对，故以终无挠辞说伎，则伎为直谊明甚。③

刘师培曰：案：伎众亢眉及无桡言，与“曲”对文。疑与《史记·项羽传》“枝梧”义同。枝，柱也。李说非。④

刘师培《补释》曰：李注望文生意。“支”与“搘”同。支，柱也。支犹拒也。……此伎与支、枝义同。言越能与始皇相支柱也。《史记·鲁仲连传》云：“技桓公之心。”亦与此文之“伎”同。⑤

按：“伎”，读作“忮”。《说文》：“忮，很也。”又“很，不听从也”。违逆、不从之义。人性强很之字作“忮”，马强很的分别字作“䮼”。“挠”，程本、明刊本、万治刊本同，宋刻本、宋治平本、宋台州本、四库本作“桡”。

（15）曼面为姊（《渊骞》）

吴秘曰：《小尔雅》：“曼，无也。”

汪荣宝曰：《音义》：“曼面，谟官切，涂面。”俞云：“曼当读为镘。《尔雅》：‘镘谓之杇。’《说文》：‘杇，所以涂也。’是镘者，所以涂之具，故涂即谓之镘。镘面者，涂面也。《音义》说得之。”按：《传》作“皮面”，《韩策》同，盖“柀”之假。《说文》：“柀，

① ［清］汪荣宝撰、陈仲夫整理：《法言义疏》，北京：中华书局，1987年，第226页。
② 同上书，第370页。
③ 章太炎：《膏兰室札记》卷一，收入《章太炎全集》，上海：上海人民出版社，2014年，第52页。
④ ［清］汪荣宝撰、陈仲夫整理：《法言义疏》，北京：中华书局，1987年，第597页。
⑤ 同上书，第623—624页。

析也。”谓破析其面，不欲令人识之。此云曼面者，曼谓曼漶。[1]

按：司马光用《音义》说。《列女传》卷八作“披其面”，《春秋后语》作“破面”，“披”“破”亦读为“柀”。“曼”字诸家说并误。“曼”当读为“㪻”，剥离也。[2]《广雅》：“剥、脱、㪻、皮，离也。”泽存堂本、覆宋重修本、巾箱本、符山堂藏板、覆元泰定本《广韵·愿韵》：“㪻，皮帨。”《钜宋广韵·愿韵》同；《钜宋广韵·阮韵》、巾箱本《广韵·阮韵》“帨”作“悦”，覆宋重修本、泽存堂本、符山堂藏板、覆元泰定本《广韵·阮韵》作“脱”。作“脱”字是。《玉篇》：“㪻，皮脱也。”《集韵》：“㪻，《博雅》：‘离也。’谓皮脱离。”

（萧旭，南京师范大学客座教授）

① ［清］汪荣宝撰、陈仲夫整理：《法言义疏》，北京：中华书局，1987年，第439—440页。

② 参见萧旭：《庄子拾诂》，《中国语学研究·开篇》第30卷，日本好文出版社，2011年，第38—41页。

训诂札记三则

吴 铭

一、《国语》"阳毕教平公灭栾氏"章笺正

平公六年，箕遗及黄渊、嘉父作乱，不克而死。公遂逐群贼，谓阳毕曰："自穆侯以至于今，乱兵不辍，民志不厌，祸败无已，离民且速寇，恐及吾身，若之何？"

阳毕对曰："本根犹树，枝叶益长，本根益茂，是以难已也。今若大其柯，去其枝叶，绝其本根，可以少间。"

公曰："子实图之。"阳毕曰："图在明训，明训在威权，威权在君。君抡贤人之后有常位于国者而立之，亦抡逞志亏君以乱国者之后而去之，是遂威而远权。民畏其威而怀其德，莫能勿从。若从则民心皆可畜。畜其心而知其欲恶，人孰偷生？若不偷生，则莫思乱矣。且夫栾氏之诬晋国久也，栾书实覆宗，弑厉公以厚其家，若灭栾氏，则民威矣。今吾若起瑕、原、韩、魏之后而赏立之，则民怀矣。威与怀各当其所则国安矣。君治而国安，欲作乱者谁与？"

君曰："栾书立吾先君，栾盈不获罪，如何？"

阳毕曰："夫正国者不可以昵于权，行权不可以隐于私。昵于权则民不导，行权隐于私则政不行，政不行何以导民？民之不导，亦无君也，则其为昵与隐也复害矣，且勤身。君其图之。若爱栾盈，则明逐群贼，而以国伦数而遣之，厚箴戒图以待之。彼若求逞志而报于君，罪孰大焉？灭之犹少。彼若不敢而远逃，乃厚其外交而勉之，以报其德，不亦可乎？"

公许诺，尽逐群贼，而使祁午及阳毕适曲沃逐栾盈，栾盈出奔楚。遂令于国人曰："自文公以来有力于先君而子孙不立者，将授立之，得之者赏。"

居三年，栾盈昼入，为贼于绛。范宣子以公入于襄公之宫，栾盈不克，出奔曲沃，遂刺栾盈，灭栾氏。是以没平公之身无内乱也。

——《国语·晋语八》[①]

① 徐元诰集解，王叔民、沈长云整理：《国语集解》，北京：中华书局，2002年，第419—421页。

本章讲晋国权贵栾氏一族的覆灭由平公与阳毕的一席会谈决定。观古今注解，其中颇有关键词句未能辨明，值得重新梳理。

（一）明训

韦昭注："训，教也。""言既有明教，在威权以行之。"①

这个"明训"，今人译作"明确教训""明确的教令""明确的训诫"，或者"圣贤之教"，皆沿袭韦注，泛泛而言，对理解句意没有帮助。于晋国人而言，"明训"是有确定内容的，这个《国语》本书有明文记载。

《国语·晋语四》："事君不贰是谓臣，好恶不易是谓君，君君臣臣是谓明训。明训能终，民之主也。"②

《国语·晋语五》："大者天地，其次君臣，所以为明训也。"③

"图在明训，明训在威权，威权在君"谓：计划就在我们晋国的明训中，不过"君君臣臣"四个字，要实现它，关键就在威权集于君主一身。

（二）遂威

韦昭注："遂，申也。"④

《汉语大词典》据之释"遂威"为"展示威力"。今人有译作"重振君威""明扬君威""提高您的威望"等，属于意译，不足以言训诂。萧旭先生《〈国语〉校补》云：《晋语二》："无不遂也。"韦注："遂，行也。"《贾子·匈奴》："帝威不遂。"又："帝之威德，内行外信。"此遂训行之证。《韩子·饰邪》："威行四邻。"《列子·杨朱》："威无不行，志无不从。"《史记·高祖纪》："如此则威重不行行。"皆"威"与"行"连文之证。韦注训申，义亦相会。⑤

萧氏之说虽亦成理，但原注可通，无劳新解。韦昭以"申"释"遂"，故训有征。"申"同"伸"，古多书作"信"。"申威""伸威""信威"为古常语。

《新书·解县》："将吏戍者或介胄而睡，而匈奴欺侮侵掠，未知息时于焉，望信威广德难。"⑥

《史记·春申君列传》："今王使盛桥守事于韩，盛桥以其地入秦，是王不用甲，不信威，而得百里之地，王可谓能矣。"⑦《资治通鉴》引此，胡三省注："信，读曰申，后屈信之信皆同音。"⑧是。《战国策》作"不伸威"。

① 徐元诰集解，王叔民、沈长云整理：《国语集解》，北京：中华书局，2002年，第420页。
② 同上书，第347页。
③ 同上书，第379页。
④ 同上书，第420页。
⑤ 萧旭：《群书校补》，扬州：广陵书社，2011年，第165页。
⑥［汉］贾谊撰，阎振益、钟夏校注：《新书校注》，北京：中华书局，2000年，第128页。
⑦［汉］司马迁撰、赵生群等整理：《史记》（修订本）卷七十八，北京：中华书局，2013年，第2886页。
⑧［宋］司马光：《资治通鉴》卷四，北京：中华书局，1956年，第149页。

《史记·太史公自序》:“能忍诟于魏齐，而信威于强秦，推贤让位，二子有之。作《范雎蔡泽列传》第十九。”[①]

《汉书·宣帝纪赞》:“遭值匈奴乖乱，推亡固存，信威北夷，单于慕义，稽首称藩。”颜师古注:“信读为申，古通用字。一说恩信及威并著北夷。”[②]前说是,《汉纪》作“申威北狄”是其证。

《汉书·赵充国传》:“治湟陿中道桥，令可至鲜水，以制西域，信威千里，从枕席上过师，十一也。”[③]“信威千里”,《汉纪》作“申威西极”。

《后汉书·文苑传·杜笃》:“信威于征伐，展武乎荒裔。”李贤注:“信读曰申。”[④]

《汉语大词典》释“申威”为“施展神威”，释“信威”为“显示威力”，皆未允洽。观句例可知,“申威”“伸威”“信威”是指将“威”伸展至本来不及之域。这个“申”不是“显示”，而是“屈”的反义词。

《说苑·敬慎》:“威武诎折不信，则诸侯不朝。”[⑤]

《申鉴·杂言上》:“高祖虽能申威于秦、项，而屈于商山四公。”[⑥]

“威”不能“伸”称为“屈（诎）”。

《韩非子·外储说左上》:“国安则尊显，危则为屈公之威。”[⑦]

《淮南子·人间训》:“威服四方而无所诎。”[⑧]

《全后汉文·田邑〈报冯衍书〉》:“兵威屈辱，国权日损。”[⑨]

《全后汉文·傅干〈谏曹公南征〉》:“大威有屈，而敌心未能服矣。”[⑩]

屈、伸皆近取诸身，取比于肢体动作。

《邓析子·转辞》:“君人者不能自专而好任下，则智日困而数日穷，迫于下，则不能申；行随于国，则不能持；知不足以为治，威不足以行诛。”[⑪]

“迫于下，则不能申”，正是晋平公此时所处局面，伸张君威乃当务之急。

《汉书·礼乐志》“靡有所诎”颜师古注:“各无所诎，皆申遂也。”[⑫]

---

① ［汉］司马迁撰、赵生群等整理:《史记》(修订本)卷一百三十，北京：中华书局，2013年，第3993页。

② ［汉］班固撰、［唐］颜师古注:《汉书》卷八，北京：中华书局，1962年，第275页。

③ 同上书，卷六十五，第2988页。

④ ［南朝宋］范晔撰、［唐］李贤注:《后汉书》卷八十，北京：中华书局，1962年，第2607—2608页。

⑤ ［汉］刘向撰、向宗鲁校证:《说苑校证》卷十，北京：中华书局，1987年，第250页。

⑥ ［战国］荀悦撰、［明］黄省曾注、孙启治整理:《申鉴注校补》，北京：中华书局，2012年，第160页。

⑦ ［清］王先慎撰、锺哲整理:《韩非子集解》卷十一，北京：中华书局，1998年，264页。

⑧ 刘文典撰，冯逸、乔华整理:《淮南鸿烈集解》卷十八，北京：中华书局，2013年，591页。

⑨ ［清］严可均编:《全上古三代秦汉三国六朝文·全后汉文》卷二十三，北京：中华书局，1958年，第596页。

⑩ 同上书，卷八十一，第901页。

⑪ 王启湘:《周秦名家三子校诠》《邓析子校诠》卷二，上海：古籍出版社，1957年，第13页。

⑫ ［汉］班固撰、［唐］颜师古注:《汉书》卷二十二，北京：中华书局，1962年，第1055页。

“遂威”之“遂”训为“申（伸）”优于训为“行”。

（三）远权

韦昭注：“远权，权及后嗣。”①

俞志慧《〈国语〉韦昭注辨正》云：远权，当与下文阳毕之言合观：“夫正国者，不可以昵于权（韦注：昵，近也。言当远权为久长计也。），行权不可以隐于私。昵于权，则民不道；行权隐于私，则政不行。政不行，何以道民？民之不道，亦无君也。”其中的“权”与韦注之“久长计”正相反，故不当训作“权及后嗣”，以至于与“不可以昵于权”自相矛盾，而是权宜之计的意思。②

俞氏可能误解了韦注。“权及后嗣”犹《左传·僖公三十三年》“谋及子孙”。韦昭认为“远权”“不可以昵于权”“权及后嗣”“为久长计”是一回事，其中“权”都理解为“计”，即谋划义。韦注本身逻辑是自洽的，并无矛盾之处。是俞氏自行将“昵于权”之“权”理解为“权宜之计”后才产生的矛盾。

“遂威”是个动宾结构，“远权”理应也是，但韦昭的理解犹“远谋”“远虑”“远图”“远计”，更像偏正结构“长远地谋划”。当然也可以将“远”解作形容词“长远”的使动用法“使……长远”，但这样既生硬又冷僻，缺乏例证。

韦注最大的问题还不是语法，而是割裂语境，俞说之弊亦在此。“遂威而远权”明显是上承“明训在威权，威权在君”而言，“遂威”之“威”既然是“威权”之“威”，“远权”之“权”只能是“威权”之“权”，而不可能指谋划或权宜。

今人几乎无依韦注原意理解者，多译作“使后世还能掌权”“长远保持君权”“长远地掌握权力”“使权力传给后嗣”“使政权长存”等。《汉语大词典》释“远权”为“谓权力延及后代”。是皆认为“权”是权力，这一点是对的。但“远”有“长远保持”“传给后嗣”这样的意义吗？没有证据。

《商君书·修权》：“权者君之所独制也。”“权制独断于君则威。”③

《管子·法法》：“威权贵于爵禄……不为爵禄分威权。”④

《京房易传·观》：“内象阴道已成，威权在臣，虽大观在上，而阴道浸长，与《巽》为飞伏，诸侯临世，反应元士而奉九五。”⑤

《焦氏易林·升之巽》：“臣尊主卑，威权日衰。侵夺无光，三家逐公。”⑥

《焦氏易林·归妹之乾》：“威权在下，国乱且倾。”⑦

① 徐元诰集解，王叔民、沈长云整理：《国语集解》，北京：中华书局，2002年，第420页。
② 俞志慧：《〈国语〉韦昭注辨正》，北京：中华书局，2009年，第185页。
③ 周立昇等编著：《商子汇校汇注》卷十四，南京：凤凰出版社，2017年，第440、442页。
④ 黎翔凤：《管子校注》卷十六，北京：中华书局，2004年，第306页。
⑤ 冒广生：《冒鹤亭京氏易三种》，成都：巴蜀书社，2009年，第214页。
⑥ 刘黎明：《焦氏易林校注》卷三，成都：巴蜀书社，2011年，第793页。
⑦ 同上书，卷四，第903页。

《东观汉记·郑众传》:“和帝初，窦太后秉政，兄大将军宪等并窃威权，朝臣上下莫不附之。”①

《潜夫论·三式》:“今之守相，制地千里，威权势力，盛于列侯。”②

崔寔《政论》:“元帝即位，多行宽政，卒以堕损，威权始夺，遂为汉室基祸之主。”③

《汉纪·惠帝纪》荀悦曰:“秦承其弊不能正其制以求其中，而遂废诸侯，改为郡县。以一威权，以专天下。”④

《公羊传·隐公三年》“世卿，非礼也”何休注:“卿大夫任重职大，不当世，为其秉政久，恩德广大。小人居之，必夺君之威权。”⑤

“威权”有固定意义，君臣之争，争的就是威权谁属。

威、权一事。“君抡贤人之后有常位于国者而立之，亦抡逞志亏君以乱国者之后而去之，是遂威而远权。”通常点作一句，易让人误以为“遂威而远权”是承“立之”“去之”二事言。实则下一句“民畏其威而怀其德”才是承二事言，“立之”使人“怀德”，“去之”使人“畏威”，下文“若灭栾氏则民威矣”“若起瑕、原、韩、魏之后而赏立之则民怀矣”是其证。“遂威而远权”只就“去之”言。

平公之忧是“恐及吾身”，阳毕之图是“可以少间”，举措之效是“没平公之身无内乱”，都是着眼于眼前矛盾，扯不到“权及后嗣”云云。解“远权”要紧扣“去之”。

动词“远”的常用义是离开、避开，而君主本身是中心，“远”就是使离开，也就是逐去。“远权”与“昵于权”相应，正犹诸葛亮《出师表》以“远小人”与“亲贤臣”对举。此“远”旧读去声，yuàn。

《论语·卫灵公》:“放郑声，远佞人。郑声淫，佞人殆。”何晏集解引孔曰:“郑声、佞人亦俱能惑人心，与雅乐、贤人同，而使人淫乱危殆，故当放远之。”⑥

《汉书·刘向传》:“放远佞邪之党，坏散险诐之聚。”⑦

《汉书·孔光传》:“然后敕躬自约，总正万事；放远谗说之党，援纳断断之介。”⑧

《汉书·成帝纪》“退远残贼”、《五行志上》“远四佞”、《东方朔传》“远佞人”、《贡禹

---

① ［汉］刘珍等撰、吴树平校注:《东观汉记校注》卷十八，北京：中华书局，2008年，第815页。

② ［汉］王符撰，［清］汪继培笺、彭铎校正:《潜夫论笺校正》卷四，北京：中华书局，1985年，第206页。

③ ［汉］崔寔撰、孙启治校注:《政论校注》阙题二，北京：中华书局，1985年，第57页。

④ ［汉］荀悦撰、张烈点校:《两汉纪》卷五，北京：中华书局，2002年，第73页。

⑤ ［汉］何休注，［唐］徐彦疏、刁小龙整理:《春秋公羊传注疏》卷二，上海：上海古籍出版社，2014年，第60页。

⑥ ［三国］何晏集解、［宋］邢昺疏:《论语注疏》卷十五，影印嘉庆刊本，北京：中华书局，2009年，第5468页。

⑦ ［汉］班固撰、［唐］颜师古注:《汉书》卷三十六，北京：中华书局，1962年，第1946页。

⑧ 同上书，卷八十一，第3360页。

传》"远放谄佞"，颜师古并注："远，离也。"又《刘向传》"黜远外戚"颜师古注："远，谓疏而离之也。"[①]"远"犹"放远""远放""退远""黜远"，指逐退，使之远离。

《逸周书·谥法解》："去礼远众曰炀。"[②]

《礼记·中庸》："去谗远色，贱货而贵德，所以劝贤也。"[③]

《全后汉文·周举〈又对问得失〉》："宜慎官人，去斥贪污，离远佞邪。"[④]

故"远权"犹"去之"。

"远"的宾语是人，"权"指擅权之人，就是权臣。《全后汉文·皇甫规〈建康元年举贤良方正对策〉》："威福之来，咸归权幸。"[⑤]《后汉书·陈球传》："在朝清忠，权幸惮之。"[⑥]权幸，即权臣、幸臣。

《全后汉文·李固〈对策后复对〉》："实有沛然改图，抑退权臣，询求善政，以顺天意。"[⑦]

"卧榻之旁岂容他人鼾睡"，逐退权臣正是阳毕提供的"绝其本根"之计，"公许诺，尽逐群贼，而使祁午及阳毕适曲沃逐栾盈"是其着落。"遂威而远权"谓：伸张君威，逐退权臣，实现"威权在君"的明训。

（四）栾盈不获罪，如何？

韦昭注：言盈不得罪于国，为其母范祁所谮耳，如何可灭。[⑧]

今人译作"栾盈对国无罪，这怎么行呢？""栾盈又没有得罪，怎么办呢？""栾盈也无罪于国家，怎么好诛灭栾氏宗族呢？""栾盈并未犯罪，怎么办？""栾盈本身也并没有犯罪，怎么能够灭绝栾氏呢？"

这样的理解是错误的。"获罪"的"罪"不是犯罪，而是惩罚、治罪义。在栾盈立场为"获罪"，在平公立场则为"降罪"，而平公此时措辞是站在栾盈立场上，可见私人关系之好，下文"若爱栾盈"非无的放矢。"栾盈不获罪"即"不降罪于栾盈"之意。

至于"如何"，不是"怎么办"，而是"怎么样"，不是征求方案，而是争取同意。所以下文阳毕也不是提供方案（方案早就说过了），而是批驳平公提出的"只打苍蝇，不打老虎""去其枝叶，留其本根"的折中方案。

---

① ［汉］班固撰、［唐］颜师古注：《汉书》卷三十六，北京：中华书局，1962年，第1963页。

② 黄怀信等：《逸周书汇校集注》卷五十四，上海：上海古籍出版社，2007年，第686页。

③ ［汉］郑玄注、［唐］孔颖达疏：《礼记正义》卷三十一，影印嘉庆刊本，北京：中华书局，2009年，第3537页。

④ ［清］严可均编：《全上古三代秦汉三国六朝文·全后汉文》卷五十九，北京：中华书局，1958年，第798页。

⑤ 同上书，卷六十一，第806页。

⑥ ［南朝宋］范晔撰、［唐］李贤注：《后汉书》卷五十六，北京：中华书局，1965年，第1833页。

⑦ ［清］严可均编：《全上古三代秦汉三国六朝文·全后汉文》卷四十八，北京：中华书局，1958年，第734页。

⑧ 徐元诰集解，王叔民、沈长云整理：《国语集解》，北京：中华书局，2002年，第420页。

“栾书立吾先君，栾盈不获罪，如何？”谓：是栾盈的爷爷栾书拥立我先君悼公，不然我也坐不上国君之位，咱们就处理别人，把栾盈饶了，怎么样？

（五）正国者不可以昵于权

韦昭注：“昵，近也。言当远权为久长计。”①

今人译作“对君权的考虑不能目光短浅”“不可以只顾近期权力”“不应该只注意眼前的权威”“不可以只想权宜之计”“不能只图眼前的权宜之计”等。

案诸上古用例，“昵”之“近”是关系上的“近”，即亲近。韦昭解作时间上的“近”是偷换概念，毫无征验，今人从之而多有此弊。

《书·冏命》：“尔无昵于憸人，充耳目之官。”②

“昵于权”是“远权”之反面，谓权臣在侧而亲信之。

“正国者不可以昵于权”这句话很可能是脱胎于古谚，存在更早的原型。

《荀子·王霸》：“礼之所以正国也，譬之犹衡之于轻重也。”③

《荀子·大略》：“礼之于正国家也，如权衡之于轻重也。”④

《荀子·正名》：“故人无动而可以不与权俱。衡不正，则重县于仰而人以为轻，轻县于俛而人以为重，此人所以惑于轻重也。权不正，则祸托于欲而人以为福，福托于恶而人以为祸，此亦人所以惑于祸福也。道者、古今之正权，离道而内自择，则不知祸福之所托。”⑤

古将“正国”比作权衡。唐陆贽《论替换李楚琳状》：“夫权之为义，取类权衡。衡者称也，权者锤也。”⑥秤锤离支点太近，秤杆很难取得平衡，容易颠覆。权力义本就是从权重义中生发。采择这个“远取诸物”的意象，阳毕提出了正国不可以亲近权臣的主张。

“正国者不可以昵于权”谓：要匡正国家，就不可以亲近权臣，当行逐退。

“昵于权则民不导”，“民之不导，亦无君也”，此“导”犹上文“民畏其威而怀其德，莫能勿从”的“从”。“帝也者，天下之适也；王也者，天下之往也。”权臣崛起，民心分流，若不铲除，君位不保。

《汉书·萧望之传》：“外戚在位多奢淫，欲以匡正国家，非为邪也。”⑦

《汉书·翟方进传》：“宣欲专权作威，乃害于乃国，不可之大者。愿下中朝特进列

---

① 徐元诰集解，王叔民、沈长云整理：《国语集解》，北京：中华书局，2002年，第420页。

② 陈戍国校注：《尚书》，长沙：岳麓书社，2019年，第190页。

③ ［清］王先谦撰，沈啸寰、王星贤整理：《荀子集解》卷七，北京：中华书局，2012年，第206页。

④ 同上书，卷十九，第479页。

⑤ 同上书，卷十六，第416、417页。

⑥ ［宋］司马光撰、邬国义校点：《资治通鉴》卷二三一，上海：上海古籍出版社，2017年，第2603—2604页。

⑦ ［汉］班固撰、［唐］颜师古注：《汉书》卷七十八，北京：中华书局，1962年，第3286页。

侯、将军以下，正国法度。”[①]

这些例子异曲同工，认为有权臣在侧则无法匡正国家，必须去之。

（六）行权

“行权”韦昭无注。今人多译作“行使权力”之类，是望文生训。没有证据证明“行权”有“行使权力”之义，拙文《汉人所谓“行权”辨》有详说。韦昭不注“行权”，可知他认为“行权”是用当时常义。“行权”指行权宜之举，多用于政治，可特指废立君主等超出政治规范的非常手段。阳毕这里提到“行权”首先是指栾书杀晋厉公、立晋悼公，这与《公羊传》鼓吹“行权”之经典案例——祭仲废郑昭公、立郑厉公——十分相似；更重要的是指君臣这次商议的拨乱反正之举，驱逐无罪的权臣栾盈，乃至灭其党羽、宗族，这也背离常经，是一种“行权”。为什么本章其他“权”都是“权力”义，只有两个“行权”是“权宜”义呢？这样解释是否不合语境呢？这只能说小语境要服从大语境，“行权”已经凝固而具有社会性，要使用这个概念不用这个词也不行。在当时来说意义很明确，放在一堆“权”中也不会混淆误解。我们现在混淆是因为大语境的消失。

（七）隐于私

韦昭注：“以私恩隐蔽其罪，无以正国。”[②]

今人译作“回避私恩”“被私恩所蒙蔽”“因为私恩而隐恶”“因为有私恩便隐蔽罪过”等。这也是望文生训的错误。

《管子·势》：“未得天极，则隐于德；已得天极，则致其力。”[③]俞樾《诸子平议·管子四》“未得天极，则隐于德”条云：

> 古依、隐同声，故《释名·释衣服》曰“衣，依也”，《广雅·释器》曰“衣，隐也”，是依、隐义同也。此云“隐于德”犹云依于德。《礼记·少仪篇》曰“士依于德”，是其义矣。尹注谓“隐而修德”，失之。[④]

说是，依、隐是阴阳对转关系。

马王堆汉帛书《称》：“时极未至，而隐于德。既得其极，远其德。”[⑤]

隐、远对举。犹本文“昵于权”与“远权”对举。

《论语·述而》：“志于道，据于德，依于仁，游于艺。”[⑥]

---

① ［汉］班固撰、［唐］颜师古注：《汉书》卷八十四，北京：中华书局，1962年，第3413页。

② 徐元诰集解，王叔民、沈长云整理：《国语集解》，北京：中华书局，2002年，第421页。

③ 黎翔凤：《管子校注》卷十五，北京：中华书局，2004年，第885页。

④ ［清］俞樾撰、张道勤整理：《诸子平议》卷四，赵一生主编《俞樾全集》，杭州：浙江古籍出版社，2017年，第80—81页。

⑤ 马王堆汉墓帛书整理小组编：《经法》，北京：文物出版社，1976年，第91页。

⑥ 杨伯峻：《论语译注》卷七，北京：中华书局，2016年，第93页。

《礼记·祭统》："心不苟虑，必依于道。手足不苟动，必依于礼。"①

上博楚简五《君子为礼》："君子为礼，以依于仁。"②

"隐于"犹"依于"。

《左传·僖公五年》："鬼神非人实亲，惟德是依。"③

蔡邕《司徒袁公夫人马氏碑》："兄弟何依，姊妹何亲？"④

亲、依互文，犹本文"昵于权"与"隐于私"互文。

（八）行权隐于私则政不行，政不行何以导民？

"行权不可以隐于私"谓：反经行权，行非常之举，不能依据私心。

《论衡·答佞》："贤者有权，佞者有权。贤者之有权，后有应；佞人之有权，亦反经，后有恶。故贤人之权，为事为国；佞人之权，为身为家。观其所权，贤佞可论，察其发动，邪正可名。"⑤

祭仲"行权"，《公羊传》认为他是为了保存郑国，"为事为国"，故为贤；栾书"行权"，本文认为是"弑厉公以厚其家"，"为身为家"，即所谓"隐于私"，"逞志亏君以乱国"，故为佞，"灭之犹少"。而这次君臣"行权"之议，阳毕为国家安定考虑，是出于公心，平公提出放过栾盈是根据私人关系，即"隐于私"，故阳毕力辩其不可。

今人皆以"政"为"政令"，"导"为"训导"，尚未尽其意涵。此句当与孔子语合观。

《论语·颜渊》："政者，正也。子帅以正，孰敢不正？"⑥

《礼记·哀公问》："政者，正也，君为正，则百姓从政矣。君之所为，百姓之所从也。君所不为，百姓何从？"⑦

据私心行逾矩之事，当然不正，无可成其"政"，上梁不正下梁歪，还谈什么导正百姓？

2021年4月8日

① ［汉］郑玄注、［唐］孔颖达疏：《礼记正义》卷二十五，影印嘉庆刊本，北京：中华书局，2009年，第3480页。

② 马承源主编：《上海博物馆藏战国楚竹书（五）》，上海：上海古籍出版社，2005年，第254页。

③ ［汉］杜预注、［唐］孔颖达疏：《春秋左传正义》卷十二，影印嘉庆刊本，北京：中华书局，2009年，第3897页。

④ ［清］严可均编：《全上古三代秦汉三国六朝文·全后汉文》卷七十七，北京：中华书局，1958年，第890页。

⑤ ［汉］王充撰、杨宝忠校笺：《论衡校笺》卷十一，石家庄：河北教育出版社，1999年，第387—388页。

⑥ 杨伯峻：《论语译注》卷十二，北京：中华书局，2016年，第175页。

⑦ ［汉］郑玄注、［唐］孔颖达疏：《礼记正义》卷二十七，影印嘉庆刊本，北京：中华书局，2009年，第3497页。

二、以传世文献证海昏侯简《保傅》"非色"

……天子少长，知=（知）非色，则入……

——海昏侯简《保傅》①

及太子少长，知妃色，则入于小学。

——《大戴礼记·保傅》②

及太子少长，知妃色，则入于学。

——《汉书·贾谊传》③

近日拜读蔡伟（抱小）、颜世炫、王宁三先生讨论海昏侯简《保傅》"知=非色"一句的四篇文章，④甚有兴味。此不揣谫陋，亦陈拙见。

愚意蔡、颜二先生限于"知知非色"与"贤贤易色"在结构上的相似，可能钻进了一条死胡同，特别是颜先生将"色"解为"美色"最不合理，把"亲近智者、远离美色"作为学龄前儿童入学资格不能接受。王宁先生后出转精，其理解最近事实。"天子稍微长大点儿了，其智慧已经知道看大人的脸色变化时，就入小学接受教育。"句意大致可取，唯将"非色"释为"不正常的容色"为余所不取。其义不必靠猜，也不必求之民俗，文献足征。

"非色"为古恒言，此三先生所未发。

颜氏引《大戴礼记·诰志》"民之动能，不远厥事；民之悲色，不远厥德"为证很有见地，可惜对"悲色"一词训释有误。"人民勤劳其力，就不会违离其农事；人民远离美色，就不会违离其德行。"这种句意理解置诸语境，参考前贤训诂即知其非。

天曰作明，曰与，惟天是戴。地曰作昌，曰与，惟地是事。人曰作乐，曰与，惟民是嬉。民之动能，不远厥事；民之悲色，不远厥德。此谓表里时合，物之所生，而蕃昌之道如此。

——《大戴礼记·诰志》⑤

① 朱凤瀚主编：《海昏简牍初论》，北京：北京大学出版社，2020年，第123页。

② ［清］王聘珍：《大戴礼记解诂》卷三，北京：中华书局，1983年，第51页。

③ ［汉］班固撰、［唐］颜师古注：《汉书》卷四十八，北京：中华书局，1962年，第2248页。

④ 抱小（蔡伟）《海昏竹书〈保傅〉"知=非色"臆解》（http://www.gwz.fudan.edu.cn/Web/Show/4754），颜世炫《海昏竹书〈保傅〉"知知非色"补说》（http://www.bsm.org.cn/show_article.php?id=3629），颜世炫《海昏竹书《〈保傅〉"知知非色"余论》（http://www.bsm.org.cn/show_article.php?id=3631），王宁《海昏侯简〈保傅〉"知知非色"俗解》（https://mp.weixin.qq.com/s/iJJxahkreuCJO5lAeWdgVw）。

⑤ ［清］王聘珍：《大戴礼记解诂》卷九，北京：中华书局，1983年，第183页。

孔广森曰：悲色，当为“斐色”，言好色不淫也。“斐”即“妃”字。①

孙诒让曰：悲色，犹言颜色也。《考工记·梓人》云：“且其匪色必似鸣矣。”郑注云：“匪，采貌也。”②此与《管子》之“悲色”并与“匪色”声义同。孔释为妃色，则与上句“动能”文义不相贯矣。

于鬯曰：悲盖读为斐，斐、悲并谐非声，例得通借。……《尔雅·释训》“有斐君子”，郭注云：“斐，文貌。”斐色者正如有斐之义，故下文云“不远厥德”；若作悲本字读之，则于德何有？孔广森补注谓：“悲色当为斐色，言好色不淫也，斐即妃字。”亦取同声假借为说。汪照注补本径改作“妃”，然止言斐色，未见有不淫之义。色与德正相反，恐更不妥。上文云：“民之动能，不远厥事。”动能与事义贯，则悲色与德亦必义贯，以是知悲之不当读斐而当读斐也，色之不当解作女色而当解为颜色也。事必在动能，然动其能不必即成事，德必有斐色，然斐其色不必即成德，故不云即厥事、即厥德，而并曰不远也。③

孙诒让、于鬯皆认为“色”不能解作女色，显然是正确的。主题归结为“物之所生”、“蕃昌之道”，哪有劝民戒色之理，解作“避色”太过荒谬。

“悲色”一语先秦两汉传世文献中只三见，余下二例是：

《管子·任法》：“贱人以服约卑敬，悲色告愬其主，主因离法而听之，所谓贱而事之也。”④

《晏子春秋·内篇杂上·泯子午见晏子晏子恨不尽其意》：“燕之游士有泯子午者，南见晏子于齐，言有文章，术有条理，巨可以补国，细可以益晏子者，三百篇。睹晏子，恐慎而不能言。晏子假之以悲色，开之以礼颜，然后能尽其复也。”⑤

孙诒让《札迻·晏子春秋》云：“悲色”，犹言“匪色”，即谓形色也。《考工记·梓人》云：“且其匪色，必似鸣矣。”郑注云：“匪，采貌也。”“悲”与“匪”声同字通。《大戴礼记·诰志篇》云：“民之悲色，不远厥德。”⑥《管子·任法篇》云：“贱人以服约卑敬，悲色告愬其主。”与此义并同。⑦

孙诒让所言甚是。后人无此会通卓识，释《晏子》“悲色”为“文雅温和的脸色”“怜悯的脸色”“和悦灿烂的笑容”，释《管子》“悲色”为“谦恭可怜的神态”“可怜兮兮的样子”“低三下四的一副可怜相”，皆各自据文为意，并非词义。先秦两汉“悲色”一语只有一义，即脸色。“假之以悲色”就是“假以颜色”。

① ［清］孔广森：《大戴礼记补注》卷九，北京：中华书局，2013年，第182页。
② 方向东：《大戴礼记汇校集解》卷九，北京：中华书局，2008年，第1006页。
③ ［清］于鬯：《香草校书》卷三十五，北京：中华书局，1984年，第714—715页。
④ 黎翔凤：《管子校注》卷十五，北京：中华书局，2004年，第911页。
⑤ 张纯一：《晏子春秋校注》卷五，北京：中华书局，2014年，第268页。
⑥ ［清］孙诒让撰、梁运华整理：《札迻》卷四，北京：中华书局，1989年，第122页。
⑦ 黎翔凤：《管子校注》卷十五，北京：中华书局，2004年，第911页。

《周礼・考工记・梓人》:“深其爪,出其目,作其鳞之而,则于视必拨尔而怒。苟拨尔而怒,则于任重宜,且其匪色必似鸣矣。爪不深,目不出,鳞之而不作,则必颓尔如委矣。苟颓尔如委,则加任焉,则必如将废措,其匪色必似不鸣矣。”①

孙诒让之成果今人没有采纳,皆取郑注释“匪色”为涂饰的色彩,而不理句意实不能通。从色彩哪里看得出鸣与不鸣?句明言刻画兽之爪、目、鳞,达到“于视必拨尔而怒”的效果,皆言神情,何尝一语及于色彩。“其匪色必似鸣矣”,谓“它的表情一定像是在鸣叫”;“其匪色必似不鸣矣”,谓“它的表情一定像是不在鸣叫”。如此而已。

观郑玄注知“匪色”一词东汉末已不行用,郑玄是读“匪”为“斐”,以意解。此亦见孙诒让辨正难能可贵。“悲色”“匪色”所记录的这个词最后一次出现可能是东汉前期的王充所使用,写作“蜚色”。

《论衡・自然》:“且吉凶蜚色见于面,人不能为,色自发也。天地犹人身,气变犹蜚色。人不能为蜚色。天地安能为气变?”②

“蜚色”亦与“悲色”“匪色”同,“吉凶蜚色见于面”即《荀子・礼论》“吉凶忧愉之情发于颜色者也”。

另外,传世文献中还有一处可疑。

《素问・风论》:“肝风之状,多汗恶风,善悲。色微苍,嗌干善怒,时憎女子,诊在目下,其色青。”③

今人皆视“善悲”“色微苍”为二事,但“善悲”“善怒”为一类,却不连属,中间夹入“色微苍”“嗌干”,似非为文之法。窃疑本作“肝风之状,多汗恶风,悲色微苍,嗌干善怒,时憎女子”,四字句一律。“悲色微苍”,言“面色微苍”耳,犹《灵枢经・血络论》“面色苍苍”,与《墨子・节葬下》“颜色黧黑”、《金匮要略・痰饮欬嗽病脉证并治》“面色墨黑”、《伤寒论・平脉法》“面色青”等常见说法相似。盖因后人不识“悲色”,因《素问》中有“善悲”的说法而臆补“善”字于其上,遂致文理不畅。

罗列文例,可知“悲色”“匪色”“蜚色”皆同,为古恒言,意义相当于后世“脸色”,可指脸上的色泽、气色、表情、神色。由此推之,《保傅》之“非色”“妃色”亦同。故“知=非色”读为“智知非色”,言其智力能辨识成人表情神色。《中论・智行》“明以观色”近之。古以观察尊长颜色为社会人基础能力,汉人所倡之“孝”亦以此为重点。

《论语・为政》“色难”下何晏《集解》引包咸曰:“色难者,谓承顺父母颜色乃为

---

① [汉]郑玄注、[唐]贾公彦疏:《周礼注疏》卷二十七,影印嘉庆刊本,北京:中华书局,2009年,第2001页。

② [汉]王充撰、杨宝忠校笺:《论衡校笺》卷十一,石家庄:河北教育出版社,1999年,第598—599页。

③ 姚春鹏译注:《黄帝内经素问》卷十二,北京:中华书局,2010年,第360页。

难。”引马融曰：“承顺父母颜色，乃为孝也。”[①]

《论语·季氏》：“未见颜色而言谓之瞽。”[②]

《荀子·劝学》：“不观气色而言谓之瞽。”[③]

《仪礼·士相见礼》“凡与大人言，始视面，中视抱，卒视面”郑玄注：“始视面，谓观其颜色可传言未也。中视抱，容其思之，且为敬也。卒视面，察其纳己言否也。”[④]

《礼记·曲礼上》“夫为人子者，出必告，反必面”郑玄注：“反言面者，从外来，宜知亲之颜色安否。”[⑤]

故以“智知非色”为入小学之标准。

在此古恒言中“悲”“匪”“蜚”“非”“妃”皆非正字。郑玄、于鬯以“斐”为正字，不通，《管子》《论衡》显然说的不是什么“斐色”。章太炎《膏兰室札记》卷二“且其匪色必似鸣矣”条谓：“蜚色即飞色，汉人以蜚为飞也……飞色谓色之发越者也。”[⑥]然“飞色”一词毫无征验，近于望文生训，且质之于《管子》《晏子》难通，那二例都不是自然发扬，而是刻意做出的表情。姑妄猜测，正字或即“皮”，古非、匪皆与彼通。《释名·释长幼》有“皮色骊悴”之语，可与《素问》“悲色微苍”合观。皮者，表也，“皮色”或与后世“表情”所取相近。当然正字之说并非必需，文例才是最重要的。

海昏侯简《保傅》“非色”出现意义重大，联通传世文献“悲色”“匪色”“蜚色”，足以拨正历来解传本“妃色”为女色之误。“非”“妃”亦不必破读，作系联、释其义即可。至于传本皆作“知妃色”，则无须以为误脱重文号，“智知非色”“知妃色”皆可通，“其智力能辨识成人表情神色”与“能辨识成人表情神色”意义并无甚不同，强传本从简本大可不必。

2021年2月1日

三、《庄子·盗跖》“冠枝木之冠，带死牛之胁”解

尔作言造语，妄称文武，冠枝木之冠，带死牛之胁，多辞缪说，不耕而食，不织而衣，摇唇鼓舌，擅生是非，以迷天下之主，使天下学士不反其本，妄作孝弟而

---

① ［三国］何晏集解、［宋］邢昺疏：《论语注疏》卷二，影印嘉庆刊本，北京：中华书局，2009年，第5347页。

② 同上书，卷十六，第5479页。

③ ［清］王先谦撰，沈啸寰、王星贤整理：《荀子集解》卷一，北京：中华书局，2012年，第17页。

④ ［汉］郑玄注、［唐］贾公彦疏：《仪礼注疏》卷七，影印嘉庆刊本，北京：中华书局，2009年，第2109页。

⑤ ［汉］郑玄注、［唐］孔颖达疏：《礼记正义》卷一，影印嘉庆刊本，北京：中华书局，2009年，第2668页。

⑥ 章太炎撰、沈延国标点：《膏兰室札记》卷二，上海：上海人民出版社，2014年，第128页。

侥幸于封侯富贵者也。子之罪大极重，疾走归！不然，我将以子肝益昼餔之膳！

——《庄子·盗跖》①

这是著名的强盗头子盗跖对孔子的评论加恐吓。其中“冠枝木之冠，带死牛之胁”一句是对孔子形象的描述。晋司马彪释“枝木之冠”为“冠多华饰，如木之枝繁”，②释“死牛之胁”为“取牛皮为大革带”。成玄英疏申之：“言尼父所戴冕浮华雕饰，华叶繁茂，有类树枝。又将牛皮用为革带，既阔且坚，又如牛肋也。”③这一解释后世奉为圭臬，无质疑者。

但仔细想想如此解释疑点甚多：首先，浮华雕饰得有如树枝的冠到底是个什么形制，这种东西存在的证据何在？孔子又不是屈原，怎么就“好此奇服”了？这不合人设。《礼记·儒行》：“丘少居鲁，衣逢掖之衣；长居宋，冠章甫之冠。”孙希旦集解：“章甫，殷玄冠之名，宋人冠之。”④孔子爱戴章甫，章甫为黑色。没有记载显示孔子曾戴浮华雕饰之冠。反而子路曾因盛服被孔子批评（见《荀子·子道》）。孔子就站在门外，盗跖会造这个谣吗？其次，司马彪、成玄英和后之承袭者都对句中“死”字视而不见。原文为什么要说“死牛”？如果是孔子系了根牛皮带，那牛当然是死的，没有人会说“死牛皮带”这样的废话。有了这个“死”字，整句气氛阴冷，肯定不是什么好话，更提示了上半句绝非形容浮华雕饰之美。第三，检诸文例，知先秦两汉“冠N”“带N”对举时，“带”的宾语往往是剑，而非腰带。

屈原《九章·涉江》：“带长铗之陆离兮，冠切云之崔嵬。”⑤

《吕氏春秋·季秋纪·知士》：“静郭君来，衣威王之服，冠其冠，带其剑。”⑥

《荀子·议兵》：“置戈其上，冠軸带剑。”⑦

《汉书·刑法志》作“冠胄带剑”。⑧

《汉书·隽不疑传》：“不疑冠进贤冠，带櫑具剑。”⑨

《汉书·盖宽饶传》：“宽饶初拜为司马，未出殿门，断其禅衣，令短离地，冠大冠，带长剑。”⑩

---

① 刘文典：《庄子补正》卷九，北京：中华书局，2015年，第800页。

② 同上。

③ 同上。

④ ［清］孙希旦撰，沈啸寰、王星贤整理：《礼记集解》卷五十七，北京：中华书局，1989年，第1399页。

⑤ ［战国］屈原撰，金开诚、董洪利、高路明校注：《屈原集校注》，北京：中华书局，1996年，第466页。

⑥ 许维遹撰、梁运华整理：《吕氏春秋集释》卷九，北京：中华书局，2009年，第207页。

⑦ ［清］王先谦撰，沈啸寰、王星贤整理：《荀子集解》卷十，北京：中华书局，2012年，第267页。

⑧ ［汉］班固撰、［唐］颜师古注：《汉书》卷二十三，北京：中华书局，1962年，第1086页。

⑨ 同上书，卷七十一，第3035页。

⑩ 同上书，卷七十七，第3244页。

曹植《九咏》:“冠北辰兮岌峨，带长虹兮陵厉。”[①]（这里“北辰”指冠，“长虹”指剑[②]。）

这些不协调在提示旧注于义未安，对“枝木之冠”“死牛之胁”的理解可能都有问题，当另觅真意。“枝”，或当读为“枳”，枝、枳相通常见。枳为木名，又称“臭橘”，带刺，其果实酸不可食。古人视枳为恶木，与棘并称。

《韩非子·外储说左下》:“夫树橘柚者，食之则甘，嗅之则香；树枳棘者，成而刺人，故君子慎所树。”[③]

《楚辞·刘向〈九叹·愍命〉》:“折芳枝与琼华兮，树枳棘与薪柴。”王逸注:“以言贱弃君子而育养小人。”[④]

《文选·左思〈咏史〉》:“出门无通路，枳棘塞中涂。”吕向注:“枳棘，有刺之木，喻谗佞也。”[⑤]

《文选·陈琳〈檄吴将校部曲文〉》:“今者枳棘翦刊，戎夏以清。”刘良注:“枳棘，恶木也，喻残贼也。”[⑥]

《全后汉文·段颎〈复上言东羌事〉》:“今傍郡户口单少，数为羌所创毒，而欲令降徒与之杂居，是犹种枳棘于良田，养虺蛇于室内也!”[⑦]

《全后汉文·王修〈奏记曹公陈黄白异议〉》:“臣闻枳棘之林，无梁柱之质；涓流之水，无洪波之势。”[⑧]

明屠隆《考槃余事·起居器服笺》:“冠：有铁者、玉者、竹箨者、犀者、琥珀者、沉香者、瓢者、白螺者制。惟偃月、高士二式为佳。瘿木者终少风神。”[⑨]制冠材料多样，其中就有木，但须为佳木。如沉香者，木质坚硬又有香味，自是上乘。瘿木为楠木树根，也是良材，屠隆已觉得“终少风神”了，枳这样的恶木何足取用。

《文选·陆机〈猛虎行〉》:“渴不饮盗泉水，热不息恶木阴。恶木岂无枝，志士多苦心。”李善注引江邃《文释》云:“管子曰：夫士怀耿介之心，不荫恶木之枝。恶木尚能耻之，况与恶人同处?”[⑩]君子乘凉尚且不肯在恶木之下，遑论以之为冠整天戴在头上。

---

① ［清］严可均编:《全上古三代秦汉三国六朝文·全三国文》卷十四，北京：中华书局，1958年，第1131页。

② 详见吴铭公众号:“吴铭训诂札记”。

③ ［清］王先慎撰、锺哲整理:《礼记集解》卷十二，北京：中华书局，1998年，第305页。

④ ［宋］洪兴祖撰，白化文、李鼎霞整理:《楚辞补注》卷十六，北京：中华书局，1983年，第304页。

⑤《日本足利学校藏宋刊明州本六臣注文选》卷二十一，北京：人民文学出版社，2008年，第320页。

⑥ 同上书，卷四十四，第680页。

⑦ ［清］严可均编:《全上古三代秦汉三国六朝文·全后汉文》卷六十四，北京：中华书局，1958年，第825页。

⑧ 同上书，卷九十四，第982页。

⑨ ［明］屠隆:《考槃余事》卷四，北京：中华书局，1985年，第74页。

⑩《日本足利学校藏宋刊明州本六臣注文选》卷二十八，北京：人民文学出版社，2008年，第427页。

孔子不可能真的戴枳木之冠，这只是盗跖通过贬低冠的材质拐弯抹角贬低孔子本人而已。此为一解。另外，“枝”字还有异文。《太平御览》卷六八四引作“拔木之冠”，似较今本“枝木之冠”为长。拔木为大风拔起树木。

《尚书·金縢》：“秋，大熟，未获，天大雷电以风，禾尽偃，大木斯拔。邦人大恐。”①

《论衡·顺鼓》：“周成王之时，天下雷雨，偃禾拔木，为害大矣。”②

《汉书·武帝纪》：“秋七月，大风拔木。”③

《汉书·成帝纪》：“是日大风，拔甘泉畤中大木十韦以上。”④

《汉书·郊祀志》：“大风坏甘泉竹宫，折拔畤中树木十围以上百余。”⑤

《汉书·五行志》：“君臣故弼兹谓悖，厥灾风雨雾，风拔木，乱五谷，已而大雾。”⑥

《汉书·武五子传》：“大风坏宫城楼，折拔树木。流星下堕。后姬以下皆恐。”⑦

拔木、死牛皆死亡之象，正堪为对。

《汉书·五行志》：“定公十五年，‘正月，鼷鼠食郊牛，牛死’。……是岁五月，定公薨，牛死之应也。”⑧

《汉书·五行志》：“宣公三年，‘郊牛之口伤，改卜牛，牛死’。刘向以为近牛祸也。”⑨

《论衡·恢国》：“建初孟年，无妄气至，岁之疾疫也，比旱不雨，牛死民流，可谓剧矣。”⑩

《全后汉文·鲁恭〈上疏谏击匈奴〉》：“三辅并凉少雨，麦根枯焦，牛死日甚，此其不合天心之效也！”⑪

拔木、死牛皆属于天灾，拔木祸及植物，死牛祸及牲畜，在古代这不仅是农业生产的巨大损失，还是天人感应思维下的不祥之兆，对应着人祸。口称“拔木”“死牛”以加于人，无异于诅咒。这比理解为“枳木”那样仅仅是嘲讽材质又更加恶毒，故我更倾向

---

① ［汉］孔安国传、［唐］孔颖达疏：《尚书正义》卷十三，影印嘉庆刊本，北京：中华书局，2009年，第418页。

② ［汉］王充撰、杨宝忠校笺：《论衡校笺》卷十五，石家庄：河北教育出版社，1999年，第513—514页。

③ ［汉］班固撰、［唐］颜师古注：《汉书》卷六，北京：中华书局，1962年，第164页。

④ 同上书，卷十，第304页。

⑤ 同上书，卷二十五，第1258页。

⑥ 同上书，卷二十七，第1461页。

⑦ 同上书，卷六十三，第2757页。

⑧ 同上书，卷二十七，第1373页。

⑨ 同上书，卷二十七，第1447页。

⑩ ［汉］王充撰、杨宝忠校笺：《论衡校笺》卷十九，石家庄：河北教育出版社，1999年，第635页。

⑪ ［清］严可均编：《全上古三代秦汉三国六朝文·全后汉文》卷三十三，北京：中华书局，1958年，第653页。

于“拔木”说。“死牛之胁”指的是牛肋骨。《说文·肉部》：“肋，胁骨也。”《韩非子·难言》：“范雎折胁于魏。”折胁，就是肋骨骨折。牛肋骨当然肯定也是死牛的，但这里“死牛”是与“拔木”对举的灾祸，特指人工宰杀以外的非正常死亡，如疫病之类。故“死”字断不可少。牛肋骨扁而长，与剑匣形状有相似之处，用来借喻孔子佩剑。这与曹植《九咏》“长虹”指剑方向相反，一为美化，一为丑化。

山东东平汉墓壁画《孔子见老子》

唐代吴道子《先师孔子行教像》

北宋《圣行颜随像》

以上古代画像中孔子皆佩长剑。

孔子见到盗跖，想要劝化他，岂料"盗跖大怒，两展其足，案剑瞋目，声如乳虎，曰：'丘来前！若所言，顺吾意则生，逆吾心则死。'"可见盗跖也带剑。他的剑当然是杀人之剑，孔子去见他时他正在吃人肝。对盗跖而言儒者之剑只是虚饰，跟带着根牛骨头装样子确也没什么区别。下文"使子路去其危冠，解其长剑"与此相应，"危冠"以对"拔木之冠"，"长剑"以对"死牛之胁"。可见盗跖对尚武的子路认同度比较高，正常的东西在孔子身上就使用污名以詈之。头上戴着顶仆街树做的帽子，腰里别着根病死牛的肋骨，一副倒霉样，还到处招摇撞骗——这就是盗跖眼中孔子可笑的形象。这鲜活的语言令盗跖性格与立场一下跃然纸上。盗跖手条子硬，嘴也不饶人，打不过也说不过，故事的结尾孔子只能落败而逃了。

2019年11月29日

（吴铭，独立学者）

国家创制与天人秩序

——论贾谊《新书》中的“制作”问题*

肖炳生

摘　要： 在华夏文明的早期阶段，人为“制作”的概念往往隐含着对“天”的僭越。而周王室将国家制度的创作解释为自天而来，奉行了“天人合一”，为自身的统治提供了神圣基础。战国以后的制度创新，尤其是秦朝帝制的建立，则被儒士视为“天人断裂”。贾谊的创制思想亦隐藏着“制作”与天人关系的复杂矛盾，徘徊于“制作”与“循复”之间，贾谊思考着该如何在创新制度的同时维护天人合一，他对西周天命观、道家宇宙论的解读与重构，体现出其为国家创制寻找合法性的努力。

关键词： 贾谊；制作；国家制度；天人关系；秦汉之际

在中华文明的古典时代，秦汉之际的制度演变对历史产生了深刻影响。这一巨变结束了自上古以来的分封制，确立了以郡县为核心的中央集权制度，是中国历史上首次国体变革。由封建到帝制的演变绝非是断裂式、一蹴而就的，佐藤慎一指出，帝制与封建之争，并不随着汉代对帝制的确立而终结，而是持续了两千多年，总因新的历史状况而反复变为现实问题。①由帝制到共和的第二次国体巨变，方才过去百年，秦汉之际的制度创新，于今日仍有很大的讨论余地和借鉴意义，不可盖棺定论。

对于帝制的建立，传统观点要么秉持马克思主义，将其视为生产力发展的结果，要么遵循韦伯学说，将其视为科层化不断加深的产物。然而，这些观点都没有还原当时的思想语境，国家制度的选择，不仅关乎现实需要，更联系着中国人的宇宙观与本体论。近年，普鸣从天人关系的视角出发，为秦汉之变开辟了新的视野，他提出，中国文明早期的“制作”，譬如“作八卦”“作书”，隐含着人工创制文化的内涵，汉代以前，这往

---

*　基金项目：中央高校基本科研业务费青年重点培育项目“中华现代文艺美学的文明再释与原理重构”（20wkzd16）。

①　［日］佐藤慎一著，王青译：《近代中国的体制构想》，［日］沟口雄三、［日］小岛毅编：《中国的思维世界》，南京：江苏人民出版社，2006年，第580页。

往被视为对“天”亦即自然的“僭越”。[①]而“政治制度”这一人类最根本、最重要的“制作”，也必须置于天人论语境中讨论。

何谓“天”？孔子曰：“天生德于予，桓魋其如予何？”[②]天是有道德、有意志的宇宙主宰。又曰：“天何言哉？四时行焉，百物生焉。天何言哉？”[③]天非人格神，只通过万物的规律体现自身，也是万物效法的对象。西周天命观认为，人事是由于天的命令，政治和礼乐制度也是在天的启示下制作的，不可违背，于是，周公提出了“以德配天”的思想，成为儒家“天人合一”观念的发端。[④]但是自战国起，“天下无道，则礼乐征伐自诸侯出”[⑤]，许多国家制作了有别于殷、周的新制，乃至后来，秦始皇“制作”了史无前例的中央帝国。儒士将这些“制作”视为天人断裂的表现，如何弥合天人、维护“天人合一”便成为儒生面临的难题，其中，以设郡县为核心的帝制成了论争的焦点。秦朝的仆射周青臣提出，设郡县使天下一统，令始皇超越上古之先王，而博士淳于越反驳，设郡县违背古道，将使国家不能长存。[⑥]围绕帝制的争论，不仅是“古今之争”“儒法之争”，更是“天人之争”，这一论战持续至汉初，成了制度变革的重要语境。

对于汉代的制度设计，钱穆曾说：“董仲舒天人三策与贾谊政事疏，两篇大文，奠定了西汉一代政治之规模。”[⑦]其中，贾谊扮演了董仲舒先驱的关键角色。[⑧]当代，贾谊制度思想的研究，大多聚焦于其学派分类，皆从具体主张的层面探讨贾谊的思想派别，未能深入其思想背后的天人关系，未能触及贾谊对“制作”这一概念本身的看法。章太炎曾评论：“《数宁》一篇，是贾子以《春秋》为汉制作之本。”[⑨]如何“制作”国家制度，是贾谊思想的核心，从“制作”及其天人论语境入手，便能超越肤浅的“儒法之争”“儒道之争”，从根本上把握贾谊的创制思想。

《新书》是贾谊作品的总集，关于《新书》的真伪问题，余嘉锡提出，《汉书》所载贾氏之文“其间斧凿之痕，有显然可见者”，班固所载的文章是抄录《新书》的。[⑩]而后魏建功等人根据班固摘录、编排所出现的问题，得出结论：“《汉书》载文的本源是贾谊

---

① [美]普鸣著，杨起予译：《作与不作》，北京：生活·读书·新知三联书店，2020年，第32页。

② 杨伯峻译注：《论语译注》，北京：中华书局，1980年，第77页。

③ 同上书，第199页。

④ 张世英：《天人之际》，北京：人民出版社，1995年，第18页。

⑤ 杨伯峻译注：《论语译注》，北京：中华书局，1980年，第184页。

⑥ [汉]司马迁著、[南朝宋]裴骃集解、[唐]司马贞索隐、[唐]张守节正义：《史记》卷六，北京：中华书局，2013年，第325页。

⑦ 钱穆：《国史大纲》上册，北京：商务印书馆，1996年，第144页。

⑧ 林聪舜：《儒学与汉帝国意识形态》，上海：上海人民出版社，2017年，第34页。

⑨ 章炳麟著、沈延国辑录：《章太炎先生贾子义抄》，王仲荦编：《历史论丛》第二辑，济南：齐鲁书社，1981年，第40页。

⑩ 王兴国：《贾谊评传》，南京：南京大学出版社，1992年，第49页。

原书。”[①]现存《新书》比《汉书》更接近原书面貌。以上述研究为基础，徐复观总结：“现在的《新书》五十八篇的内容，全出于贾谊。”[②]结束了有关《新书》真伪的争论。因此，可将现存《新书》视为出于贾谊之手的原作。

一、“制”“循”之间：贾谊思想的内在矛盾

汉高祖五年（公元前202），当高祖消灭了项羽，建立继秦之后的又一个统一王朝时，摆在汉王室面前的问题是如何确立政权合法性。汉初朝堂多出身草莽，布衣将相的统治与三代及秦国历史悠远的血缘贵族政治大相径庭。[③]如何证明昭昭天命在己？高祖的方法是令叔孙通“起朝仪”，承继周代礼乐传统，又因循周制，立后稷祠，并立汉朝为水德，承周的火德，将汉塑造为周的正统继承者。而短暂存在了十五年的秦朝，由于国祚过短且残暴无道，被汉初君臣视作不占五德之运、没有天命庇佑的乱世。[④]对于秦的政治遗产，即天下尽归皇帝私有的郡县制，高祖则有些犹豫，最终仍将天下的三分之二封予诸侯。林聪舜认为，高祖恢复落后的分封制是形势所迫。[⑤]这种观点是站在历史进化论的视角评价古人。其实，当时的士人普遍认为，复行封建是纠正秦朝之弊、恢复先王之道的重要举措，《淮南子》评论道：“逮至高皇帝，存亡继绝。”[⑥]扬言大汉恢复了周礼。后人王夫之也认为：“汉之剖地以王诸侯，承三代之余。”[⑦]高祖承袭了周制。

不可一世的秦王朝已化为乌有，汉王在秦的废墟上建立统治，“收孤秦之弊”的汉朝，就需要在意识形态上“过秦”，在政治制度上区别于秦，证明统治的正当性。可是，分封制的弊病却日渐显现，诸侯们接二连三地反叛，即使异姓功臣的叛乱被悉数平定，但同姓诸侯亦发展出尾大不掉之势，在文帝朝成为显著的隐患。

在此背景下，贾谊开始了对国家制度的思索。在《新书》中，他将汉初的诸多弊病，归咎为旧制无效、新制未定的缘故：

> 上无制度，弃礼义，捐廉丑，日甚，可为月异而岁不同矣。[⑧]
>
> 君臣相冒，上下无辨，此生于无制度也。[⑨]

---

① 魏建功、阴法鲁、吴竞存、孙钦善：《关于贾谊〈新书〉真伪问题的探索》，北京大学学报（人文科学版）1961年第5期，第59—66页。

② 徐复观：《两汉思想史》第二卷，上海：华东师范大学出版社，2001年，第72页。

③ 刘力、李烁：《叔孙通“起朝仪”的礼乐之制与皇帝制度的重塑》，重庆师范大学学报（社会科学版）2020年第6期，第26页。

④ 顾颉刚：《五德终始说下的政治和历史》，清华学报1930年第1期，第91页。

⑤ 林聪舜：《儒学与汉帝国意识形态》，上海：上海人民出版社，2017年，第135页。

⑥ 何宁注：《淮南子集释》，北京：中华书局，1998年，第943页。

⑦ ［清］王夫之：《读通鉴论》上册，北京：中华书局，1975年，第40页。

⑧ ［汉］贾谊著，阎振益、钟夏校注：《新书校注》，北京：中华书局，2000年，第91页。

⑨ 同上书，第104页。

面对汉初局势，贾谊的解决办法是制作新制，在《论定制度兴礼乐疏》中，他向文帝建议："汉兴至今二十余年，宜定制度，兴礼乐。"贾谊构想新制，既从诸侯问题的时势着眼，提出了"众建诸侯而少其力"的再分封制度①，又从规范社会秩序的目的出发，设计了一系列礼仪制度。

为应对时局，贾谊不遗余力地设计新制，《辅佐》等篇记录了其巧妙的构思。贾谊对制定新制的痴迷和对君王创制的呼吁，很容易让人将他设想为一个政治实用主义者。然而事实果真如此吗？汉初语境下，国家创制不仅关乎时势，更关乎汉朝的合法性，即大汉是否如三代一般继承了"天命"。当时，儒生将古代理想化，批判秦的帝制②，他们普遍认为，如若汉朝废弃本乎天命的先王之制，就会同秦一样招致灭亡。③事实上，贾谊也批驳了君王凭个人欲求专断创制的做法：

> 夫帝王者，莫不相时而立仪，度务而制事，以驯其时也。欲变古易常者，不死必亡，此圣人之所制也。恶民更之，故拘为书，使结之也，所以闻于后世也。④

贾生之语潜藏着一组矛盾，即帝王"立仪""制事"与"师古"之间的冲突。帝王创制，绝不可专断妄为，其前提一是必须顺应时势，二是必不能"变古易常"，古代法则是圣人所制，不可违背，例如贾谊曾曰："古者圣王制为列等，内有公卿大夫士，外有公侯伯子男。"⑤今世君主只能在圣王所制定的框架内进行有限的创造，否则就会重蹈秦之覆辙。从这一观念出发，贾谊在《过秦》篇中论述了秦代短命而亡，是因为秦主违背先王之道：

> 废王道而立私爱，焚文书而酷刑法，先诈力而后仁义，以暴虐为天下始……借使秦王论上世之事，并殷周之迹，以制御其政，后虽有淫骄之主，犹未有倾危之患也。⑥

贾谊认为，秦之覆灭是由于始皇废弃了殷、周之道，他特别强调，二世如若"裂地分民以封功臣之后"⑦，再行分封，那么秦朝不至于此。在《过秦》的结尾，贾谊再次拿"失道"的秦之三主与先王作对比，认为如若复行分封，中央弱则"五霸征而诸侯从"，中央衰颓则"内守外附而社稷存"，可保国家不至灭亡。而秦皇制作帝制，"不能分尺寸之地，欲尽自有之耳"⑧，实乃背弃天道、"本末并失"。

贾谊提出保留分封，不仅是出于现实需要，更因为分封是周礼所载的先王之道，只

---

① ［汉］贾谊著，阎振益、钟夏校注：《新书校注》，北京：中华书局，2000年，第39页。

② ［日］佐藤慎一著，王青译：《近代中国的体制构想》，［日］沟口雄三、［日］小岛毅编：《中国的思维世界》，南京：江苏人民出版社，2006年，第579页。

③ ［美］普鸣著，杨起予译：《作与不作》，北京：生活·读书·新知三联书店，2020年，第225页。

④ ［汉］贾谊著，阎振益、钟夏校注：《新书校注》，北京：中华书局，2000年，第409页。

⑤ 同上书，第80页。

⑥ 同上书，第14页。

⑦ 同上书，第14页。

⑧ 同上书，第116页。

有先王的“制作”才本乎天地，长盛不衰，他以五帝故事为例：“故黄帝职道义，经天地，纪人伦，序万物，以信与仁为天下先……天下太平，唯躬道而已。”①黄帝经纪万物绝非随心所欲，不过是“躬道”而已，是对天道的实行，这可与贾谊“经纪本于天地，政法倚于四时”②的观点相呼应，而黄帝的后继者们也莫不“缘黄帝之道”“存心于先古”。在贾谊设想的天人秩序中，天之至道借圣人之手而制作，国家制度一旦被创造，就享有至高的神圣性，所以“至道不可过也，至义不可易也”，贾谊借商汤之口总结道：“学圣王之道者，譬其如日。”③

因此，必不能以实用主义的眼光看待贾谊，贾谊在鼓吹制定新制的同时，亦提出了“师古”的要求。这有所矛盾的思想集中表现于他的一句呼吁：

> 岂如今定经制，令主主臣臣上下有差，父子六亲各得其宜，奸人无所冀幸，群众信上而不疑惑哉？此业一定，世世常安，而后有所持循矣。④

此语隐藏着潜在的张力，即“制”“循”之间的微妙关系。倘若当朝君主“定经制”，使新制为万世法，后人“循”之即可，那么，汉代君主又该如何面对昔日圣王所定之制？倘若“循”之，沿袭古制，汉会不会重蹈周的覆辙，亡于诸侯的纷争？倘若弃之，另“制”他制，汉朝同“僭越”上天的秦有何不同？如何证明汉有承续三代的“天命”？

贾谊的思想摇摆于“制”“循”之间，这双方之所以能够并存，离不开一个关键要素——“时”。贾谊反复强调“时”对制定政策的重要性，提出了“变化应时”的思想。⑤这一思想源于荀子和商鞅，前者曾曰：“若有王者起，必将有循于旧名，有作于新名。”⑥在“循”“作”之间肯定了创新的必要性；后者则认为，刑罚乃圣王所设，目的是为了“适于时”⑦，完全符合贾谊的观点：先王“饰法设刑而天下治”⑧。因此，贾谊首先吸收了荀子和法家的思想，以求在“制”“循”之间达成平衡。然而，这背后的矛盾仍无法化解，一旦帝王根据时势另作新制，就会不可避免地破坏自身与先王之道的联系。应如何进一步解决这一矛盾呢？这必须追述贾谊思想中君王与天道的关系。

二、“昊天有成命”：圣王创制的天命根源

《数宁》篇记录了贾谊进予文帝的疏奏。文中，贾谊诚恳呼吁文帝主动创制、积极

---

① ［汉］贾谊著，阎振益、钟夏校注：《新书校注》，北京：中华书局，2000年，第359页。
② 同上书，第31页。
③ 同上书，第361页。
④ 同上书，第92页。
⑤ 同上书，第17页。
⑥ 王先谦注：《荀子集解》，北京：中华书局，1988年，第433页。
⑦ 蒋礼鸿注：《商君书锥指》，北京：中华书局，1986年，第106页。
⑧ ［汉］贾谊著，阎振益、钟夏校注：《新书校注》，北京：中华书局，2000年，第16页。

成为当朝的“圣王”：

圣王之起，大以五百为纪……及秦始皇帝似是而卒非也，终于无状。及今，天下集于陛下，臣观宽大知通，窃曰足以操乱业，握危势，若今之贤也。明通以足，天纪又当，天宜请陛下为之矣。①

圣王合于天道，背负天命，贾谊认为：“圣王在上位，使民富且寿。”②他继承了孟子的观点，认为每五百年会出现一位圣王，这是“天纪”所定，秦汉之际也应是圣王出世的年代，如今却是“圣王不起，何怪矣”。近代最像圣王的人是秦始皇，可秦却化为乌有，而汉高祖刘邦，则被贾谊避而不谈，排除至“圣王”之外。那么，究竟什么样的君主才是“圣王”？

在《礼容语下》篇，贾谊借叔向之口，以《诗经·昊天有成命》为对象进一步讨论了“圣王”与“天命”之间的关系：

“夫昊天有成命，颂之盛德也。其诗曰：‘昊天有成命，二后受之，成王不敢康，夙夜基命宥谧。’”③

《昊天有成命》叙述了周初三王的“天命”传承，文、武二王领受天命，其子嗣成王继位后夙夜不敢寐，不断履行天命。周代王者领受天命的故事，在西周铭文、诗篇中屡见不鲜。④通过建构“天人合一”的秩序，周王室将统治神圣化，正因受上天之命，周王方才建功立业，周朝得以国祚绵长，上天被塑造为周王功业背后的命令者、支持者和法效的典范，普鸣认为，此类西周文本旨在“称人的行为，尤其是周王的行为与神意相连”。⑤

贾谊对《昊天有成命》的解读延续了西周天人观，又有所创新，他提出：“文王有大德而功未就，武王有大功而治未成。”⑥文、武二王领受天命后，要么有“德”而无“功”，要么有“功”而未“治”，都没有完成上天的命令，直至成王“布文陈纪，经制度，设牺牲”⑦，制作了新的国家体制和礼乐文化，方乃“治成”。

在贾生关于三王的叙述中，“天有成命”被视作君王统治的基石，而“天命”直接体现于君主的“德”“功”“治”，这三者是依次递进的关系：最次是君主的内在仁德，其次是君主的军事武功，最高的体现则是君主对天下治理得当，这是“圣王”才有的功劳。在《立后义》篇，贾谊重复了这一观点：

声名称于天下而传于后世，隐其恶而扬其德美，立其功烈而传之于久远，故天

① ［汉］贾谊著，阎振益、钟夏校注：《新书校注》，北京：中华书局，2000年，第30页。
② 同上书，第372页。
③ 同上书，第379页。
④ ［美］普鸣著、杨起予译：《作与不作》，北京：生活·读书·新知三联书店，2020年，第47页。
⑤ 同上书，第41页。
⑥ ［汉］贾谊著，阎振益、钟夏校注：《新书校注》，北京：中华书局，2000年，第379页。
⑦ 同上。

下皆称圣帝至治。[①]

贾谊将“德”“功”“治”作为判断“圣帝”亦即“圣王”的标准，“治”的内涵源于《易》：“黄帝、尧、舜垂衣裳而天下治。”[②]赵汀阳认为，“垂衣裳”意指“以制度代替暴力而建立了秩序”。[③]所以“治”的前提是国家制度的创建，亦即成王“布、陈、经、设”的创举，换言之，“制作”是“治”的根本，也是“圣王”的最重要特征。不过，即便是圣王，在创制过程中也不享有绝对自由，周成王创制不过是“基命”，是使四海“各遵其道”，天之“道”先于王之“治”，一切制度都须本乎天道。

“圣王”与“天命”的关系是贾谊理解历史的前提。从这一预设出发，贾生评价：

> 秦灭周祀，并海内，兼诸侯……南面而王天下，是上有天子也。既元元之民冀得安其性命，莫不虚心而仰上。当此之时，专威定功，安危之本，在于此矣。[④]

从贾谊对秦始皇事迹的叙述中，可以发现其复杂的态度。一方面，贾生肯定了始皇一匡天下、结束乱世的功业，认为其领受了天命，承认了始皇之“功”令其成为比肩三代先王的“天子”，接近于“圣王”；另一方面，他认为秦皇之功败垂成是由于“以暴虐为天下始”，制作了违背天道的严酷法制和过度集权，令天下无治，“皇天无亲，惟德是辅”，秦失其德，故而失去天命，于是始皇“似是而卒非”，终不成“圣王”。

实际上，贾谊是以周代三王之“德”“功”“治”为参照评判秦朝功过。始皇有“功”而未“治”，贾谊对其既褒又贬，而二世和子婴作为继位者，则被贾谊大加鞭挞。贾谊认为：“秦王足己而不问，遂过而不变。二世受之，因而不改，暴虐以重祸。”[⑤]二世领受天命，却并未“裂地分民”“约法省刑”，没有制作正确的制度顺应天道，反而“繁刑严诛”，助长了始皇的错误，应为秦之灭亡负责。因此，以周初三王的事迹为典范，贾谊极其看重继业之君对天下的治理，认为：“始取天下为功，始治天下为德。”[⑥]在上天与君王的关系中，天下之“治”而非君王之“功”“德”，才是“天命”的最终完成。

实现天下“治”方为“圣王”，而“治”的根本是制定符合天道的制度。贾谊之所以认定秦皇不是“圣王”，是因为秦皇虽有平定四海之“功”，却没有进行正确的“制作”。同样的看法可见于贾谊对汉高祖的评价之中：

> 高皇帝起于布衣而兼有天下，臣万方诸侯，为天下辟，兴利除害，寝天下之兵，天下之至德也。而天下莫能明高皇帝之德美，定功烈而施之于后世也。故天下犹行弊世德与其功烈风俗也。[⑦]

---

① ［汉］贾谊著，阎振益、钟夏校注：《新书校注》，北京：中华书局，2000年，第409页。
② ［魏］王弼注、楼宇烈校释：《周易注》，北京：中华书局，2011年，第363页。
③ 赵汀阳：《历史·山水·渔樵》，北京：生活·读书·新知三联书店，2019年，第129页。
④ ［汉］贾谊著，阎振益、钟夏校注：《新书校注》，北京：中华书局，2000年，第13页。
⑤ 同上书，第16页。
⑥ 同上书，第30页。
⑦ 同上书，第409页。

贾谊以“德”与“功”界定高祖伟绩，汉高祖布衣起家而统一天下，这是“功”的体现，为苍生平息战乱、谋取福利，这是“德”的体现，高祖“美德”“功烈”兼备，却不能施于后世，天下仍行坏的风俗与制度，这是天下未“治”的体现。所以贾谊希望高祖的继任者能承继“天命”，犹如成王之于文王、武王一般，为国家作新制，实现天下之“治”，因而在后文中，他转而论述起帝王应如何“立仪”“制事”。

以周之三王的天命顺承作为正例，秦之三主的天命中断作为反例，贾谊将“圣王”与“定经制”的君主相等同。经贾谊的叙述，国家创制俨然成了天人秩序的重要一环，圣王肩负天命，拥有“天”所赋予的创制的权力，这为汉代君主箭在弦上的改制提供了神圣性和必要性。于是，贾谊呼吁文帝积极创制，以期“天下顺治”[①]，只要新制合理、本乎天道，君王就无需担忧会如秦一般为“天”所弃。

三、“天下大器”：弥合天人的宇宙秩序

与贾谊积极提出创制主张相反，文帝对大刀阔斧的制度改革不以为然，这与他爱好黄老，以及汉初浓厚的道家氛围密切相关。道家尚清静，不推崇“制作”，老子眼中的圣人尚“无为”，与贾谊笔下的圣王截然不同。

细究贾谊的思想，也能发现道家影响的痕迹，贾谊曾说：“明主者南面而正，清虚而静，令名自命，命物自定。”[②]这一说法似乎与其积极创制的主张相去甚远，可否将此视为贾谊思想的断裂？不然。

贾谊建议帝王以“虚”治国，是本于道家思想的一个侧面，即“道”支配“万物”的宇宙论框架。池田知久认为，道家的政治思想具有两重性，既主张万物的“自然”，又隐隐暗示“道”和圣人的“无为”姿态对“万物”的决定作用，圣人虽“无为”，却“能辅万物之自然”[③]，说明万物的“自然”依托于圣人之“辅”。[④]池田知久由此指出了老子政治思想中以“道”比拟君王专制统治的内涵，并将其视为汉初“无为”政治的重要存在论基础。贾谊的政治思想，也侧重这一方面，强调君王治国必须本乎“天人合一”、洞察宇宙规律，不能妄“作”，而非“不作”。实际上，贾生明确反对“无为”[⑤]，他力图重新阐释道家思想，为己所用。贾谊提出：

> 夫天下，大器也。今人之置器，置诸安处则安，置诸危处则危。天下之情与器

① ［汉］贾谊著，阎振益、钟夏校注：《新书校注》，北京：中华书局，2000年，第31页。

② 同上书，第302页。

③ ［魏］王弼注、楼宇烈校释：《老子道德经注》，北京：中华书局，2011年，第170页。

④ ［日］池田知久、田人隆译：《中国思想史中“自然”的诞生》，［日］沟口雄三、［日］小岛毅编：《中国的思维世界》，南京：江苏人民出版社，2006年，第22页。

⑤ ［汉］贾谊著，阎振益、钟夏校注：《新书校注》，北京：中华书局，2000年，第108页。

亡以异，在天子之所置之。①

“天下，大器也。”这一说法源于老子之言：“天下神器，不可为也，不可执也。”②同将天下喻为“器”，老子称“神器”，王弼在注释中将“神”理解为“无形无方”的性质，这一属性正符合“道”的本质，万物如“道”一般自然生发、运动。因此，老子重在强调“神”而非“器”，这与其厌恶器用的思想一脉相承。而贾谊却去除了“器”的神秘属性，“大器”的功用全视天子将其置于何处而定，这体现了《易》的思想：“立成器以为天下利，莫大乎圣人。”③于是，贾谊强调了道家政治思想的第二个方面，即“道”或君王对万物的支配作用，唯有君王令天下符合正道，天下才能繁荣昌盛、生生不息。

“天下大器”之喻使用的不同，体现出贾谊对道家思想重心和政治立场的扭转。《易》有言：“形而上者谓之道，形而下者谓之器。”④张世英认为，这是以“道”为根本，以“器”为枝末。⑤但在贾谊的思想中，“器”的重要性在“道”之上，形而上的宇宙之思应落实于形而下的器物之用，国家亦为“器”，全看君王如何“制作”，这是贾谊宇宙论的出发点。

在贾谊的宇宙论中，“道”是宇宙的本源，“道”生“德”，“德”生阴、阳、天、地、人等万物。德有“六理”，六理变成万物的内在法度，即是“六法”，六法表现于万物的外在行为，则是“六行”，人的六行是仁、义、礼、智、圣、乐。人须“谨修六行”，以“合六法”，顺应天道。这继承了孟子认为心之善端乃“天之所与我者”、人必须与之合一的观点，不同在于，贾谊认为修养六行靠人自己是达不到的，他转而提出：

> 然而人虽有六行，微细难识，唯先王能审之，凡人弗能自志。是故必待先王之教，乃知所从事。是以先王为天下设教，因人所有，以之为训；道人之情，以之为真。是故内本六法，外体六行，以与书、诗、易、春秋、礼、乐六者之术以为大义，谓之《六艺》。⑥

六行内在于人，只有先王具有发现它们的天赋，所以先王制作了《六艺》，作为教诲供人学习。此外，面对“六亲”“六度”等由“道”所定的秩序，先王设“昭穆三庙以禁其乱”，设“毫、发、牦、分、寸、尺”，制作了符合天道的礼仪、制度和度量规范，辅助民众顺应自然之道。于是，由“道”到“六行”，由“六行”到《六艺》，贾谊建立了老子之“道”与儒家经典、礼制的关联，打通了形上之“道”与形下之“器”的联系，维护了宇宙本体与先王之“制作”的连续性。

---

① ［汉］班固著、［唐］颜师古注：《汉书》卷四十八，北京：中华书局，2013年，第2253页。
② ［魏］王弼注、楼宇烈校释：《老子道德经注》，北京：中华书局，2011年，第78页。
③ ［魏］王弼注、楼宇烈校释：《周易注》，北京：中华书局，2011年，第358页。
④ 同上书，第359页。
⑤ 张世英：《天人之际》，北京：人民出版社，1995年，第117页。
⑥ ［汉］贾谊著，阎振益、钟夏校注：《新书校注》，北京：中华书局，2000年，第316页。

《六艺》经典乃圣王创作，这是儒家的传统观点。与贾谊同时代的陆贾也持相同看法，后者提出："后圣乃定《五经》，明《六艺》……以绪人伦……以匡衰乱。"[①]陆贾认为，经典乃圣人"仰观天文，俯察地理"而作，其制作本乎上天，绝非无中生有。[②]贾谊采取了相似的思考路径，认为"制作"可以被追溯到宇宙本源，先王制作文化是恰如其分地表现了"道"，其创新本身就包含着"天人合一"，创作的目的也是为了使百姓顺应天道。

因此，通过改造道家宇宙论，贾谊将这一弥合天人的宇宙秩序作为了圣王创制的正当性来源。一方面，先王的制作源于天道、符合六理，当世君主必须本乎《六艺》经典，不能如秦皇一般专断僭越，违背宇宙的永恒法则；另一方面，当世君主如若本乎经典、模仿先王，那么，由此得来的正确"制作"就包含于"道"之内，不犯僭越。于是，君主的创制被阐释为在一定限度内得到了上天的许可。

四、结语

贾谊的创制思想隐藏着复杂的冲突，这些冲突的观念根植于深层的天人问题。面对汉初局势，贾谊力主制作新制，然而，"制作"在汉初被认为是对"天"的僭越，将招致国家灭亡，而秦朝覆灭的前车之鉴还历历在目。为了解决这一矛盾，贾谊借助荀子和法家思想，强调"变化应时"的必要性，又改造西周天命观，建构了"圣王"创制的"天命"根源，令改制拥有了神圣基础，并重新解读道家宇宙论，将先王的制作追溯至"道"，使得以先王经典为本的改制成为可能。最终，贾谊维护了"制作"背后的"天人合一"，提供了支撑创制的思想资源。

贾谊的创制理想，终在武帝的手里完成。元封元年（公元前110），武帝封禅泰山，改正朔，立汉为土德，实现了贾谊主张的"改定制度，以汉为土德，色上黄，数用五"[③]，宣示了汉朝的昭昭天命。武帝大兴创制，贾谊构想的再分封制度经主父偃的阐发，也为武帝所采纳，中央集权被大大加强。至此，封建的时代落幕，帝制的旭日东升，华夏历史翻开了崭新篇章。

（肖炳生，中山大学中文系研究生）

---

① ［汉］陆贾著，王利器校注：《新语校注》，北京：中华书局，1986年，第17页。

② ［美］普鸣著，杨起予译：《作与不作》，北京：生活·读书·新知三联书店，2020年，第221页。

③ ［汉］班固著，［唐］颜师古注：《汉书》卷四十八，北京：中华书局，2013年，第2265页。

【经学文献研究】

阮元《三家诗补遗》《齐诗》分类考辨

王子铭

摘　要：阮元《三家诗补遗》以《诗考》为基础进行辨析与补充，为当今学者研究三家《诗》辑佚提供了新的思路，但实际就《齐诗》而言，通过与《三家诗遗说考》和《诗三家义集疏》的对比考辨发现，阮元将部分当属《齐诗》的内容，利用错误依据，归类至《鲁诗》《韩诗》，且在搜集佚文本就不全面的情况下，数次出现文本错误，证明了陈氏父子和王先谦的辑佚分类成果更优。由此归纳出七条判断依据，可为日后的三家《诗》分类实践提供参考。另外有部分条目，因诸家学者皆一概而论，而出现归类错误和存疑的情况，则说明了王应麟设置《诗异字异义》一栏的严谨性和必要性。

关键词：《诗经》；《齐诗》；阮元《三家诗补遗》；三家《诗》异文；校勘

《齐诗》经过七代以上的传承，至三国魏时已无传授，成为今文三家《诗》最早衰落的一家。最早进行三家《诗》辑佚的著作是南宋王应麟的《诗考》，阮元以此为基础改进的《三家诗补遗》（以下简称《补遗》），一是对《诗考》进行了大量补充，如将《齐诗》部分十七条扩展为六十多条；二是将《诗考》中各条的归类重新划分，并说明依据，另外还将《诗考》中归入《诗异字异义》的内容也进行了分析。陈乔枞“本阮氏再传弟子，所撰《遗说考》，皆阮氏为之先河”①，陈氏父子《三家诗遗说考》（以下简称《遗说考》）借鉴了《补遗》成果，较前人更重视三家《诗》与《毛诗》的对比情况。王先谦《诗三家义集疏》（以下简称《集疏》）则提供了迄今最为完备的三家《诗》著作②，为三家《诗》和文献辑佚提供了新的研究方法，也为该课题的研究提供了方便。

① 阮元：《三家诗补遗叙》，《续修四库全书》第76册，影印仪征李氏崇惠堂刊本，上海古籍出版社，2002年，第2a页。

② 段少华：《王先谦与〈诗三家义集疏〉略论》，《河西学院学报》2008年第4期，第16—18页。

一、《三家诗补遗》中当属《齐诗》的引文与其余三家分类观点的简要统计数据

阮元 《三家诗补遗》		王应麟 《诗考》			陈氏父子 《三家诗遗说考》	王先谦 《诗三家义集疏》
		《齐诗》	《诗异字异义》	《补遗》	《齐诗》	《齐诗》
《齐诗》	《汉书·匡衡传》8条	2条			8条	7条
	《通典》1条		1条			
	《解颐新语》1条	1条				
	《春秋繁露》29条		5条		27条	23条
	《西京杂记》1条				1条	1条
	《汉书·董仲舒传》4条			1条	4条	2条
	《后汉书·郎顗传》3条				3条	3条
	《中候》1条				1条	1条
	《汉书·翼奉传》1条				1条	1条
	《礼记》1条		1条		1条	1条
	《汉书·志》1条	1条			1条	1条
	《汉书·萧望之传》2条					
	《前汉纪》1条				1条	1条
	不明出处3条	2条	3条	1条		2条
《鲁诗》	《盐铁论》36条				35条	32条
	郑注《三礼》22条				21条	22条
	《汉书叙传》6条				5条	6条
	《幽通赋》曹大家注1条				1条	1条
	《汉志》28条				25条	27条
	《汉书》颜师古注4条				4条	4条
	《礼记》3条				3条	3条
	《汉书·传》赞1条				1条	1条
	《汉书·匈奴传》2条				2条	1条
	《汉书·表》3条				3条	3条
	《汉书·董仲舒传》1条					
	郑注《中候》1条				1条	1条
	《汉书·昌邑王传》1条					1条
	《汉书·王莽传》2条					2条
	《汉书·霍光传》1条				1条	1条
	《礼记疏》1条				1条	1条
	郑注《考工记》1条					1条
	《汉书·宣帝纪》1条				1条	1条
	《汉书》刘德注1条				1条	1条
《韩诗》	郑注《三礼》2条				1条	1条
总计	175条	18条			154条	153条

从上表我们可以看出：

1. 在阮元《三家诗补遗》归类为《齐诗》的引文中：

首先，阮元《补遗》基本涵盖了王应麟《诗考》中的《齐诗》引文，且将其归入《韩诗》《异字异义》和《补遗》的部分重新分类，这部分以涉及董仲舒的内容为主。在重新分类之后又进行了大量的文献补充，这部分以涉及董仲舒和班固《汉书》相关人物传记的内容为主，包括匡衡、董仲舒、郎顗、翼奉、萧望之等，这些人都是明确的《齐诗》学传承人，在相关传记中所引奏议、对策等内容涉及《齐诗》不足为奇。

其次，陈氏父子《遗说考》与阮元《补遗》归类为《齐诗》的部分基本一致，王先谦《集疏》略有遗漏，但也涵盖大部分引文，且这两部著作对《补遗》还有较多补充。

由此可见，阮元《补遗》关于匡衡、董仲舒、郎顗、翼奉、萧望之的相关引文分类在《齐诗》是基本正确的。

2. 在阮元《三家诗补遗》归类为《鲁诗》《韩诗》的引文中：

这部分主要是除王应麟《诗考》以外的三家进行比较，这是因为《诗考》归类为《齐诗》部分的其他引文并不见于《补遗》之中。

首先，《遗说考》和《集疏》将《补遗》中一百一十六条《鲁诗》引文划归《齐诗》，这部分以涉及桓宽《盐铁论》、郑注《三礼》、班固《汉书》的自撰部分和涉及《齐诗》学的人物传记为主，并且依然是《遗说考》较多于《集疏》，但并不绝对。

其次，两著作还将《补遗》中两条《韩诗》引文划归《齐诗》，这是由于《韩诗》消失稍晚，仍有《外传》一卷流传于世，且《补遗》中《韩诗》引文数目不多造成的。这些内容或有笔误可能，有待进一步研究。

二、引文分类不同原因及相关考辨

从上述分析我们可以确定研究范围：一是明确《春秋繁露》《礼记》《汉书·表》等的作者及其内容是否涉及《齐诗》学；二是确定郑注《三礼》《中候》和班固《汉书叙传》《志》《赞》等内容是否根据《齐诗》完成；三是明确杜佑《通典》、桓宽《盐铁论》和班固《董仲舒传》《匈奴传》《昌邑王传》《王莽传》《霍光传》《宣帝纪》等传记中引《诗》出自何人，是否有学《齐诗》经历；四是判断颜师古、河间献王《汉书注》和《文选》曹大家注等的注文用《诗》是否依据原文，是否能依据自身《诗》学对原文用《诗》做出归类指导。

另外还要注意的是，部分著作并非简单出自一人、一家，或所录多人语录，或一人传承多家《诗》学，故部分著作引文可能非同一家《诗》，不能一概而论。

1.《春秋繁露》《礼记》《汉书·表》

(1)《春秋繁露》

《春秋繁露》是西汉董仲舒的政治哲学著作，其中内容多是董仲舒关于哲学、神学、历史和人性的观点，这也体现在了本次研究所涉及的引文里。董仲舒的《诗》学经历并无异议，陈乔枞《齐诗遗说考》记载："董仲舒治《春秋》，孝景时为博士，瑕邱江公受《榖梁春秋》及《诗》于鲁申公。武帝时江公与董仲舒并，仲舒通《五经》，善持论，能属文，江公讷于口，上使与仲舒议，不如仲舒，则仲舒所习《诗》自非鲁家也。……韩婴以治《诗》，孝文时为博士，武帝时婴尝与仲舒论于上前，仲舒不能难，则仲舒所习《诗》更非韩家也。"[①]董仲舒曾参与《诗》学活动，与《鲁》《韩》传承者议论，故陈乔枞认为董学《齐诗》。另外，王先谦还在《集疏》中引陈乔枞的说法，认为"至如公羊氏本齐学，治《公羊春秋》者，其于《诗》皆称《齐》，犹之榖梁氏为鲁学，治《榖梁春秋》者，其于《诗》亦称《鲁》也。董仲舒通五经，治《公羊春秋》，与齐人胡毋生同业，则习《齐》可知"[②]，他长于公羊学，强调"天人感应"论和谶纬学说，这与《齐诗》学特点相一致，则《春秋繁露》属于《齐诗》，盖无异议。同时，若出现以《春秋繁露》为基点进行判断的内容，也当属《齐诗》无误。

(2)《礼记》

《诗》作为儒家六经之一，在《礼记》之中多有引用。戴圣师从后苍，或学《齐诗》，《集疏》谓"《礼》学后苍最明，戴德、戴圣、庆普皆其弟子。三家立于学官，《诗》《礼》师传既同出自后氏，则《仪礼》及二戴《礼记》中所引佚《诗》，皆当为《齐诗》之文矣。"[③]但该书由他搜集，或略有删节，实并非由他撰写，且作者不一，故需分别判断。如《礼记·礼器》引"匪革其犹，聿追来孝"[④]。陈乔枞及王先谦根据引自《礼记》认为此为《齐》说。王锷先生据《礼器》"不麾蚤"之"麾"字，郑注《礼记》和陆德明《经典释文》都认为齐地谓"麾"为"快"，证明《礼器》可能为战国时某位齐国人所作，后经过儒家弟子整理成为今本[⑤]。加上《礼器》多讲天道阴阳五行，与《齐诗》风格相似，则该段所引为《齐诗》大概无误。另据阮元《十三经注疏校勘记》,《礼记》诸多版本中，只有毛本的"追"误作"道"，当是字误。[⑥]

---

① 陈寿祺撰，陈乔枞述：《齐诗遗说考》卷一，《三家诗遗说考》，《续修四库全书》第76册，影印清刻左海续集本，上海古籍出版社，2002年，第353b页。

② 王先谦撰，吴格点校：《诗三家义集疏·序例》，中华书局，1987年，第8页。

③ 同上。

④ 孔颖达：《礼记正义》卷二三《礼器》第十，影印阮元校刻《十三经注疏》本，中华书局，1980年，第1431b页。

⑤ 王锷：《〈礼记〉成书考》，中华书局，2007年，第192页。

⑥ 孔颖达：《礼记正义》卷三九《乐记》第十九，第1546b页。

（3）《汉书·表》

《后汉书·曹世叔妻传》记载："扶风曹世叔妻者，同郡班彪之女也，名昭，字惠班。博学高才。世叔早卒，有节行法度。兄固著《汉书》，其八《表》及《天文志》未及竟而卒。和帝诏昭就东观藏书阁踵而成之。"[①]则《汉书》八《表》为班昭补作，其《诗》学未知，故需要分别判断。如阮元《补遗》谓"皮惟司徒""中术膳夫""掫子内史""萬为师氏"用字引自《汉书·古今人表》，皆归为《鲁诗》，王应麟《诗考》皆归入《诗异字异义》，《遗说考》和《集疏》皆谓《齐诗》。王先谦云："皇父、卿士、司徒、皮、太宰、家伯、膳夫、中术、内史、掫子、趣马、橜、师氏、萬，并列下下，在幽王、褒姒之后。"[②]"家伯"，《人表》作"冢伯"；"橜"，《人表》作"蹶"，王先谦据《汉书·五行志》"橛维趣马"，"蹶"是字误。《毛诗》作"皇父卿士，番维司徒，家伯维宰，仲允膳夫。棸子内史，楀维师氏"。多与《人表》不同。"皮"，《释文》据《韩诗》作"繁"；"家伯"，《齐诗》据《易林》同；"楀"，《鲁诗》据《潜夫论》作"踽"，则可证此大概率为《齐诗》。同时阮元归入《鲁诗》部分的引自《汉书·表》的另外两条，亦皆可判断为《齐诗》，与《遗说考》《集疏》一致，则班昭或习《齐诗》。

2.郑注《三礼》《中候》和班固《汉书叙传》《志》《赞》

（1）郑注《三礼》《中候》

郑玄是汉代经学的集大成者，他融汇今、古文，遍学三家《诗》，又为《毛诗》作《笺》作《谱》，从而推动了《毛诗》的发展，在《诗经》学史上有极其重要的地位。他跟随第五元先、张恭祖等大家学习经学，有记载的是向张恭祖学习《韩诗》。后来为《三礼》作注又兼采三家《诗》，并不只用一家，其中《齐诗》《鲁诗》较《韩诗》稍多，则是郑玄本人采用比较认同的说法，体现了其对三家《诗》的融汇贯通。之后他从马融等又系统学习《毛诗》，虽后来更加推重《毛诗》，然他注《三礼》、注纬书时因触及《毛诗》尚少，故所引不多，而注《毛诗》时多引三家。故前人所说"疑为后人改"之类的理由也不一定正确。

阮元认为郑初注《礼》时用《韩诗》，故划为《鲁诗》及《韩诗》，其中认为是《鲁诗》的部分，有《礼记》注十八条、《周礼》注三条、《考工记》一条、《仪礼》注一条；认为是《韩诗》的部分皆为《礼记》注。王应麟据其从张恭祖习《韩诗》划为《韩诗》，陈乔枞谓"郑君本治《小戴礼》，后以古经校之，取其于义长者顺焉。后氏为辕生再传弟子，《仪礼》与《齐诗》并出自后氏《礼》家《诗》说，均用《齐诗》。郑君注《礼》在笺《诗》之前，未得《毛传》，故于笙、闲之篇未闻，知其所称《诗》义皆本之《齐》说矣"[③]，而将引《诗》划为《齐诗》，王先谦同。从上文可知全部归为一家《诗》也不

① 《后汉书》卷八四《列女传》第七十四，中华书局，1965年，第2784页。

② 王先谦撰，吴格点校：《诗三家义集疏》卷一七《十月之交》，第677页。

③ 陈寿祺撰，陈乔枞述：《齐诗遗说考》卷一，第337a页。

可信，故只能分别判断。如《礼记·郊特牲》郑注："《诗》云：'为下国畷邮。'"[①]阮元谓《鲁诗》,《遗说考》《集疏》谓《齐诗》。"畷邮",《毛诗》作"缀旒",《鲁诗》据《荀子》与《毛》同,《韩诗》据《玉篇》作"畷流"，则此或为《齐诗》。另外在这些条目中，有十一条引《诗》列在《三礼》经文之中，而《补遗》所引为郑玄注释或补充诗旨，且郑注内容皆与经文用字同，则可以认为郑玄作注所依据的是原作者的用《诗》，这与下文判断颜师古等人的注一致，故可以结合《三礼》作者及文本进行判断，大部分可认为非出自韩、毛《诗》，而《齐诗》比《鲁诗》的可能性稍大。

《中候》全称《尚书中候》，是汉代的一部谶纬书，郑玄注《中候》则可归属于他注释纬书的阶段，这时其用《诗》以三家《诗》为主。此条阮元《补遗》将其列入《鲁诗》部分，而《遗说考》及《集疏》中则归于《齐诗》，其中王先谦提到，马瑞辰云："郑君先通《韩诗》，以《鼓钟》为昭王诗，盖《韩诗》之说。故王应麟《诗考》以孔《疏》所引列入《韩诗》。"[②]是同王应麟只看到郑玄习《韩诗》而做出的判断，另有孔颖达《毛诗正义》："郑于《中候·握河纪》注云：'昭王时,《鼓钟》之诗所为作者。'郑时未见《毛诗》，依三家为说也。"[③]虽未看到当时郑玄也可能接触《毛诗》，但判断为三家说则较为合理。而陈乔枞云："《中候》多《齐》说，如《擿雒戒》言'剡者配姬以放贤'，是其明证。他若《契握》言玄鸟翔水遗卵，娀简拾吞，生契封商,《稷起》言苍耀稷生，感迹昌，皆与《诗纬》合。《鼓钟》之诗，郑据《齐诗》为说也。"[④]是据郑注与《中候》本身相结合来判断，是更为合理的。

（2）班固《汉书叙传》《志》《赞》

班固是东汉的儒学、史学大家，在其父班彪的基础上撰述《汉书》，成为一代经典。《汉书》中《纪》《传》之类内容有可能引自他人，故需要带入文本进行分类判断，而《叙传》《志》(除《天文志》)《赞》这些班固自撰的内容，都可以认为是他的学问。前人多据班固从祖班伯传《齐诗》认为班固习《齐诗》，这是非常有可能的,《集疏》谓"《齐诗》有翼、匡、师、伏之学，班固之从祖伯，少受《诗》于师丹，诵说有法，故彪、固世传家学。《汉书·地理志》引'子之营兮'及'自杜沮漆'，并据《齐诗》之文。又云'陈俗巫鬼''晋俗俭陋'，其语亦与匡衡说《诗》合，是其验矣。"[⑤]经过考证,《汉书》中确实有引用《齐诗》《韩诗》之处，马国瀚认为班固只学《齐诗》、陈乔枞和王先谦认为《汉书》皆引自《齐诗》，则过于片面。而从班固的学术态度和兴趣上来说,《鲁诗》可能

---

① 孔颖达:《礼记正义》卷二六《郊特牲》第十一，第1454a页。

② 王先谦撰，吴格点校:《诗三家义集疏》卷一八《鼓钟》，第746页。

③ 孔颖达:《毛诗正义》卷一三（十三之二）《鼓钟》，影印阮元校刻《十三经注疏》本，中华书局，1980年，第466c页。

④ 陈寿祺撰，陈乔枞述:《齐诗遗说考》卷二，第422b页。

⑤ 王先谦撰，吴格点校:《诗三家义集疏·序例》，第8页。

更加符合班固的要求。叶德辉《阮氏三家诗补遗叙》经与《遗说考》相比较更加同意阮元的观点，他认为"《诗·烈祖》,《正义》引《五经异义》云:'《诗》《鲁》说，丞相匡衡以为殷中宗'，则匡衡亦未尝不兼通《鲁诗》"[①]；又据《汉书·艺文志》有"汉兴，鲁申公为《诗》训故，而齐辕固、燕韩生皆为之传。或取《春秋》，采杂说，咸非其本义。与不得已,《鲁》最为近之"[②]，认为"则固又明明推重《鲁诗》者，知阮说不为无本矣"。[③]另据《汉书·艺文志》载齐、鲁、韩《诗》的内容,"三家《诗》著作中惟以《鲁诗》内容严谨，不妄生穿凿。而这正与班固的学术态度相吻合。而《齐诗》《韩诗》之传、记则或附会阴阳灾异，或引《诗》以证事、明理，并非是《诗经》本来之义，正是班固在《艺文志》中批判的那种'后世经传既已乖离，博学者又不思多闻阙疑之义'的作品"[④]，则班固也有可能学习《鲁诗》。至于《毛诗》，班固所引《诗经》少有与《毛诗》同，在态度上，也能从字里行间看出他对《毛诗》的不认同，故班固当习齐、鲁、韩三家《诗》，而《汉书》引《诗》，也需要分别判断。如《汉书·五行志》:"谷永对曰:'……《诗》曰:"赫赫宗周，褒姒威之。""颠覆厥德，荒沈于酒。"'"[⑤]阮元谓《鲁诗》,《集疏》认为是鲁、齐《诗》，当据出自《五行志》而引自谷永。《毛诗》作"荒湛于酒",《韩诗》据《韩诗外传》作"荒愖于酒"。则此非韩、毛《诗》。若据谷永学《鲁诗》，而此处两句引《诗》当为同一家，则"褒姒威之"亦当为《鲁诗》，然据《汉书·谷永杜邺传》中"谷永对"引《诗》及《列女传》皆作"褒姒灭之"，为《鲁诗》而与此不同，则此或据班固《诗》学，且为《齐诗》。《汉书·五行志》所引四条，三条可考，两条可证为《齐诗》，加之多以说明阴阳灾异，与《齐诗》合，另陈乔枞云:"夏侯始昌通《五经》，善推《五行传》，传族子胜，其传与刘向同，则《志》所载《传》，皆本始昌也。始昌传《齐诗》，则此《齐》说也。"[⑥]盖《五行志》所引皆《齐诗》。

3. 杜佑《通典》、桓宽《盐铁论》、班固《董仲舒传》《匈奴传》《昌邑王传》《王莽传》《霍光传》《宣帝纪》

（1)《通典》

《通典》，唐杜佑撰，在介绍历代典章制度及其源流时，又附以相关学者的议论和自己的观点。如《补遗》中《齐诗》部分载《通典·礼》第十九"其叶蓁蓁"[⑦]一条，王应麟《诗考》归入《诗异字异义》，二者皆未说明原因。该条是引束晳评议，而非出自杜

① 阮元:《三家诗补遗叙》，第1b页。

② 王先谦:《汉书补注》卷三十,《艺文志》第十，影印清光绪二十六年虚受堂刊本，中华书局,1983年，第870a页。

③ 阮元:《三家诗补遗叙》，第1b页。

④ 关小彬:《班固〈诗经〉师承考》，首都师范大学硕士学位论文，2007年。

⑤ 王先谦:《汉书补注》卷二七下之下《五行志》第七下之下，第650b页。

⑥ 陈寿祺撰，陈乔枞述:《齐诗遗说考》卷三，第455a页。

⑦ 杜佑撰，王文锦等点校:《通典》卷五九《嫁娶时月议》，中华书局，1988年，第1678页。

佑。束皙否认古代礼制规定婚嫁之礼必须在仲春至季秋这段时间内的说法，作《嫁娶时月议》一文[①]，云："《桃夭》篇叙美'婚姻以时'，盖谓盛壮之时，而非日月之时，故'灼灼其华'，喻以盛壮，非为嫁娶当用桃夭之月。其次章云'其叶蓁蓁'，'有蕡其实，之子于归'，此岂在仲春之月乎！"[②]而《毛诗序》云"后妃之所致也。不妬忌，则男女以正，婚姻以时，国无鳏民也"，正与"美'婚姻以时'"[③]相合，这或许能够说明束皙当时见《毛诗》并针对《毛诗》而作。王先谦《集疏》则列束皙说于"灼灼其华"条下，谓"束辨正《毛序》，足解笺疏之惑"[④]，也说明了这一点。另王先谦还在"桃夭"条下案："《易林》云'男为邦君'，是《齐诗》说不以为民间嫁娶之诗甚明。参之《大学》'宜家''教国'之义，非国君不足以当之，不知为《周南》何国之诗也。"[⑤]则《齐诗》诗旨与嫁娶无关，与束皙说亦无关，故《补遗》入《齐诗》可能有误，或为《毛诗》。

（2）《盐铁论》

《盐铁论》是西汉桓宽根据"盐铁会议"整理出的史书，依据奏册和现场辩辞，以对话的形式，对于双方的观点言论进行了较为可靠的记录。儒学一派多称"文学""贤良"，据《盐铁论·杂论篇》有"贤良茂陵唐生""文学鲁万生"等六十余人，而辩论过程中提及姓名的也仅有"仲山刘子雍""九江祝生"等人[⑥]；法家一派有"大夫"桑弘羊及"御史""丞相史"诸人，两方轮流辩答。引自桑弘羊的内容尚且无法据文本判断为哪一家，其他诸人更是不明出身，不明师承，学说源流也未可知，这就说明，我们在讨论《盐铁论》引《诗》所涉及的四家《诗》学的归类问题上，不能一概而论。《盐铁论》在阮元《补遗》中全部归于《鲁诗》部分，叶德辉《阮氏三家诗补遗叙》经与《遗说考》相比较也更同意阮元的观点，认为："陈书又据《盐铁论》以《兔罝》为刺义，与《鲁》《韩》《毛》异；以'鸣雁'为'鸣鴈'，文与《鲁》《韩》《毛》异；以《出车》为周宣王诗，与班固《匈奴传》合，遂以次公为《齐诗》家。按《盐铁论·取下篇》云：'是以有履亩之税，《硕鼠》之诗作也。'以履亩、《硕鼠》为一事，与《潜夫论》'履亩税而《硕鼠》作'之说合。陈氏既以节信为《鲁诗》，又出次公为《齐诗》，析而二之，未见有合。阮氏、桓王并入《鲁诗》是也。"[⑦]而这部分内容在《遗说考》和《集疏》中或不引，或全部归为《齐诗》，这样的观点可能是源于对桓宽从后苍学《齐诗》的判断。但从上述分析来看，这些都是不可取的，同时王应麟《诗考》只将部分归入《异字异义》，其中还有一

① 赵婧：《论束皙的〈诗经〉学及其〈补亡诗〉创作》，《信阳师范学院学报（哲学社会科学版）》2015年第35卷第2期，第127—130页。

② 杜佑撰，王文锦等点校：《通典》卷五九《嫁娶时月议》，第1678页。

③ 《毛诗传笺》卷一《桃夭》，中华书局，2018年，第10页。

④ 王先谦撰，吴格点校：《诗三家义集疏》卷一《桃夭》，第42页。

⑤ 同上书，第40页。

⑥ 曹道衡：《〈盐铁论〉与西汉〈诗经〉学》，《河北师院学报》（社会科学版）1994年第3期，第67—72页。

⑦ 阮元：《三家诗补遗叙》，第2a页。

条重复划为《韩诗》，则更为模糊，因此，需要分别判断。如《诛秦篇》第四十四："中国与边境，犹支体与腹心也。夫肌肤寒于外，腹心疾于内，内外之相劳，非相为赐也！唇亡则齿寒，支体伤而心憯怛。故无手足则支体废，无边境则内国害。……《诗》云：'忧心惨惨，念国之为虐。'"[①]陈氏父子和王先谦皆因引自《盐铁论》归入《齐诗》。而《汉书·武帝纪》中武帝的诏令也有相似的引文和描述："盖君者心也，民犹支体，支体伤则心憯怛。……《诗》云：'忧心惨惨，念国之为虐。'"[②]部分语句出现重叠，说明该篇桑弘羊很可能是在借鉴武帝的诏令来说理的。而武帝从申公弟子王臧学《鲁诗》，则此处可能是直接引武帝诏令，归属《鲁诗》。

另外还有比较重要的一点是，《盐铁论》引《诗》所见于《补遗》三十六条中有二十二条与《毛诗》完全一致，或有可能如《申韩篇》王先谦所云，为后人篡改，也有可能四家本差别不大，皆无证据，则当据诗旨另加判断。

（3）班固《董仲舒传》等纪传

班固在《汉书》中记述他人纪传时，除叙述外，无可避免需要引用本人的言语，其所引《诗经》则皆当据该人《诗》学进行判断。如《汉书·王莽传》："陈崇时为大司徒司直，与张敞孙竦相善。竦者博通士，为崇草奏，称莽功德，崇奏之，曰：'……《诗》云'人之云亡，邦国殄顇'，公之谓矣。……非陛下莫引立公，非公莫克此祸。《诗》云'惟师尚父，时惟鹰扬，亮彼武王'，孔子曰'敏则有功'，公之谓矣。'"[③]《毛诗》此两条一作"邦国殄瘁"，一作"凉彼武王"，阮元谓此两条皆《鲁诗》，《遗说考》皆不列，王先谦据《左传》《韩诗外传》皆作"邦国殄瘁"与《毛》同，谓"邦国殄顇"为三家异文，另一句直接因引自《王莽传》划为《齐诗》，认为三家皆作"亮彼武王"。这些判定虽然不是很严谨，但这里两句归属《齐诗》可能性是很大的，除四家《诗》异文外，根据该段是陈崇为歌颂王莽功德所奏，可见他是支持王莽的，而三家《诗》学中对于新莽政权的态度，恰是《齐诗》学派支持，而《鲁》《韩》反对。由此我们虽然少有资料能发掘陈崇《诗》学传承，但根据这些，可以推断出此段可能为《齐诗》。

据此我们可知，部分书中有他人引《诗》处，则不能简单根据书的作者或某人传记来判断归属。如有一条《汉书·董仲舒传》："今子大夫既已著大道之极，陈治乱之端矣，其悉之究之，孰之复之。《诗》不云虖：'嗟尔君子，毋常安息，神之听之，介尔景福。'朕将亲览焉，子大夫其茂明之。"[④]这条实际上引自汉武帝的"制"，而非出自董仲舒，阮元归为《鲁诗》或更为准确，同时据《春秋繁露·祭义篇》作"毋恒安息"也可知非为《齐诗》，而陈氏父子、王先谦皆不录，这说明有可能未见，也有可能因为不是语出董仲

① 王利器：《盐铁论校注》，中华书局，1992年，第488页。
② 王先谦：《汉书补注》卷六《武帝纪》第六，第89b页。
③ 同上书，卷九九上《王莽传》第六十九上，第1681b页。
④ 同上书，卷五六《董仲舒传》第二十六，第1155b页。

舒而不列为《齐诗》，这意味着他们也会依据引自谁而作出判断；同时《补遗》《遗说考》与《集疏》引文时多说明“《汉书》董仲舒对策曰”“《汉书》匡衡疏曰”，则也能证明这一点。至于部分篇章没有顾及这一点，则需要提出疑问。另《汉书·萧望之传》，其中引“率礼不越”四句，亦非出自班固或萧望之，而《诗考》《补遗》《遗说考》皆谓《齐诗》，而据文本仅能判断为三家《诗》，这说明几种著作都判为《齐诗》的引文中也有误判的可能，有待进一步考察。

4.颜师古、河间献王《汉书注》和《文选》曹大家注

（1）颜师古、河间献王《汉书注》（皆只谓出自《汉书》，不注明为注）

颜师古为《汉书》作注，前人认为他多依循旧注，然多不可考。今未能查明其《诗》学源流，故需要分别判断。如《汉书·地理志》记载“及《车辚》《四驖》《小戎》之篇，皆言车马田狩之事”，颜师古注曰：“《车辚》，美秦仲大有车马。其《诗》曰：‘有车辚辚，有马白颠。’《四驖》，美襄公田狩也。其《诗》曰：‘四驖孔阜，六辔在手，輶车鸾镳，载猃猲獢。’”[①]阮元未注明取自颜注而谓出自《汉书·地理志》，划分为《鲁诗》，《遗说考》引《车辚》《四驖》，王先谦只引《车辚》，皆谓《齐诗》。其中，陈乔枞认为：“师古引《车辚》及《四驖》《小戎》诸诗，皆袭旧注《齐诗》之说，故字多与《毛》不同。”[②]并据《毛诗》作“邻”“歇骄”认为三家《诗》作“辚”“猲獢”，据《毛诗》作“驷驖”认为《齐诗》作“四驖”。而王先谦据《文选注》认为“《毛》亦有作‘辚’之本，非独三家，不能执为同异之证也”[③]，又据《说文》谓《鲁》《韩》作“四铁”，《齐》作“四驖”。《车辚》《四驖》引《诗》两条，颜注用字与班固同，而其诗旨则与《毛诗序》“美秦仲也。秦仲始大，有车马礼乐侍御之好焉”[④]，“美襄公也。始命有田狩之事，园囿之乐焉”[⑤]较为相似，或几家诗旨差异本不大。另据服虔注《左传》“秦仲始有车马礼乐之好，侍御之臣，戎车四牡田狩之事。其孙襄公列为侯伯，故有‘蒹葭苍苍’之歌、《终南》之诗，追录先人《车邻》《驷驖》《小戎》之歌，与诸夏同风，故曰夏声”[⑥]，可知他对诗旨的判断与《毛诗》不同，陈乔枞认为此为《鲁诗》义，王先谦以为《韩诗》义，而服虔注《左传》时，多用《毛诗》，少用《韩诗》[⑦]，此处或用《韩诗》诗旨，而字与《毛》同，则作《车辚》《四驖》者非为《毛》《韩》也。综上，虽陈乔枞云“据《齐诗》旧注”未能予以证明，但基本可确定为三家《诗》，且诗题见《汉书》原文，当同班固用《诗》，作《齐诗》的可能性还是较大。

① 王先谦：《汉书补注》卷二八下（二）《地理志》第八下（二），第846a页。
② 陈寿祺撰，陈乔枞述：《齐诗遗说考》卷一，第379a页。
③ 王先谦撰，吴格点校：《诗三家义集疏》卷九《车邻》，第435页。
④ 《毛诗传笺》卷六《车邻》，第159页。
⑤ 《毛诗传笺》卷六《驷驖》，第160页。
⑥ 吴静安：《春秋左氏传旧注疏证续》，东北师范大学出版社，2005年，第622页。
⑦ 张华林、曾毅：《东汉服虔〈诗经〉学辑考》，《古籍整理研究学刊》2020年第1期，第12—18页。

刘德即西汉河间献王，好古，立《毛诗》博士。《汉书叙传》："三枿之起，本根既朽。"刘德曰："《诗》曰：'包有三枿。'《尔雅》曰：'枿，余也。'谓木斫髡而复枿生也，喻魏、齐、韩皆灭而后起，若髡木更生也。"①阮元谓《鲁诗》，《诗考》入《诗异字异义》，《遗说考》和《集疏》皆谓《齐诗》。"包"，《毛诗》作"苞"，"枿"，《毛诗》作"蘖"，王先谦据《释文》引《韩诗》作"蘖，绝也"谓《韩》《毛》同。若依刘德立为《毛诗》博士，则此当为《毛诗》，但与《毛诗》作"苞有三蘖"显然不一致。王先谦"蘖、枿一字"或能解释，但他将此归于《齐诗》，逻辑上则不能令人信服，更有可能的是刘德此处非用《毛诗》，而是其虽好古，然《诗》学多有涉猎，这里不依自身《诗》学，而是依据《汉书》本身进行解释，则当与同班固用《诗》。

（2）《文选》曹大家注

《文选》引班固《幽通赋》："承灵训其虚徐兮，伫盘桓而且俟。"曹大家注："虚徐，狐疑也。……《诗》曰：'其虚其徐'。"②《补遗》入《鲁诗》，《诗考》入《诗异字异义》，其余皆谓《齐诗》。"其虚其徐"，《毛诗》作"其虚其邪"，王先谦据孙炎作"徐"谓《鲁诗》作"徐"，义为"威仪谦退也"，则字同而义与曹说不同，则此非鲁、毛《诗》也，当与班固原文同。曹大家即班昭，在班固去世后续写并传授《汉书》，有可能从班伯学《齐诗》，且据上文《表》为《齐诗》概率较大，则可认为班昭或学《齐诗》，并于此有运用。

三、前人分类经验得失及方法总结

通过上文分析我们可以得知，并非前人所作的分析就是没有问题的，甚至还有一些不全面的观点经过长时间的流传逐渐成为了共识，这就需要我们总结他们观点错误或不全面的原因，以便对类似的问题作出规避。一是可见文献数量有限，典型见于早期文献，如王应麟《诗考》；二是作者《诗》传途径不明，如《礼记》中不同作者、不同篇章的引《诗》；三是作者学习多家《诗》，但运用时间、倾向不同，如郑玄、班固的用《诗》；四是作者并非依据自身《诗》传而是据前人引《诗》，如《汉书》的各种注家引《诗》；五是沿袭前人错误说法或误解前人内容，如《集疏》思路常与《遗说考》一致，而阮元常据王应麟《诗》说，却也确实有误解甚至虚构《诗考》分类和混淆"彼记"与"彼己"的情况；六是未分辨作书者与引《诗》者，如《汉书》纪传中的引《诗》不一定出自纪传的主要描述对象；七是引用时用字错误，如排除《毛诗》作"沦胥以铺"，《韩诗》作"勋胥以痡"后，王先谦据《后汉书·蔡邕传》"下获薰胥之辜"认为齐、鲁《诗》作

① 王先谦：《汉书补注》卷一百下《叙传》第七十下，第1740b页。

② 《文选》卷一四《幽通赋》，影印清嘉庆重刻宋淳熙本，中华书局，1977年，第209a页。

"薰胥"，实则《蔡邕传》作"熏胥"[①]，为《鲁诗》，则《汉书叙传》中"薰胥"盖为《齐诗》。

另外我们还可以通过分析考辨，总结出一些相关研究中可以用到的判断依据和分类思路。

1.作者传一家《诗》时，根据师承、文献说明、《诗》学活动等说明作者学某家《诗》

这是前人做此类工作时最常运用的方法，如依据后苍事夏侯始昌说明后苍传《齐诗》，依据史料文献等明确记载翼奉、萧望之等学《齐诗》，依据董仲舒曾与鲁、韩辩《诗》等说明董仲舒学《齐诗》等。用这种方法确定某人学某《诗》，基本上就能将其著作成功分类，但需要注意到著作中引自他人的内容，以及作者是否只习一家《诗》。但由于史料不详，并不是所有学者都能用这种方法确定《诗》学，还需要有进一步的资料论证。

2.作者传多家《诗》或不确定传某家《诗》时，根据作者今古文倾向、政治倾向、根据作者学《诗》时间等说明作者用某家《诗》

范家相以外，前人学者少有据一人学多家《诗》而将该学者引《诗》分类处理的，尤其是在同一部著作中，如陈乔枞、王先谦等皆认为班固《汉书》全部用《齐诗》、《白虎通》全部用《鲁诗》，郑注《三礼》全部用《齐诗》。而认为一部著作引多家《诗》的这种想法多出自近代学者，尤其是所见资料愈发丰富的今天，研究者们越来越能辩证、全面地看待一个人的《诗》学传承，而当遇到一位作者有多种《诗》学可能的时候，则可以通过其表现出的特征等进行判断。如根据郑玄在作《毛诗笺》时多涉《毛诗》说明他前期多学三家《诗》等。同时当一位学者《诗》学源流不确定时，也可以适当采取这种方法，如根据陈崇支持新莽政权说明他使用《齐诗》等。

3.当引《诗》主体与作者不一致时，根据著作中的引《诗》者判断使用某家《诗》

一部著作中属于作者评述性的内容一般要根据作者的《诗》学源流判断，而其中人物交流和表达的内容则要根据说话人的《诗》学源流分类。如在《汉书·匈奴传》中出现的内容属于班固的评述，当据班固《诗》学判断；在《汉书·董仲舒传》中出现的内容属于董仲舒的对策，当据董仲舒《诗》学进行判断；在《汉书·武五子传》中出现的内容并非出自昌邑王，而是对他劝谏的龚遂，则需要依据龚遂的《诗》学进行判断；在《盐铁论》中出现的内容大量出自没有姓名的"贤良""文学"等，则更不可能依据桓宽的《诗》学对其分类。

4.根据四家《诗》本身不同，包括但不限于用字、义理、训诂、体例、分章、次序等与已经出现某家《诗》相同或其他三家都与此不同说明为某家《诗》

当引《诗》者传承源流和使用倾向都无法说明其所用何《诗》时，则需要根据《诗经》文本差异判断。通过观察引文用字、义理、训诂、体例、分章、次序等文本内容，

① 《后汉书》卷六十上《蔡邕列传》，第1986页。

与目前所能见到的某家《诗》一致，或与其他三家《诗》皆不同，从而作出判断。如《礼记·郊特牲》中所引内容与《鲁》《韩》《毛》三家皆不同，《礼记·孔子闲居》中所引内容与《春秋繁露》中所引内容一致，则有较大概率为《齐诗》；《通典》中内容引自束皙，实为对《毛诗》辨正，则据其义理可知为《毛诗》；《汉书叙传》颜师古注内容引《诗》与韩、毛《诗》用字训诂不合而判断非韩、毛《诗》等。该方法虽然可以从一定程度上弥补不明作者《诗》传的缺憾，但并非一定可信，由于部分内容在流传时被篡改，部分内容在同一家会出现多种版本等因素，这样的判断只能提供一定的参考价值，而非属于明确的依据。

5. 四家《诗》的研究方向，包括但不限于阴阳谶纬等内容说明为某家《诗》

该部分内容较上一部分更倾向于根据前后文作出判断，如《齐诗》的内容常常与阴阳谶纬之说相结合，具体如《中候》《汉书·五行志》《礼记·礼器》中大量与阴阳五行相关内容，与所引《诗》诗旨相结合，有比较大的可能为《齐诗》。

6. 依照前人辑佚和考据的分类作出判断说明为某家《诗》

前人的判断对今天的四家《诗》分类有十分重要的借鉴作用，他们总结出的经验一定程度上能够指导今天分类的实施。如陈乔枞认为的“《韩诗》唐时尚存，陆氏《释文》若不言《韩诗》异字，则有异文者非《韩诗》也”；“夏侯始昌通《五经》，善推《五行传》，传族子胜，其传与刘向同，则《志》所载《传》，皆本始昌也。始昌传《齐诗》，则此《齐》说”等，这些内容都能为今天的四家《诗》分类提供可信的依据。

7. 依据所述时间断限，判断可能为某家《诗》

该部分内容古人多有沿用，如叶德辉在《阮氏三家诗补遗叙》中提到的“大抵三家之中《鲁诗》最古，群书引三家义，只《韩诗》直引其文，其余二家仅凭推测，不可为据。余尝谓辑三家《诗》，凡不知为某家者，皆当括于《鲁诗》，以《鲁诗》为初祖故也。今阮氏正是此意，庶无骑墙之病”①；陈乔枞认为的“《韩诗》唐时尚存，陆氏《释文》若不言《韩诗》异字，则有异文者非《韩诗》也”；以及《毛诗》稍晚于三家《诗》，则有些早期《诗》可能非《毛诗》等。该方法虽然可能有些片面，阮元、叶德辉的说法也不一定正确，但对四家《诗》分类也有一定的借鉴意义。

四、结语

总结上文几部著作分类不同的部分，根据文本分析顺序，我们可以针对有争议的引文得出以下结论：

《春秋繁露》中阮元认为《齐诗》的二十九条中，王应麟将五条归入《诗异字异义》，

① 阮元：《三家诗补遗叙》，第2a页。

与其他三家皆认为《齐诗》不同。通过判断作者师承，确定《春秋繁露》中引《诗》皆为《齐诗》，则《补遗》《遗说考》《集疏》结论较好。

《礼记》中阮元认为《齐诗》一条，王应麟归入《诗异字异义》,《遗说考》《集疏》皆认为《齐诗》；阮元认为《鲁诗》三条,《遗说考》《集疏》皆认为《齐诗》。该四条皆无法通过文本进行判断，而从作者入手也仅能认为可能有一条《齐诗》，一条《鲁诗》。几部著作在判断时一概而论的做法更是不可取的。

《汉书·表》三条，阮元认为《鲁诗》,《遗说考》和《集疏》皆认为《齐诗》。该三条据文本可判断为《齐诗》，则《遗说考》《集疏》结论可能较好。

郑注《三礼》二十五条，包括《考工记》一条，阮元认为《鲁诗》二十三条,《韩诗》两条，另加所谓《疏》一条,《遗说考》和《集疏》皆认为《齐诗》。其中阮元认为为《韩诗》的内容皆误；认为为《鲁诗》的内容，则据文本及作者判断当为三家《诗》，齐、鲁《诗》皆有可能较大，但三部著作根据所出郑玄注而全部判断为同一家《诗》的说法都不可取。

郑注《中候》一条，阮元认为《鲁诗》,《遗说考》和《集疏》皆认为《齐诗》。该条据《齐诗》学研究方向和《尚书·中候》纬书的性质判断为《齐诗》，则《遗说考》《集疏》结论可能较好。

班固《汉书叙传》六条,《志》二十八条,《赞》一条，阮元认为《鲁诗》,《遗说考》和《集疏》皆认为《齐诗》。这些内容据文本判断为三家《诗》，其中能确定为《齐诗》较多，但并非全部，且韩、鲁《诗》亦有涉猎可能，虽然结论偏向于《遗说考》《集疏》认为的《齐诗》，但其认为班固《汉书》皆用《齐诗》的判断依据还有待考证。

杜佑《通典》一条，阮元认为《鲁诗》,《遗说考》和《集疏》皆认为《齐诗》。然据文本及诗旨则判断有可能为《毛诗》，与几部著作判断皆不同。

桓宽《盐铁论》三十六条，阮元认为《鲁诗》,《遗说考》和《集疏》皆认为《齐诗》。能够据文本判断的，或三家《诗》皆有，尤以齐、鲁《诗》为主，而三部著作皆认为出自桓宽而判断为一家《诗》的思路显然都是错误的。

班固《董仲舒传》一条、《匈奴传》两条、《昌邑王传》一条、《王莽传》两条、《霍光传》一条、《宣帝纪》一条，阮元认为《鲁诗》,《遗说考》和《集疏》皆认为《齐诗》;《董仲舒传》另有一条,《诗考》归入《补遗》，其他三家皆认为《齐诗》，该条据文本及引用者皆可证为《齐诗》，则阮元、陈氏父子、王先谦的判断较好。至于阮元认为《鲁诗》的几条，根据文本及引用者，五条可能为《齐诗》，说明多数时候《遗说考》及《集疏》的结论较好；一条可能为《鲁诗》,《遗说考》和《集疏》皆因有疑虑而不引，而阮元的判断独到，三家皆有可取之处。

《汉书注》颜师古四条、河间献王一条，阮元皆认为《鲁诗》,《遗说考》和《集疏》皆认为《齐诗》。其中颜师古注据文本判断当为齐、鲁《诗》，且《齐诗》可能较《鲁诗》

大，也有可能是所说“前人《齐诗》旧注”。河间献王据文本也判断为齐、鲁《诗》，却与其所学不符，且颜、刘所用《诗》皆与《汉书》原文一致，故颜注、刘注也可能采取班固用《诗》版本，则《遗说考》《集疏》结论可能较好。

《文选》曹大家注一条，阮元认为《鲁诗》，《遗说考》和《集疏》皆认为《齐诗》。该条据文本可判断为齐、韩《诗》，而据同班固用《诗》和自身师承，判断为《齐诗》概率较大，则《遗说考》《集疏》结论可能较好。

综合上述判断，我们可以知道，在阮元《补遗》中，已经判断为《齐诗》的部分基本都是可靠的，但其判断为鲁、韩《诗》，尤其是《鲁诗》的部分，则包括了本该认为是《齐诗》的内容，正如叶德辉在《阮氏三家诗补遗叙》中提到的：“大抵三家之中《鲁诗》最古……凡不知为某家者，皆当括于《鲁诗》，以《鲁诗》为初祖故也。”显然这样的判断是有些片面的，更别提在四家《诗》外还有别的传承，而《遗说考》和《集疏》则比较完整地对这部分内容进行了补充和判断，虽然有的地方判断依据不到位，甚至有些判断结果也不正确，但也一定程度上还原了《齐诗》的面貌。《遗说考》和《集疏》中还有更多的判断为《齐诗》的内容，更是为我们后来的《齐诗》辑佚工作打下了坚实的基础。

相比《遗说考》和《集疏》，阮元除了部分分类判断及依据有误之外，还存在搜集佚文不全面，部分诗句出现出处有误、字形讹误、语句脱衍等情况，但并不能说《补遗》就没有优点，正是阮元的教导和启发才促进了陈氏父子《遗说考》的产生，也正是这两部著作的问世才为《集疏》的辑佚工作减轻了负担，同时《补遗》也为当今学者研究三家《诗》辑佚提供了新的思路，为其搜集分类作出了突出贡献。

最后我们还要注意到一点，在诸位学者的分类中，除王先谦《集疏》在每句之下列举三家《诗》引文以外，其余三本著作都是先以齐、鲁、韩三家《诗》分类排列，之后进行辨析，但这也存在体例上的不同。王应麟的《诗考》在齐、鲁、韩三家《诗》分类外别列一类《诗异字异义》，并不是说王应麟分入《诗异字异义》的都是如今难以判断的内容，《诗考》中的内容其实是有待完善的，但这正是他受限于时代的证明。这些看似因文献不足而无法判断的归类，反而体现出作者著书的严谨态度。后来的三家《诗》相关著作却未在这方面有所继承，他们虽然将《诗异字异义》的部分拿出来重新分类，并进行了足够的补充，但部分依据在今天看来显然有些站不住脚。不排除他们对自己的分类依据有十足信心的可能，但若说真的每一条都能分准、分对，那后世的学者也就没有不断研究丰富的必要了。所谓的三家《诗》分类看似梳理明晰，实际上却要比本文中的分析还要错综复杂，阮元和陈氏父子看似能够明确分类三家《诗》，实际上却是王应麟《诗考》的倒退。正如本文所要证明的，在作者《诗》学无法判定，甚至作者都不能确定的情况下，有很大一部分是要通过诗句本身去判断的，而并非每一句诗都被三家征引过，也并非每一条到今天都能毫无差错地出现在我们面前，等待我们分析判断。恰恰相反，我们今天所能见到的文献只是其中的一小部分：或者某句只有《齐诗》版本被引用过，或者某句只有引用《鲁诗》的文献流传到今天，因此很大程度上我们需要运用排除法确定为非某家《诗》；我们还能遇到同一家《诗》有多种用字版本、诗句在传写过程中出现讹误的可能，因此排除法也不一定就准确；有些诗句在《齐》《鲁》《韩》《毛》四家皆不同，而一旦出现有几家可能相同，或在四家都是完全相同的情况，就会直接导致我们无法从诗句本身进行判断……我们会遇到各种各样的可能，这比分析作者还要复杂得多，在文献可以被检索到的今天尚且如此，在阮元的年代则要更加困难，因此我们可以看到很多无法判断的情况，几部著作不设《诗异字异义》或类似意义的分类，显然是不严谨的。除《补遗》《遗说考》以外，王先谦《集疏》在每一句之下列出他所见的引《诗》，但有些出现于《补遗》和《遗说考》的诗句并未体现在《集疏》中，王先谦参考二书却不见征引，除去他是真的漏掉了之外，最有可能的原因是他不能作出判断，虽然能够从一定程度上避免分类错误，但这又对三家《诗》的辑佚工作造成了影响，对后来想要进一步完善的人也无法提供帮助。这样看来，存疑不录其实也是不可取的。因此我们也能够得出结论，王应麟《诗考》虽然在内容上有待完善，但在《诗异字异义》分类的设置上，是要更优于其后诸家的。今后从事三家《诗》分类和辑佚工作的学者，可以参考这一格式，将存疑部分另列一类，既科学严谨，又能为后人的研究提供帮助。

（王子铭，山东师范大学文学院研究生）

唐文治论读经次第及其原则

——经学系统性初探

毛朝晖

摘　要：经学是中国古典学术的主要形态，唐文治是民国时期提倡读经、辩护经学现代价值的代表人物。在现代学术体制下，提倡读经必然要面对这样一个实际问题：经学是否构成一个有机的系统？这个问题的解答对于经学的现代学术定位至关重要。尽管唐文治并没有明确提出这个问题，但他发表了不少“读经次第”的论述。本文选取《无锡国学专修馆学规》《施刻〈十三经读本〉序》《读经条议》《香港孔道学院演讲录》《读经史子集大纲及分类法》五篇具有代表性的文章，旨在梳理唐文治这些有关读经次第的论述并分析其用来决定读经次第的原则，从而初步阐明他对于经学系统性的思考。

关键词：唐文治；经学；读经次第；原则；系统性

经学是中国古典学术的主要形态，但经学在现代学术体制中是否足以构成一门自成体系的学科或学术？唐文治（1865—1954）是民国时期提倡读经、辩护经学现代价值的代表人物，对经学的现代性问题提出了较多富有启发性的思考。在现代学术体制下，提倡读经必然要面对这样一个实际问题：读经是必须系统研读十三经，抑或只是其中的一部分？是存在某种内在次第，还是并无特定的顺序可言？换言之，经学是否构成一个有机的系统，抑或可以自由取舍、任意研读？这个问题非常重要，尤其是当面对“西学”的冲击时，这个问题的答案将决定经学是否还能够或有必要成为一门独立的“学”（学科），还是必须分类拆分到西方的“七科之学”[①]，作为各门科学的材料。事实上，在

① 所谓“七科之学”或“七科设学”，是指民国教育部设立文、理、法、商、医、农、工七科的大学学制。其来源主要是日本文、法、医、格致、农、工“六科分立”的大学学制，张百熙的《钦定学堂章程》中的政治科包含政治学和法律学，相当于日本大学的法科，他实际上只是在日本“六科分立”学制的基础上增加商科。张之洞《奏定学堂章程》采纳“八科分学”学制，是在张百熙“七科设学”的基础上增设经学科。民国成立后，教育部规定大学取消经学科，于是又回到张百熙“七科设学”的学制，只是将格致科改名为理科而已。有关民国“七科设学”与日本大学学制的关系，参见左玉河《从四部之学到七科之学——学术分科与近代中国知识系统之创建》，上海：上海书店出版社，2004年，第185页。

1935年的“读经问题”大辩论中，争论的焦点并非只是赞成或反对读经与否，还包括“怎样读经，和读什么经”①。既然承认读经的必要，那么上述问题就始终存在。关于经学的系统性问题，尽管唐文治并没有明确提出，但他发表了不少读经次第的论述，梳理这方面的论述，将能够初步整理出他对于经学系统性的思考。

一、唐文治读经次第论述要

唐文治非常重视读经次第，相关论述甚夥。其中，1920年撰写的《无锡国学专修馆学规》、1921年撰写的《施刻〈十三经读本〉序》、1935年撰写的《读经条议》、1938年的《香港孔道学院演讲录》和同年在上海交大演讲的《读经史子集大纲及分类法》是这方面较系统的论述。必须说明，这五篇文章并非都是读经次第的专论，本文选取这五篇，只是因为其中论及读经次第的内容较为集中，比较有代表性而已。下面，我将先介绍这五篇文献有关读经次第的论述，然后针对读经次第的原则进行分析。

1.1《无锡国学专修馆学规》

《无锡国学专修馆学规》列学规十条，依次是：躬行、孝弟、辨义、经学、理学、文学、政治学、主静、维持人道、挽救世风。其中，“躬行”与“辨义”可视为行、知二门，“孝弟”则是“躬行”的根本。在“孝弟”条中，唐文治特别表彰曾子之学，由曾子上溯虞舜与文王，认为他们都是实行孝弟的代表人物。既特表曾子孝道，自然也特重《孝经》。在“辨义”条中，唐文治特别表彰孟子之学。他说：“《孟子》七篇，首辨义利。”“义利之辨，人心生死存亡之界也。”②因此，从“辨义”的目标出发，就应该特别重视《孟子》。“躬行”重《孝经》，“辨义”重《孟子》，可知无论“躬行”抑或“辨义”，都是以经学作为学术基础。

既以经学作为“躬行”“辨义”的学术基础，那为什么还要讲理学？在唐文治看来，“吾国十三经，如日月之丽天，江河之行地，万古不磨，所谓国宝是也。然要知吾馆所讲经学，不尚考据琐碎之末，惟在揽其宏纲，抉其大义，为修己治人之务”。③可见，所谓“经学”，就是抉发十三经的“大义”，以“修己治人之务”为鹄的。唐文治认为：“经师之所贵兼为人师，礼学之所推是为理学。”④这意味着，“经学”与“理学”的关系是由“经师”上升到“人师”，由经义落实为行义的递进过程。换言之，经学“大义”毕竟还是书本的学问，理学则要求将经书之学落实为修己治人的经世之学。基于此种对经学与理学的理解，我们不难看出，经学与理学在唐文治的心目中应该合一，其实质就是理论

---

① 蔡元培等：《读经问题》，北京：商务印书馆，1935年，第3页。

② 唐文治：《茹经堂文集一编》，台北：文海出版社，1974年，第194页。

③ 同上书，第195页。

④ 同上书，第196页。

与实践的合一；若分别而言，则经学是理学的学术基础，理学是经学的上推与落实。

在十三经中，唐文治认为当务之急是礼学。他主张："今日发明礼学，维系人心之廉耻，实为莫大之急务。"[①]1933年，他撰《礼记大义》，详细阐述这一主张：

> 文治秉圣教以学礼，乃所愿厥有两端：曰救民命，曰正人心。……何以救之？惟在于礼。人者，天地之心也。喜怒哀乐未发谓之中，中理中气悉寓于心，而此心为血气嗜欲所使，即不免放荡而失其常，惟能治七情、明十义、修七教、慎九容，内外交养，表里无违，夫然后为礼以教人，夫然后远于禽兽，夫然后杀机泯，劫运消，救民命而正人心，一以贯之者也。[②]

这段话阐明了礼学的重要性。唐文治指出，要"救民命"，关键在于"正人心"，即充养吾人固有的"中理"与"中气"，具体办法是"治七情、明十义、修七教、慎九容"，其中"七情""十义"属于心性或"辨义"层面，也就是唐文治提倡的"理学"；"七教""九容"属于礼仪或"躬行"层面，也就是唐文治提倡的"礼学"。以理学与礼学并举，是为"内外交养，表里无违"，就能够充养吾人固有的"中理"与"中气"，从而实现"正人心，救民命"。但是，从逻辑上讲，理学的涵养必须以礼学作为基础，其理由已如上述。

除了理学，文学与政治学也应该以经学为基础。在"文学"条中，唐文治提出："经学者，文字之根荄；理学者，文章之奥府。"[③]具体而言，他认为《诗经》《左传》等经书是文学的核心经典。在"政治学"条中，他也强调："凡士人通经学、理学而能达于政治者，谓之有用，谓之通人。"[④]这是说"政治学"应以经学、理学为基础。更具体地，他指出："吾国政治学权舆于《尚书》。""《孟子·梁惠王》《离娄》二篇，皆政治学根本。"[⑤]由此可知，在唐文治的观念中，《孟子》《尚书》是政治学的根本经典。

至于"主静""维持人道""挽救世风"三条，则是针对当时中国的社会现实提出的学术指导。《无锡国学专修馆学规》撰写于1920年，时为五四运动之次年。当时，学潮激荡，罢课成风，上海工业专门学校也受冲击，唐文治于1919年向交通部请辞，历时一年，辞呈七上，至1920年12月才获准。年底即转去无锡国专。[⑥]因此，唐文治在《学规》中特立"主静"一条，并说明理由："盖士落其魄，则国失其魂矣。故今日救国之策，莫

---

① 唐文治：《茹经堂文集一编》，台北：文海出版社，1974年，第196页。

② 唐文治：《礼记大义》自序，无锡国学专修学校刊本，1933年，第3—4页。

③ 唐文治：《茹经堂文集一编》，台北：文海出版社，1974年，第198页。

④ 同上书，第200页。

⑤ 同上书，第200—201页。唐文治在此未展开讲《梁惠王》《离娄》两篇的内容。《梁惠王》篇讲义利之辨，《离娄》讲不忍人之心与不忍人之政，他说两篇是政治学的根本，推究其意，大概是认为这两点是实现仁政的心性基础。

⑥ 关于当时的学风以及唐文治辞职的经过，余子侠的考证最为详尽。参见余子侠《工科先驱 国学大师——南洋大学校长唐文治》，济南：山东教育出版社，2004年，第184—194页。

若主静。”[①]“维持人道”一条申明维持人道的关键在于正人心，“挽救世风”一条申明救民的关键在于转移世风。这两条实则都归结到“正人心，救民命”的宗旨，亦即修己治人的鹄的。或者说，这两条学规实际上即是“正人心，救民命”宗旨的一种具体表述。

1.2《施刻〈十三经读本〉序》

《十三经读本》前著《十三经提纲》，后附《十三经读本评点札记》，中间则为唐文治所选十三经之古注与自注，而群经总论则略见于《施刻〈十三经读本〉序》。序云：

> 《十翼》之编，消息盈虚，无非洗心之旨也；《三礼》之学委曲周详，无非主敬之则也。不为钩沉，孰纲维是也？古文之《书》为梅赜所造，而浅者罔识其为赝鼎也；邱明之《传》，为刘歆所窜，而懵者莫知其为媚新也。不为摘伏，孰辨别是也？他如《孝经》则养正之基也，《尔雅》则识字之本也，《论语》则群经之喉舌也，《孟子》则“六艺”之藩篱也。是数经者，人皆于小学时习之，不为阐微，孰会通是？贤者识其大，不贤者识其小；陟遐必自迩，升高必自卑。[②]

序中“陟遐必自迩，升高必自卑”云云，显为读经次第的强调。唐文治认为读经应该从《孝经》《尔雅》《论语》《孟子》开始。童蒙养正，当以孝弟为基，故首举《孝经》。读经之始，必先识字，通晓故训，当由《尔雅》奠基。此后，则可读《论语》《孟子》，作为群经义理的门户。“五经”之中，他特别揭橥《易经》“洗心”、《三礼》“主敬”的大义，而与《尚书》《左传》二经并举。尽管唐文治没有明说，笔者私自推测，唐氏判摄群经大义，盖分为“修己”“治人”两门。《易经》“洗心”、《三礼》“主敬”大抵偏于“修己”一边，则《尚书》《左传》二经的大义当以“治人”为主。

今证诸其他文献，可知唐文治确以《尚书》《左传》为偏重“治人”的经典。早在1919年撰写《十三经提纲》的时候，他就说：“诵《尚书》二十八篇，授之以政，不达，亦奚以为？”[③]1920年撰写的《无锡国学专修馆学规》也说：“吾国政治学权舆于《尚书》。”[④]可知，唐文治认为《尚书》是代表政治学或“治人”之学的一本经典。《左传》亦然。1927年，唐文治撰写《读左研究法》，主张将《左传》分为纪事、兵事、讽谏、词令、政治、论道、国际、小品八类，分类研读。[⑤]1938年下半年，他在交通大学讲学，即以上述分类为本，更明确指出：“后之兴国者，于政治、兵事二端尤宜三致意焉。盖左氏亲受绪论于孔子，最深于政治学。”[⑥]

---

① 唐文治：《茹经堂文集一编》，台北：文海出版社，1974年，第202页。

② 唐文治：《十三经读本》自序，上海：上海人民出版社，2015年，第7a—7b页。

③ 唐文治著，彭丹华点校：《十三经提纲》，上海：华东师范大学出版社，2015年，第41页。

④ 唐文治：《茹经堂文集一编》，台北：文海出版社，1974年，第200页。

⑤ 唐文治：《茹经堂文集三编》，台北：文海出版社，1974年，第1318—1319页。

⑥ 唐文治著，虞万里导读，张靖伟整理：《唐文治国学演讲录》，上海：上海交通大学出版社，2017年，第31页。

1.3《读经条议》

该文即唐文治参与1935年“读经问题”大辩论的发言，次年收入《茹经堂文集四编》，定名《读经条议》。唐文治在该文中对读经次第提出了最详细的表述。该文将读经分为五个学程：(1)初级小学三学年。应读《孝经》，因为《孝经》“教爱敬之原，立养正之本”。[①](2)高级小学三学年。应读《大学》及上半部《论语》，因为“《大学》广大精微，脍炙人口久矣！”“《论语》一书，言学、言仁、言政、言孝弟忠信、言礼义廉耻，莫非修己治人之要。”[②](3)初级中学三学年。应读下半部《论语》及《诗经》选本，因为“《诗经》温柔敦厚，足以涵养性情，考见政治风俗，且有韵之文，易于诵读。”[③](4)高级中学三学年。应读《孟子》及《左传》选本。因为“《孟子》一书尊重民权，民贵君轻，用人取舍，壹顺民之好恶，惟其严公私义利之辨，故其政见精覈若此。他如孝弟人伦之本，出处取与之经，察识扩充之义，辟邪崇正之道，与夫不嗜杀诸学说，皆足为今世良药。”“《左传》为礼教大宗，旁逮外交等学，无所不备。”[④](5)专科以上各大学及研究院。应治专经之学。剔除以上所举，十三经还剩下《尔雅》《礼记》《仪礼》《周礼》《易经》《尚书》《公羊传》《谷梁传》八种。则所谓“专经之学”，当即指这八种经典的专门研究。

《读经条议》旨在辩护经学的现代价值，并说明经学完全可以与现代教育体制相调适。这主要表现在两方面：第一，在学程方面，经学完全可以配合小学、中学、高中、大学的课程，而相应地设计由浅入深、循序渐进的课程。课程的次序主要是依据经书难易和义理深浅。例如，《孝经》只有1902字，而且是“立德立品第一步根柢”[⑤]，因此安排在初级小学三学年学习；《大学》广大精微，而只有1749字，《论语》“莫非修己治人之要”，上半部只有6893字，义理虽深，但篇幅不大，且以格言为主，便于记诵，因此安排在高级小学三学年学习；剩余《论语》下半部共8986字，《诗经》虽然较难，但属于有韵之文，易于诵读，且只需选读即可，因此安排在初级中学三学年学习；《孟子》“政见精覈”[⑥]，共36589字，《左传》篇幅甚大，内容无所不包，建议分类节选，因此安排在高级中学三学年学习。大学以上则“宜就性之所近，专治一经，精通之后，再治他经”[⑦]。

第二，在科目方面，经学完全可以与现代学校教育的文学、政治学、教育学、外交学等专门知识沟通。在唐文治看来，经学提供的是包括文学、政治学、教育学、外交学

---

① 唐文治：《茹经堂文集四编》，台北：文海出版社，1974年，第1606页。
② 同上书，第1607页。
③ 同上。
④ 同上。
⑤ 同上书，第1606页。
⑥ 同上书，第1607页。
⑦ 同上书，第1609页。

等各种知识的中国视角，其中皆有大义可考。唐文治建议从初级中学阶段开始读《诗经》《左传》等经书的分类选本。分类的目的是试图与现代科学的专门知识进行对应或回应。例如，他建议高级中学三学年读《左传》选本，因为“《左传》为礼教大宗，旁逮外交等学，无所不备”①。在唐文治看来，《左传》以其百科全书式的丰富内容，堪称“无所不备”，完全可与现代教育的各科对应。事实上，唐文治自编的《左传》选本就分为礼教、政治、国际、兵事、讽谏、文辞、纪事、小品八类，其中政治、国际、兵事、文辞、纪事，便可以与现代教育分科中的政治、外交、军事、文学、史学等科目对应。经过这一转换，经学绝不是过时的古书，而是蕴含与现代科学类似的专门知识及其大义。

1.4《香港孔道学院演讲录》《读经史子集大纲及分类法》

抗战期间，唐文治继续积极提倡读经。《香港孔道学院演讲录》和《读经史子集大纲及分类法》是两篇演讲稿，都发表于1938年。《香港孔道学院演讲录》云：

> 十三经博大精深。约言之，当先读《孝经》、《论语》、《孟子》、《大学》、《中庸》。人未有不孝弟而可以为人者，亦未有不孝不弟而可以办事业、治百姓者，故《孝经》为人生必读之书，《论语》要义在学、仁、政三字，有深有浅，当分析研究，修己治人之道毕具于是。《孟子》言政治学最精至痛切，尤要者曰“性善”，非谓闭门静修也，尽力于忠信孝弟礼义廉耻，善己之性，乃可以善国性，故告滕文公曰“可以为善国”。《大学》作于曾子，《中庸》传自子思。《大学》注重在格物，当通达人情物理世变，道为体而艺为用，内修归于诚意。《中庸》亦以至诚无息为本，盖诚伪之界即人心生死之别，诚者人心之生理，诈伪欺罔则其心死矣。五经曰《周易》，曰《尚书》，曰《诗经》，曰《礼记》，曰《春秋三传》。以上鄙人于《诗经》、《礼记》、《左传》皆有分类读本，治《左传》较易，以军事、外交两类为要。②

该文分别读经次第，以《孝经》及“四书”为首，而以“五经”居后。“五经”只举《周易》《尚书》《诗经》《礼记》《春秋三传》，《仪礼》《周礼》则未提及，更没有提到《尔雅》。之所以以《孝经》及“四书”居首，是因为“人未有不孝弟而可以为人者，亦未有不孝不弟而可以办事业、治百姓者”，因此必以《孝经》为首。入孝出弟，然后可以进而讲求“修己治人之道”。唐文治建议宜从《论语》入手，因为“修己治人之道毕具于是”。当然，《论语》的“修己”与“治人”之道只是大纲，想要更深入地探求“修己治人之道”，当继续研读《孟子》《大学》《中庸》。其中，《孟子》“言政治学最精至痛切”，偏于“治人”；《大学》“内修归于诚意”、《中庸》“亦以至诚无息为本”，偏于“修己”。这种分判，也隐然是以“修己”“治人”为进阶读经之两门。至于“五经”，则未言次第。若不以专经自限，而欲贯通，则“五经”中亦有次第可分，唐文治认为宜从《左传》

① 唐文治：《茹经堂文集四编》，台北：文海出版社，1974年，第1607页。
② 唐文治：《茹经堂文集五编》，台北：文海出版社，1974年，第1899页。

入手，因为“治《左传》较易”。盖《左传》争议较少，内容较翔实，义理较显，故曰“较易”。

《读经史子集大纲及分类法》的内容与《香港孔道学院演讲录》颇有重合之处。区别只是《读经史子集大纲及分类法》依经、史、子、集四部分别介绍，而《香港孔道学院演讲录》则分经学、性理学、文学、品行四类介绍，其中经学部分的介绍基本一致。此处不再赘述。值得指出的是，唐文治在香港孔道学院和上海交通大学的公开演讲，经学部分的内容基本吻合，这说明他晚年宣讲读经大致已经形成固定的讲法，《读经史子集大纲及分类法》《香港孔道学院演讲录》可代表他晚年的读经见解。此后，唐文治事实上也未再提出更详密、完备的表述。

二、决定读经次第的原则

接下来，我们分析唐文治用来决定读经次第的原则。这里有两点需要予以分析：第一，所谓“读经次第”，具体包括哪些经典？第二，决定这些经典研读次第的原则是什么？

先讨论第一点。《无锡国学专修馆学规》提道：“吾国十三经，如日月之丽天，江河之行地，万古不磨，所谓国宝是也。”[①]但是，在具体论述中，只着重提出《孝经》《孟子》《三礼》《尚书》，对于读经次第的指导不够具体。《施刻〈十三经读本〉序》涉及面较广，主要论述了《孝经》《尔雅》《论语》《孟子》《易经》《三礼》（唐文治称为“礼学”，就他在其他文献的提倡来看，是以《礼记》为主）、《尚书》《左传》，共十种经典，只有《诗经》《公羊传》《谷梁传》没有提及。《读经条议》尤为全面，着重论述《孝经》《论语》《诗经》《孟子》《左传》五种经典，其余《尔雅》《礼记》《仪礼》《周礼》《易经》《尚书》《公羊传》《谷梁传》八种，则列入大学及研究院的“专经之学”。《香港孔道学院演讲录》《读经史子集大纲及分类法》都以《孝经》及“四书”为读经之始，而以“五经”居后。“五经”只举《周易》《尚书》《诗经》《礼记》《春秋三传》七种，《仪礼》《周礼》《尔雅》三种则未提及。

不难发现，唐文治虽然多次使用“十三经”的通称，但在具体的读经指导中却往往只强调其中几种。这就是说，“十三经”并非总能构成一个不可分割的学术系统。与此同时，在前述五篇文献的读经次第论述中，如《孝经》《孟子》《三礼》中的《礼记》等，都被着重予以强调。这说明，尽管“十三经”并不构成一个稳固的学术系统，但其中却有其核心或稳固的部分，也即是所谓“经学”的必读部分。基于特定的读经次第，这些经典可以构成一个义理系统。

现在讨论第二点。在《无锡国学专修馆学规》的十条学规中，“躬行”与“辨义”两

① 唐文治：《茹经堂文集一编》，台北：文海出版社，1974年，第195页。

条在义理上实居于基础地位，约相当于行、知二门。唐文治在该文中对读经次第的指导即以此作为义理依据。“躬行”之本在“孝弟”，故首重《孝经》；“辨义”之要在“义利之辨”，故并重《孟子》。这就是说，读经当以《孝经》《孟子》为首。由“孝弟”推广到家庭以外，则“躬行”的规约重在《三礼》；由“义利之辨”推广到政治，则“辨义”的资鉴重在《尚书》。故《学规》又特别表彰《三礼》(“礼学”)和《尚书》。其背后的逻辑在于：“救民命”的学术基础是“修己治人之务”，其根本在“正人心”，而“正人心”的根本则在“躬行”与“辨义”功夫。因而，一切学术都应秉持“修己治人”的根本目的，分“躬行”“辨义”二门建立起治学次第。同理，读经次第亦是如此。

《施刻〈十三经读本〉序》与此大同小异。在“修己治人”的鹄的，“躬行”“辨义”的入手功夫两点上，与《学规》并无不同。区别只是唐文治在此序中还强调了“识字”的训练。因此，除了《论语》《孝经》《孟子》，他也特别提出要先研读《尔雅》，这是因为“《尔雅》则识字之本也”[①]。由此而上，进阶读经可分为“修己”“治人”二门。根据唐文治的判摄，《易经》《三礼》偏重“修己”，《尚书》《左传》偏重“治人”。籀绎其背后逻辑，与《学规》大旨无异，只是该文专讲读经，较《学规》通论治学，泛讲经学、理学、文学、政治学等，更见详密。而且，该文在义理次第的考虑之外，还兼顾了读经的先备知识。可以说，这是在义理次第之外还兼顾了知识的层面。

《读经条议》在义理次第的原则以外，有更多知识层面的考虑。一方面，《读经条议》依然注重义理次第。首读《孝经》，因为《孝经》“教爱敬之原，立养正之本”。次读《大学》《论语》，因为《论语》“莫非修己治人之要”、《大学》“所说格致修齐治平，自内达外，推及于平天下”。再读《诗经》《孟子》。唐文治认为，《诗经》“温柔敦厚，足以涵养性情，考见政治风俗”[②]，虽涉政治，但毕竟偏重于“修己”；《孟子》“尊重民权，民贵君轻，用人取舍，壹顺民之好恶，惟其严公私义利之辨，故其政见精覈如此”[③]，虽重修养，尤断断于“治人”。如此，则仍是“修己”“治人”两门并进的治经格局。尤其值得注意的是，唐文治建议从初级中学阶段开始读《诗经》《左传》等经书的分类选本，其分类的旨趣是试图与现代科学的专门知识进行沟通与对应。

《香港孔道学院演讲录》《读经史子集大纲及分类法》的读经次第论与《读经条议》大体一致。同样首读《孝经》，因为“人未有不孝弟而可以为人者，亦未有不孝不弟而可以办事业、治百姓者”[④]。次读《论语》，因为“修己治人之道毕具于是”[⑤]。再读《大学》《中庸》《孟子》，分别代表“修己”“治人”二门。由此而上，可治“五经”。他建议参考

① 唐文治著，彭丹华点校：《十三经提纲》自序，上海：华东师范大学出版社，2015年，第7a页。

② 唐文治：《茹经堂文集四编》，台北：文海出版社，1974年，第1607页。

③ 同上。

④ 唐文治：《茹经堂文集五编》，台北：文海出版社，1974年，第1899页。

⑤ 同上。

他编撰的《诗经》《礼记》《左传》分类读本。这与《读经条议》强调对《诗经》《左传》进行分门别类，与现代科学专门知识进行沟通的思路一致。联系起来观察，《读经条议》《香港孔道学院演讲录》《读经史子集大纲及分类法》反映了一个总的趋势，即唐文治在注重“修己治人”的大义以外，开始兼顾与现代科学知识进行沟通。从学程的角度看，沟通的起始时间一般设定在中学阶段，即已经读完《孝经》与“四书”之后。揆其用意，当是认为在掌握经书中“修己”“治人”的大义以后，可以再参考现代科学分类，对经书的专门知识进行重新发掘和阐释。

三、结论

在唐文治看来，经学是一门独立的“学”，读经具有内在次第。早在《无锡国学专修馆学规》中，唐文治即已指出经学的旨趣是“抉其大义，以为修己治人之务”，这意味着，“经学”就是修己治人的大义。换言之，经学之所以能构成一个学术系统，不是说十三经构成一个不可割裂的知识体系，而是说十三经中存在一个“修己治人”的义理系统。这个系统，又可判摄为“修己”“治人”两门。在唐文治看来，除了《尔雅》重在“识字”，是读经的基础训练外，其余十二经都可判入“修己”“治人”或总义三门。例如，《易经》《三礼》偏重“修己”，可判入“修己”门；《尚书》《左传》偏重“治人”，可判入“治人”门；《论语》“修己治人之道毕具于是”，则可判入总义门。本文对唐文治读经次第及其背后原则的分析表明，尽管表述互有出入，但都贯穿着这一三门判摄的共同识见。

问题是如何理解作为修己治人大义的经学，这些“大义”究竟是一套道德教育，还是一套知识教育呢？换言之，经学是一套道德教育的“学”，还是一套知识教育的“学”？对于现代人而言，这个问题非常关键。因为，现代科学通常被认为是专门的“知识”及其相应的方法①，如果经学也是如此，则经学完全可拆分到科学门类中去，从而丧失独立的价值；如果经学是不同于科学的一套道德教育或价值教育，那么，它就仍然可以保持其作为一种独立的“学”的资格。这种源于科学的挑战，并不只是针对中国经学，

① David C. Lindberg指出“科学”的定义主要有两种方式：第一，在知识论上，科学必须能够用经验的方法尤其是实验方法所检验。第二，在内容上，科学是关于物理学、化学、生物学、地质学、人类学、心理学等专门知识的研究。即“define by its methodology or epistemological status”与“define by its content”。参看David C. Lindberg, *The Beginnings of Western Science: the European Scientific Tradition in Philosophical, Religious, and Institutional Context, Prehistory to A.D.* 1450, pp.1-2, University of Chicago Press, 2007. Arthur N. Strahler也采用两个方式对“科学”进行定义，一是科学本身是一种知识（“a category of knowledge”），二是科学是获取知识的一种方法（“a method of obtaining knowledge”）。这与David C. Lindberg的定义基本一致。参看Arthur N. Strahler, *Understanding Science: An Introduction to Concepts and Issues*, Prometheus Books, 1992, pp.7-10.

即便西方的哲学与宗教在近代以来也面临类似的挑战。但是，事实证明不管科学如何日趋专门与发达，哲学与宗教依然维持着各自的学术领地。

然而，唐文治在这个关键问题的理解上表现出一种模棱。或者说，他并没有能够对经学进行清楚的定性。一方面，唐文治将经学视为一套道德教育。他曾明确指出《孝经》《大学》《论语》《诗经》《孟子》《左传》《礼记》等经典是“性情道德教育，为涵养国民陶淑国性之具”[①]。这些经典在他的分判中，大都属于“修己”门。也就是说，他实际上是将“修己”一门的经典解释为一套道德教育。另一方面，唐文治又隐约地将经学视为中国古代的知识教育。只不过，这套知识教育不一定与现代科学门类完全吻合，而具有独特的中国视角。例如，他撰有《诗经》《礼记》《左传》分类读本，其中《左传》选本就分为礼教、政治、国际、兵事、讽谏、文辞、纪事，其中政治、国际、兵事、文辞、纪事，多数门类都可与现代学科分类对应，而特立礼教一门，显然表现了独特的中国视角。这些经典不限于“治人”一门，但从分类看，则显著地偏重于“治人”。尽管唐文治没有明确阐述他分类治经的原则，但这种重视发掘经书中专门知识的治经旨趣，明显地体现在《读经条议》中，其后在《香港孔道学院演讲录》《读经史子集大纲及分类法》中又继续提倡。不难看出，唐文治一方面将经学视为一套道德教育，类似于西方的哲学与宗教；另一方面又将经学视为一套知识教育，可与西方的科学会通。经学于是依违在二者之间，不能明确定性，从而使得经学在现代学术定位中长期处于一种身份不明的尴尬境地。

还必须附带地指出，唐文治试图将经学重构为中国古代的科学时，他的转换并不十分成功。首先，他没有接受新式现代教育，虽然曾经出洋考察，但毕竟只是走马观花，未曾深入西方科学的堂奥，而且“新文化运动”期间已近于双目失明[②]，不能充分吸收新知。尽管他的《诗经》《左传》分类读本尝试与现代政治学、社会学、外交学等进行会通，但由于自身科学知识的瓶颈，事实上很难与西方科学进行实质性的沟通或深层次的回应，结果只能是“显得新旧杂陈”、“在叙述具体内容的时候也是很少运用西方的自然科学和社会科学知识”[③]。其次，即便就传统经学而言，由于他长期偏重理学，虽然也兼涉汉学著作，但对于群经的名物制度毕竟没有下过长期的考据功夫，因而对于专门知识的分类挖掘也不能做得充分。例如，唐文治晚年撰写《礼记大义》，认识到“正人心”不只是一个道德心性问题，还需要礼仪制度的配合，因此他在“治七情、明十义”之外也注意到“修七教、慎九容”的重要性，但由于他长期以来对于《周礼》《仪礼》重视不够，

---

① 唐文治：《论读经分类删节法》，《国专月刊》第5卷第3号，1937年。

② 陆阳：《唐文治年谱》，上海：上海三联出版社，2013年，第244页。

③ 张晶华：《唐文治学术思想研究》，山东师范大学硕士论文，2006年，第9页。

此书最终还是偏在义理方面，在具体礼制知识方面缺乏系统研究。[①]又如，在政治学方面，他著《洪范大义》提出君主政体、民主政体都不必然背离或保证“共和”的实现，认为“共和”的要义是“君民合为一体”，亦即政府与人民合为一体。众所周知，用法律与制度限制君权或政府职权历来是儒家政治学的一个难题。[②]那么，如何确保“君民合为一体”的伦理政治得以实现而且不容易变质？他却无法基于经书提出具体的制度设计。对于经书中的专门知识梳理不足，对于制度及技术层面探究薄弱，这严重减损了唐文治重构现代经学的成绩。然而，无论如何，唐文治对于读经次第的论述和经学系统性的思考，都能为当代中国的读经论争[③]以及经学研究提供难能可贵的借鉴。

（毛朝晖，华侨大学哲学与社会发展学院特聘研究员）

① 唐文治治《礼记》的做法是“发明《礼记》四十九篇大义，以谂当世，深愿吾书一出，人命于是固，人心于是正，国体于是尊，国性于是淑”。全书除卷首外，即依四十九篇之次，依次撰写各篇大义。偶附礼制、文法、辨伪方面的考证，例如《檀弓上》篇大义后即如此，但仅限于极少数篇章，礼制方面的考证并不多。引文参见唐文治《礼记大义》“自序”，无锡国学专修学校刊本，1933年，第6页。

② Daniel K. Gardner, *Confucianism: A Very Short Introduction*, Oxford University Press, 2014, p.99.

③ 洪明：《读经论争的百年回眸》,《教育学报》第8卷第1期，2012年2月。

张次仲《周易玩辞困学记》诸失举例*

陈开林

摘要：张次仲《周易玩辞困学记》是《四库全书》收入的最后一部明代易籍。该书内容丰富，极有学术价值，然迄今尚未引起学界关注。书中大量征引前贤时彦的见解，保存了大量的文献，但在征引时也存在一些失误。本文运用史源学通考全书，从九个方面对其失误进行举例说明，以期为相关研究精确使用《周易玩辞困学记》一书提供便利，也借以指出史源学对纂辑类易籍的整理具有重要的意义。

关键词：张次仲；《周易玩辞困学记》；明代易学；史源学

一、张次仲及《周易玩辞困学记》

张次仲，字元岵，一字符岵。因自表读书处曰待轩，学者称其为待轩先生。甲申（1644）明亡之后，自号浙泛遗民。浙江海宁人。生于明万历己丑（十七年，1589），卒于康熙丙辰（十五年，1676），年八十八。

张次仲曾中明天启辛酉（元年，1621）举人，主考官为当世文宗钱谦益。钱氏看到张次仲的文章之后，"许其必冠南宫"①。但不幸的是，其后屡上公车，都未能中选。甲申国变之后，闭门不出，潜心著述。清顺治中，举贤良方正，以病辞，不就。和同邑朱朝瑛（号康流）相互切磋学问，俱以经学知名。黄宗羲在《张元岵先生墓志铭》中写道："海昌有穷经之士二人：曰朱康流、张元岵。短簷破屋，皆拌数十年之力，晓风夜雨，沉冥其中。两人每相攻难，故其成书，彼此援引，用张其说。"②其刻苦励学，由此可窥。《周易玩辞困学记》书中时有"康流曰"，经查考，这些引文大多出自朱朝瑛《读易略记》，

---

* 此文系国家社科基金后期资助项目"《古周易订诂》整理与史源学考辨"［21FZXB017］的阶段性成果，江苏高校青蓝工程资助。

① ［清］钱谦益：《周易玩辞困学记序》，［清］朱彝尊著，林庆彰、蒋秋华、杨晋龙等点校：《经义考新校》（第4册），上海：上海古籍出版社，2010年，第1165页。按：此系钱氏佚文，参陈开林《〈钱牧斋全集〉所收〈春秋胡传翼序〉辨误——兼辑钱谦益佚文〈周易玩辞困学记序〉》，刊《图书馆杂志》2019年第6期。

② ［明］黄宗羲：《南雷诗文集》中，《黄宗羲全集》（第20册），杭州：浙江古籍出版社，2012年，第421页。

但有些则不知所出，恐为朱氏未写入书中的言论或看法。这也足见二人学术交流之一斑。陈确《寿张元岵先生八十》称："先生八十道弥尊，夙注羲经更讨论。心薄汉儒何但宋，世传家学又曾孙。丰年预报三冬雪，元日初开百岁樽。古不庆生惟庆寿，倘分斗酒醉齐髡。"[①]可知张氏沉潜学问，至老弥笃。

其生平著述，黄虞稷《千顷堂书目》卷二十七著录《一经堂集》，朱彝尊《经义考》卷六十三著录《周易玩辞困学记》十二卷（《四库全书》所收为十五卷。今未见十二卷本，恐《经义考》所记有误）、卷一百十六著录《待轩诗记》六卷。托名卢文弨的《经籍考》则称其"著《易经困学笺记》（原注："《明史》作《周易玩辞困学记》十二卷"）、《诗弋》《晋书钞》《唐藩镇考》《土室晤言录》等书"[②]。此外，《贩书偶记》著录《张待轩遗集》，《中国古籍总目》著录《待轩遗诗》二卷，清刻《海昌二十三家诗文钞》有《待轩遗集钞》一卷。

张次仲以经学闻名，孙治《祭张元岵先生文》曾记载其生活，"闭门却扫，蓬蒿自隐。绝床固双趺递见，庋架则七略充牣"[③]。在这样的环境下，"乃缉《易》而黜九师之邪，遂陈《诗》而衷四家之正。所摅阐者，中古忧患之情；所宣昭者，先民温厚之训"[④]。

清乾隆间修《四库全书》，张次仲《周易玩辞困学记》十五卷、《待轩诗记》八卷均加以采录。在《四库全书总目》中，馆臣也对两书有较高评价。

> 虽尽废诸家义例，未免开臆断之门，然其尽废诸图，则实有剷削榛芜之力。且大旨切于人事，于学者较为有裨，视绘画连篇，徒类算经、弈谱，而易理转置不讲者，胜之远矣。（《四库全书总目》卷六《周易玩辞困学记》提要）[⑤]
>
> 故持论和平，能消融门户之见。虽凭心揣度，或不免臆断之私，而大致援引详明，词多有据，在近代经解之中，犹为典实。（《四库全书总目》卷十六《待轩诗记》提要）[⑥]

对于《周易玩辞困学记》，钱谦益所撰《序》对之颇为赞誉，称：

> 出其《周易玩辞困学记》相正，大约根柢于穷理，而浸淫深湛，于《彖》《爻》《十翼》之义，浩浩瀚瀚，上下数百余家，无不辨析而折衷。近古以来之谭《易》，此其斐然者矣。其辨卦变之说，非某卦从某卦而来；悟因重之法，八卦无自十六、三十二以至六十四之说；希夷、康节作方圆图，绘其所自得，非易本有此图；一卦六爻，如主伯亚旅，无此以为君子，彼以为小人，背反错杂之理。皆其浸淫深湛，

① ［清］陈确：《乾初先生遗集》诗集卷九，清餐霞轩钞本。
② ［清］卢文弨《经籍考》，清钞本。
③ ［清］孙治：《孙宇台集》卷二十五，清康熙二十三年孙孝桢刻本。
④ 同上。
⑤ ［清］纪昀：《钦定四库全书总目》，北京：中华书局，1997年，第52页。
⑥ 同上书，第204页。

而创获于古人所未发。无论近代之士，即有宋诸君子，分路扬镳，亦未必遽俯而殿其后也。①

两书在清代也产生了一定影响，如顾广誉《学诗详说》、查慎行《周易玩辞集解》②分别对《周易玩辞困学记》《待轩诗记》进行了多次援引，足见其学术价值。

但令人遗憾的是，这样一位学者，其著述迄今未能得到整理。就研究而言，成果也较少。通过知网检索，江西师范大学2018年、广西师范大学2019年分别有题为《张次仲〈待轩诗记〉研究》的硕士学位论文，而《周易玩辞困学记》的研究则尚未得见。诸如朱伯崑《易学哲学史》（昆仑出版社2005年版），林忠军、张沛、张韶宇《明代易学史》（齐鲁书社2016年版）之类的易学专书，梳理明代易学典籍颇详，亦未论及此书。这也是著者研究此书的一个初衷。

关于张次仲学《易》的经历，其《自序》有较为详细的记载。序称："余七岁就外傅，先君子教余经学，拟《春秋》，意徘徊未定。抱著而问筮人，谓：'儒子于《易》似有宿因，宜读《易》。'遂授以文公《本义》。"但"矻矻穷年，不过为帖括应制之事，于洁静精微之旨，了无窥见"。此一时期读《易》，目的在于应对科考，因而未能窥见大《易》精微之旨。其后，这一状况才得以慢慢转变。"一日，经师讲'潜龙勿用'，胸中憬然若有所触，如电光石火，随见随灭。踰冠以后，渐涉人事，遭家多难，日行于凶咎悔吝之涂而莫之悔。老来忧患，转迫端居，深念寡过之道，无踰读《易》。"自此，张次仲开始了他辛苦而漫长的读《易》、研《易》生涯。"屏迹萧寺，昼夜䌷绎，有未明了，更捡先辈笺疏传注诸书，反覆参校，非谓有合于四圣，期自慊而后止。盖风雨晦暝，疾病愁苦，二十年如一日也。赋性颛愚，不敢侈谭象数，又雅不信谶纬之说，惟从语言文字中，求其谛当有益身心者。辄便疏录，岁久成帙，总不离经生习气，谬题之曰《玩辞困学记》。"③这也就是四库提要所谓的"经二十余年，凡六七易稿而后成"。

关于《周易玩辞困学记》的版本，诸书所载不同。《雍正浙江通志》卷二四一、《明史》卷九六著录为十二卷；嵇璜《续通志》卷一五六、李格《民国杭州府志》卷八十六著录为十五卷，李格注云"《乾隆志》作十二卷，盖本《通志》。今据《四库书目》改正"；嵇璜《续文献通考》卷一四五、徐乾学《传是楼书目》著录为无卷数，徐乾学称"六本。又一部，十本"。卢文弨《经籍考》著录清钞本《易经困学笺记》，称"作《周易玩辞困学记》，十二卷"，则书名亦有别称。

---

① ［清］朱彝尊著，林庆彰、蒋秋华、杨晋龙等点校：《经义考新校》（第4册），上海：上海古籍出版社，2010年，第1165—1166页。

② 《周易玩辞集解》称"张待轩曰"达三十一次。比勘两书，《周易玩辞集解》另有多处引《周易玩辞困学记》之说，但未标明系引用。著者另有《查慎行〈周易玩辞集解〉诸失举例——兼论史源学对易籍整理之重要性》一文加以考索。

③ ［明］张次仲：《周易玩辞困学记》卷首，景印文渊阁四库全书第36册，台北：台湾商务印书馆，1986年，第384—385页。按：此序康熙刻本失载。

今所存仅见康熙本和四库本。沈津先生在《美国哈佛大学哈佛燕京图书馆藏中文善本书志》中著录了清康熙刻本，并就康熙本与四库本的差别，进行了详细的介绍，兹不赘述。沈先生通过各家书目的著录情况，指出“此书曾有十五券、十二卷、八卷、六卷及不分卷之不同版本行世，及至今日，只在《四库》之十五卷本与此不分卷本矣”①。

二、《周易玩辞困学记》诸失举例

《周易玩辞困学记》一书的解《易》体例，和何楷《古周易订诂》十六卷大体是一致的。《四库全书总目》评价何楷之书，曰：

取材宏富，汉、晋以来之旧说杂采并陈，不株守一家之言，又辞必有据，亦不为悬空臆断、穿凿附会之说，每可以见先儒之余绪。②

这个评价用在《周易玩辞困学记》上，也较为贴切。“取材宏富”，繁征博引，网罗剔抉前修时贤诸说，择善而从，诚有利于多方位地解读经义。但征引太多，所涉及的典籍较多，造成的工作量较大。在征引过程当中，也难免会产生一些错误和不足。笔者近来从事史源学考《易》的研究，《周易玩辞困学记》即为其中之一种。在研读过程中，发现了一些问题，这主要表现在这样几个方面。兹拈出数例，以供学界参考。

（一）《注》《疏》混淆。

如《蒙》卦九二：

辅嗣：以阳居卦内，接待群阴，是刚柔相接。③

按：此系孔《疏》，而非王《注》。《蒙》九二《象》，《正义》曰：“以阳居于卦内，接待群阴，是刚柔相接，故克干家事也。”④

（二）张冠李戴。

如《师》卦九二：

杨廷秀曰：一阳五阴，则五阴归一阳，一阳为主，《师》、《比》是也。一阴五阳，则五阳归一阴，一阴为主，《同人》、《大有》是也。

按：杨廷秀即杨万里，著《诚斋易传》，《周易玩辞困学记》屡见征引。此处引文实见杨简《杨氏易传》卷四《师》⑤，非杨万里之说。

又如《否》九四：

① 沈津主编：《美国哈佛大学哈佛燕京图书馆藏中文善本书志》（第一册），南宁：广西师范大学出版社，2011年，第31页。

② ［清］纪昀：《钦定四库全书总目》，北京：中华书局，1997年，第52页。

③ 以下所引《周易玩辞困学记》之文，均据哈佛大学哈佛燕京图书馆藏康熙刻本。

④ 刘玉建：《〈周易正义〉导读》，济南：齐鲁书社，2005年，第140页。

⑤ ［宋］杨简：《杨氏易传》，北京：华龄出版社，2019年，第94页。

康流曰：济时之念，易于从俗。求通之心，邻于欲速。

按：康流即作者好友朱康流。但此说见潘士藻《读易述》卷三《否》，称“刘伯子曰”①。

其中，最严重的，就是多次误将胡居仁之说当作钱一本之说。如《比》六三、《泰》六四、《泰》六五、《临·象》、《噬嗑》初九、《复》上六、《坎·象》、《坎》九二、《坎》九五，所引文字均见胡居仁《易像钞》，而不是出自钱一本的《像象管见》。

（三）添字增疑。

如《师》六五：

胡仲虎曰：二、三、四，皆将也；五，任将者也。于三曰“师或舆尸”，危之之词，而不忍必言之也。至五则直书曰“弟子舆尸”，盖谓五用二而又用三，必至于如此。故“长子帅师”不言吉，而“弟子舆尸”则曰“贞凶”，甚言任将之不可不审且专也。按：长子即丈人。自众尊之曰丈人，自君称之曰长子。《象》言师必用老成，则既贞又吉。爻言用老成，而或以新进参之，虽贞亦凶。古人一岁三田，所以习武事也。五居坤土之中，故取象“田有禽”。

按：此节引文既有“胡仲虎曰”，又有“按”，粗观之下，给人的直观印象就是前者为胡炳文（字仲虎）之说，后者为作者之按语。检胡炳文《周易本义通释》卷一《师》，曰：

二、三、四，皆将也；五，任将者也。五任二，长子为将，又使六三弟子参之，舆尸之败，必矣。三爻辞曰“师或舆尸”，“或”者，非必之辞，盖谓六三为将，其败未必至于舆尸也。而“或舆尸”，凶何如哉！危之之辞，而不忍必言之也。至五则直书曰“弟子舆尸”，盖谓五用二而又用三，必至于如此。故“长子帅师”不言吉，而弟子则直书曰“舆尸贞凶”，甚言五之任将不可不审且专也。长子即《象》所谓“丈人”也。自众尊之则曰丈人，自君称之则曰长子，皆长老之称。《象》言师必用老成，则既贞又吉。爻言用老成，而或以新进参之，虽贞亦凶。吉凶之鉴昭然矣。②

比勘文本可知，实则“按”字以下部分仍为胡仲虎之说。张氏妄添“按”字，容易给读者增添错觉。另外，“古人一岁三田”以后部分乃敷衍何楷《古周易订诂》卷二《师》而成，其文曰：

五居坤土之中，故取田象。于师言田者，古人一岁三田，所以习武事也。③

并非胡仲虎之说。由于不加区隔，也容易给人以误导。这就涉及到下一种不足。

---

① ［明］潘士藻：《读易述》，明万历三十四年潘师鲁刻本。

② ［元］胡炳文：《周易本义通释》，景印文渊阁四库全书第24册，台北：台湾商务印书馆，1986年，第328页。

③ ［明］何楷：《古周易订诂》，明崇祯刻本。

（四）连引多人，不加区分。

如《乾·文言》：

子瞻曰：卦以言其性，爻以言其情。方其无画之前，隐而未泄。及有三画之后，泄而未尽。至二体兼备，六爻陈列，然后曲尽其情而无遗也。

按：通过考索，“卦以言其性，爻以言其情”见苏轼《东坡易传》卷一《乾》。①“方其无画之前”以下文字见徐师曾《今文周易演义》卷一《乾》②、黄正宪《易象管窥》卷一《乾》③。而此处仅标“子瞻曰”，如果不加考索的话，就会让人误以为此一节都为苏轼之论。

又如《临》六三：

吴氏曰：处将盛时，少有说意，便是消局，故圣人先戒之以甘，又教之以忧。甘则何念不弛？忧则何念敢放？兑，说也。兑为口，坤为土，土爰稼穑作甘，兑口遇坤，故曰“甘临”。

按：此系化用吴桂森《周易像象述》卷三《临》之说。其文曰：

临之病全在三爻，刚说无心而正，柔说未免以情用，便落了欢娱私意之说，故曰“甘临”。甘则何利之有？八月之消，其机皆在一甘。忧与甘正是对病之药。才甘便入逸乐，就成消局；才忧便知戒谨，就成长局。故忧之可以补咎。凡兑三多言位不当，以柔居二刚之上为不宜也，非以柔居刚之谓。④

据此，则后一部分与吴氏无关。“兑为口”之下实为虞翻之说，见李鼎祚《周易集解》卷五《临》。⑤

再如《系辞上传》“是故易有太极”章：

房审权云：太极生两仪、生四象、生八卦，非今日有太极而明日方有两仪，后日乃有四象八卦也。又非今日有两仪而太极遁，明日有四象而两仪亡，后日有八卦而四象隐也。太极者，不分之阴阳。阴阳者，已分之太极。横目所见，无非两仪，无非四象八卦，即无非太极。周子云“无极而太极”，盖恐人误认太极别有一物，而于阴阳之外求之也。

按：经考索，“而四象隐也”之前系房审权之说，见焦竑《易筌》卷五《系辞上

① ［宋］苏轼：《东坡易传》，曾枣庄、舒大刚主编《三苏全书》（第1册），北京：语文出版社，2001年，第143页。

② ［明］徐师曾：《今文周易演义》，明隆庆二年董汉策刻本。

③ ［明］黄正宪：《易象管窥》，《四库全书存目丛书》经部第10册，济南：齐鲁书社，1996年，第420页。

④ ［明］吴桂森：《周易像象述》，景印文渊阁四库全书第34册，台北：台湾商务印书馆，1986年，第455页。

⑤ ［唐］李鼎祚：《周易集解》，成都：巴蜀书社，1991年，第92页。

传》。[①]“太极者，不分之阴阳。阴阳者，已分之太极”，见沈一贯《易学》卷九《系辞上传》。[②]之后部分，则是檃括何楷《古周易订诂》卷十一《系辞上传》之说。[③]

（五）人我不分。

除了牵连多家之外，书中还有人我不分的情况。如《坤·文言》：

郑申甫曰："阴疑于阳必战"，是阴与阳交战也。交战而独曰龙战者，是时阴处其盛，目中已无阳矣。为其嫌于无阳也，故独称龙为战，若曰阴犯顺而龙战之。以讨阴之义与阳，不许阴为敌也。于阳气衰微陵替之际，尊而号之曰龙，犹《春秋》书"天王狩河阳"、"公在乾侯"之意。

按：郑申甫之说至"不许阴为敌也"止，见张振渊《周易说统》卷一《坤》[④]。此下为张氏之说。

又如《巽》九二：

归熙甫曰：礼文之繁缛，气象之谦冲，苟出于心，虽烦不厌；苟当于礼，虽卑不屈。故曰"得中"。中者，诚而已。

按：检归有光《易经渊旨》卷中《巽》，其说至"虽卑不屈"止。[⑤]其后乃张氏之说。

又如《未济》上九：

焦弱侯曰：《既济》之终有乱之理，故上六以濡首表人事之危。《未济》之终有济之理，故上九以濡首表人事之失。《易》言人，不言天。既济、未济，皆人为之也。

按：检焦竑《易筌》卷四《未济》上九，曰：

《既济》之终有乱之理，故上六以濡首为人事之危。《未济》之终有济之理，故上九以濡首为人事之失也。六五以九二为孚，则上九之孚者，六三也。济以孚为美，然而所以用此孚者，不可忽也。六三以坎从离，酒自下升而入于上，则饮食之象也。上九自离入坎，首反向下而入于酒，则濡首之象也。我饮食彼，则彼可以出险而成既济之功。彼濡我，则并我而入于险矣。患难将终，天下将济。当此之时，上之举动岂可有失，失则败矣。此君子谨于辨物居方之事。[⑥]

据此，则《周易玩辞困学记》所引焦氏之说，至"表人事之失"而止。"《易》言人"以下则为张氏自己之见解。

又如《系辞上传》：

---

① ［明］焦竑：《易筌》，《续修四库全书》（第11册），上海：上海古籍出版社，1995年，第152页。

② ［明］沈一贯：《易学》，《四库全书存目丛书》经部第10册，济南：齐鲁书社，1996年，第153页。

③ ［明］何楷：《古周易订诂》，明崇祯刻本。

④ ［明］张振渊：《周易说统》，明万历四十三年石镜山房刻本。

⑤ ［明］归有光《易经渊旨》，《四库全书存目丛书》经部第7册，济南：齐鲁书社，1996年，第747页。

⑥ ［明］焦竑：《易筌》，《续修四库全书》（第11册），上海：上海古籍出版社，1995年，第134页。

郭相奎曰：谓之“成位”，则“成男”、“成女”为不虚矣。夫以藐然之身，而与天地颉颃，宜有异人术，而止一易简。则圣贤大非难事，人特自暴自弃耳。

按：此一节中，只有“夫以藐然之身，而与天地颉颃，宜有异人术，而止一易简”为郭相奎之说，见《郭氏易解》卷十一《系辞上传·首章总论》①。

（六）不究本源。

如《乾·彖》：

潘去华曰：凡彖以易象与天道杂言，见易之所象皆天道也；以人事终之者，见易以天道，言人事也。此六十四卦之例。

按：文见明代潘士藻（字去华）《读易述》卷一。②《读易述》与《周易玩辞困学记》一样，也是广引他人之说，且时有引用却不加以标明之处。③此处非潘士藻原创，乃引用宋代项安世《周易玩辞》卷一《乾·彖》。④

又如《大过·象》：

钱塞庵曰：“独立不惧”，如木在水中，挺持而不倾攲。“遯世无闷”，如水过木杪，湮没而不呈露。

按：见钱士升《周易揆》卷四《大过》。⑤然此说早见吴澄《易纂言》卷五《大过》：

君子大过人之事，其独立不移也，如木在水中，挺持而不倾攲；其遯世不见也，如水过木杪，淹没而不呈露。不惧于内，而无闷乎外，犹木不动摇，而任水之淹浸也。⑥

另外，崔铣《读易余言》卷三《大象说·大过》⑦、何楷《古周易订诂》卷三《大过》均有相近之说。

又如《大壮》六五：

潘去华曰：四以刚居柔，故“藩决”而“悔亡”。六五以柔居刚，故羊丧而“无悔”。四之所决，即九三所触之藩；五之所丧，即上六不退之羊。

见潘士藻《读易述》卷六《大壮》。实则此语早见项安世《周易玩辞》卷七《大壮·丧羊于易》。张振渊《周易说统》卷五《大壮》亦引此语，称“项平菴曰”。

（七）来源似是而非，不够严谨。

如《蹇》六四：

邹汝光曰：连齐桓、管仲之交者，鲍叔也。连简公、子产之交者，子皮也。连

① ［明］郭子章：《郭氏易解》，上海：上海古籍出版社，2017年，第167页。

② ［明］潘士藻：《读易述》，明万历三十四年潘师鲁刻本。

③ 参拙文《〈读易述〉之史源学考辨》。

④ ［宋］项安世：《周易玩辞》，济南：山东友谊书社，1991年，第19—20页。

⑤ ［明］钱士升：《周易揆》，《四库全书存目丛书》经部第20册，济南：齐鲁书社，1996年，第684页。

⑥ ［元］吴澄：《易纂言》，济南：齐鲁书社，2006年，第398页。

⑦ ［明］崔铣：《读易余言》，景印文渊阁四库全书第30册，台北：台湾商务印书馆，1986年，第55页。

汉高、韩信之交者，萧何也。

按：此语实出钱士升《周易揆》卷六《蹇》。[①]检邹汝光《易会》卷四《蹇》，曰：

连威公、管仲之交者，鲍叔也。连简公、子产之交者，子皮也。变兑为丽泽，卦变《咸》。阴阳相感，亦来连象。[②]

何楷《古周易订诂》卷四《蹇》引“邹汝光云”[③]，与《易会》同。因邹汝光有类似之说而致误。

（八）引文不注。

《周易玩辞困学记》很多地方注明某人曰，虽然标注有一些错误或不足，但让人能够知晓此处是引文，而非张氏之说。相比之下，书中还有大量的文字，虽然没有标注是引用，但通过考索，可知是引用他人之说。

如《观》六三：

按：“我”字凡论全卦，皆以主爻为我。《蒙》九二、《小畜》六四、《颐》上九、《小过》六五、《中孚》九二是也。独《需》三、《鼎》二、《解》三、《旅》四及《观》之六三、九五各自以本爻称我，非一卦之事。

按：经查，此一按语实节录项安世《周易玩辞》卷五《观·我》[④]，非张氏之说。

又如《杂卦传》：

咸，速也；恒，久也。

涣，离也；节，止也。

解，缓也；蹇，难也。

睽，外也；家人，内也。

《周易玩辞困学记》分别有解，曰：

有感则速，速则婚姻及时。有恒则久，久则夫妇偕老。

坎水在巽风之下，为风所离散。坎水在兑泽之上，为泽所节止。

出险之外，安舒宽缓之时。居险之下，大难切身之际。

外，疏之也，故二女二心。内，戚之也，故一家一心。关子明曰“明乎外者，物自睽。明乎内者，家自齐”，亦可味。

通过考索，此四节注解均非张氏之说，而系他人之说，分见来知德《周易集注》卷十五《杂卦传》[⑤]、吴澄《易纂言》卷十二《杂卦传》[⑥]、来知德《周易集注》卷十五《杂卦

① ［明］钱士升:《周易揆》,《四库全书存目丛书》经部第20册，济南：齐鲁书社，1996年，第722页。

② ［明］邹汝光:《易会》,《四库全书存目丛书》经部第7册，济南：齐鲁书社，1996年，第707页。

③ ［明］何楷:《古周易订诂》，明崇祯刻本。

④ ［宋］项安世:《周易玩辞》，济南：山东友谊书社，1991年，第202—203页。

⑤ ［明］来知德:《周易集注》，北京：中华书局，2019年，第722页。

⑥ ［元］吴澄:《易纂言》，济南：齐鲁书社，2006年，第398页。

传》[①]、沈一贯《易学》卷十二《杂卦传》[②]。

此类甚多，不另举。

（九）转引他书，未核原书而致误。

《周易玩辞困学记》有时注明某人说，实则据他书转引，而非检核原书所得。如《震》六二：

> 杨廷秀曰：有堕甑弗顾之达，自有去珠复还之理。

按：杨万里《诚斋易传》未见此语。而吴澄《易纂言》卷二《震》云："若有堕甑弗顾之达，则有去珠复还之喜。"[③]胡广《周易大全》卷十八《震》、蔡清《易经蒙引》卷七下《震》引用，均称临川吴氏曰。检焦竑《易筌》卷四《震》："廷秀曰：'有堕甑弗顾之度，必有去珠复还之喜。'"[④]追溯张次仲致误之由，乃因转引《易筌》而致。

以上就张氏书中的一些问题略加举例说明。要解决这些问题，只有一个办法，就是用史源学，对各条文字进行史源查考，找到其原始出处，方可辨别孰为甲说，孰为乙说；孰为人说，孰为己说。

辨明了甲说和乙说、引文与己说，一方面能够知晓引文起止，准确地进行文本的句读；更为重要的是，能够使学界在研究《周易玩辞困学记》时，可以避免误将他人之说当作张次仲之说，以致误将他人之易学见解当作张次仲之易学见解而加以研究的弊病。

而这并非《周易玩辞困学记》存有的个别问题，而是古代纂辑类易籍（即辑录诸家之说）里非常普遍的一个现象。笔者从事的史源学考易系列，包括俞琰《周易集说》、张献翼《读易纪闻》、潘士述《读易述》、焦竑《易筌》、何楷《古周易订诂》、张次仲《周易玩辞困学记》、孙承泽《孔易释文》七种，目的即是运用史源学的方法来整理纂辑类易籍，以期揭橥其在纂辑类易籍整理工作的意义。

（陈开林，盐城师范学院文学院副教授）

① ［明］来知德：《周易集注》，北京：中华书局，2019年，第722页。
② ［明］沈一贯：《易学》，《四库全书存目丛书》经部第10册，济南：齐鲁书社，1996年，第204页。
③ ［元］吴澄：《易纂言》，济南：齐鲁书社，2006年，第545页。
④ ［明］焦竑：《易筌》，《续修四库全书》（第11册），上海：上海古籍出版社，1995年，第110页。

从"鬼畏圣经"看儒家经典的宗教化

——以《周易》为中心

谢 辉

摘 要：儒家经典在一定程度上具有与宗教经典类似的"辟魅"功效，尤以《周易》最为典型。《易》能辟魅之说，约起源于汉魏六朝，而盛行于明清时期，在时人的观念中，其能辟除动物精怪、旱魃僵尸、鬼怪妖术等多种邪祟。但其也有不灵验的情况，如对于狐精等较具灵性的精怪、非作怪害人的鬼物，以及治邪祟者自身学养不足时，《周易》即往往无效。《周易》之外，其他一些儒家经典也具有类似的作用，早期以《孝经》为代表，明清以来则以"四书"居多，且播散到日本等中国周边国家。儒家经典辟魅说诞生发展的历程，特别是其在明清时期的流行，从一个侧面反映出儒学宗教化的倾向。

关键词：《周易》；儒家经典；宗教化；辟魅

自汉代以来，儒家经典在中国古代典籍中，一直处于最高地位，乃至有"圣经"之名，《四库全书总目》即称"经秉圣裁，垂型万世，删定之旨，如日中天"①。而后出的佛、道等宗教典籍，则多被视为外学支流。混淆二家者，多被批为"牵异学以乱圣经""以方士之说淆羲文周孔之大训"②，其间界限甚严。但尽管如此，儒家经典在后世，仍逐渐体现出一定的宗教化倾向。其表现不仅在于有些士人援佛道以释儒经，所谓"取佛书言心言性略相近者窜入圣言，取圣经有空字无字者强同于禅教"③，还在于儒家经典发展出了与宗教典籍类似的驱鬼辟邪的作用，即所谓"鬼畏圣经"，而尤以《周易》最为典型。关于此问题，学界似尚未有专门研究成果。本人此前曾撰《〈周易〉辟魅小考》一文（载《国学茶座》2017年总第16期），对此问题作了初步探讨，但较为粗糙，不甚深入。今在其基础上加以补充条理，撰成此文，以推进对此问题的进一步研究。

---

① ［清］永瑢等：《四库全书总目》卷一，北京：中华书局，2003年，第1页。

② ［清］永瑢等：《四库全书总目》卷一四六，北京：中华书局，2003年，第1249页。

③ ［明］顾炎武著，黄汝成集释：《日知录集释》卷一八，上海：上海古籍出版社，2010年，第1059页。

一、《周易》辟魅的早期事例

目前所见史籍中较早记录以《易》辟魅之事者，当属《北齐书·权会传》。其文云：

会本贫生，无仆隶，初任助教之日，恒乘驴上下，且其职事处多，每须经历，及其退食，非晚不归。曾夜出城东门，钟漏已尽，会唯独乘驴，忽有二人，一人牵头，一人随后，有似相助，其回动轻漂，有异生人，渐渐失路，不由本道。会心甚怪之，遂诵《易经》上篇，一卷不尽，前后二人忽然离散，会亦不觉堕驴，因尔迷闷，至明始觉。方知堕驴之处，乃是郭外，才去家数里①。

权会为魏晋时期名儒徐遵明之再传弟子，治《易》宗郑玄一派，史称其“少受郑《易》，探赜索隐，妙尽幽微”②，此外亦旁通占筮，小大必中。曾注《易》一部行世，今已不存。其“读《易》辟魅”之事颇有名，宋代《太平御览》，明代彭大翼《山堂肆考》、方以智《物理小识》等，均有引录。郑振铎谓来集之《对山堂续太平广记》有《诵圣经之益》一节，也引及此事③。所谓《对山堂续太平广记》应即是《博学汇书》，乃转引自余懋学《说颐》卷五《易经孝经》条。罗振玉《存拙斋札疏》以为“今俗谓读《易》辟魅，其说昉此”④，俞樾又转引罗氏说⑤，皆认为以《易》辟魅之说起于此。但实际还可能有更早者。东汉应劭《风俗通义》卷九《怪神》载一事曰：

北部督邮西平郅伯夷，年三十所，大有才决，长沙太守郅君章孙也。日晡时到亭，敕前导人，录事掾白：“今尚早，可至前亭。”曰：“欲作文书，便留。”吏卒惶怖，言当解去，传云：“督邮欲于楼上观望，亟扫除。”须臾便上，未冥楼镫，阶下复有火，敕：“我思道，不可见火，灭去。”吏知必有变，当用赴照，但藏置壶中耳。既冥，整服坐诵《六甲》《孝经》《易本》讫，卧有顷，更转东首，絮巾结两足帻冠之，密拔剑解带。夜时，有正黑者四五尺，稍高，走至柱屋，因覆伯夷。伯夷持被掩足，跣脱几失，再三，徐以剑带系魅脚，呼下火上，照视老狸正赤，略无衣毛，持下烧杀。明旦发楼屋，得所髡人结百余，因从此绝⑥。

此郅伯夷捉狐事颇为流行，干宝《搜神记》卷十八亦曾载之，其后《太平御览》《狐媚丛谈》等也都有引用。其所诵之《易本》，又见于《三国志·管辂传》注“时年十五，来至官舍读书，始读《诗》《论语》及《易本》”，及“辂言始读《诗》《论》《易本》，学

① ［唐］李百药：《北齐书》卷四四，北京：中华书局，1972年，第593页。
② 同上书，第592页。
③ 郑振铎：《经书的效用》，《郑振铎文集》第6卷，北京：人民文学出版社，1985年，第344页。
④ 罗振玉：《雪堂类稿》甲册，沈阳：辽宁教育出版社，2003年，第69页。
⑤ ［清］俞樾：《茶香室丛钞》四钞卷二一，北京：中华书局，1995年，第1820页。
⑥ 王利器：《风俗通义校注》，北京：中华书局，2010年，第427—428页。

问微浅”[①]。将《易本》与《诗》《论语》并举，应属儒家经典范畴。或疑是汉《易》象数之流，故管辂读之以论金木水火土鬼神之情[②]，但至少应与《周易》有关。如以较为宽泛的标准而言，此亦能被视为早期以《易》辟魅之事例，较权会之事还要早一些。总的来看，在汉魏六朝时期，《周易》能够辟魅的观念应已出现。

但在此之后一个很长的历史时期，《周易》辟魅的功用似乎并不十分流行。唐代较为著名的事例，仅有傅奕诵“乾元亨利贞”以破胡僧吐火术之事[③]。俞樾评之曰：“必诵‘乾元亨利贞’五字，岂圣经即可代符咒邪？世俗诵此五字以辟邪术，乃亦有所本。”[④]五代宋元时期，鬼狐之说极盛，但以《易》辟之者亦不多。《夷坚志》载顾沄受自称“九圣”等鬼物之扰，“困急，闷闷不自持，默诵《周易·乾卦》，似小定”[⑤]，然只是略有效果，并未彻底将鬼物辟除。又陈秀才女为石狮子作祟而迷，其邻张秀才虽诵“乾元亨利贞”，谓“吾用圣人之经以临邪孽，如将汤沃残雪”[⑥]，但实际上是将石狮子击碎，方除去怪异，并非诵《易》之作用。俞樾引庞元英《文昌杂录》，谓有念“元亨利贞”治鱼鲠者，更近于祝由科一类，与治鬼魅者尚有不同。较为典型的辟魅事例，可以《南唐近事》所载江梦孙事为代表：

> 江都县大厅相传云阴有鬼物所据，前政令长升之者必为瓦砾所掷，或中夜之后毁去按砚，或家人暴疾，遗火不常。斯邑皆相承居小厅莅事，始获小康。江梦孙闻之，尝愤其说。然梦孙儒行正直，众所推服。无何，自秘书郎出宰是邑，下车之日，升正厅受贺讫，向夜具香案端笏当中而坐，诵《周易》一遍。明日如常理事，篾尔无闻。自始来至终考，莫睹怪异。后之为政者皆饮其惠焉[⑦]。

来集之《博学汇书》亦从《江西通志》转引此事，文字有异，但内容基本一致。江梦孙到任江都后，诵《易》一遍，原来占据正厅之鬼物即泯灭无闻，效用可谓极其显著。此固因江氏儒行正直，然诵《易》之举动无疑也发挥了重要作用。但此种故事，在宋元时期并不多见。且江氏之事本身也有异说，《南唐书》《江南野史》引此事，只言江氏朝服祝之，怪遂绝，未言诵《易》。《周易》在当时的各种小说中，仍多与占验吉凶联系在一起，而用于辟魅者，则以佛、道二家与各种法术为主，《周易》并非常用者。

---

① ［西晋］陈寿：《三国志》卷二九，北京：中华书局，1964年，第812页。
② 李剑国、张玉莲：《汉魏六朝志怪小说中的亭故事》，《南开学报（哲学社会科学版）》2008年第1期。
③ ［唐］李亢：《独异志》，上海：上海古籍出版社，2012年，第195页。
④ ［清］俞樾：《茶香室丛钞》续钞卷二〇，第842页。
⑤ ［南宋］洪迈：《夷坚志》丙志卷一，北京：中华书局，1981年，第367页。
⑥ 同上书，支庚卷八，第1159页。
⑦ ［北宋］郑文宝：《南唐近事》，上海：上海古籍出版社，2012年，第41页。

二、明清时期《周易》辟魅传说的迅速发展

明清时期,《周易》辟魅的各种传说，开始迅速发展起来。不仅数量较多，且故事情节日趋曲折生动，所辟除的邪魅亦多种多样。具体而言之，可分以下几类：

第一，动物精怪。如《庚巳编》载陈元善遇鸡精事。陈氏好道，多学请仙召将诸术。曾寓居谈氏家，其家畜一鸡，已十八年。夜有女子来，自言为主人之女。陈氏留与狎，相从年余，问主人家并无此女，疑是鸡精作怪。遂用其技，书符咒水以辟之，并无效验。或藏符于怀袖中，女扑之即坠。“或教其以《周易》一册置裹肚中，女至，扑之再三，终不坠，乃舍去。”[①]其后虽因术士结坛，方遣去之，但《周易》还是发挥了一些辟邪的作用。《续耳谭》亦引用此事。

第二，旱魃与僵尸。此二怪较为类似，都是尸久不化而变，区别仅在于，旱魃往往遍体白毛，能致旱灾，以至于有掘坟焚尸以祈雨者。明清时期各种笔记小说中,《周易》对此均有辟除效力。辟除旱魃者，如《夜谭随录》载某吏部侍郎未第时进京赶考，暂住于广渠门外古寺之小阁中，僧人戒以不能开后窗，其不以为然。某日二更余，见后窗外有暂厝未葬之棺材，棺盖自开，一僵尸匍匐而出，向窗而扑。“公仓皇间，于手边得书一帙，极力扑之，中其脑，颓然仆地，遂不复动……翌日，僧纠合长工十余人，执兵而往，见尸，无敢向前，久之始集，以物枨拨之，举体白毛长寸许，巨口过腮，十指坚甲如鹰爪。僧曰：‘怪底一夏无雨，此魃为虐也。’报官验讫，聚薪焚之，唧唧之声不绝，臭不可近。视所击书，则《周易》下卷也。僧笑曰：‘措大兵器，亦大异人。’”[②]辟除僵尸者，如《续子不语》载章生馆于绍兴徐姓，夜闻东房有启窗声，见少妇逾垣而去，窥东房但有灵柩，遂“取《易经》拆开，密铺棺上，然后归，登楼视之。及五更时，见女从窗入，睹《易经》而却步，绕棺一周，旁惶四顾”[③]。类似者还有《翼駉稗编》所载僵尸野合事，略云：宜兴储生与朱生，读书清凉禅院中，夜见对面空室中有少年出，到墙左夹室与某女幽会，知是僵尸为怪，遂“取《易经》、宪书，赴对室，置棺中，而藏棺盖隐处，登楼以觇其异。鸡将鸣，少年归，逡巡不敢入棺，仍至夹室而灭”[④]。次日唤僧同往观之，见夹室内一棺中有男女二尸。此二事的情节颇为相似，都谓《易经》有使僵尸不敢回棺的威力。而此类故事中尤为传奇者，当属王韬《淞隐漫录》载山东陆锟除怪事。陆氏少年学艺于少林寺，以拳勇名天下，生平从未逢敌手。卫辉陈仲良之仆，为某妇人之为怪者所迷，首级失去，遍索不得。恰陆氏路过卫辉，谓某寺院中停棺甚多。众

① ［明］陆粲:《庚巳编》卷四，上海：上海古籍出版社，2012年，第36—37页。

② ［清］和邦额:《夜谭随录》卷二，郑州：中州古籍出版社，1993年，第197—198页。

③ ［清］袁枚:《续子不语》卷十，上海：上海古籍出版社，2012年，第454页。

④ ［清］汤用中:《翼駉稗编》卷六，北京：文物出版社，2017年，第296页。

人偕往查看，忽见变异：

> 阴风飒然，棺盖自启，中一人徐徐起坐，则妇也。众悉惊惧，狂奔而出。陆恃其勇，独不走。妇以人首掷陆，血淋漓被面，腥臭异常。陆携有手枪，击之不鸣，始惧思遁，恐贻众笑。适厨人反身复入，谓陆曰：“我观此物亦易制也。顷得羲经一卷于此，请裹于木杆，横挞之，当可胜也。”陆从之。于是二人前后迭击之，妇屡起屡仆，久之，妇跃出棺外。陆挥刀直刺其心，乃不能起。众因复集。验其头，果仆也，案遂结。积薪焚妇尸，而一方之患以除①。

此处所谓“羲经”，即指《周易》。陆氏试图以手枪制服僵尸，而竟不能击发，最后还是用《周易》将其击倒。手枪自清代后期普及之后，成为一种新的驱邪手段，如钱超伯曾以之击宅中妖物②。但在王韬所述陆氏故事中，其效力远不如《周易》。

第三，鬼怪。此类包含甚广，既可包括人死精爽不灭之鬼，也可包括山魈、煞神等神怪。以《易》辟鬼者，如《集异新抄》所载洞庭女子事。施生馆于洞庭朱家，夜常有女子来就之，或遣人迎往他处，醒如梦魇，闻窗外鬼声啾啾，甚惧。夜仗剑危坐辟之而不效，后“焚香读《易》，不敢寐。女徘徊窗外，有怒色，既而吁嗟，洒泪而去”③。《集异新抄》乃自明末夸蛾斋主人《桐下听然》改编而来④，此事可能也出于明代。又如《明斋小识》载上海徐慰祖夜见一女子来招，徐屡却之，女遂变为舌出发披、两目流血之貌，徐氏“学权会诵《周易》一遍，陡觉寂然”⑤。《右台仙馆笔记》载江宁诸生司马骧馆于扬州盐商家，某室有鬼不可启。司马骧以大盆装米，上画八卦，身坐米上，执《周易》读之。夜半有红袍乌帽之鬼物来，不可犯而灭⑥。以《易》辟怪者，如《高辛砚斋杂著》载施某读书于柯山石佛寺，夜半有二怪物跃入，如人披发，又似无首者。施某以剑挥之不动，遂以剑书“乾元亨利贞”，始稍稍去⑦。辟山魈者，如张燕孙之父，随宦叙永厅署，一夕闻鬼啸声，乃背诵《周易》以却之。似有巨物折园中竹竿，环击屋檐殆遍，作鬼啸而逝，疑是山魈之属⑧。辟煞神者，如许秋垞《闻见异辞》载，徽州有巨族迎煞神，亲戚皆回避，有某人胆壮，独不去。夜见蓝面鬼持叉而来，掷叉于地而入室。“先生启户取叉，移置门内，复扃户移椅相靠，又嵌《易经》一部于缝间。”⑨蓝面鬼出而觅叉不得，

---

① ［清］王韬：《淞隐漫录》卷一一，北京：人民文学出版社，1983年，第542—543页。

② ［清］郭则沄：《洞灵小志》卷二，北京：东方出版社，2010年，第37页。

③ ［清］李振青：《集异新抄》卷七，北京：文物出版社，2017年，第208页。

④ 贾海建：《〈集异新抄〉考辨》，《蒲松龄研究》2020年第3期。

⑤ ［清］诸晦香：《明斋小识》卷二，《笔记小说大观》第28册，扬州：江苏广陵古籍刻印社，1983年，第20页。

⑥ ［清］俞樾：《右台仙馆笔记》卷六，济南：齐鲁书社，1986年，第140页。

⑦ ［清］俞凤翰：《高辛砚斋杂著》，北京：文物出版社，2017年，第4页。

⑧ ［清］郭则沄：《洞灵小志》卷五，第90页。

⑨ ［清］许秋垞：《闻见异辞》卷二，《笔记小说大观》第24册，第201页。

踉跄而去，又亦化为纸，其后煞神竟不敢来。《翼駉稗编》载江阴赵生捉煞神入罐，封口画八卦镇压[①]，也可算广义的以《易》辟煞神之事例。

第四，邪术。明清时期传言，有术士可剪纸为人，使之作祟，而《周易》可辟之。最著名的事例，莫过于《子不语》所载湖南张奇神事。据云张师能以术摄人魂，崇奉者甚众，江陵书生吴某独不信，当众辱之。张氏夜间以自己与二子之魂魄附于三纸人上，化作金甲神与青面鬼，相继而来，吴生以《易经》掷之，均应手而倒，夹入书中[②]。大约在清代中后期陆续撰成的长篇章回小说《闽都别记》载，福建罗源林忱之女名九娘者，好读《周易》，能以豆排八卦九宫大衍之数。附近白塔寺有铁头和尚艳其美色，夜以法术遣纸犬、牛、人而往，遇八卦局即坠，为林九娘拾起，夹入《周易》中[③]。情节与张奇神事亦类似。清代末年，江南地区哄传纸人剪辫，《周易》仍是有效的辟除手段。《清稗类钞》里面记载了一个比较典型的事例：

> 常州梅姓有二女，以守贞课读养其母。自言某夕方于灯下治女红，忽闻门隙微有声，惶遽间，取案上《周易》一册投之，有纸人飘然堕于地，急夹置书中。迟明检视，五官四肢咸备，右手执剪刀一柄。投诸火，亦无他异。闻者信之，因哗言《周易》能辟邪。城乡塾师争咿唔课其徒，男妇老幼无论识字不识字，每出咸挟一册以自随，居则悬于户，坊肆及故书摊所存新旧《周易》搜购一空，扰攘数月乃已[④]。

在清末的这场纸人邪术风波中，《周易》的辟邪作用，已经不仅是存在于小说中的传言，而成为了经常付诸实践、且被认为是行之有效的手段，类似的事例屡见不鲜。如江阴徐再思记载，其外祖父曾用《易经》收得纸人两具、纸虎一只，“纸人长约五六寸，纸虎亦然，均无眉目，吾幼时犹及见之。盖收得后，即夹于《易经》中，妖法已破，无能为力矣”。[⑤]光绪间，有某位居住在常州的安徽人，以八阵图捉得纸人一百多个，皆夹于《易经》中，官府且派人保护其安全[⑥]。江绍原谓宣统二、三年间，南京又讹言飞纸人剪辫，见《易经》即堕，其时江氏在南京，亲闻其语[⑦]。可见《周易》能治邪术之说，在当时已深入人心。

三、《周易》辟魅无效的事例

尽管《周易》能够辟魅的说法，在明清时期流传颇广，人亦多信其灵验，但无效验

① ［清］汤用中：《翼駉稗编》卷六，第320页。
② ［清］袁枚：《子不语》卷八，第107页。
③ ［清］里人何求：《闽都别记》，福建：福建人民出版社，2012年，第206页。
④ 徐珂：《清稗类钞》，北京：中华书局，2010年，第4654页。
⑤ 徐再思：《澄江旧话》，北京：中国文联出版社，1999年，第289页。
⑥ ［荷］田海著，刘平、王蕊译：《中国历史上的白莲教》，北京：商务印书馆，2017年，第260—261页。
⑦ 江绍原：《发须爪——关于它们的风俗》，上海：上海文艺出版社，1987年，第161页。

之事例也为数不少，归结起来可分为三类：

第一，凡妙通人性之动物精怪多不畏《易》。如《翼駉稗编》载，如皋陈兰雪，已娶妻杨氏，复遇女，自称姓胡名晴云，来就之为妾。家中所需，不求而至。然仅陈生夫妇得见，他人虽对面亦不见。陈生之父疑为邪祟，谋以治之：

> 生翁恐终为子祸，每夕灯下诵《易》，意在镇邪。女悄谓生某句某字误。杨骇曰：“卿亦读书耶？”女曰：“不读书何能悟道？天下岂有不识字神仙？”①

此故事中的晴云自称胡姓，大约即是狐精之类。其即不畏《易》，且能指出某句某字读错。又如《谐铎》载宁生惑于狐女曰：

> 偶坐荷亭点《周易》，女忽问曰：“有天地一章作何解？”宁曰：“上言离者，丽也。丽则男女交感，宜受之以咸。而咸不可言受，故复从天地说到夫妇之道，而受之以恒。”女笑曰：“然则男女交感，圣人所讳言乎？”宁曰：“然。”女曰：“男女构精，万物化生，又何说也？”言毕，星眸斜睇，杏靥微红。宁魂摇志夺，应声而答曰：“卿有意乎？请卜诸《易》。”女随手占得未济。宁曰：“未济征凶，事不谐矣。”女曰：“小狐濡尾，虽不当位，刚柔应也，何害？”宁惑之，自此遂同寝处②。

此处狐女所问者，乃《周易·序卦传》“有天地然后有万物，有万物然后有男女，有男女然后有夫妇，有夫妇然后有父子，有父子然后有君臣，有君臣然后有上下，有上下然后礼义有所错”一段，意在以男女夫妇之说魅惑宁生。宁生以“男女交感圣人讳言”拒之，而狐女则又以《系辞传》“天地絪缊，万物化醇，男女构精，万物化生”解之。甚至宁生决之以卜，得未济卦，以为不吉，狐女亦能以本卦《彖传》“虽不当位，刚柔应也”一语婉为开解，盖以“刚柔应”喻其与宁生男女相感。可见其不唯不惧《易》，且能以《易》惑人。此类之事例甚多，如《说听》载角直徐翁子妇汪氏为怪所迷，其物有尾，应是狐精。或议召将、枕《周易》以袪之，忽见庋上竖一白牌，书云：“枕《易》召将皆不畏，汪有姿色偏爱他。”③《续耳谭》载河间士人丘仲骧捉得一巨鼠，能为人言，自称已修炼八百春秋，聪明解事。不仅不畏《易》，且尝盗丘氏友人所作之《易》义，冒为己作以献丘氏④。《阅微草堂笔记》载有两生应举，夜行失路，不得已居于破屋，遇“非鬼即狐”者自称士类，以瓜食之，告以路途，并谓“《周易》互体究不可废”，后应试时果问互体⑤。同样也是能谈《易》而不畏《易》。《咫闻录》载乾隆年间，浙江宁波一带某姓家有狐妖，“有坐玩《易经》使狐之不敢近者，谁知对面亦翻书页，不见其人”。⑥此

---

① ［清］汤用中：《翼駉稗编》卷八，第429页。

② ［清］沈起凤：《谐铎》卷一，北京：人民文学出版社，1985年，第1—2页。

③ ［明］陆粲：《说听》卷下，《丛书集成三编》第73册，台北：新文丰出版公司，1997年，第34页。［明］凭虚子：《狐媚丛谈》卷四（文物出版社，2021年，第173页）亦载此事，明指其怪为狐。

④ ［明］刘忭等：《续耳谭》卷六，北京：文物出版社，2016年，第482—483页。

⑤ ［清］纪昀著，吴波等辑校：《阅微草堂笔记会校会注会评》，南京：凤凰出版社，2012年，第647页。

⑥ ［清］慵讷居士：《咫闻录》卷二，《笔记小说大观》第24册，第289页。

类不验的事例中，所治之邪祟以狐精为主，虽非人类，但亦非蠢玩不灵之一般鬼物可比。且均修炼日久，知书达理。如《翼駉稗编》所载之晴云不仅读书，且能以诗与陈生之妻唱和。对于此类精怪，《周易》即无能为力。

第二，凡非为邪祟之鬼物，则《周易》不能发挥禁制作用。如《夜雨秋灯录》记一事：

> 济宁李琳卿茂才，与余订车笠交。尝为吾言，其先曾王父侍御公，居京师，笺奏之暇，夕犹挑灯据案读，其刻苦如此。一夕，正把卷，忽闻梁间有窣窸声，异而睨之，则一巨鬼，肤靛色，口呀呀而角鬇鬇，由梁上堕地，旋堕旋长，长至丈余，立案侧，目闪烁有光。公立朝素骨鲠，非馁于中者，笑顾巨鬼。良久，仍俯首诵朗朗。公读而鬼亦读，其句如应声然。公思《易》能驱邪魅，即为讲《易》之乾卦，鬼犹应声，唯至“地道光也”句，鬼忽不见，公亦掩卷就寝。尝举以告寮寀，莫测所谓。后竟道光元年卒于官[①]。

李琳卿名宝琛，原名毓卿。《民国济宁县志》有传，谓幼年警悟，未冠遍读十三经，下笔千言立就。年二十，补博士弟子。然负才不遇，多栖迟幕府。清末居北京，与张英麟、刘恩溥、徐琪等名流唱和。辛亥革命后返乡。有《味古斋诗抄》传世，此外尚有文集、诗话、《扬芬集》《读书志遗》《庄子偶评》等著作多种[②]。所谓“曾王父侍御公”名李莹，字锦泉，号朗亭。曹振镛为作墓志铭，谓嘉庆十六年（1811）进士，任户部江西司员外郎，嘉庆二十三年（1818）补授江南道监察御史，未两月而四次上疏论政事。二十五年（1820）正月十八日暴卒，年五十六。卒之当晚，尚悬黄河图于壁，秉烛而视，咄咄良久[③]。后世子孙辑其遗作为《缙云山人诗集》八卷，收诗六百余首。又附《杂著》二卷，收奏疏四篇、《国语偶评》二十条、《战国策偶评》二十一条、《韩文偶评》四十二条。按曹氏墓志，则李莹卒于嘉庆二十五年，非道光元年。李宝琛作为其后人，且参与《缙云山人诗集》的编纂，不应误记，显然有牵强附会、故神其说的因素。但排除这些因素，单从故事本身来看，则李莹所遇之鬼非但不畏《易》，且能以《易》预告其死期。盖李莹为鬼讲《易》，至坤卦六二爻《象传》“地道光也”，鬼即不见，正以该句中“道光”二字为谶。因“上帝怜公戆直，俾早知急流勇退”，故遣鬼神来告其寿数将尽，非为邪者，《周易》即不能治。又如《翼駉稗编》载山东士人流寓北京，在某寺院设帐授徒，夜见有蓝衣妇徘徊庭中，心知为鬼。“士人默念《易经》辟邪，就案头取掷之，唤寺僧醒，闭户燃烛以待。约一时许，以为已去，就窥门缝，直立如故。”[④]次日有人送灵柩到寺院，

① ［清］宣鼎：《夜雨秋灯录》卷二，济南：齐鲁书社，1986年，第53—54页。

② 袁绍昂等：《济宁县志》卷三，台北：成文出版社，1968年，第236—238页。

③ ［清］曹振镛：《清故诰授奉政大夫江南道监察御史李生墓志铭》，《缙云山人诗集》卷首，民国十四年（1925）铅印本。

④ ［清］汤用中：《翼駉稗编》卷五，第259页。

视所悬影像，正是夜来妇人，始知是鬼魂夜来看停灵之地，同样并非作祟，《周易》也自然无效。而此类事例中最为典型者，当属《洞灵小志》所载汪氏买儿之事：

陈仲恕言：幼时与汪子周同居杭城招宝堂，宅前厅事两家公用，分祀祖先于左右。时仲恕祖母尚在。一日就前厅理纸箔，忽闻巨声，汪氏栗主皆倒。亟入告汪，则汪妹适某姓者方归宁，忽发狂，有鬼附之曰：“陈太夫人来矣，大好大好！此事须为我了之。”问何事，曰：“吾家三房共一子，乃为汪姓买去，绝我宗祧，故来作祟。顷推倒木主，亦我为之也。”询汪氏，果从绍兴买儿归。陈母谓鬼曰：“尔后人不肖，乃鬻其子，非汪氏夺之，何尤为？”鬼曰：“吾后人固谬，然非汪氏还我儿不可。”曰：“何为祟其已嫁女？”曰：“兹事渠所主也。”曰：“今即还汝儿，何从送归？”曰：“询随来乳媪可矣。”询之，则其人即儿母，不忍离儿，故冒充乳媪。言次痛哭，陈母悯之，因力劝汪氏还其儿。汪询鬼里居姓氏，谓便送儿去。鬼曰：“但送至候潮门，当有人迎候。”言未毕，仲恕叔谔士自书局归，叱曰：“何物野鬼，不必理之！”鬼曰：“太夫人好行其德，公何为阻挠，若谓野鬼冒托，明日送儿去便知非谬。”谔士举《周易》掷之，鬼笑曰：“公勿谓鬼畏《周易》，吾非邪鬼，不畏也。”翌日，汪氏备肩舆送其母子往，甫出候潮门，则儿父已在。讶其预知，曰：“昨祖先示梦扑责，且谓赎儿事已得请，命来此迎候也。”①

此文中所称之“陈仲恕”名汉第，浙江杭州人，毕业于日本法政大学，民国间曾任总统府秘书长、国务院秘书长、清史馆编纂、临时参政院参政等职。其叔父谔士名陈霖，曾与著名学者俞樾在浙江书局共事，俞樾称其“同事书局，诸赖维持”②，文中自书局归云云，盖即指浙江书局而言。“汪子周”不知何人，今传有许桐著《碧梧轩诗草》一书，卷前张肇松序言谓其为“浙杭汪君子周淑配”③，卷中亦多有许氏与“子周夫子”唱和者，卷末事略又谓许氏光绪二十一年（1895）来归。此汪氏买儿之事发生在光绪六年（1880），子周方在幼年，如本年五六岁，至光绪二十一年，年龄在二十岁上下，恰好成婚。以此推断，二者可能为同一人。此事件中之鬼，自谓后世三房仅一子，而又被买去，绝其后嗣，故来争夺吵闹，且在陈霖以《易》掷之时，明言“非邪鬼，不畏也”。在《周易》辟魅不验的事例中，“非邪鬼”一点十分重要。前述《易》不能治的动物精怪，也大都不为人害。如《翼駉稗编》所载之晴云，虽为狐而以修仙悟道自命，且曾预告陈生家将有大难。不唯无害，而且有益。其不畏《周易》，应亦与此有关。

第三，治怪者自身学养不足，则《周易》无效。如《集异新抄》载顾生之事云：

小家妇为神所凭，数言祸福，夫恚甚而不能禁也。邻有顾生，携《周易》诣

① ［清］郭则沄：《洞灵小志》卷五，第106页。

② ［清］俞樾：《俞樾函札辑证》，南京：凤凰出版社，2014年，第22页。

③ ［清］许桐：《碧梧轩诗草》，《清代闺秀集丛刊》第64册，北京：国家图书馆出版社，2014年，第191页。

其家，竟掷妇面。妇拾取，反覆数叶，从容置案上。生又写“正”字十余示之，妇又笑而还生。生赧然退。其后年余，有神降其家，绛袍金幞，若有叱咤擒获之状。又闻屋角铁索声，神端坐中堂，大言曰：“吾五显神也。小鬼窃吾名号，淫人之妻，适已擒斩之。寄语顾秀才，莫作面皮预鬼事。”①

此事件中的鬼物，显然是蓄意作怪者，并非正神，以《易》治之应当有效，然竟不灵验。其原因在于，顾生大约是食古不化的腐儒之属，并非有德饱学之士。只知《易》能辟魅，又自恃己为读书人而有正气，遂奋然欲助邻家治鬼。结果不仅无效，反被鬼神嘲笑为“作面皮”。由此可见，若非义精仁熟之真儒，欲仅靠《周易》之力量降服邪祟，也未必能起到效果。

总体而言，明清时期《周易》辟魅无效的事例，虽然不如效验者之多，但也时时有之。这恰好从另一个方面反映出《周易》能够辟魅的说法，在当时已获得了广泛的认同，尽管其并非每次都有灵验，但士人群体凡遇邪祟，仍往往试图以《易》治之，甚至由此还导致了一些笑话。如《子不语》载陆遐龄赴闽中幕馆，途中天遇大雨，投宿民家。主人延其居一室，内有棺材，陆颇恶之，遂取随身所带《周易》观至二鼓，不敢息烛以睡。少顷见棺中白须翁出，以烟袋就烛火吸烟，翻阅《周易》，了无惧色。陆大骇，以为“鬼不畏《易经》，又能吃烟，真恶鬼矣”。次日问主人，主人谓白须翁乃其父，并未亡故，因“平日一切达观，以为自古皆有死，何不先为演习。故庆七十后，即作寿棺，厚糊其里，置被褥焉。每晚必卧其中，当作床帐”②。此事虽甚荒唐，但陆氏遇有邪祟，下意识地读《易》以辟除之，见所谓的“鬼”不畏《易》时，又大惊以为“真恶鬼”，都能看出当时士人对《易》能辟魅之说的笃信程度。

四、其他儒家经典辟魅的功效

儒家经典中公认具有辟魅功效者，固然以《周易》为代表。但其余的一些经典，也或多或少能发挥类似的作用。相关的事例同样早已有之，如《风俗通义》载汉武帝迷于鬼神，尤信越巫，董仲舒数以为言。“武帝欲验其道，令巫诅仲舒。仲舒朝服南面，诵咏经论，不能伤害，而巫者忽死。”③又如《后汉书》载公沙穆习《韩诗》《公羊春秋》，锐思河洛推步之术。居建成山中，独宿无侣。“时暴风震雷，有声于外呼穆者三，穆不与语。有顷，呼者自牖而入，音状甚怪。穆诵经自若，终亦无它妖异。”④董仲舒与公沙穆虽为儒者，而或讲阴阳灾异，或从事于推步占候，后人每讥刺之，以为“仲舒大儒，亦

① ［清］李振青：《集异新抄》卷一，第24页。

② ［清］袁枚：《子不语》卷一二，第163—164页。

③ 王利器：《风俗通义校注》，第423页。

④ ［南朝宋］范晔：《后汉书》卷八二下，北京：中华书局，1973年，第2730页。

为后世沙门羽流斗法之伎”[①]。但面对巫术邪祟时所诵之经，至少应与儒家经典有一定关系，故来集之《博学汇书》也将其归入《诵圣经之益》一篇中。此二事均在汉代，与《风俗通义》载郅伯夷诵《易本》等捉狐事，时代大致相同，《抱朴子》且载郅伯夷于林虑山下“明灯烛而坐诵经”捉犬精之事[②]。可见在汉魏六朝时期，儒家经典可能在一定程度上即被泛指为具有辟魅的功用，并非仅《周易》一经为然。

与《周易》类似，其他儒家经典的辟魅作用也有早晚之分。早期发挥辟魅功效者，以《孝经》居多。如《东观汉记》载：“尚书令王允奏曰：太史令王立说《孝经》六隐事，能消却奸邪，常以良日。允与立入，为帝诵《孝经》一章，以丈二竹簟画九宫其上，随日时而出入焉。”[③]时虽有诏云：“闻王者当修德尔，不闻孔子制《孝经》有此而却邪者也。”[④]但亦可见当时已经有《孝经》可辟邪之说。类似的事件还有东汉末年，张角作乱，向栩上书谓不必兴兵，但遣将于河上，北向读《孝经》，贼自当消灭[⑤]。王利器先生认为，此二事中所谓的“孝经”“孝经六隐”，与前文郅伯夷捉狐时所诵之“六甲孝经”乃一书，“当是术士之书，非孔门陈孝道者。盖如后来所传《墨子五行记》《孔圣枕中记》之流耳。”[⑥]但即便如此，其后不久的南齐时期，又有顾欢教人用《孝经》治病邪者事，谓“可取‘仲尼居’置病人枕边恭敬之，自差也”[⑦]。所谓“仲尼居”，应指《孝经》首章《开宗明义章》“仲尼居，曾子侍”云云。所用者显然就是儒家经典之《孝经》，并非术士之书。在魏晋南北朝时期，《孝经》辟魅的效力与《周易》是大致相同的，故明人孙瑴谓：“《孝经》与《周易》皆圣人神力护持，竟有以之治病、以之祛邪者。”[⑧]

宋元以降，“四书”地位不断提高，逐渐取代《孝经》，成为辟魅时常用的另一儒家经典，其中尤以用《中庸》《大学》者为多。如《翼駉稗编》载一事曰：

> 冯生药畦入都赴京兆试，道出阿城，止于旅舍。有老妪持佛经一本，向生请曰：“君读书人，求教诵数句，以便焚修。”生乃戏授以《中庸》“天命之谓性”三句，令虔心默念，当有奇验。妪拜谢去，冯匿笑之。及报罢出都，复经其地，遇前妪。妪喜曰：“活佛至矣。蒙授我灵咒，诵之一月后，夜中满室光明。凡村中有鬼病者，我往密诵百遍，病辄愈。”生不信，妪导生至家，出黄豆一升置几上，复以空升并之，炷香合掌，默念一遍，则一豆跃落空升中。连诵数十遍，豆跃过如撒珠然。余

① ［明］张燧修：《墨卿谈乘》卷四，《四库未收书辑刊》第3辑第28册，第73页。
② 王明：《抱朴子内篇校释》，北京：中华书局，1988年，第300页。
③ 吴树平：《东观汉记校注》，北京：中华书局，2008年，第784页。
④ ［东晋］袁宏：《后汉纪》卷二六，北京：中华书局，2002年，第505页。
⑤ ［南朝宋］范晔：《后汉书》卷八一，第2694页。
⑥ 王利器：《孝经六隐》，《龙门杂志》1947年7月。
⑦ ［唐］李延寿：《南史》卷七五，北京：中华书局，1975年，第1875页。
⑧ ［明］孙瑴：《古微书》卷二九，《景印文渊阁四库全书》第194册，第1014页。

曰：此妪积诚所致，然亦可见圣经胜于梵语也[①]。

冯生以《中庸》“天命之谓性，率性之谓道，修道之谓教”三句，冒充佛经教老妪默念，本为恶作剧，孰料竟有奇效。不仅能治鬼病，且可使黄豆自移。又同书载《中庸》退僵尸事曰：

江阴邢子选秀才，游陕西华阴，寓废寺中。月夜偶起如厕，适后圃门开，乘月步入。一人面淡金色，碧睛双炯，光芒射人，对月跳舞。骇极欲遁，物已跃至，衣为树所絓，不能避。信口诵《中庸》数语，物即逡巡不前。诵稍缓，乃跃然作欲扑势。诵至“夫微之显”句，物始倒地。及旦视之，僵尸也[②]。

邢生所念者，为《中庸》第十六章，此章言“鬼神之为德其盛矣夫”云云，乃论鬼神与祭祀者，其能辟邪祟或与此有关。以上二例为《中庸》辟魅之事，而《大学》之辟魅功效，则有清代朱海《妄妄录》所载的一个典型事例：

元和县之伍濂泾，有僵尸为祟，某甲遇之，方窘迫，复有数鬼唧唧环绕，狂步急喘，十步三蹶，望见村舍，可冀相救。尚越畦畛，命在呼吸间，但听舍内稚子夜课，朗诵《大学》，尸即仆地，鬼亦绝响[③]。

此事件中，为祟者既有僵尸，又有恶鬼。而听到稚子朗诵《大学》，顿归消灭，可谓灵应异常。故朱氏亦赞叹曰：“可知圣经乃书之最尊，而理之悉具，更莫胜于《学》《庸》，较仙佛经文尤为王道。”“鬼畏圣经”一语，也正是朱氏由此事件所归纳者。

值得注意的是，随着儒家经典在东亚文化圈的传播，中国周边的一些国家，也开始出现以之辟魅的事例。如日本笔记小说《贤乎已》记一事曰：

丙午之岁，疫疠盛行，世人多言有疠鬼行之，符咒祈祷，无不至矣。余家亦一奴先染，甚剧，医药罔验。次传于婢，越五日，弟甫松亦染焉，举家大惧。或劝之曰：“宜请僧祈祷。”余曰：“我以吾儒道禳之，何借浮屠之力？”乃净扫室内，用纸为小旗，书曰：“敬疫神而远之。”盥嗽立诸几上，供馔以祭。祭毕，举旗及馔，投之水中，于是乎皆愈[④]。

《贤乎已》约成于日本安政六年（1859），所谓丙午瘟疫，应是弘化三年（1846）事。作者井元行在面对所谓“疠鬼”时，没有选择请僧祈祷，而“以儒道禳之”。其于小旗上所书“敬疫神而远之”，即是从《论语》“敬鬼神而远之”化用而来。可见在中国清代中后期，一部分日本儒家学者也趋于相信，儒道和儒经具有与佛经相同的消灾获福的作用。

---

① ［清］汤用中：《翼駉稗编》卷二，第75页。

② 同上书，卷七，第347页。

③ ［清］朱海：《妄妄录》卷二，北京：文物出版社，2015年，第39—40页。

④ 王三庆等编：《日本汉文小说丛刊》第1辑第1册，台北：学生书局，2003年，第76页。

结语

与佛教、道教等中国古代流行的宗教相比，儒家经典辟魅的功效并非十分突出，相关的事例也比较有限，但仍足以构成一个值得注意的现象。尤其是上文所述的辟魅事例，大都出于士大夫群体，而民间习俗中的相应因素还未考虑在内。如朱自清述八卦辟邪的习俗说：“在人家门头上，在小孩的帽饰上，我们常见到八卦那种东西。八卦是圣物，放在门头上，放在帽饰里，是可以辟邪的。”①齐如山述清末北京娶亲的习俗谓，中等人家迎亲用两乘轿，其中一乘为新郎所坐，另一乘不能空往：“有的放《书经》一部，取其新郎将来做尚书的吉利。有的放《易经》一部，因《易经》能卜卦，可以辟邪。”②此类事例当还有不少。总的来看，“鬼畏圣经”之说在古代，还是可以称得上一种颇具影响力的观念。

在一部分古代士人看来，“鬼畏圣经”的理论依据在于“邪不胜正”。如清代王弘撰评傅奕诵《易》辟胡僧邪术时，即曰：“此《易》之正也，邪术之无与于《易》也。”③但从上文所述的事例来看，两汉时期的儒家经典辟魅事例，可能与今文经学多讲阴阳灾异有关，而其后的事例，则更多地受到佛、道二家的影响。一方面，一些人开始有意无意地将儒家经典的辟魅功用，与宗教经咒加以对比，如上文所引《翼駉稗编》谓“圣经胜于梵语”，《妄妄录》谓《大学》《中庸》“较仙佛经文尤为王道”，都是此类。另一方面，一些使用儒家经典以消灾祈福、捉妖辟邪者，实际上是以之代替宗教经文。如《梁书》载皇侃“常日限诵《孝经》二十遍，以拟《观世音经》”④。又《箨廊琐记》载某孝廉应举不第，资斧已竭，不得不诈称曾学艺龙虎山，到某家捉妖。自知并不会法术，故在假装作法的过程中“所诵率以《周易》代咒语”⑤。在诸多经典中，《周易》被认为辟魅效果最佳，使用最多，这在相当程度上，应是源于其与道教密不可分的关系。以儒家经典辟魅的事例，集中出现在明清时期，也正与当时儒学宗教化的风潮相关。王汎森先生曾指出：“泛览明末清初的文献时，我们可以察觉到当时出现一种儒家宗教化的现象。我并不是说他们真的完成何种宗教体系，但至少在枝节上，他们出现了摹仿佛道或天主教的现象。这一现象的规模不能夸大，但却值得注意。他们反映了儒家在面对佛道以及天主教

① 朱自清：《经典常谈》，北京：北京出版社，2004年，第11页。

② 齐如山：《婚姻史话》，《齐如山文集》第10卷，石家庄：河北教育出版社，2020年，第117页。

③ ［清］王弘：《周易筮述》卷一，《景印文渊阁四库全书》第41册，台北：台湾商务印书馆，2008年，第11页。

④ ［唐］姚思廉：《梁书》卷四八，北京：中华书局，1973年，第680页。

⑤ ［清］王守毅：《箨廊琐记》卷六，北京：文物出版社，2018年，第231页。

的挑战时，一方面对自己有所不满，一方面防御，一方面又反摹仿的现象。”[①]而“鬼畏圣经”说，正是此时期儒学宗教化在儒家经典领域的一个突出表现。

（谢辉，北京外国语大学国际中国文化研究院副研究员）

① 王汎森：《明末清初儒学的宗教化》，《晚明清初思想十论》，上海：复旦大学出版社，2004年，第52页。

【明清文献研究】

黄花翠竹：阳明格竹释义

向　辉

摘　要： 阳明格竹故事是宋明理学格物说的典范譬喻。它既反映了中国传统哲学思维方式，也反映了性理学讲学传统。它由阳明门人钱德洪等人记录在案，有几个不同的版本。阳明去世后，这一故事先后被《阳明先生遗言录》《传习续录》《阳明先生年谱》以及《王文成公全书》等书所收入。随着阳明著作的广为传播，阳明格竹故事成为人们了解阳明学的一个入口，即阳明何以成为阳明有其独特的入手处。在现代的语境中，新的学术思潮用科学的语言重新讲述中国哲人及其生涯，格竹故事也就成了历史考据和哲理辨析的对象。本文在前贤研究的基础上，通过史籍考察，揭示它原本的譬喻性和公案性意涵。

关键词： 阳明格竹；传记；譬喻；公案

子思问于夫子曰："物有形类，事有真伪，必审之，奚由？"子曰："由乎心。心之精神是谓圣。推数究理，不以为疑，周其所察，圣人难诸。"①

——《孔丛子·记问第五》

一旦每个人，大多数人或明智的人都满意之后，再不断把某个主题谈论下去是愚不可及的，但是我们当然可以这么做。②

——罗蒂《哲学和自然之镜》

了解一个思想家需要对其一生经历有所知识，否则无以抓住其一生学力所系；需要对其思想之张力有所关注，否则无以体悟其思想内核；需要对某些历史细节予以考辨，否则容易导致错误的结论并进而误解思想家之思想。但这并不意味着对所谓的历史背景的追究并以此取代对思想本身的理知分析，因为"研究一个理论而归因于它的历史背景，归因于它的时代精神，归因于它的发源地的物质环境，归因于该理论的主张者的人格，这都是拙劣的手段。一个理论只受理知的评判，评判的尺度永远是理知尺度"。③何

① 傅亚庶：《孔丛子校释》，北京：中华书局，2011年，第96页。
② ［美］罗蒂：《哲学和自然之镜》，李幼蒸译，北京：商务印书馆，2003年，第160页。
③ ［奥］米塞斯：《人的行为》，夏道平译，上海：上海社会科学院出版社，2015年，第88页。

谓理知的尺度？从性理学来说，它是道，也是心。因为理论是万物的理论，也是人的理论，前者是道，后者就是心。理论的故事往往是人的故事，而人的故事又充满了隐喻的性质，用理知的尺度时也就必须要有理智的审慎和明见。在中国传统的人文语境中，如何理解一个人，更多的不是去检验某个人的理论是否有绝对的真理性，而是要去揭示一个人的思想具有何种意义上的真理性，这一点通过历代的年谱著述就能窥其一斑。

年谱是我国传统史籍中传记类一种体材。①阳明门人钱德洪典范式的《阳明先生年谱》，②将阳明的生平事迹以一种合理的次序、时间的安排和事件的发展进行了建构，出色地展示了阳明传奇的一生及其事功与思想。因此，《年谱》本身也成了阳明学的组成部分。《年谱》的编订是阳明门人弟子的集体成果，钱德洪等在撰集该书时吸收了阳明重要弟子的意见。他们的意见的一部分保留在相互交流的书信和序跋中，为了显示《年谱》的权威性和可靠性，这些书信和序跋由《王文成公全书》③编集者沈启原收录到《年谱》之后，作为它的第二附录。④《年谱》是我们了解阳明关键文本，而该附录则是我们了解《年谱》的形成过程以及阳明学人编纂思想的关键文本。

阳明学研究至今，对于年谱的研究颇夥，也有新的阳明年谱编纂出版。但鉴于钱德洪《年谱》的标志性意义，其中的一些争议处不得不辨，关于阳明亭前格竹即是其中一例。⑤一个具体的历史事件（即明确无误真实发生过的事件）与一个思想事件（即可能发生过但被人建构起来作为思想阐发的理由的事件）之间存在一定的距离，即便确立了时间地点人物等要素，但并不能保障由此推导出其思想意义。比如阳明格竹一事就存在以下几重问题：

其一，阳明确有格竹之说，证据是阳明先生本人如是说过。问题是，所谓阳明自述

① 谢巍《中国历代人物年谱考录》（中华书局，1992年）收录年谱6259种，谱主4010人；来新夏《近三百年人物年谱知见录（增订本）》（中华书局，2010年）收录清人年谱谱主1252人，叙录1581篇。此二书可见中国历代年谱著述之盛。冯尔康认为，古人重视传记文书的写作，其原因有四：（1）政治经验的总结和继承；（2）用人制度的现实需要；（3）政治和文化观念的传承；（4）家族和地方势力的发展需要。既有制度的保障，也有理念的护航，累代延续，撰写了海量的历史资料，也保存了历史。（冯尔康《史料学研究》，天津：天津人民出版社，2019年，第64页。）

② 《阳明先生年谱》有多种单刻本和《王文成公全书》本，本文简称“《年谱》”；如果是单刻本《年谱》则指明何种版本，如果是后者，则径称“《年谱》”。

③ 《王文成公全书》，即今《王阳明全集》（上海古籍出版社、浙江古籍出版社）、《王阳明集》（中华书局），本文简称“《全书》”。

④ 《全书》一共有七卷附录，即附录一至三为《年谱》，附录四至五为《年谱附录》，附录六为《世德记》，附录七为《世德记附录》。作为《年谱》的第二附录，收录了钱德洪、罗洪先、胡松、王宗沐等人关于《年谱》的序文，又收录了邹守益、罗洪先和钱德洪《论年谱》书信。

⑤ 俞樟华先生《王学编年》依照钱德洪《年谱》将此事系年于弘治五年壬子，并列举了袁枚、李光地、朱承、陈来、林乐昌等人意见，详见俞樟华：《王学编年》，长春：吉林大学出版社，2010年，第24—26页。

只见于有限的记录，并未见于其他相关证据。正如顾应祥所质疑的，[①]难道没有可能是门人附会吗？即便是阳明所说，且弟子所录亦一字无误，那阳明是真的在讲述他年轻时的故事吗？阳明门人记录了阳明的诸多话语，论及其个人生活者似乎极少，讲学时即便用"某曾如何"亦是有所针对，否则此一讲述将毫无意义。我们应该追问的是，阳明在讲述格竹故事时到底在讲什么，这一故事到底在说明什么问题。

其二，阳明格竹的时间被限定在阳明青年时期，即在二十几岁之前，甚至是十七八岁。问题是，徐爱在《传习录序》中明确表示阳明年轻时是豪迈不羁，出入二氏之学，并未记录其年轻时有过以朱子学为主要关注点，如果说阳明很早即以研究朱子格物之说，那么其后所谓谒见娄谅时，一斋提醒他要学习朱子之学，就似不可解了。如果将此时置于见娄谅之后，则当时阳明也已十八岁，和阳明门人所述自相矛盾。

其三，阳明格竹是没有成功的故事，它意味着阳明对于朱子学的理解的失败，也导致了其后对于朱子学的反对。日本学者认为"此也许不过是一幅朱子学的讽刺画"。[②]从阳明的学术经历来看，阳明学与朱子学之间的关系相当复杂，似乎很难用简单的对立一说来诠释之。

其四，阳明格竹在阳明学的理路中有何地位？除了前述所云反对朱子学之外，还有其他的何种意义？最为关键的是，所谓阳明格竹是否有前人的故事可供参考？宋明哲学中是否还有此类故事？而这个故事则不为后世学人所熟习，以至于成为阳明的首创呢？

有鉴于此，我们有必要展开历史的考察。既然故事与年谱有关，我们可以从史籍中的年谱类书籍出发，做一番梳理。

一　历史的故事：人、事与哲理

历史的故事讲述的是人生的故事。从譬喻的观念来看，视人生为故事，赋予人生整体相合性，是最基本的故事讲述方式之一，也是我们认识世界和经验世界的基本方式。通过整体相合的人生故事理解人生，凸显某些参与者与基本成分，忽视或隐藏其余的部分。"人生故事是把真实人生凸显的元素以整体相结合性结构整合起来的。"[③]换句话说，传说故事构成了我们进入思想世界的通道。在这里我们能够理解前人、思考现实，以及洞察未来。

---

① "(《传习录》云格竹子事云云。)愚谓此非阳明公之言也，门人附会之言也。若果有此言，则诬朱子甚矣。朱子《大学》注谓：'格尽天下之物，固似难行，然其所谓格物者，即事观理，穷之而至其极也。'又曰：'格物以理言，致知以心言，亦是身心上说。'何尝在物上推究。今竹子有何是非可格至七日之久而成疾乎？乃自愚也。非朱子之本意也。"（[明]顾应祥：《静虚斋惜阴录》，北京图书馆古籍出版编辑组《北京图书馆古籍珍本丛刊》第64册，北京：书目文献出版社，2000年，第32—33页。）

② [日]岛田虔次：《中国近代思维的挫折》，甘万萍译，南京：江苏人民出版社，2005年，第72页。

③ [美]雷可夫、詹森：《我们赖以生存的譬喻》，台北：联经出版事业股份有限公司，2006年，第265页。

思想家留给我们的不仅有他的著作，也有他的传说。因此，了解一个思想家需要读书，不止要看他本人的著作，还要看他那个时代人的著作，还要看别人如何讲述他的故事。现代人的知识来自现代学人的创作，因此我们先看现代的讲法。1930年，钱穆出版《王守仁》一书，细致讲述阳明的一生及其学术思想体系。[①]该书第三章《阳明成学前的一番经历》中说，阳明“二十一岁在京师，他奋发地要实做格物工夫。他和他的一位朋友很高兴地（依照朱子《大学格物补传》的意见来）试格庭前的竹子。他（那位）朋友格了三天，病了，他自己来格，格了七天，他自己也病了。（那庭前）竹子的理，一毫没有格通。他爽然自失地叹着，他想圣贤有份，（非他所能及，）他（于是）不想做圣贤了，他转换他的兴趣来研究词章文学。他那有着执着又跳跃的性情，使他经尝到多方面的生活”。[②]

钱穆讲述阳明格竹故事，是为了说明青年阳明有一种奋发的学习精神，对于书本知识不是简单的信或不信，而是要通过他自己的体验来验证。值得注意的是，该书1947年四刷本无括号内文字，今之新版乃1955年再版增订者。为了让阳明格竹故事更有缘起，钱穆在修订版本中增加了“依照朱子《大学格物补传》的意见来”一语。增加的这几个字并非无关紧要，这说明了钱穆认识到：阳明曾经对朱子的学说进行了深入的思考。经过阳明本人的试验，他并没有对朱子学感同身受，以朱子学作为圣贤学问的他，不得不转向其他，也就是词章之学。钱穆该文的重点是：阳明“那有着执着又跳跃的性情，使他经尝到多方面的生活”，之所以发生格竹的故事，原因就在于他的执着，而失败之后转向其他学问，则是他的跳跃。钱穆在这部书的序言说：“阳明讲学，偏重实行，事上磨练，是其著精神处。讲王学的人，自然不可不深切注意于阳明一生的事业。读者能把《阳明全书》里详细的《年谱》和近人于重耀的《阳明先生传纂》仔细一读，庶无缺憾。”[③]这是钱穆心目中的阳明形象。

至于阳明是不是按照朱子在《大学章句》中所作的《格物补传》来格竹的呢？这是否为钱穆的合理想象呢？章太炎所述又是另外一个形象。他说，阳明建立致良知学说经过了漫长的探索过程。首先是他年轻时代与道士们的交契，比如和铁柱宫道士、九华山道士等等，这些道士让阳明看到了儒学之外的世界。其次是他被贬官到龙场，在忧患中，他重新思考了儒学传统，对朱子学有了质疑，提出了知行合一论。最后，是他在龙场之后继续的探索，提出了致良知理论。这一理论的起点或者突破是对宋代儒者格物学说的重构，不管是朱子的穷致事物之理的说法，还是司马光的物来即格说，即穷致之格

① 该书是钱穆应上海商务印书馆之邀而作，收入《万有文库》《百科小丛书》《新中学文库》等。1955年台北正中书局出版该书更订版本，改题《阳明学述要》。此书后收入《钱宾四先生全集》第10册（台北：联经出版事业股份有限公司，1998年）。此书简体字新校本版本由九州出版社出版（2010年、2015年）。

② 钱穆：《阳明学述要》，北京：九州出版社，2015年，第41页。

③ 同上书，第2页。

和捍御之格，皆不为阳明所服膺。当然，起初阳明是朱子学信徒，他信奉朱子学，“阳明初信之，格竹三日而病，于是斥朱子为非是。朱子之语，包含一切事物之理。一切事物之理，原非一人之知所能尽，即格竹不病，亦与诚意何关？以此知阳明之斥朱子为不误”。[①]（章太炎《诸子略说》，1935）阳明的这个说法也不能为后来的理学家，比如顾炎武、吕泾野等人所惬意，因为他们又提出了既不同于朱子，也不同于阳明的格物新说，但不管怎么样，“打破朱子之说，不可谓非阳明之力也”。[②]显然，钱穆和章太炎讲述阳明的故事是不同的。这就有了同一个故事的两种不同版本。

章氏没有说明他所讲述的故事从何而来，而钱穆则提到了余重耀《阳明先生传纂》（1923）。[③]该书有梁启超序文，梁氏谓：“吾生平最喜王白田《朱子年谱》，以谓欲治朱学，此其梯航。彼盖于言论行事两致重焉。铁山（余重耀）斯传，正史中传体也，不得不务谨严。于先生之问学与年俱进者，虽见其概而未之尽也，更依白田例重定一年谱，以论学语之精要者入焉。弟子著籍，岁月有可考者，皆从而次之，得彼与斯传并行，则诵法姚江者，执卷以求，如历阶而升也。铁山倘有意乎。”今阅余氏传记，并无钱穆书中所讲的上述故事，余氏仅于弘治五年条记阳明于“是年为宋儒格物之学”，则钱氏所述当出于《全书》之《年谱》。余氏说：“世言方朔奇，奇事皆归方朔，则文人好异之故耳。”[④]阳明格竹故事，对现代人而言当是一种奇事，对于喜欢传奇的人来说，这个故事自然值得说一说，而余氏不取，亦当有他的理由。这是阳明格竹故事的第三个版本。

1930年，唐文治著《阳明学术发微》亦提及阳明格竹故事。他认为阳明是从植物学角度理解格物，可惜当时尚未发明植物学知识和方法，未竟其功。[⑤]唐氏说，他“采取《阳明先生年谱》，参以孙夏峰《理学宗传》诸书，辑为讲学事迹考，并加按语，以祛异说而资则效。深愿后世学者读之以致良知，并推之以救中国”。[⑥]关于格竹故事，唐氏的故事为：阳明二十一岁中举之后到北京，开始系统地阅读朱子的著作，并且开始做格物之学。他发现官署中有很多竹子，就以竹子做试验，沉思不得，还生了病，于是就认为圣贤不是任何人都能做的，至少对阳明来说可能性不大了，他就转向了词章之学。第二年进士考试失败。接下来几年中，阳明在词章方面大有进步，他不满足，认为词章不足以通道，求友朋也不得其门，于是他又回到朱子，并且按照循序渐进的办法来展开

---

① 章太炎：《章太炎全集·演讲集》，上海：上海人民出版社，2015年，第989—990页。

② 同上书，第990页。

③ 余重耀：《阳明先生传纂》，上海：上海中华书局，1923年，第2页。

④ 同上书，第6页。

⑤ 唐文治先生撰《阳明学术发微》，其序收入《茹经堂文集》三编卷五，称：“夫今日欲救中国之人心，必自致良知始。若药不瞑眩，厥疾不瘳，善国良药，岂远乎哉。爰取阳明先生全书，择其尤精要者，辑为《阳明学术发微》。世之读此书者，苟能善其心以善其身，善其身以善其国，庶几有万一之希冀与。”（唐文治《唐文治文选》，王桐荪等选注，上海：上海交通大学出版社，2005年，第352页。）

⑥ 唐文治：《阳明学术发微》卷一，《唐文治文选》，上海：上海交通大学出版社，2005年，第2页。

理的追求，可惜仍旧没有找到物理和吾心之间如何沟通的办法，他就转向了出世入山的学说。唐文治说这个故事曾经有人批评过："刘氏虞卿斥之云：'案格物之学，自有轻重、大小、先后次第。观程子格致九条及朱子诸说可见。今不于其重且大者先之，而第取必于一物为例，宜其沉思不得而成疾也。且物之理即根于吾之心，安见其判为二物，而反疑于循序致精之说乎'云云。然余谓：物理、事理本属两事。阳明之所格者，物理也。刘氏之所言者，事理也。阳明格庭前竹子，乃系近世所谓植物学，从前未经发明，是以沉思而不可得。于此，亦可见其博学之诚，似未可牵合事理以斥之也。至于物理、吾心终判为二，尤见其用功之切实而不含糊。夫内外合一之学，几于精义入神，本非易至。朱子早年亦尝致疑于延平涵养之说矣，何独斥阳明乎。"①

唐文治与钱穆一样，都将阳明格竹故事系年在阳明二十一岁。他也与钱穆一样，认为这个故事所传递的信息是阳明在追求学问的态度上是一种十分认真的态度。而那些批判阳明格竹故事的人是没有能够理解这种学术精神的。唐氏还提出，不管是阳明，还是朱子，都能对前贤的学说有过质疑，正是这种怀疑精神让他们不断追寻新知，不断自我探索，最终成就了他们的学术。因此，阳明格竹的故事不是一个如刘虞卿那样批驳的愚蠢笑话，而是一个励志的学术故事。这是阳明格竹的第五个版本。

邓艾民亦持类似的看法。他说："1492年（弘治五年），王守仁随父亲到北京，遍求考亭遗书读之，但对于朱熹的格物说始终疑难甚多。朱熹认为，一草一木都包含至理，于是，王守仁以父亲官署中的竹子为对象，穷究竹子之理，苦思冥想达七天之久，一无所得，就病倒了。这时，他还未怀疑朱熹学说中有任何不足之处，正如他自己后来所描述的，平生于朱子之说，如神明蓍龟（《传习录》中《答罗整庵少宰书》），而只是认为自己没有做圣贤的天分，于是，就搁下了做圣贤的志向，去学习兵法和诗文了。"②在邓艾民看来，阳明之所以有格竹子的举动，原因在于他所信奉的朱子学说有"一草一木都包含至理"的说法，既然圣贤有此说辞，那么自然要去试验一番。可惜，这样的尊奉并没有得到预期的进入圣贤之域的效果。阳明也就只好转向非圣贤之学的兵法和诗文了。

富路特、房兆楹《明代名人传》中所载王阳明传记也说，十七岁的阳明拜访了娄谅，娄氏告诉了阳明关于宋代新儒家所提倡的格物之学，也就是普通人通过学习能够成为圣贤的学说。这次会面，给阳明带来了新的启发，格物之学从此成为阳明学术的一个重要方向。第二年，阳明与他的堂兄弟一起学习儒家经典，特别是朱子的著作。到了1492年，阳明中举，并与他父亲王华一道再次回到北京。"王守仁很有可能就是在这时开始试图通过调查外在事物（即格物）来检验朱熹（1130—1200）的理论，王守仁端坐在一片

① 唐文治：《阳明学术发微》卷一，林庆彰主编《民国时期哲学思想丛书第一编》（第91册），台中：文听阁图书有限公司，2010年，第4页。唐氏此说，邓志峰曾首先加以引用。见邓志峰：《王学与晚明的师道复兴运动》，北京：社会科学文献出版社，2004年，第121页。

② 邓艾民：《朱熹王守仁哲学研究》，上海：华东师范大学出版社，1989年，第84页。

竹林前，试图找出其原理（理），但是数天之后却大病一场。此次失败促使王守仁致力于文学创作，但是这一努力并未帮助其通过1493年和1496年的会试。此后王守仁转而学习兵法，颇有心得；同时学习道教养生之术。由于学习朱熹不得，以及对于文学的喜好，加上身体虚弱，王守仁实际上转而学习道教中的守弱之术，以期长生。”[①]《明代名人传》用这种传说故事来讲明不同人的生涯，在其书中尚有它例。

上述学者讲述的故事中，如果提到阳明格竹的话，无一例外地都系年于弘治五年，也即阳明二十一岁时。《中国哲学大辞典》也将弘治五年的阳明格竹作为中国哲学大事系于年表中。[②]之所以如此，乃是因为他们都采信了阳明《全书》中附录的《年谱》。劳思光曾说：“王守仁之生平，当以钱德洪等门人所编之《年谱》为主要资料。《年谱》原由各门人分任纂辑，以邹守益总其事。至嘉靖四十一年（1562）邹死，钱德洪乃以所得材料与罗洪先商定，于是在次年书成，距王氏之卒已三十五年。然此《年谱》仍属同时人之作品，远胜日后《明史》中之传文也。”[③]钱德洪等编纂的《年谱》对于后世理解阳明学术有着至关重要的意义，也就不辩而明了。

但是，关于格竹的故事虽然出自《年谱》“弘治五年条”，可原文并未说就是本年故事。对此，细读《年谱》的学者就将这一故事做了重新的处理。比如冯友兰《中国哲学史》（下册），论及此事时说：阳明“年十八时（弘治二年，1489），过广信谒娄一斋谅，语格物之学，先生甚喜，以为圣人必可学而至也。后遍读考亭遗书，思诸儒谓众物表里

---

① 富路特、房兆楹：《明代名人传》，北京：北京时代华文书局，2015年，第1409页。《王守仁》一条由陈荣捷先生撰稿，收入《宋明理学之概念与历史》，略有不同：翌年（十八岁），携夫人归余姚，舟过广信，谒娄谅（1422—1491）。谅与语宋儒格物之学，谓圣人必可学而至，遂益慕圣学。年二十一（1492）中举人，旋侍龙山公于京师，遍求朱子遗书读之。一日与友钱氏坐在其父官署竹树之前考索，不得其理。钱友三日而疾，阳明亦到七日以劳思之病，乃退而致力于词章之学。弘治五年（1492）、八年（1495）两会试均下第。仍寓京师，学兵法，谈养生。二十七岁（1496）词章儒学均觉失意而旧病复发，乃由遗世之想。（陈荣捷：《宋明理学之概念与历史》，台北：秀威资讯科技股份有限公司，1996年，第277页）陈荣捷还在其《中国哲学文献选编》中提及了格竹故事：“阳明幼年，即深思好问。据说在成亲之日，因闻养生之说，遂相与道士对坐忘归，翌晨始还。他先是习兵法，在1492年，遍求朱子遗书读之。为奉行朱子格物之说，阳明与友人坐格窗前竹子之理，七日而得病。在尝试华丽的词章之学以后，返而学兵法以及道家养生之术，终悟以前所有从学门径俱是簸弄精神，无益于道，乃重归于儒。”（陈荣捷：《中国哲学文献选编》，南京：江苏教育出版社，2006年，第549页）陈荣捷将阳明格竹故事系于阳明中举之后。在《王阳明传习录详注集评》一书中，陈氏注《传习录》下卷第318条时，将阳明谓初年与钱友格竹云云之“初年”与《年谱》相联系，说：“初年，《年谱》系为弘治五年（1492）。阳明侍其父龙山公于北京。官署中多竹，即取竹格其理。”又说，佐藤一斋认为钱友即是钱德洪，但东敬治认为那时钱德洪还没有与阳明会面，也不可能是钱德洪，所谓钱子则是某位钱姓学人。（陈荣捷：《王阳明传习录详注集评》，重庆：重庆出版社，2017年，第301页）

② 张岱年：《中国哲学大辞典》（修订本），上海：上海辞书出版社，2015年，第932页。

③ 劳思光：《新编中国哲学史》（三上），北京：生活·读书·新知三联书店，2015年，第298页。

精粗，一草一木，皆具至理。因见竹而格之，沉思不得，遂被疾。”[①]张君劢《王阳明》也持同样的看法。他说：“西元1489年（弘治二年），阳明先生携同夫人，由江西返浙江余姚故里，舟行至广信，谒见娄一斋谅，语宋儒格物之学，谓圣人必可学而至，遂深契之。后来，为印证格物之理，刚好其父官署中多竹，即取竹格之，因为朱子曾谓众物必有表里精粗，一草一木皆涵至理，可是他始终沉思其理不得，遂遇疾。此后他随世就辞章之学，希望能通过科第取士的功名。”[②]格竹故事发生在拜访娄谅之后，而具体的年岁则可以模糊处理。

又如，冈田武彦《王阳明大传》第四章“五溺时代”专列“格竹失败”一节，用四页篇幅论述此事。冈田武彦据陈来《有无之境》一书之考证，将此事发生时间置于阳明十七岁，并考察了阳明格竹失败的原因，最根本的原因是阳明没有按照朱熹的教诲去格物穷理，阳明格物的方法类似禅学，虽然违背了朱熹之道，但和陆九渊的穷理之道如出一辙。冈田认为如果阳明能像陈献章所说“窗外竹青青，窗间人独坐。究竟竹与人，原来无两个”这样放弃可以格竹之心，以平常心去格竹子，他或许能达到诗中所描述的那种境界，但这对一个十几岁的孩子来说，实在太难了。[③]

又如，张岱年《中国哲学大纲》说，阳明也曾作过朱子所讲的格物穷理功夫，但没有走通就转向内心了。阳明只注意到程颐（1033—1107）所说的“一草一木皆有理，须是察”[④]，却没有注意到程颐还说过“格物穷理，非是要尽穷天下之物，但于一事上穷尽，其他可以类推。……穷理如一事上穷不得，且别穷一事，或先其易者，或先其难者，各随人深浅，如千蹊万径，皆可适国，但得一道入得便可。所以能穷者，只为万物皆是一理，至如一事一物，虽小，皆有是理”。[⑤]阳明放弃格物，并认为天下之物本无可格，提倡只在身心上做，是“避繁难而就简易”。[⑥]

---

① 冯友兰：《中国哲学史》（下），北京：生活·读书·新知三联书店，2009年，第419页。其后所著《中国哲学简史》亦云：阳明“早年曾追随程朱理学，并决心依照朱熹的思想，从格竹子之理开始。为此，他七天七夜专心致志地求竹子之理，结果并无所悟。他被迫放弃格物这条路”。（冯友兰：《中国哲学简史》，赵复三译，北京：生活·读书·新知三联书店，2009年，第338—339页。）

② 张君劢：《王阳明：中国十六世纪的唯心主义哲学家》，江日新译，台北：东大图书股份有限公司，1991年，第3页。

③ ［日］冈田武彦：《王阳明大传：知行合一的心学智慧》（上卷），重庆：重庆出版社，2014年，第75页。

④ ［宋］程颢、程颐：《河南程氏遗书》卷十八，《二程集》，王孝鱼点校，北京：中华书局，2006年，第193页。张岱年说，程颐的格物致知方面，看起来像是科学的，或者是接近科学的方法，但与科学并不相关。因为科学是观察特例获得通则，是用感官和仪器对外物做精密的观察与检测，用的是归纳法则，而程颐的观察特例却只是用思维和体会，不是由特例归纳通则，不是由精密归纳得到结论，而只是恍然的觉悟，是把即物的直觉和理智的思辨结合起来的一种方法。［张岱年：《中国哲学大纲》（增订版），北京：中华书局，2017年，第689—690页。］

⑤ ［宋］程颢、程颐：《河南程氏遗书》卷十五，《二程集》，王孝鱼点校，北京：中华书局，2006年，第157页。

⑥ 张岱年：《中国哲学大纲》（增订版），北京：中华书局，2017年，第695页。

又如，北京大学哲学系中国哲学教研室著《中国哲学史》第八章说，年轻的阳明曾是程朱的信徒，并且有意要按照朱子的学说实行。在《传习录》下卷有这样的故事：阳明与一个朋友谈到做圣贤的问题，阳明说圣贤是要“格天下之物”的，但朱子并没有明确说怎么去格天下之物。他和朋友恰好看到了竹子，于是商量一起把竹子格来看看。阳明的那个朋友从早到晚地想要“穷格竹子的道理”，不过，三天下来也没见到竹子的道理，反倒得了病。阳明自己白天黑夜没有看到什么道理，过去了七天，也病倒了。于是，两位想要通过格竹子做圣贤的人同病相怜，叹息说：“圣贤是做不得的，无他大力量去格物了。”其后阳明还对格竹子进行了反思，认为天下的事物没有什么好格的，格物其实应该是在身心上努力。接下来，《中国哲学史》的作者评论道：从哲学史的视野来看，程朱所谓的“格物”的确有从一草一木、一事一物着手的意思，但主要内容并不在于一草一木，而是要通过格物来认识天理，也就是说格物所指在于社会的道德原则，而非科学知识。如果把格物理解为具体的科学知识，那就不是程朱学说的主要内容。阳明所谓格物，当然也不是要得到科学的知识，因为他根本就没有对竹子的科学观察，更没有对竹子培植的经验总结，他所做的无非是“面对竹子进行主观的冥想苦思，当然不可能得到任何竹子之理”。不仅如此，阳明得出的探求外物之理不可能，是“完全否认了客观规律”，其结论必然是“主观唯心论的”。①

哲学史家认为，阳明相信“心外无理”“心外无物”“心外无事”的主观唯心主义，格竹的故事恰恰就能说明这个问题。而这个故事却发生在阳明“早年曾经信仰程朱”的时期，似乎所谓的信仰成了一个说辞。同样的，我们看到劳思光《新编中国哲学史》中也存在这样的自我矛盾。劳思光按照《年谱》的记载挑出阳明的重要年历，其中就有：“1492年，廿一岁。据朱熹之说，以从事格物之学；格竹不得其理而遘疾，即在是年。”②劳氏说，观此及阳明十八岁拜访娄谅与二十七岁慕道士养生术等可知，“王氏自十八岁闻娄一斋论程朱之学，至二十七岁止，皆致力于程朱格物穷理工夫，但未能有得”。③劳思光认为，阳明探求朱子学不得只是在“圣贤有分”的才性限制观念上，并不是对程朱之学的内在理论缺陷有认识，更没有触及心性问题，真正触及心性与真性关系要到他三十七岁的龙场悟道之时。

按照劳氏所阐释的阳明的格物观念，格竹故事似乎又恰恰可以用来说明朱子学与阳明学的差异。劳氏云：“阳明所谓格物即是正行为。此点不待赘述。因物非外在事物之义，故若与朱熹之说比较，则可说阳明之物亦属内，而朱说之物方属外。但若就阳明自己之思想系统看，则说到格物时，方涉及此心面对世界之决定；亦可说，只到格物，方

① 北京大学哲学系中国哲学教研室：《中国哲学史》（第二版），北京：北京大学出版社，2015年，第324页。

② 劳思光：《新编中国哲学史》（三上），北京：生活·读书·新知三联书店，2015年，第298页。

③ 同上书，第301页。

涉及对外也。”[①]劳氏认为，将格竹所代表的外的格物，正是阳明思想成熟时对朱子学的理解。劳氏说，阳明《大学问》明言：“物者，事也。凡意之所发，必有其事。意所在之事谓之物。格者，正也；正其不正，以归于正之谓也。正其不正者，去恶之谓也；归于正者，为善之谓也。夫是之谓格。”这是阳明界定的“格”与“物”的意义，不仅与《大学》本文不同，与宋儒的解释也有差异，这才是阳明立说的特色之一，“落到日常工夫之下手处，便说格物”“格物重在具体活动上之实践”。[②]显然，劳氏一方面对阳明的学术思想进行了哲学的分殊，而一方面却将其分殊的阳明学术与阳明生平故事分离开来，也就是说，阳明本人的学术不能用来解释他的生活故事。这显然是哲学家阐释中的一个矛盾处。

综上，关于阳明格竹故事，有若干不同的版本，不仅有系年的差异，也有判断的异同。各种系年都有其历史资料的来源，都指向《年谱》。何种《年谱》的何种版本会造成这样不同的系年呢？民国以来，上述著述于阳明学之理解及其哲学思想之初步了解颇具影响，从中我们可以看到，无论在事实的确认还是在义理的辨析上，都存在差异。特别是，从哲学史家的论述中，我们会看到如果把这个故事看成一种哲学的隐喻的话，它就与哲学史家的论述相矛盾，故事的叙述反对了哲学的话语。因此，我们有必要对它再做进一步的考察。

二 天生的豪杰：群传中的阳明

我们所见，即我们所知。“当我们对世界进行描述的时候，我们就会看到，语言是怎样像筛子一样只允许现实中那些与我们已有的概念或词语对应的特征进入它的摹本。”[③]我们不仅用语言来塑造我们的世界，也用语言讲述历史的故事，而这种讲述本身就是一种语言世界的运转和世界形象的流转。世界不能静止，语言不会停歇，故事也必然不断更新。但是，当过往的故事成为陈迹的时候，我们又如何看待历史的摹本？当过去的故事成为笑谈的时候，我们又如何去追迹历史的荣耀？当新秩序看起来牢不可破的时候，我们又如何去欣赏过去的艺术？或许，它将不仅仅是一种语言的问题，更是一个生活世界的形象问题。这种形象，不仅决定了我们如何把握我们的过去，也指引我们如何进入历史的秩序。

毫无疑问，历史故事是我们了解过去的一种方式，它同时也是一种我们了解世界的隐喻。如果我们相信那些曾经在同一片天空下生活过的那些古人和我们一样为生活、为未来、为艺术而殚精竭虑过、迷茫过，那么，我们重新检视那些故事的时候，就会不仅

① 劳思光：《新编中国哲学史（三上）》，北京：生活·读书·新知三联书店，2015年，第322页。
② 同上。
③ 范景中：《附庸风雅和艺术欣赏》，杭州：中国美术学院出版社，2009年，第12页。

仅用一种“高人一等”的“俯视眼光”去嗤笑我们不知所云的细节，而是要用一种“感同身受”的“交流眼光”去尝试理解他们所述的语言。

阳明的生活世界是何等样貌？胡塞尔认为，生活世界的一般结构由两部分构成，其一是事物（人物与事件）与世界，其二是对事物（人物与事件）的意识。前者对我们而言是被给予的对象，后者则是我们所意识到的世界中的某物。①历史的存在，也是因为我们意识到了它的存在。而我们之所以意识到它，乃是因为借助于历史的典籍，我们对它有所体验，“人是被具体体验到的”。②就此而言，我们所知的阳明的生活世界，实际上是通过文本、想象和体验共同建构起来的。我们可以通过阳明本人的文字、他同时代人的记录，以及阳明的传记作品来了解。

从宋代到明代，有一种类型的书籍是知识人了解历史人物的重要来源，即《言行录》。最为著名者为朱子《五朝名臣言行录》十卷和《三朝名臣言行录》十四卷（两书合称《八朝名臣言行录》或《朱子名臣言行录》）。四库馆臣曾对朱子编纂《言行录》有所批评。余嘉锡《四库提要辨证》卷六提出了反批评，认为提要初稿作者看过书，而改定者纪昀或未观书：“盖原提要者尚知略观本书，纪氏则仅稍一涉猎，即捉笔疾书，以快其议论，而《前》《后》皆未寓目也，是亦难免果哉之诮矣。”③他还说：“《言行录》之体，皆采自群书，直录其文，无一事为朱子所自记。凡采录前人之文，有可删者，有不可删者，繁辞赘语，擘拇骈枝，去之而文省词洁，此可删者也；其词与事虽无甚关系，而去之则事迹遂无首尾，文义不相联属，譬之鹤颈虽长，断之则悲，此不可删者也。”④按照书史专家的看法，《言行录》这一类别的书籍，从朱子开始就是以收集所见书籍，将其中人物言论与故事材料抄录，汇集为一部书。作者以所能见到的材料为依据编订书籍，决定了这类书从一开始就具有人物传记资料汇编的性质。至于书中文字略有改动，那也是在一定限度内进行的。

中国传统的学问和思想体现在行事之中。也就是说，具体的人和事，构成了思想的主线，离开了具体的人和事，思想无以安放。钱穆说，这样的传统是从《论语》发源的，即便是宋明性理学家谈论义理，“其实也只紧扣具体的人和事上来讨论其义理之所在”。“我们可以说：中国思想，尤其是儒家思想，主要是从具体的实人实事上思人的”。⑤读书，也是要读传记；而编纂书籍，其中的一项重要内容就是人物的传记，通过传记显示实人实事。所以朱子说：“予读近代文集及记事之书，观其所载国朝名臣言行之迹，多有补于世教者。然以其散出而无统也，既莫究其始终表里之全，而又汩于虚浮怪诞之

① 胡塞尔：《欧洲科学的危机与超越论的现象学》，北京：商务印书馆，2017年，第179—180页。
② 同上，第284页。
③ 余嘉锡：《四库提要辨证》，北京：中华书局，2007年，第330页。
④ 同上，第335—336页。
⑤ 钱穆：《孔子与论语》，长沙：岳麓书社，2020年，第113页。

说，予尝病之。于是掇取其要，聚为此录，以便记览。尚恨书籍不备，多所遗阙，嗣有所得，当续书之。”[①]从朱子的《自叙》可见，撰写《言行录》的目的对撰述者本人而言就是为了记览，而对社会而言则有补于世教。其必要的条件是有大量可参考的书籍，朱子如此，后世亦是如此。朱子之后，学者多有续补之作。《书目答问·史部·传记类》分孔孟传记、汉至唐、宋元明和国朝四类。宋元明以来以朱子《名臣言行录》为典范，其后多种群传，如宋李心传《道命录》十卷、元苏天爵《元朝名臣事略》十五卷、徐开仕《明名臣言行录》九十五卷、王世贞《嘉靖以来首辅传》八卷、陈鼎《东林列传》、《国朝满汉名臣传》八十卷、《国朝先正事略》六十卷等“义例雅饬考证详核”之书。[②]《中国古籍善本书目》著录的存世的明代人编集的人物群传很多，比如尹直《皇朝名臣言行通录》、彭韶《皇明名臣言行录绎》、黄金《皇明开国功臣录》、杨廉《新刊皇明名臣言行录》《皇明理学名臣言行录》、徐纮《皇明名臣琬琰录》以及明徐咸《近代名臣言行录》《皇明名臣言行录》等。[③]这些群传“除参照历朝正史、实录资料之外，主要以诸家文集、墓志、行状、碑铭、家传、遗事、语录等作为第一手材料”。[④]晚清以后，《言行录》这类著作多不太为作家和读者看重，存世的诸多刻本藏于图书馆善本室，更多地成了历史考证的资料或者古籍版本的研究对象。

宋以后是书籍雕版的成熟发展期，因此《言行录》的撰写也大量使用了流通的官私著述，包括国史实录、别史杂史、文集笔记、碑志行状等等。从朱子的《名臣言行录》开始，这一类的群传主要是抄录所见名臣的相关资料汇编成书，那么这类书就为我们考察某些人物的特定事件提供了比较可靠的资料。我们可以从不同时代的故事从无到有，从有到无的演变中看到不同时代的读者所关心的故事内容，甚至可以见到某个特定时代

① ［宋］朱熹：《五朝名臣言行录自叙》，《朱子全书》第12册，朱杰人等主编，上海：上海古籍出版社，2010年，第8页。

② ［清］张之洞撰、范希增补正：《书目答问补正》，北京：中华书局，2018年，第110—113页。舒大刚《儒学文献通论》称：“由于朱熹的影响，后世学者也十分重视言行录的编纂，作者继踵，比较重要的有《皇朝名臣言行续录》8卷，［宋］李幼武撰；《四朝名臣言行录》26卷，［宋］李幼武撰；《皇朝道学名臣言行外录》17卷，［宋］李幼武撰；《名贤氏族言行类稿》60卷，［宋］章定撰；《南宋名臣言行录》16卷，［明］尹直撰；《皇明名臣言行录前集》12卷，《后集》12卷，《续集》8卷，［明］徐咸撰；《皇明名臣记》30卷，［明］郑晓撰；《名臣言行录新编》34卷，［明］沈庭奎撰；《皇朝理学名臣言行录》3卷，［明］崔铣撰；《皇明理学名臣言行录》2卷《续》1卷，［明］杨廉撰；《皇明名臣言行录》，［明］王宗沐撰；《国朝名臣言行略》，［明］刘廷元撰；《战国人才言行录》10卷，［明］秦论撰；《汉名臣言行录》8卷，［明］姜絅撰；《汉名臣言行录》12卷，［清］夏之芳撰；《临江先哲言行录》2卷，［清］龚守愚撰；《明名臣言行录》95卷，［清］徐开任撰；《明儒言行录》10卷，《续录》2卷，［清］沈佳撰；《国朝臣工言行录》26卷，［清］梁章钜撰；《国朝名臣言行录》30卷，［清］王炳燮撰；《历代名臣言行录》24卷，［清］朱桓撰；《二十二史言行录》42卷，［清］过元欧撰；《粤东名儒言行录》24卷，［清］邓淳撰。”（舒大刚：《儒学文献通论 下》，福州：福建人民出版社，2012年，第2073—2074页。）

③ 中国古籍善本书目编辑委员会：《中国古籍善本书目·史部》，上海：上海古籍出版社，1991年，第428—429页。

④ 俞樟华等：《古代假传和类传研究》，哈尔滨：黑龙江人民出版社，2015年，第291页。

的阅读特点。阳明是有明一代重要的理学名臣，在这类名臣的群传中就有他的传记。从我们研究的阳明来说，明清以来的多位作者所创作的明代《名臣言行录》就具有了这一典型的意义。我们首先要关注的是阳明在中进士之前的一段探索，因为这是阳明成为阳明的起点。

阳明以名臣的身份进入历史，是嘉靖朝的故事。因此，他在明代人所编辑的《名臣言行录》中最早出现的时代当是在此一时期。我们看到，明嘉靖二十八年（1549）施渐刻本徐咸《皇明名臣言行录后集》卷十有《尚书王公守仁传》。徐咸根据阳明的《文集》和黄绾撰写的《行状》等文献，从阳明为兵部主事谈起，讲述他的一生功业与言行。至于阳明的青年时代，徐咸在书中只提到他十五岁的故事：

“公十五岁时，梦中尝得句云：‘卷甲归来马伏波，早年兵法鬓毛皤。’莫知其谓。至是，舟至乌蛮滩。舟人指曰：‘此伏波庙前滩也。’公讶然，登庙礼拜如梦中所见，因读梦中诗，且叹‘人生行止不偶’云。”①

这一故事出自黄绾的《阳明先生行状》。②后来，钱德洪编纂的阳明年谱中亦有这一此事。他说，阳明“梦谒伏波将军庙，赋诗曰：‘卷甲归来马伏波，早年兵法鬓毛皤。云埋铜柱雷轰折，六字题文尚不磨’”。③又在嘉靖七年“谒伏波庙”条说：“先生十五岁时尝梦谒伏波庙，至是拜祠下，宛然如梦中，谓兹行殆非偶然。”④钱德洪等人编纂阳明年谱时也参考了黄绾为阳明撰写的生平简历，抑或者黄绾撰写的阳明生平资料就出自钱德洪等阳明身边的门人弟子，所以他们所讲述的故事几乎完全相同。

作者接着又抄录黄绾所撰《行状》一段评论，其文为：

“公天资绝伦，少喜任侠，长好词章，壮好仙释。既而好学，以斯道为己任，以圣人为必可学而至。虽处富贵，常有烟霞物表之思。视弃千金犹如土芥；藜羹珍鼎，锦衣缊袍，大厦穷庐，视之如一。真所谓天生豪杰，挺然特立于斯世，近古诚未见有其人如公者也。”⑤

黄绾《行状》中说：

“公生而天资绝伦，读书过目成诵。少喜任侠，长好词章、仙释。既而以斯道为己任，以圣人为必可学而至。实心改过，以去己之疵；奋不顾身，以当天下之难。上欲以其学辅吾君，下以其学淑吾民，惓惓欲人同归于善，欲以仁覆天下苍生。人有宿怨深仇，皆置不校。虽处富贵，常有烟霞物表之思，视弃千金犹如土

---

① ［明］徐咸：《皇明名臣言行录》，《续修四库全书》第520册，上海：上海古籍出版社，2002年，第316页。

② ［明］王阳明：《王阳明集》，王晓昕等点校，北京：中华书局，2016年，第1212页。

③ 同上书，第1026页。

④ 同上书，第1115页。

⑤ ［明］徐咸：《皇明名臣言行录》，《续修四库全书》第520册，上海：上海古籍出版社，2002年，第316页。

芥；藜羹珍鼎，锦衣缊袍，大厦穷庐，视之如一。真所谓天生豪杰，挺然特立于世，求之近古，诚所未见者也。”①

编集进阳明《全书》的黄绾文字，与编集进《黄绾集》中的文字除了个别字的差异外，基本保持一致，我们有理由相信徐咸在抄录史料时是做了加工处理的。至于徐咸何以要将“实心改过”云云删去，他有何考量？我们并不清楚其中缘由。或许《言行录》一类的著作在编纂时对原始材料都要经过类似的处理。

徐咸的《名臣言行录》在嘉靖时广为流传，有多种不同的刻本传世。《中国古籍善本书目》著录《近代名臣言行录》有明嘉靖十一年刻本（4679）、明万历十六年张程刻本（4680）两种版本；《皇明名臣言行录前集十二卷后集十二卷续集八卷》有明嘉靖三十九年侯东、何思刻本（4681、4682）。②该书又有一由阳明后学王宗沐资助刊行的嘉靖三十二年（1553）刻本，即《皇明名臣言行录》十四卷。王氏云：“广西臬台旧刻《本朝名臣言行录》，自徐武宁王而下，凡一百人。至嘉靖癸丑（三十二年，1553）六月，宗沐得海盐本，复益以郭威襄公而下四十三人。盖始具备，使观者得详考焉。临海后学王宗沐识。”③这一版本中，王阳明传记在最末一卷。两种不同版本的《皇明名臣言行录》中的《王守仁传》文字基本上是一致的。该书标记了阳明传记所引资料出处：黄绾撰《行状》、门人徐爱序（即《传习录序》）、《文集》（即《阳明先生文录》）、《状志略》。可见，基本上都是阳明本人著述及后人撰写的碑传记录等。

四库馆臣将徐咸的这部书做“存目”处理。四库馆臣说：“《名臣言行录前集》十二卷、《后集》十二卷。浙江范懋柱家天一阁藏本。明徐咸撰。咸，海盐人，正德辛未进士，官至襄阳知府。先是，丰城杨廉本彭韶《名臣录赞》撰《名臣言行录》四卷，所载凡五十五人。咸亦纂《近代诸臣言行录》凡四十八人。余姚魏有本官河南巡抚时，尝合刻之。及咸归里之后，病其未备，重为纂辑。于杨录增十六人，于己所录者亦增二十五人，分为前后二集，自为序，记其始末，而仍以魏有本初刻之序弁于书首云。”④《续修四库全书总目提要》说：“明代名臣言行录之作，先有谢铎《名臣事略》、彭韶《名臣录赞》，复有杨廉《名臣言行录》、徐纮《名臣琬琰录》等，徐咸仿之，于嘉靖十年（1531）编纂《近代诸臣言行录》，收英宗、宪宗、孝宗、武宗四朝人物四十八人，以为皆足士君子立身立朝之法程。徐录成书后，与杨录分别梓行。嘉靖二十年（1541），魏有本巡抚河南，以杨、徐二录合刻为一书，一遍观览，且撰书序述其源流。徐咸致仕后，或谓

① ［明］黄绾：《黄绾集》卷二十四，张宏敏编校，上海：上海古籍出版社，2014年，第482页。

② 中国古籍善本书目编辑委员会：《中国古籍善本书目·史部》，上海：上海古籍出版社，1991年，第429—430页。

③ 国家图书馆藏有此本。又见沈津：《美国哈佛大学哈佛燕京图书馆中文善本书志》，上海：上海辞书出版社，1999年，第178页。

④ ［清］永瑢等：《四库全书总目》卷六十一，北京：中华书局，2003年，第552页。

二录均有可续录者，于是稽之传志，参之野史，质之舆议，重加纂辑。杨录原收五十五人，徐为增补十六人，作为《前集》，于杨录所遗之事则增入之，文字繁芜之处则删削之；而于已录四十八人外复增二十五人，作为《后集》，总名《皇明名臣言行录》。书成后，又得郑晓商榷订正，嘉靖二十八年由无锡施渐刊刻行世。”①

徐咸编纂《名臣言行录》有几个阶段。起初，他编纂《近代名臣言行录》十卷，录明英宗、宪宗、孝宗和武宗四朝明人四十八人，“虽其事功所就不无大小之差，然志行风节，才猷学识，充养磨砺，卓尔不群，皆足为士君子立身立朝法程也。”（嘉靖十年徐咸《近代名臣言行录序》）这时尚未选录阳明。之后，他撰集该书《续集》，将阳明的故事收入其中。徐咸的这篇阳明传记文字，也成为较早的关于阳明的生平及其学术思想的群传记录。②后来，雷礼（1505—1581）《国朝列卿纪》卷五十③、过庭训（1574—1625）《本朝分省人物考》卷五十等晚明人撰写的史籍中关于阳明的传记文字皆受徐咸《皇明名臣言行录》的影响。

其中，《国朝列卿纪》卷五十用了六百余字讲述青年阳明的故事：

> 王守仁字伯安，浙江绍兴府余姚县人。父华，成化辛丑状元，仕至南京吏部尚书，封新建伯。母郑氏，孕十四月而生。将诞之夕，祖母岑氏梦天仙抱一赤子乘云而来，导以天乐，至屋檐呼岑与之。岑失手堕地，蹶不能啼。岑以生气嘘口，少顷而啼。岑惊寤，即其初诞啼声。既诞，果蹶。少顷，岑以生气嘘之而苏。郑自乳之。忽乳竭，梦神女为乳，乳遂溢。父华以梦云之祥，故名之曰云。生六岁不能言。一日出戏于门，有老僧过，以手摩其顶曰：“有此宁馨儿，却被名字叫坏了。”郑语华，改今名，遂能言，而颖异顿发。年十一，大父携之上京，过金山，作诗曰：“金山一点大如拳，打破维扬水底天。醉倚妙高台上月，玉箫吹彻洞龙眠。”已而，从塾师读书。出游市上，与鬻雀者争。有相者见而异之，以钱买其雀与之，送归书馆，谓塾师曰：“此子他日官至极品，当立异等功名。”因遍阅同馆诸小生，第其官阶崇卑显晦，后皆悉验。年十三，父为会试考官，随入试场，即能阅卷，评品高下皆当。性豪迈不羁，喜任侠。畿内有石英、王勇之乱，久不能扑，欲以计令侠侣往擒之。又湖广有石和尚、刘千斤之乱，辄为书，欲献于朝，请往征之。父华皆

① 傅旋琮：《续修四库全书总目提要·史部》，上海：上海古籍出版社，2014年，第219页。

② 作者还提到了阳明的遗言：“公属纩之际，家童问何所嘱。公曰：‘我它无所念，平生学问，方才见得数分，犹未能与吾党共成之，为可恨耳。’”这是关于阳明的另一重要传奇故事。（［明］徐咸：《皇明名臣言行录》，《续修四库全书》第520册，2002年，第316页。）

③ 雷礼云：“守仁天资绝伦，读书过目成诵。少喜任侠，长好词章，壮好仙释。既而好学，以斯道为己任。以圣人为必可学而至，实心改过，以去己之疵。奋不顾身，以当天下之难。上欲以其学辅吾君，下欲以其学淑吾民。惓惓欲人同归于善，欲以泽覆天下苍生。人有宿怨深仇皆能忘之而不较，虽处富贵常有烟霞物表之思，视弃千金犹如土芥，藜羹珍鼎、锦衣缊袍、大厦穷庐，视之如一。真所谓天生豪杰，挺然特立于斯世者，近古诚未见其比云。”

力止之。年十七，至江西成婿于外舅养和诸公官舍。明年，谒一斋娄先生，异其质，语以所当学，而又期以圣人为可学而至。由此，遂毅然有学为圣人之志，然任侠之气未能遽除。弘治壬子年二十一，中浙江乡试。会试二科不第，乃学兵，往塞外观山川，学骑射。己未登进士第，观政工部。乃与太原乔宇，广信江俊，河南李梦阳、何景明，姑苏顾璘、徐祯卿，山东边贡诸公，以才名争驰骋，学古诗文。①

我们看到，雷礼尽可能地将阳明自出生至中进士的这一段经历中独特的故事记录下来。既有梦中送子、改名能言等传闻，也有官至极品的预言，还有早期任侠的故事等。雷礼书中并没注明这些传闻从何而来，但按照雷礼这种喜欢记录奇闻的习惯，并没有《年谱》中记录的阳明早期趣闻，当是未曾经眼阳明《年谱》一书。雷礼之所以要编纂该书，是出于一种士人的职业自觉。他说："予叨禄于朝，思景前修以尽职守，因查自国初启运至嘉靖四十五年终，凡文臣历任中书省、御史台及殿阁部院府司寺监各堂上官，并各处总督、巡抚，循世系录为年表，俾居其官者鉴已往之得失，知所以劝惩焉。"②顾起元《国朝列卿纪序》说："丰城司空雷公在肃皇帝朝，与海盐郑公同以练习掌故著声一代，垂意典述，既总本朝因革用舍之大政，次而为记。又取开国以来中书省辅臣六曹诸司以下，其人与事，论而列之。取材于志录，稽世于谱牒日月，批寻排缵成集，系牵绳贯，比事属词，正纂而外，旁及群书，凡有所关，悉採掇。其或事无可考，亦具存其姓名，名曰《国朝列卿纪》。""隆庆而后，公谢政家居，所纪第书名目以俟后之君子，而寻逝矣。"③《四库全书总目》云：

《列卿纪》一百六十五卷。浙江巡抚采进本。明雷礼撰。礼有《六朝索隐》，已著录。是书胪列明代职官姓名，起自洪武初，终于嘉靖四十五年。凡内而内阁、部院以至府、司、寺、监长官，外而总督、巡抚，皆以拜罢年月为次。上标人名，而各著其出身、里籍，于下为《年表》。又于《年表》之后附载其居官事迹为《行实》。《年表》但以次题名，不用旁行斜上之例。《行实》略仿各史《列传》，而又不详具始末，止书其事之大者而已。惟第八卷至十三卷为《内阁行实》，颇为详备，论断亦多持公道。如谓解缙等尽忠纳诲，而责其不能死建文之难；谓陈山存心险刻，临事乖方，《明史》颇采之。独史谓陈文猥鄙无所建白，而礼称其政体多达，励德未昭。文，庐陵人，与礼同乡。盖曲徇桑梓之私，非公论矣。④

如果我们读到的是这些群传，我们所见的阳明形象是一代豪杰。当然，这两部明代名臣的群传从清乾隆年间编纂《四库全书》时就已经成为"存目"类书籍，这两部书的价值也就不太为古籍研究者所重视，当然也更不为阳明学者所熟悉了。然而，我们从

① [明]雷礼：《国朝列卿纪》，《四库全书存目丛书 史部》第93册，济南：齐鲁书社，1995年，第479页。
② 同上书，第92册，第434页。
③ 同上书，第92册，第425—426页。
④ [清]永瑢等：《四库全书总目》，北京：中华书局，2003年，第554页。

上述两部书关于阳明的事迹记载来看，其特点是很明显的，即他们都保存了在嘉靖时代士人对于阳明的形象的看法。如果我们要了解这一时期的阳明形象，从这两部书可窥一斑。更为重要的是，两部书的阳明传记和后来的其他版本阳明传记有着故事内容的差异，说明了书籍的制作与传播对于阳明形象有着至为关键的影响。

这时，阳明门人尚未完成《年谱》的编集，群传作者在编订阳明生平事迹时，所依据的有传闻和所传闻两部分。其中，所传闻的主要资料来源是阳明本人的著作，以及他的朋友们所撰写的各种文字，比如黄绾所撰《行状》等等。以上可见，晚明学人，特别是撰写名臣群传的那些作家们，他们蒐罗逸事时尚未记录格竹的阳明。他们不像民国以来的学者那样，能够看到不同版本不同内容的阳明《年谱》。

三　格物与词章：《年谱》的逻辑

《全书》附录《年谱一》所记录的王阳明“官署格竹”故事如下：

> 五年（1492）壬子，先生二十一岁在越。举浙江乡试。〇是年为宋儒格物之学。先生始侍龙山公于京师，遍求考亭遗书读之。一日，思先儒谓“众物必有表里精粗，一草一木皆涵至理”，官署中多竹，即取竹格之。沉思其理，不得，遂遇疾。先生自委圣贤有分，乃随世就辞章之学。明年春，会试下第。①

《全书》之《年谱》出自阳明门人钱德洪、王畿和罗洪先等人之手。现存两部嘉靖刻本，即天真书院刻本和赣州刻本。《阳明先生年谱》与《全书》系于同年，但有文字上的细微差别。天真书院本是胡宗宪资助，钱德洪主持的刊本，其文为：

> 五年壬子，先生二十一岁。举浙江乡试。是年先生为宋儒格物之学。始，龙山公如京师，先生在侍。至则遍求考亭遗书读之，欲通其源。一日，思先儒谓“众物必有表里精粗，一草一木皆涵至理”，官署亭中多竹，乃取竹格之。求其理不得，即沉思不止，遂遇疾。先生自委圣贤有分，非吾人所及，乃随世就辞章之学。明年春，会试下第。（天真书院本《阳明先生年谱》卷一，第5—6页）

江西赣州刻本是周相资助，罗洪先主持的刊本，其文为：

> 五年壬子，先生二十一岁在越。举浙江乡试。〇始，在京师遍考亭遗书读之，因思先儒谓“众物必有表里精粗，即一草一木皆涵至理，不可不察”，官署前多竹，乃取竹格之。苦求其理不得，病作而止。乃贬志为辞章之习。明年春，会试下第。（周相序江西刻本《阳明先生年谱》卷一，第5—6页）

三部《年谱》都说阳明格竹故事与他读朱子著作有关，是阳明在北京发生的故事，

---

① ［明］王阳明：《王阳明全集》（新编本）卷三十二，吴光等编校，杭州：浙江古籍出版社，2010年，第1228页。

是他思考朱子一草一木涵有至理时进行的试验，试验的结果是阳明从格物转向了辞章，最终导致了会试的落榜。三部年谱中的竹子都取自官署，但有官署前、官署中和官署亭中的差异。

天真书院本和《全书》本又指出阳明是在弘治五年开始探索格物之学。而所谓格物之学，年谱编纂者皆认为就是朱子之学，也就是可以在“众物”中寻“至理”之学。其后，施邦曜《阳明先生集要》所附《年谱》则将格竹事系于弘治二年（1489），并去掉了竹子来源地：

> 二年己酉，先生十八岁。十二月，以夫人诸氏归余姚，舟过广信，谒娄一斋谅，语格物之学，先生甚喜，以谓圣人必可学而至也。后遍读考亭遗书，思诸儒谓“众物有表里精粗，一草一木皆具众理”，因见竹，取而格之，沉思不得，遂被疾。[①]

亦有其他作者编集阳明全集或年谱时取消了格竹故事者。比如李贽重新编纂的《阳明先生年谱》无此故事。李氏《年谱》在弘治二年条说：“二年己酉，先生十八岁。十二月，夫人诸氏归余姚。舟至广信，谒娄一斋谅，语格物，谓圣人必可学。”[②]清康熙癸丑（十二年，1673）俞嶙刻本《王阳明先生全集·凡例》说：“先生《年谱》，自稺齿而强壮，自穷约而通类，一生之功名事业，统备于斯。当日猛人簪笔而纪之，镂板而传之，欲以《年谱》不朽先生，而其实先生自足不朽也。但刻于江州之匡山书院者，仅有专书而不及文集，予并文集汇为一书，使学者开卷递阅知其先时立志者若何，后来立业者若何，纤悉俱详，庶无遗憾。”俞嶙编集的这部《王阳明先生全集》首有《年谱》，亦与李贽所辑《年谱》类似，没有格竹故事，只是在弘治二年条说：“二年己酉，先生十八岁。十二月，以夫人诸氏归余姚，舟过广信，谒娄一斋谅，讲格物之学，先生甚喜，以为圣人必可学而至也，遂深契之。”[③]在不取格竹故事的传记作者来说，阳明学的宗旨用他生平行事来表现，不需要用一些隐喻故事来表达。

阳明年谱编纂经过了漫长的收集资料、整理文献和反复校定的过程。阳明去世后即有薛侃等人主张编纂阳明年谱，以保存阳明事迹，传播阳明学术。《年谱》附录说：“师既殁，同门薛侃、欧阳德、黄弘纲、何性之、王畿、张元冲谋成《年谱》，使各分年分地搜集成稿，总裁于邹守益。越十九年庚戌（嘉靖二十九年，1550），同志未及合并。

① ［明］王守仁著，［明］施邦曜辑评，王晓昕、赵平略点校：《阳明先生集要》，北京：中华书局，2008年，第4页。点校者已经注意到了《全书》本与《集要》本之间的差异：“更有甚者，关于阳明年轻时那件最为可笑的‘格竹之举’的记载，《全书》年谱载为弘治五年，《集要》年谱则记在弘治二年。”“《集要》与《全书》的这些差异，正反映其具有不可忽视的史料价值。”（王晓昕：《阳明先生集要》前言，第19页）

② ［明］李贽：《阳明先生年谱》，北京图书馆《北京图书馆藏珍本年谱丛刊》（第43册），北京：北京图书馆出版社，1998年，第84页。

③ ［清］俞嶙辑：《王阳明先生全集·年谱》，国家图书馆藏清康熙十二年（1673）刻本，第3页。

洪（钱德洪）分年得师始生至谪龙场，寓嘉义书院，具稿以复守益。”①1529年到1550年，是阳明门人分头收集资料的时间，到了1556年阳明门人聚会青原山，钱德洪建议《年谱》撰集者统稿。邹守益《天真仰止祠记》说：“嘉靖丙辰（三十五年，1556），钱子德洪聚青原、连山之间，议葺《阳明先生年谱》。”②随后，邹守益致书钱德洪，要他将龙场以后的部分的稿子也加以修饰，但撰稿及统稿进度都比较缓慢。“壬戌（嘉靖四十一年，1562）十月，至洪都而闻守益讣。”失去了邹守益的主持，钱德洪随即请求罗洪先的加入，最终在1562年完成了《年谱》初步统稿，最后钱德洪和王畿、张叔谦、王新甫、陈大宾、黄国卿、王健等校阅，并于嘉靖四十二年（1563）完成了《年谱》的首次刊刻。③

关于《年谱》的编纂，钱德洪明确表示“其事则核之奏牍，其文则禀之师言，罔或有所增损。若夫力学之次，立教之方，虽因年不同，其旨则一。……后之读谱者，尚其志逆神会，自得于微言之表，则斯道庶乎其不绝矣”。④可见，《年谱》作者的本意并非刻意将阳明一生之事全部系年安排，也不是要为世人提供一部可资证的阳明一生史证之书，他们写作的主要目标是要弘扬阳明学之旨，知其旨则或有系年之误亦无妨也。罗蒂说：“通过把普遍项内在化来认知普遍真理的隐喻，正如身体的眼睛通过把个别项的颜色和形态内在化认识个别项一样，一旦被提了出来，就会有力地成为农夫相信影中有生命的思想替代物。”⑤就这样，后世学人看待《年谱》在一定程度上将它视为“正史”，希望通过考据来重新确认阳明及其学术的历史。因此，作者之旨和读者之需存在着天然的区隔，考据家们从《年谱》中找到的一条条证据，会按照他们的设想填补他们所理解的阳明学（心学）体系的框架之中。对此，曾经参与《年谱》最后定稿，并且为它的出版积极奔走的阳明门人王畿（1498—1583），就在《年谱序》中提醒我们：

> “年谱者何？纂述始生之年，自幼而壮，以至于终，稽其终始之行实而谱焉者也。其事则仿于《孔子家语》，而表其宗传，所以示训也。《家语》出于汉儒之臆说，附会假借，鲜稽其实，致使圣人之学黯而弗明，偏而弗备，驳而弗纯，君子病焉。求其善言德行，不失其宗旨，莫要于《中庸》，盖子思子忧道学之失传，发此以诏后世，其言明备而纯，不务臆说；其大旨在于‘未发之中’一言，即虞廷道心之微也。”⑥

年谱的写作，稽考一人生活的事迹，对人的一生进行文字的回顾。但对于一个学人而言，撰述他的年谱，更重要的是要通过他的一生揭示他的学术思想，要对他学术的缘

---

① ［明］王守仁：《王阳明集》，王晓昕、赵平略点校，北京：中华书局，2016年，第1141页。
② 同上书，第1138页。
③ 同上书，第1141页。
④ ［明］钱德洪：《阳明先生年谱序》，同上书，第1149页。
⑤ 罗蒂：《哲学和自然之镜》，李幼蒸译，北京：商务印书馆，2017年，第42页。
⑥ ［明］王畿：《刻阳明先生年谱序》，［明］王守仁：《王阳明集》，北京：中华书局，2016年，第1150页。

起、发展和创造有一个时间的脉络叙述。对于阳明弟子而言，阳明是孔子的门徒，是宗传了儒学真谛的大儒，因此他的年谱必然要仿照孔子的年谱来制作。孔安国说："《孔子家语》者，皆当时公卿士大夫及七十二弟子之所谘访、交相对问言语者，既而诸弟子各自记其所问焉，与《论语》《孝经》并时。弟子取其正实而切事者，别出为《论语》，其余则都集录之，名之曰《孔子家语》。凡所论辨，流判较归，实自夫子本旨也。"[①]（《孔安国后序》）对此，后世学人多以为是附会传说，甚至以为这篇后序都出自三国魏人王肃，是有名的"伪书"。[②]但它的确是记录孔门的重要史料。孔安国还说："窃惧先人之典辞遂泯灭，于是因诸公卿士大夫，私以人事募求其副，悉得之。乃事类相次，撰集为四十四篇。"[③]

《孔子家语》并非出自孔子门人，而是到了汉代才有儒者据传闻加以编订，其中自然也就存在各种臆说、附会之处，特别是这部书成于孔子取得了圣人宗师地位之后，极有可能还是出于王肃之手，无论是内容的准确性，还是编排的合理性，都存在这样那样的问题，也就造成了后世的困惑。晚明时代的知识人尚未以之为伪书。王畿虽然称它是一部后世学人的再制作，但它为后世的《年谱》写作提供了正反两方面的示范。反面的教训是，年谱写作要尽可能地传递学人的学术宗旨，要如《中庸》一般，将学人的学术主张明白无误地表达出来，不能如《孔子家语》一般做附会臆说，让人生疑，甚至人为制造许多困惑。正面的经验是，年谱的写作应该要呈现学人的事迹，要将他一生的学术在事的世界中呈露出来，见诸行事的学问，才是真正意义上的儒者之学。

就《孔子家语》这部书而言，它在儒学史上有着很重要的地位，但是书籍本身和后世的争议存在直接的关联，甚至给儒学带来了不良的影响，因此这一著作除了它的经典价值之外，还有书籍编纂的启示，即编集圣贤的著作，必须要有一种审慎的态度，这既是对学术负责，更是对后人负责。由此，我们也可以确定一个问题，即心学家们，特别是阳明及其门人对于著作本身是持一种相当谨慎的态度的。这也就是为何阳明一众门人

① ［魏］王肃：《孔子家语》，北京大学《儒藏》编纂与研究中心《儒藏精华编》一八〇，北京：北京大学出版社，2014年，第207页。

② 张心澂：《伪书通考》，上海：上海书店出版社，1998年，第607—654页。张心澂认为儒家类的古书中，《晏子》《孔子家语》《曾子》《子思子》《荀子》《孔丛子》《新语》《贾谊新书》《新序》《说苑》《女诫》《忠经》《文中子》《千秋金鉴录》《渔樵问答》《潜虚》《伊川粹言》《浩斋语录》《玉溪师传录》《性理字训》《研几图》《言子》《薛子道论》《性理综要》《性理标题汇要》等书皆为伪书。要么不是所题作者的自撰，要么直接就是伪书，要么是后人编辑，要么有增添部分，要么是疑伪，要么非原本，要么把作者写错，要么是从其他书中摘录而来，要么编者不清楚，要么是其他书改了名字等。《孔子家语》《孔丛子》《文中子》等他认定必是伪书，原因是从唐代以来就有很多人说《孔子家语》这部书只是王肃编纂的，是王肃为了特殊的目的，即攻击经学家郑玄而假托孔子及其后裔孔安国而作的一部书。既然有很多史料谈及此书有问题，定是王肃编辑的伪书。此书伪与不伪不是我们所关注的问题，也不是王畿在其文中所关心的问题。

③ ［魏］王肃：《孔子家语》，北京大学《儒藏》编纂与研究中心《儒藏精华编》一八〇，北京：北京大学出版社，2014年，第207—208页。

编定的《传习录》《阳明先生年谱》《王文成公全书》等受后世推重的一个原因。

王畿还说：

"友人钱洪甫氏与吾党二三小子，虑学脉之无传而失其宗也，相与稽其行实终始之详，纂述为谱，以示将来。其于师门之秘，未敢谓尽有所发；而假借附会，则不敢自诬，以滋臆说之病。善读者以意逆之，得于言铨之外，圣学之明，庶将有赖，而是谱不为徒作也已。故曰所以示训也。"①

可见，王畿认为年谱之作匪易，一不小心即成为臆说；年谱之实乃在示训，所谓示训者，则在人以之为训可也，其得在于言诠之外也。倘若不以之为训，不以意逆之，考据起来，可能就会存在一些免不了的麻烦。

在上述有阳明格竹故事的传记文字中，格竹是科举考试相关的。"格物之学"和"词章之学"，对晚明学人来说，是不言而喻的词汇。明初洪武三年（1370）开科举，朱元璋的诏书说："朕闻成周之制，取材于贡士，故贤者在职，而其民有士君子之行，是以风淳俗美，国易为治，而教化彰显也。汉唐及宋科举取士，各有定制，然俱贵词章之学，未求六艺之全。……自洪武三年八月为始，特设科举，以取怀材抱德之士，务在明经行修，博古通今，文质得中，名实相称。"②（《明史纪事本末补编卷二·科举开设》）这里"词章之学"是"六艺"的一部分，也是科举考试重点考察的科目。显然，"词章之学"并非我们所理解的诗词写作之类的学问，也不单是文学及其创作。

郑樵在《原学篇》中说："何为三代之前学术如彼，三代之后学术如此。汉微有遗风，魏晋以降日以陵夷。非后人之用心，不及前人之用心，实后人之学术，不及前人之学术也。后人学术难及，大概有二：一者义理之学，二者辞章之学。义理之学尚攻击，辞章之学务雕搜。耽义理者，则以辞章之士为不达渊源；玩辞章者，则以义理之士为无文彩。要之，辞章虽富，如朝霞晚照，徒焜耀人耳目；义理虽深，如空谷寻声，靡所底止。二者殊涂而同归，是皆从事于语言之末，而非为实学也。所以学术不及三代，又不及汉者，抑有由也。"③（郑樵《通志·图谱略》）郑樵把义理与词章对举，认为不管是义理之学，还是词章之学，都与读书写作有关，是一种以语言创作为主的学术。这两者是三代以后的学术分裂孳乳的结果，但两者皆非实学，因此不如三代之学。郑樵所谓的"义理之学尚攻击，词章之学务雕搜"，说明了前者所追求的是讲明道理的精细和探求意义的深入，以及渊源有自的传承；后者追求的是文辞的华丽和知识的广博，以及繁富的说明。这是知识生产的不同路径。

阳明说，战国以后，儒者蒐集先圣王的典章法制，希望能够挽回先王之道，但是长

① ［明］王畿：《刻阳明先生年谱序》，［明］王守仁：《王阳明集》，王晓昕、赵平略点校，北京：中华书局，2016年，第1152页。

② ［清］谷应泰：《明史纪事本末》，北京：中华书局，2015年，第1523页。

③ ［宋］郑樵：《通志二十略》，北京：中华书局，1995年，第1827页。

期以来的霸术积习，儒者早已经习染其中，“于是乎有训诂之学，而传之以为名；有记诵之学，而言之以为博；有词章之学，而侈之以为丽。若是者纷纷籍籍，群起角立于天下，又不知其几家，万径千蹊，莫知所适。……记诵之广，适以长其敖也；知识之多，适以行其恶也；闻见之博，适以肆其辨也；辞章之富，适以饰其伪也”。[①]阳明一如郑樵，也把后世的知识生产与道德人心相对举，认为作为知识生产的学术，在三代以后分化成了训诂、记诵和词章等不同的方向。而知识的生产进步，并不见得就是道德秩序的进步。在阳明看来，知识不等于道德；同样，道德也不等于知识。所谓心学，所谓致良知是重建道德秩序，而不是建构一种知识秩序。但是，当阳明学成为一门学说之后，它必然被收纳到知识的秩序体系之中，心学的力量也就变成了知识秩序的力量。这也是儒家学术之所以能够维系数千年而不灭的精神所在。焦竑《澹园集卷四·原学》：“夫学，何为者也？所以复其性也。人之为性，无舜跖，无古今，一也，而奚事乎学以复之也？曰：性自明也，自足也，而不学则不能有诸己。故明也而妄以为昏也，足也而妄以为歉也，于是美恶横生而情见立焉。……其流有四，离性则一，故有清虚之学焉，有义理之学焉，有名节之学、词章之学焉。其蔽也，日疲于学而不知所学为何事，此岂学者之罪哉。知学而不知其所以学故耳。”[②]曾国藩在家书中谈到：“穷经必专一经，不可泛骛。读经以研寻义理为本，考据名物为末。”[③]他认为之所以要如此，是因为：“经以穷理，史以考事。舍此二者，更别无学已。盖自西汉以至于今，识字之儒，约有三途：曰义理之学，曰考据之学，曰词章之学。各执一途，互相诋毁。兄之私意，以为义理之学最大。义理明则躬行有要，而经济有本。词章之学，亦所以发挥义理者也。考据之学，吾无取焉。此三途者，皆从事经史，各有门径。”[④][道光二十三年（1843）正月十七日《致澄弟温弟沅弟季弟》]

“格物之学”，也就是所谓的格致之学。对格物之学最经典的论述出自朱子《大学章句》，即“所谓致知在格物者，言欲致吾之知，在即物而穷其理也。盖人心之灵莫不有知，而天下之物莫不有理，惟于理有未穷，故其知有不尽也。是以《大学》始教，必使学者即凡天下之物，莫不因其已知之理而益穷之，以求至乎其极。至于用力之久，而一旦豁然贯通焉，则众物表里粗精无不到，而吾心之全体大用无不明矣。此谓格物，此谓知之至也”。[⑤]这是有名的“格物补传”，而这是造成明代心学产生的一个关键的文本。除了在《大学章句》中有格物说之外，《朱子语类》中也有相关的记载，如朱子门人贺孙

① ［明］王守仁：《传习录》中，《王阳明集》，王晓昕、赵平略点校，北京：中华书局，2016年，第52页。

② ［明］焦竑：《澹园集》，李剑雄整理，北京：中华书局，1999年，第18页。

③ ［清］曾国藩：《曾国藩全集第20册 家书之一》，长沙：岳麓书社，2011年，第48页。

④ 同上书，第49页。

⑤ ［宋］朱熹：《四书章句集注·大学章句》，北京大学《儒藏》编纂中心《儒藏精华编》一一〇，北京：北京大学出版社，2008年，第18页。

记:“‘致知，则理在物，而推吾之知以知之也；知至，则理在物，而吾心之知已得其极也。’或问:‘理之表里精粗无不尽，而吾心之分别取舍无不切。既有个定理，如何又有表里精粗?’曰:‘理固自有表里精粗，人见得亦自有高低浅深。有人只理会得下面许多，都不见得上面一截。这唤做知得表，知得粗。又有人合下便看得大体，都不就中间细下工夫，这唤做知得里，知得精。二者都是偏。故《大学》必欲格物致知，到物格知至，则表里精粗无不尽。’”①作为道统所系的朱子，他的学说在元代以后成为士人标准教科书，他的相关论述也就成了当时知识阶层的共识。我们也就有理由相信，阳明门人在撰集阳明年谱时，自觉使用的话语就是当时知识人所熟悉的话语。在这一话语体系中，格物之学也就有了它的特殊意涵。

阳明在弘治五年（1492）参加了浙江乡试，并且成为举人。他写的考试文字如何呢？可以从他写的一道《中庸》题“《诗》云‘鸢飞戾天’”见其一斑:

《中庸》即《诗》而言一理充于两间，发费隐之意也。(破题)

盖天地间皆物也，皆物则皆道也，即《诗》而观，其殆善言道者，必以物欤。(承题)

今夫天地间惟理气而已矣，理御乎气，而气载于理，固一机之不相离也。奈何人但见物于物，而不能见道于物；见道于道，而不能无物不在于道也。尝观之《诗》而得其妙矣，其曰:“鸢飞戾天，鱼跃于渊。”(起讲)

言乎鸢鱼，而意不止于鸢鱼也；即乎天渊，而见不滞于天渊也。(起比)

为此诗者，其知道乎?(出题)

盖万物显化淳之迹，吾道溢充周之机。(入讲)

感遇聚散，无非教也；成象效法，莫非命也。际乎上下，皆化育之流行；合乎流行，皆斯理之昭著。(中二小比)

自有形而极乎其形，物何多也，舍之而愈光者，流动充满，一太和保合而已矣；自有象而极乎其象，物何赜也，藏之而愈显者，弥漫布濩，一性命各正而已矣。(中比)

物不止鸢鱼也，举而例之，而物物可知；上下不止于天渊也，扩而观之，而在在可见。(后比)

是盖有间不可遗之物，则有无间不容息之气；有无间不容息之气，则有无间不可乘之理。(束比)

其天机之察于上下者，固如此乎。②(收结)

对阳明的这篇制义文字，俞长城《可仪堂一百二十名家制义》评论说:“道理明莹，

① [宋]朱熹著，朱杰人等主编:《朱子语类》卷十六,《朱子全书》第14册，上海：上海古籍出版社，2010年，第512页。

② [清]方苞编、王同舟等校注:《钦定四书文校注》，武汉：武汉大学出版社，2009年，第41页。

文境挥洒，不待修琢，自然精到。”[①]方苞辑录李光地评语：“不从‘飞’‘跃’两字著机锋，是前辈见理分明处。”方氏评论：“清醇简脱，理境上乘。阳明制义，谨遵朱注如此。”[②]这样的制义文字，我们今天已经很难欣赏。“文字能清楚地看见，但变成了我不懂的语言。”[③]但它却是明代文学最典型的文体，也是最流行的文体，甚至可以说是有明一代最有代表性的文学样式，是明代文学的主干。[④]阳明在这个文学体裁中的尝试也是相当突出的，被后来的八股文选家当作范文。[⑤]

此文可见阳明对于朱子学之格物说是熟稔于胸，此篇中所提及的万物皆道、天地唯理、理气关系等皆本朱子《四书章句集注·中庸章句》。朱子云：“子思引此诗，以明化育流行，上下昭著，莫非此理之用，所谓费也；然其所以然者，则非见闻所及，所谓隐也。”[⑥]钱德洪《年谱》以为阳明是在中举那年开始究心宋儒格物之学，若以阳明制义文字观之，则他对宋儒特别是朱子之格物说至少记忆深刻，且已灵活运用并能阐发之，故能脱颖而出。阳明曾与他的学生谈论过举业文字功夫：“问：‘举业必守宋儒之说，今既得圣贤本意，而勘破其功利之私，文义又不可通，则作文之时，一从正意，乃为不欺也。今乃见如此而文如彼，何如？’曰：‘论作圣真机，固今所见为近。然宋儒之训乃皇朝之所表章，臣子自不敢悖。且如孔颜论为邦，行夏时、乘殷辂，岂即行其言乎？故师友讲论者，理也；应举之业，制也。德位不备，不敢作礼乐；吾从周，无意必也。惟古训以自修，可也。’”[⑦]考试有考试的规则，科举考试更有它的制度，学者如果要想通过考试，就必须在其规则制度中达成，否则既要考试的成绩和它带来的好处，又要不按照规则办事，那就不是儒学学问。况且，讲论时所谈的是“理”，讲明道理是为了修养的提高；应举时所遵守的是“制”，因制而行方是正常社会所需的常人。所以阳明又说：“举

① 田启霖：《八股文观止》，海南：海南出版社，1996年，第293页。

② ［清］方苞编、王同舟等校注：《钦定四书文校注》，武汉：武汉大学出版社，2009年，第41页。

③ ［日］多和田叶子：《和语言漫步的日记》，金晓宇译，郑州：河南大学出版社，2017年，第184页。

④ 田启霖：《八股文观止》，海南：海南出版社，1996年，第1179—1180页。方苞编《钦定四书文》中收录阳明制义文章有《论语》“志士仁人”、《中庸》“诗云鸢飞戾天”和《孟子》“子哙不得与人燕”等三篇。

⑤ 阳明所作制义文字有清康熙时俞长城所编《可仪堂一百二十名家制义·王阳明稿》传本。俞氏选录阳明制义文字有：“所谓大臣”“子击磬于卫”“志士仁人”“彼为善之”“诗云鸢飞”“舜其大孝”“齐明盛服”“河东凶亦然”“老吾老以”“子哙不得”“周公之过”“禹思天下”等12篇。俞长城说：“士之立于天下，曰气节、曰事业、曰文章，三不朽备而人以传。阳明先生始拒刘瑾，气节者著矣；继定宸濠，事业隆矣；所作古今文，久而益新，文章可谓升矣。而后世少之曰道学，伪也。夫道学，竟在三者之外哉？良知之说，发于孟氏，阳明以此教人，亦高明者。所见太偏，以云尽非，殆未也。论者见其门人不类，追咎厥师。夫卜子之笃实，而田、庄变为虚无；荀卿之正大，而韩、李变为名法。周无曾、孔，宋无程、朱，鲜有得其传者，岂可独罪阳明哉。吕晚村善论时文，而攻阳明者太过，予故录其文而辨之。至其文谨守传注，极醇无疵，此又不待辨而自传者矣。”（俞长城《可仪堂一百二十名家制义解题》，《古代文学理论研究》（第四十辑），上海：华东师范大学出版社，2015年，第577页。）

⑥ ［宋］朱熹：《四书章句集注》，北京：中华书局，2011年，第24页。

⑦ 陈来：《中国近世思想史研究·稽山承语》，北京：生活·读书·新知三联书店，2010年，第729页。

业只是日用间一事，人生一艺而已。若自能觉破得失外慕之毒，不徒悦人而务自慊，亦游艺之一端也。”[①]阳明鼓励闻人诠兄弟应举说：“求禄仕而不工举业，却是不尽人事，而徒责天命，无是理矣。但能立志坚定，随事尽道，不以得失动念，虽则勉习举业，亦自无妨圣贤之学。若是原无求为圣贤之志，虽不业举，日谈道德，亦只成就得务外好高之病而已。”[②]所以，当他听说门人弟子应举成功后，写信说“喜不自胜”，因为他觉得登第后，即便以后穷居野处，也将为“野夫异日山中”的“良伴”。[③]

《年谱》作者也明确地提醒我们，在参加科举考试前的某一段时间，阳明曾思考过朱子《四书章句集注》所涉及到的哲理学问，但他的思考似乎并未奏效，以至于花了很长时间去尝试另外一种学问，即词章之学。年谱的编纂者记录的史实是阳明通过浙江乡试。乡试以后即是会试，这是士人为学的必由之路，但阳明没能一次性通过。为何没能顺利地高中进士呢？年谱编纂者提出了一种解释，那就是他之前因为格竹失败，放弃了朱子之学，志向转移到辞章上面了。而科举考试所看重的并非是辞章，因此他没有成为进士也就在情理之中了。当然，年谱还提供了另外一种解释，那就是人事上的关系，即“忌者曰”云云。阳明本人的学术转向，加上外在的人为压力，导致了阳明在科举道路上走了弯路。但不管怎么样，阳明最终通过了考试，并开始在仕途上继续探索人生与社会的问题。

据以上可知，钱德洪等编纂阳明年谱，将阳明格竹故事写进传记，是为了说明青年阳明在追寻学术的道路上曾经遇到过挫折，特别是为了说明他在科举道路上所遇到的麻烦。这是《年谱》通过故事隐喻来塑造的阳明形象，这种故事隐喻在传播过程中成了单纯的传闻故事，被群传作者所采纳。

四　官署格竹：《年谱》之后

人生是故事，是一个譬喻。年谱的制作就是为了将这种人生故事以文字的形式将他们的一生表达出来。而我们阅读年谱故事，也是为了让这种故事与我们的经验相关联。事实上，“多数人往往通过人生是故事譬喻来理解人生经验，惯于叙述这样的故事并由此叙述人生，当人生环境改变时，总是修改我们的人生故事，并寻找新的整体相合性”。[④]晚明学人张萱（1558—1641）《西园闻见录》卷七《道学》所记文字与上述徐咸本的阳明

① 陈来：《中国近世思想史研究·稽山承语》，北京：生活·读书·新知三联书店，2010年，第729页。
② ［明］王守仁：《王阳明集》卷四，王晓昕、赵平略点校，北京：中华书局，2016年，第152页。
③ 同上书，第151页。
④ ［美］雷可夫、詹森：《我们赖以生存的譬喻》，台北：联经出版事业股份有限公司，2006年，第266页。

传记相同。[1]而在该书卷九《志向》中有了格竹故事：

> 初，先生侍龙山公于京师，遍求考亭遗书读之。一日，思先师谓众物必有表里精粗，一草一木皆涵至理，官署中多竹，即取竹格之。沉思其理不得，遂遇疾。先生自委圣贤有分，乃随世就辞章之学。逾冠，举试，其经术艺文益大进，而益好为兵。凡三举而为会试第二人，遂登甲榜。[2]

据阮元《(道光)广东通志》卷一百九十《艺文略二》提要称："《西园闻见录》一百八卷，明张萱撰，存，钞本。萱自序略曰：'岁戊戌，余通籍西省，时有正史之役，谬为当事推择，窃幸获窥金匮石室之藏。视草之暇，节略累朝实录，自洪武迄隆庆，凡三百卷，私名之曰《西省日钞》。窃以己意诠次之，凡十之三卷。凡一百，亦名之曰《西省识小录》。书成而徙官版曹分司吴关，以八年橐笔，撰著凡十五簏。寓旧馆人，忽为邻居祝融夺去。《西省日钞》及《识小录》皆付秦焰矣。辛亥罢归，交绝途穷，桑榆虽迫，笔砚未荒。家稍藏书，尚可诠次。乃复采摭前言往行，自洪武以迄万历，为《西园闻见录》，则大小皆识以俟后之谋野者。录凡一百卷，而以言分类，自别于史也。'谨案，是书分《内编》《外编》《杂编》，编各分子目，每目分前言、往行二类。萱自序云一百卷，明志作一百六卷，今存本则一百八卷，盖辗转传钞，析卷互异耳。"(《(道光)广东通志》卷一百九十《艺文略二》)可见,《西园闻见录》也是钞撮群书而来，只不过该书传本未见著录所引资料来源，我们就不知道他所采撷的这些故事是所闻抑或是所传闻了。

其后，晚明清初的徐开任（1600—1684)《明名臣言行录》卷五十《新建伯王文成公守仁》云：

> 初，先生侍龙山公于京师，遍求考亭遗书读之。一日，思先儒谓众物必有表里精粗，一草一木皆涵至理，官署中多竹，即取竹格之。沉思其理不得，遂遇疾。先生自委圣贤有分，乃随世就辞章之学。逾冠，举乡试。明年春，会试下第。缙绅知者咸来慰谕。阁下李西涯戏曰："汝今岁不第，来科必为状元，试作来科状元赋。"先生悬笔立就。诸老惊曰："天才，天才。"退有忌者曰："此子取上第，目中无我辈矣。"及丙辰会试，果为忌者所抑。同舍有以不第为耻者，先生慰之曰："世以不得第为耻，吾以不得第动心为耻。"识者服之。归余姚，结诗社龙泉山寺。致仕方伯魏瀚，平时以雄才自放，与先生登龙山，对弈联诗，有佳句辄为先生得之，乃谢

---

① 王公守仁天资绝伦，少喜任侠，长好词章，壮好仙释。既而好学，以斯道为己任，以圣人为必可学而至。江西罗钦顺尝寓书守仁，谓其名实尽已出人，只除却讲学一事足彀一生。守仁笑答之曰："诸皆余事，守仁平生唯有讲学一节耳。"故其属纩之际，家童问何所嘱？乃应之曰："我他无所嘱，平生学问，方才见得，犹未能与吾党共成之为可恨耳。"([明]张萱：《西园闻见录》,《续修四库全书》(第1168册)，上海：上海古籍出版社，2002年，第150页。)

② [明]张萱：《西园闻见录》,《续修四库全书》(第1168册)，上海：上海古籍出版社，2002年，第217页。

曰："老夫当退数舍。"凡三举而登甲榜。①

我们看到，徐开任书中的阳明传记文字与张萱《西园闻见录》中的文字极为接近，两书这一部分是否同出一源呢？徐氏书中多了阳明两次科举考试不得第的传闻，这是否是原始资料的本来样貌呢？上述徐书文字，除了"逾冠，举乡试"和"凡三举而登甲榜"外，其他与《全书》中附录《年谱》文字保持了一致，是否出自《全书》呢？《全书》中的"先生始侍龙山公"在张萱和徐开任的书中变成了"初，先生侍龙山公"，这一改动又出自谁人之手笔？《续修四库全书总目提要》云："开任于明亡之后，留心明代史事，仿朱熹《名臣言行录》义例，纂辑是书。所收诸人，自明初徐达、常遇春、李文忠、汤和等开国功臣直至明末史可法、刘宗周、黄道周等殉国者，凡七百二十一人，又附见十人，内容较前此各家诸录更为详备，人物分题节行、经济、理学、忠烈、循良、文学等类。于诸人之学派门户、学术邪正皆精心梳理，更广稽奏议、谱牒、书信等文献资料，入录书中，于明代史料多有保存。……是书详定凡例十七则，谓重在别伪存真，于人止论品行，不论官爵高低，其人品行卓有可观，虽小吏布衣亦予收录；所录诸人行事，则举其长而略其短，人物只辨淄渑，不争党派门户，凡贻祸国家者皆视为罪人。于徐咸等录未能记录者，如建文殉节及王守仁等，均详加记载，全书仅王守仁一人占一卷篇幅，足见重视程度，而于明末忠烈义士，亦大书特书，故较以前诸录更有价值。"②显然，徐氏的《明名臣言行录》收集的关于阳明的资料是有所依据的，特别是与张萱《西园闻见录》对比可知，两者所据史料当来自某一个阳明传记文字。只不过，两部书均未注明出处，我们尚不知其所自。

与徐开任所见故事类似，清人沈佳编纂的《明儒言行录》十卷亦有阳明传记，有格竹故事："壬子，年二十一，举乡试。是年欲为朱子格物之学，不得其方。取亭前竹格之，七日不得，劳思致疾而止。两试不第，曰：'世以不得第为耻，吾以不得第动心为耻。'"（《明儒言行录》卷八）沈佳似乎是读书不太认真，至少是抄书不经心的。格竹故事的年岁，直接被他放在了阳明二十一岁时，而上述晚明清初的故事皆有"初"字或"始"字，即尚不能确定是何年何月。要么是沈佳抄录时有漏字，要么他所见资料就已经有问题，也即沈氏所据阳明事迹别有所出。从朱子的《五朝名臣言行录》开始的群传，基本上都是采用他书整齐排比而成，张萱、徐开任、沈佳等人所作群传也不例外。不过，他们皆未注明所采文字出自何书。我们只能通过文字的比对，见其异同而已。

总之，我们看到阳明年谱的编纂刊行，为其后的群传提供了比较便利的文献。群传中的阳明形象，在《年谱》出现之后也有了新的变化，这种变化的来源当是出自《年谱》文字。

① ［清］徐开任：《明名臣言行录》，《续修四库全书》（第521册），上海：上海古籍出版社，2002年，第209—210页。

② 傅旋琮：《续修四库全书总目提要 史部》，上海：上海古籍出版社，2014年，第219—220页。

五　传习之道：遗言录的故事

阳明格竹故事出自阳明门人的记录。阳明生前出版的著述不多，《传习录》是其中之一；阳明去世后，其门人弟子对阳明的著述做了进一步的搜集、整理和加工，《传习录》亦是其中之一。阳明格竹的故事就出自阳明门人在阳明去世后重新整理的版本。目前所见最早的记载出自钱德洪纂集、曾才汉校辑《阳明先生遗言录上》第2条和《阳明先生遗言录下》第49条。其后，《传习续录》、《阳明先生年谱》、《全书》本《传习录》收录其中一条。

《阳明先生遗言录》分上下二卷，是黄直（黄以方，55条）与钱德洪（55条）记录和收集的阳明语录，由曾才汉校定刊行。钱德洪说："嘉靖戊子（1528）冬，德洪与王汝中奔师丧，至广信，讣告同门，约三年收录遗言。"阳明去世后，钱德洪和王畿等人就有意识地收集阳明遗言，得到了阳明门人弟子的响应，但因为各种原因，他们蒐集的遗言稿子并没有刊行，直到嘉靖三十四年（乙卯，1555）才由曾才汉首次刊刻。"去年（1555），同门曾子才汉得洪手抄，复傍为采辑，名曰《遗言》，以刻行于荆。洪读之，觉当时采录未精，乃为删其重复，削去芜蔓，存其三之一，名曰《传习续录》，复刻于宁国之水西精舍。"[①]在《遗言录》刊行之后，钱德洪又做了进一步的编辑加工，将这部分与此前已经刊行的《传习录》相关联，构成了《传习续录》。之后，钱德洪又应湖北黄梅县令张某之邀，对《续录》和《传习录》做了整理，完成了新的《传习录》的文本。这个版本的《传习录》之湖北黄梅刊本未见传本。但有明嘉靖刻本存世，即天真书院本。而《遗言录》的相关刊刻情形则并不清晰。

该书传本稀见，藏书家邓邦述（1869—1939）群碧楼曾收藏有刻本，[②]日本早稻田大

① ［明］王守仁：《王阳明集》，王晓昕、赵平略点校，北京：中华书局，2016年，第116—117页。

② 邓邦述：《群碧楼善本书录》卷四著录为《阳明先生文录》五卷、《外集》九卷、《别集》十四卷。［明］王守仁撰，嘉靖刻本。前有嘉靖乙未黄绾序，又嘉靖丙申邹守益序，又嘉靖庚戌闾东重刻序。《文录》一至三为书，四为序、为记、为说，五为杂著；《外集》一为赋、为骚、为诗，二至四皆为诗，五为书，六为序，七为记，八为说、为杂著，九为墓志、传、碑、赞、箴、祭文，又《阳明遗言》《稽山承语》；《别集》为奏疏、文移，与邹序诠次者相合。闾序则云"尽取先生《文录》，附以《传习录》并《则言》，共若干卷刻之"，与此刻不侔矣。《文录》刊本，据邵位西（邵懿辰，1810—1861）云以嘉靖刻为最旧，其所记卷数与此刻同，是此本固旧本也。《别录》虽是配入，而宽大精洁，印尚在前，致可珍异。阳明道德功业，炳然千古，学者固当盥手诵之。丙辰十月，正闇谨记。（邓邦述：《群碧楼善本书录》，金晓东整理，上海：上海古籍出版社，2014年，第147—148页。）

学图书馆等存有抄本。陈来已撰文详考，[①]水野实、永富青地等有校注。[②]邓氏旧藏后归台湾“中央研究院”历史语言研究所傅斯年图书馆。[③]

据陈氏文，《阳明先生遗言录》刊刻于明嘉靖三十四年（1555），早于钱德洪所编《传习续录》和天真书院本《传习录》，当然也晚于《全书》。在《遗言录》之后，钱德洪编纂的《传习续录》[④]保留了后面这一条格竹故事，而删去了前一面那一条语录，而这一条语录是钱德洪本人记录的。

据邓邦述《群碧楼善本书录》，他收藏的这部嘉靖本《阳明先生文录》是闾东本《阳明先生文录》所附之本。他查阅邵懿辰《增订四库简明目录标注》曾著录过嘉靖本《文录》：“《王文成公全书》三十八卷，明王守仁撰。初刻《正录》五卷《外录》九卷《别录》十四卷，共二十八卷。明嘉靖中刊本。隆庆二年新建谢廷杰刊本。康熙癸丑俞氏刊本二十二卷，入《存目》。叶绍容编《阳明要书》八卷附录五卷，入《存目》。”[⑤]按邵懿辰书中所说，《王文成公全书》刊定之前有一种二十八卷本的阳明文集嘉靖刊本。邓邦述收藏的这部嘉靖本恰好也是总共二十八卷（按他的算法），故而他认为他收藏的这部阳明文集是最早的本子。因此，邓氏虽然注意到了书中有《阳明先生遗言录》和《稽山承语》，但并未发现它的价值。这是前代藏书家重最古、重版本，但忽视文献本身价值风气的一

① 陈来：《遗言录》与《传习录》，《中国文化》1994年第1期，第97—99、101—103页；陈来《遗言录》《稽山承语》与王阳明语录佚文，葛兆光主编《清华汉学研究》（第一辑），北京：清华大学出版社，1994年，第176—193页。收入陈来：《中国近世思想史研究·遗言录与传习录》，北京：商务印书馆，2003年，第589—613页。陈氏以为《阳明先生遗言录》的发现，对于阳明学研究有着至为关键的作用，特别是对于《传习录》的形成过程有着不可忽视的文献价值。该书不仅有助于破除今本（主要是《全书》本《传习录》）钱德洪序文的错误，更有助于我们了解阳明晚年学术思想的变化。问题是，日本所存抄本是否忠实于《遗言录》原刻本？该书本身又有何种编辑的旨趣等事关古籍版本的关键信息缺失，由此推论相关书籍的版本情况，尚有风险。比如关于《传习续录》的条目数，今据天真书院本，钱氏所录为26条，较于《遗言录》110条，说“存其三之一”当是可信。《全书》本将钱德洪“嘉靖戊子冬，钱德洪与王汝中奔师丧”云云放在了《传习录》最末，让人误以为这一则包括《传习录》下卷的115条的跋文。实际上，钱氏此文原在《传习录》下卷三之首，即今本“黄以方问博学于文”（第316条）前。

② ［日］水野实、永富青地、三泽三知夫校注，张文朝译：《阳明先生遗言录解题》，《中国文哲研究通讯》1998年第8卷第3期，第3—52页。

③ 1927年，邓氏将其部分藏书精品售予台湾“中央研究院”历史语言研究所，即今傅斯年图书馆藏本。该馆著录为《阳明先生文录》五卷、《外集》九卷、《别录》十四卷、《传习录》三卷《续录》二卷、《遗言录》二卷、《稽山承语》一卷，明嘉靖间（1522—1566）刊本。36册。索书号：846 033。有“半窗明月”“宁静致远”“群碧楼”“百靖斋”“嘉靖刻本”诸印。见傅斯年图书馆珍藏善本图籍书目资料库，http://www.ihp.sinica.edu.tw/ttscgi/ttsweb?@@680619597。永富青地说，这部《阳明先生遗言录》是他所知的唯一一部早期刻本。见［日］永富青地：《王守仁著作的文献学研究》，东京：汲古书院，2007年，第76页。

④ 今未见《传习续录》的单刻本，能见到的较早的《续录》刻本是天真书院本《传习录》十一卷（上三卷、中五卷、下三卷）。此本《传习录》下卷之三第5页即为阳明格竹故事。而今所见另外一种明刻本《传习录》三卷《续录》二卷本则没有收录这一条。《续录》包括三个部分，前两个部分是钱德洪先编定的一个版本，而第三部分则是钱德洪在曾才汉刊刻《阳明先生遗言录》之后再删订的新版本。

⑤ 邵懿辰：《增订四库简明目录标注》，上海：中华书局，1959年，第840—841页。

个显例。

《遗言录》第49条谓：

> 先生云："某十五六岁时，便有志圣人之道，但于先儒格致之说若无所入，一向姑放下了。一日寓书斋，对数筮竹，要去格他理之所以然，茫然无可得。遂深思数日，卒遇危疾，几至不起。乃疑圣人之道恐非吾分所及，且随时去学科举之业。既后，心不自已，略要起思，旧病又发。于是又放情去学二氏，觉得二氏之学比吾儒反觉捷径，遂欣然去究竟其说。后至龙场，又觉二氏之学未尽。履险处危，困心衡虑，又豁然见出这头脑来，真是痛快，不知手舞足蹈。此学数千百年，想是天机到此，也该发明出来了。此必非某之思虑所能及也。"①

这是钱德洪记录的阳明晚年讲学语录。水野实等人注意到，这一条记录与《全书》附录《年谱》"弘治五年（守仁二十一岁）条有名的格竹故事多有共通点，应是对同一体验的记事。"他们又指出《全书》本《传习录》《传习录拾遗》等书没有与之相似的段落。②也就是说，他们和大多数阳明研究者一样认为格竹故事是真实故事，是阳明进行格竹试验的真实记录，或者至少是阳明对曾经做过这样的事情的一个回忆性记录。问题是，他们并没有注意到格竹故事中哲学逻辑的问题。

从文本内容来看，阳明的这一段语录旨在说明他对圣人之学的不断体验过程。首先，他说他年轻时就有学圣人之道的志向，但如何学却并不知道入手处。特别是对所谓通过格物而进入圣人境域的说法，他是有困惑的。在困惑的解决过程中，他先试图对竹子这样具体的事物格物实验，希望格出个理之所以然来。经过好几天的深思，并没有想出个所以然来，如果不能通过日常的具体事物格出"理"来，要么是圣人之道有问题，要么自己的思路有问题。阳明并没有怀疑前者，而是对后者产生了很强烈的质疑，于是放弃这方面的努力，去在释道方面寻找捷径，并且在学的过程中真切地感受到了他们所讲述的故事更简捷明了，也更有吸引力。其次，但到了龙场之后，在艰难困苦面前，阳明又发现释道的这种简捷的方法不能解决现实面对的问题，至少不能满足阳明本人面对现实的需要。现实困难的解决所依靠的正是圣人之道，即良知之道。最后，他认为这并非是他要独创一套新的理论或者学说，而是儒家学说发展到这里当有此种新的认识了，如果是换作另外一人有同样的遭遇和思考，也当有同样的认识。这一条语录没有被钱德洪采录进《传习续录》。

《阳明先生遗言录上》第2条即今本《传习录》第318条。③此条语录，《全书》本《传

① ［明］王阳明：《阳明先生遗言录》，《王阳明全集（新编本）》（第5册），吴光等编校，杭州：浙江古籍出版社，2010年，第1606页。"先生云"，傅斯年图书馆藏嘉靖刻本作"先生曰"。

② ［日］水野实、永富青地、三泽三知夫校注，张文朝译：《阳明先生遗言录解题》，《中国文哲研究通讯》1998年第8卷第3期，第50页。

③ 陈来：《中国近世思想史研究》，北京：生活·读书·新知三联书店，2010年，第714页。

习录下》注明是黄以方录。黄直（1489—1559）字以方，号卓峰，嘉靖二年（1523）进士，《明史》卷二〇七有传。[①]而《传习录》下卷之三则仅标注钱德洪编。其文为：

先生曰："众人只说格物要依晦翁，何曾把他的说去用？我着实曾用来。初年与钱友同论做圣贤，要格天下之物，如今安得这等大的力量？因指亭前竹子，令去格看。钱子早夜去穷格竹子的道理，竭其心思，至于三日，便致劳神成疾。当初说他这是精力不足，某因自去穷格。早夜不得其理，到七日，亦以劳思致疾。遂相与叹：圣贤是做不得的，无他大力量去格物了。及在夷中三年，颇见得此（些）意思，乃知天下之物本无可格者。其格物之功，只在身心上做，决然以圣人为人人可到，便自有担当（带）了。这里（等）意思却要说与诸公知道。"[②]

这里，阳明重在说明如何获致知识及如何使知识与自身相契合的问题。"何曾用"即是强调一种自我的反省和对某些人仅仅习得一口号即以之为真理在握的讽刺。对于格物则提出了三重问题：第一，天下之物是一种实指的全体之物还是其他？如果是实指的全体，人以有限之精力如何能达致？第二，如果不是实指之全体而是具体的实在之物，那么其具体的路径是什么？比如如何格竹子或者从竹子（具体）上能抽离出理（非实指）？显然不能。第三，既然前述有误，则可说明，格物并非在具体的事物上格出抽象的天理而是落实在心即理之上。

格竹故事的起源，如张岱年所指出的，是与程颐所讲的"一草一木皆有理，须是察"[③]的说法有着很密切的关系。朱子《近思录》引用了程颐的这一条语录，并将其作为"格物穷理"的重要言论：

"问：观物察己还因见物反求诸身否？曰：不必如此说。物我一理，才明彼即晓此，此合内外之道也。又问：致知先求之四端，如何？曰：求之情性，固是切于身。然一草一木皆有理，须是察。又曰：自一身之中，以至万物之理，但理会得多，胸次自然豁然有觉处。"[④]

陈荣捷注意到，《朱子语类》卷十五中也有类似的话："朱子曰：上而无极太极，下而至于一草一木一昆虫之微，亦各有理。一书不读，则阙了一书道理。一事不穷，则

---

① 邹建锋：《阳明夫子亲传弟子考》，北京：中国社会科学出版社，2017年，第154—155页。

② ［明］王守仁：《传习录》下，《王阳明集》，王晓昕、赵平略点校，北京：中华书局，2016年，第111页。注：天真书院本《传习录》下三卷"见得些"作"见得此"，"担当"作"担带"，"这里"作"这等"。《阳明先生遗言录》除"见得些"外，其余同天真书院本。郭朝宾本《全书》"这里"作"这等"。

③ ［宋］程颢、程颐：《二程集》，王孝鱼点校，北京：中华书局，1981年，第193页。张岱年说，程颐的格物致知方面，看起来像是科学的，或者是接近科学的方法，但与科学并不相关。因为科学是观察特例获得通则，是用感官和仪器对外物做精密的观察与检测，用的是归纳法则，而程颐的观察特例却只是用思维和体会，不是由特例归纳通则，不是由精密归纳得到结论，而只是恍然的觉悟，是把即物的直觉和理智的思辨结合起来的一种方法。［张岱年：《中国哲学大纲》（增订版），北京：中华书局，2017年，第689—690页。］

④ 陈荣捷：《近思录详注集评》卷三，上海：华东师范大学出版社，2007年，第107页。

阙了一事道理。一物不格，则阙了一物道理。须着逐一件与他理会过。”[①]“（朱子）曰：盖天下之事，皆谓之物，而物之所在，莫不有理，且如草木禽兽，虽是至微至贱，亦有理。”[②]

但是，钱德洪和黄直所记录的阳明格竹故事中都只提到了朱熹，并没有提及程颐。他讲述格竹故事的起因时，要么说的是“先儒格致之说”，要么说的是“众人只说格物要依晦翁”。我们当然可以认为，这里的先儒就是朱子，更可以进一步如施邦曜所说，阳明这里想要讨论的文本是基于朱子《大学章句》的《格物补传》。[③]刘宗周说：“朱子云：‘读书是格物一事。’予谓：读书便有读书之物可格，句句读在自身上，便是知本处。”[④]

阳明所讲的格物与学者们所追究的文本意义上的格物并不相同。刘宗周说：“问：格物之说，朱、王异同何如？曰：朱子格物之说，置身于此而穷物于彼，其知驰于外，故格致之后，又有诚正工夫。阳明格物之说，置身于此而穷物于此，其知返于内，故格致之时，即是诚正工夫。要之，格致工夫原为诚正而设，诚正工夫即从格致而入，先后二字，皆就一时看出，非有节候。是一是二，自可理会。”[⑤]阳明格竹，就是朱子格物之说的穷物于彼，而致良知的格物则是要置身于此。用阳明本人的话来说就是：“我这里言格物，自童子以至圣人，皆是此等工夫。但圣人格物，便更熟得些子，不消费力。如此格物，虽卖柴人亦是做得。虽公卿大夫以至天子，皆是如此。”[⑥]又说：“知者，良知也。天然自有，即至善也。物者，良知所知之事也。格者，格其不正以归于正也。格之，斯实致之矣。”[⑦]（《阳明先生遗言录》下，第55条）也就是说，阳明晚年已经将格物说完全融入到致良知说里面，将格物说从纯粹的性理学学术问题转移到了“觉民行道”的政治理想上来，即“要通过每一个人的良知的方式，来达成治天下的目的。这可以说是儒家政治观念上的一个划时代的转变。”[⑧]从得君行道转向觉民行道，从卿大夫转向卖柴人，阳明学终于完成了它的真正突破。但这种转向的存在并不是说阳明就是二者择其一，而是说他在原来的学术思想框架之外发现了新的天地，并将前者融入到后者。何以《遗言录》两则格竹故事，而《传习续录》和《全书》本《传习录》只保留了其中一则呢？我们看到，钱德洪保留的这一则格竹故事未谈及学科举、学二氏、天机等等，仅仅就格物之用而

① 陈荣捷：《近思录详注集评》卷三，上海：华东师范大学出版社，2007年，第107页。
② 同上。
③ 陈荣捷：《王阳明传习录详注集评》，重庆：重庆出版社，2017年，第301页。
④ ［明］刘宗周：《刘宗周全集》第2册，吴光主编，杭州：浙江古籍出版社，2012年，第618页。
⑤ 同上书，第617页。
⑥ ［明］王守仁：《传习录》下，《王阳明集》，王晓昕、赵平略点校，北京：中华书局，2016年，第111页。
⑦ ［日］水野实、永富青地、三泽三知夫校注，张文朝译：《阳明先生遗言录解题》，《中国文哲研究通讯》1998年第8卷第3期，第52页。
⑧ 余英时：《宋明理学与政治文化》，桂林：广西师范大学出版社，2014年，第47页。

言，所谈论的问题集中于格物是在身心上用功的阳明学核心主张。对于删述的理由，钱德洪说的很清楚："洪读之，觉当时采录未精，乃为删其重复，削去芜蔓。"保留后者的原因也很简单：钱德洪认为"师门致知格物之旨，开示来学，学者躬修默悟，不敢以知解承，而惟以实体得，故吾师终日言是，而不惮其烦；学者终日听是，而不厌其数。"[①]

格竹故事确为阳明本人讲述，讲了几次，每次皆有所异。这是不是譬喻?《传习录》中的譬喻故事很多，这是他讲学风格的特点之一。程颐曾说："今人之学，如登山麓，方其易处，莫不阔步，及到难处便止，人情如此。山高难登，是有定形，实非难登也；圣人之道，不可形象，非实难也，人弗为耳。颜子言'仰之弥高，钻之弥坚'，此非言圣人高远实不可及，坚固实不可入也，此只是譬喻，却无事，大意却是在'瞻之在前，忽焉在后'上。"[②]阳明也说："颜渊喟然叹曰：'始吾于夫子之道，但觉其高坚前后，无穷尽无方体之如是也。继而夫子循循善诱，使我由博返约而进。至于悦之深而力之尽，如有所立卓尔。'谓之'如'者，非真有也；谓之有者，又非无也。卓然立于有无之间，欲从而求之则无由也已。所谓无穷尽无方体者，曾无异于昔时之见。盖圣道固如是耳，非是未达一间之说。"[③]

一旦故事流传开来，其原义究竟如何是一个问题，而更重要的问题是如何将故事编织进入新的故事集。

六　儒门公案：格物与格竹

有生命力的学问是一种延续的智慧之学。"格物之说，有七十二家之歧异，实则无一得当。试问物理学之说，与诚意、正心何关？故阳明辟之，不可谓之不是。"[④]章太炎所谓"七十二家"格物说，并非他的首创，刘宗周就曾这样说过："格物之说，古今聚讼有七十二家，约之亦不过数说。"[⑤]而不管是章太炎，还是刘宗周，他们所谓"七十二家"并非真正的数目字的72，而是表示关注此事者人数众多，相关议论繁杂。[⑥]这是语言的譬喻，也是我们赖以生存的譬喻。那么，阳明"官署格竹"是否也如"七十二家"一样

① ［明］王守仁：《王阳明集》，王晓昕、赵平略点校，北京：中华书局，2016年，第117页。

② ［宋］程颐《语录》，程颢、程颐：《二程集》，王孝鱼点校，北京：中华书局，1981年，第193页。

③ ［日］水野实、永富青地、三泽三知夫校注，张文朝译：《阳明先生遗言录解题》，《中国文哲研究通讯》1998年第8卷第3期，第24页。

④ 章太炎：《国学之统宗》，《章太炎全集·演讲集》，上海：上海人民出版社，2015年，第482页。

⑤ ［明］刘宗周：《大学杂言》，《刘宗周全集》第2册，吴光主编，杭州：浙江古籍出版社，2012年，第618页。

⑥ 七十二家或者七十二人的说法出自古代经典，如《管子·封禅》："管仲曰：古者封泰山、禅梁父者七十二家，而夷吾所记者十有二焉。"《史记·孔子世家》有"孔子以《诗》《书》《礼》《乐》教，弟子盖三千焉，身通六艺者七十有二人。"

是一种语言的譬喻呢？前人又如何看待这样的譬喻呢？首先，我们看到阳明及其门人实际上就是将它视为譬喻来看的。阳明门人王畿《格物问答原旨》说：

> 格物是圣门第一段公案。致知在格物，谓不离伦物感应以致其知也。天生烝民、有物有则，良知是天然之则，物是伦物感应之实事，如有父子之物，斯有慈孝之则；有视听之物，斯有聪明之则。伦物感应实事上，循其天则之自然，则物得其理矣，是之谓格物。①

公案就是譬喻，是将前辈言行作为判断依据的话头。②阳明讲学语录惯常使用譬喻，这样能够让人有一种更加生动的认识。比如说到格物时，阳明云：“随物而格是致知之功，即佛氏之常惺惺亦是常存他本来面目耳。体段工夫，大略相似。……孟子说夜气，亦只是为失其良心之人指出个良心萌动处，使他从此培养将去。今已知得良知明白，常用致知之功，即已不消说夜气；却是得兔后不知守兔，而仍去守株，兔将复失之矣。”③这里就是将守株待兔的譬喻活用了。

公案的譬喻使用，会根据不同的情境加以灵活运用，也就有了常规隐喻和新隐喻的区分。“譬喻基本上只针对理解的策略，就算确实有客观真实存在，譬喻也与客观真实扯不上什么关系。以下这些都是事实：我们的概念系统原本就是譬喻性的，我们运用譬喻性字眼来理解世界、思维并且运作，譬喻不只是能用于理解，还可以有意义并且为真的。这些事实提示，对意义与真理的恰当解释必须以理解为基础。”④如何让人理解呢？那就是以前言往行，也就是公案作为依据。我们看到，阳明及其门人在讲学时，更多的是将旧的公案话头创造性使用，这就是通过理解来解释意义和真理的一种方式。对此，王畿说：“予旧曾以持话头公案质于先师，谓此是古人不得已权法。释迦主持世教无此法门，只教人在般若上留心。”⑤王畿很睿智地告诉我们，阳明及其门人对于禅宗公案相当熟悉。并且，阳明很明确地表示，用公案只是“不得已权法”，也就是在教学过程中所使用的隐喻故事。但这种隐喻离开了具体的情境，很容易被后来者视为“义学”，也就是传承其学说的范例。那么，阳明格竹故事是否出自公案？如果是的话，从何而来？侯外庐等《宋明理学史》说，格竹子的故事出自《五灯会元》卷九《沩山祐禅师法嗣》，

---

① ［明］王畿：《格物答问原旨》，《王畿集》，吴震编校整理，南京：凤凰出版社，2007年，第142页。

② 佛教用语。禅宗用以指前辈祖师的言行范例，并用来判断是非迷悟。《碧岩录·序》：“尝谓祖教之书谓之公案者，倡于唐而盛于宋，其来尚矣。二字乃世间法中吏牍语。”《灵峰宗论》卷三：“若缘木求鱼，守株待兔，三藏十二部是拭疮疣纸，千七百公案亦陈腐葛藤。”［张岱年：《中国哲学大辞典》（修订本），上海：上海辞书出版社，2015年，第259页。］公案的内容与实际生活密切相关，禅师或用问答，或用动作，或兼用，启迪众徒，以使顿悟。公案是禅宗的血脉，其作用在于解除情识的虚妄束缚，而达到无分别智，即悟境（禅境）。（陈继生：《禅宗公案》，天津：天津古籍出版社，2008年，第2页。）

③ ［明］王守仁：《传习录》中，《王阳明集》，王晓昕、赵平略点校，北京：中华书局，2016年，第62页。

④ ［美］雷可夫、詹森：《我们赖以生存的譬喻》，台北：联经出版事业股份有限公司，2006年，第278页。

⑤ ［明］王畿：《答五台陆子问》，《王畿集》，吴震编校整理，南京：凤凰出版社，2007年，第147页。

故事的主角叫香严智闲。

> 智闲参沩山。山问:“我闻法汝在百丈先师处,问一答十,问十答百,此是汝聪明伶俐。意解识想,生死根本,父母未生时,试道一句看?”师(智闲)被一问,直得茫然。归寮,将平日看过底文字从头要寻一句酬对,竟不能得。乃自叹曰:“画饼不可充饥。”……师遂将平昔所看文字烧却,曰:“此生不学佛法也,且做长行粥饭僧,免役心神。”乃泣辞沩山。直过南阳,睹忠国师遗迹,遂息止焉。一日,芟除草木,偶抛瓦砾,击竹作声,忽然省悟。遽归沐浴焚香,遥礼沩山。赞曰:“和尚大慈,恩逾父母。当时若为我说破,何有今日之事?”乃有颂曰:“一击忘所知,更不假修持;动容扬古路,不堕悄然机。处处无踪迹,声色外威仪;诸方达道者,咸言上上机。”沩山闻事,谓仰山曰:“此子彻也。”①

这段禅宗故事重点在于说明香严智闲如何省悟禅意,如何传承沩山之法。智闲并没有一见面就悟道,相反他与沩山的第一次见面充满了紧张,造成了智闲参禅悟道方面的巨大困境,他不得不承认自己无法回应沩山的看似简单的问题。即便他翻遍典籍,也不得一句恰到好处的回应文字。既然文字功夫无法解决疑惑,在苦思冥想中也没有发现真理,那就只能在生活经验中去寻找答案。于是智闲开始了僧人的日常生活,并且在有一天听到瓦片击打竹子发出声音时,突然想明白了沩山的问题,也就有了所谓的彻悟。《宋明理学史》的作者引用了智闲的故事之后评论说,智闲所谓的彻悟其实是从竹子的空空作响中明白了空无的道理。阳明格竹故事,无非也是他依样画葫芦罢了。结果,按照《传习录》的记载,阳明没有彻悟。那么是否真的如此呢?

> 这里,王守仁故意绕了个弯,似乎格竹子失败了。其实,这只是反其意而用了智闲的彻悟故事。他的体悟,还是智闲的体悟。试看,“格本无可格者”与“一击忘所知”何异?“只在身心上做”与“更不假修持”何别?“圣人人人可到”又何尝不是“上上机”?②

不管阳明是否学智闲格竹,也不管他们的格竹之悟是否具有前后的一致性。我们从这里得到的结论是:透过马克思主义学者对阳明的主观唯心主义批判,我们看到《宋明

---

① [宋]普济:《五灯会元》卷九,北京:中华书局,1981年,第536—537页。此公案亦见《景德传灯录》卷十一:邓州香严智闲禅师,青州人也。厌俗辞亲,观方慕道,依沩山禅会。祐和尚知其法器,欲激发智光。一日谓之曰:“吾不问汝平生学解,及经卷册子上记得者,汝未出胞胎,未辨东西时,本分事试道一句来。吾要记汝。”师懵然无对,沉吟久之,进数语陈其所解。祐皆不许。师曰:“却请和尚为说。”祐曰:“吾说得,是吾之见解,于汝眼目何有益乎。”师遂归堂,遍检所集诸方语句,无一言可将酬对,乃自叹曰:“画饼不可充饥。”于是尽焚之,曰:“此生不学佛法也,且作个长行粥饭僧,免役心神。”遂泣辞沩山而去,抵南阳,睹忠国师遗迹,遂憩止焉。一日,因山中芟除草木,以瓦砾击竹作声,俄失笑间,廓然省悟,遽归沐浴焚香,遥礼沩山。赞云:“和尚大悲,恩逾父母。当时若为我说却,何有今日事也。”仍述一偈云:“一击忘所知,更不假修持。动容扬古路,不堕悄然机。处处无踪迹,声色外威仪。诸方达道者,咸言上上机。”([北宋]道原《景德传灯录译注》,顾宏义译注,上海:上海书店出版社,2010年,第733—734页。)

② 侯外庐、邱汉生、张岂之:《宋明理学史》下,北京:人民出版社,1987年,第257—258页。

理学史》作者提出了一个非常有见地的资料，即所谓亭前格竹如禅宗公案一般，既有其出处，也有其活用处。或许这也可以解释后世学者何以认定阳明学实际上是二氏学（或者禅学）的一个原因。

除了这则香严智闲格竹子公案之外，另外一段佛门公案值得一提，阳明曾在其诗中提到过："岩头有石人，为我下嶙峋。脚踏破履五十两，身披旧衲四十斤。任重致远香象力，餐霜坐雪金刚身。夜寒双虎与温足，雨后秃龙来伴宿。手握顽砖镜未光，舌底流泉梅未熟。夜来拾得遇寒山，翠竹黄花好共看。同来问我安心法，还解将心与汝安。"[①]又，"从来不知光闪闪气象，也不知圆陀陀模样。翠竹黄花，说甚么蓬莱方丈。看那九华山里金地藏，好儿孙，又生个实庵和尚。噫，那些儿妙处，丹青莫状。"[②]这两首诗都提到了"翠竹黄花"，为阳明格竹故事提供了重要的线索。日人忽滑谷快天注意到"翠竹黄花"可能是出自禅宗语录"青青翠竹，尽是真如；郁郁黄花，无非般若"。[③]这是《祖堂集》中的故事。罗钦顺《困知记·续卷上》中有较为详细记录，其中第14条云：

> 大慧禅师宗杲者，当宋南渡初，为禅林之冠，有语录三十卷。顷尝遍阅之，直是会说，左来右去，神出鬼没，所以能耸动一世。渠尝拈出一段说话，正余所欲辨者，今具于左。
>
> 僧问忠国师："古德云：'青青翠竹，尽是法身；郁郁黄华，无非般若。'有人不许，云是邪说；亦有信者，云不思议。不知若为？"国师曰："此是普贤、文殊境界，非诸凡小而能信受，皆与大乘《了义经》合。故《华严经》云：'佛身充满于法界，普现一切群生前，随缘赴感，靡不周而恒处此菩提座。'翠竹既不出于法界，岂非法身乎？又《般若经》云：'色无边，故般若亦无边。'黄华既不越于色，岂非般若乎？深远之言，不省者难为措意。"
>
> 又，华严座主问大珠和尚云："禅师何故不许'青青翠竹尽是法身，郁郁黄华无非般若'？"珠曰："法身无像，应翠竹以成形；般若无知，对黄华而显相。非彼黄华翠竹，而有般若法身。故经云：'佛真法身犹若虚空，应物现形，如水中月。'

---

① ［明］王守仁：《江西诗·无题》，《王阳明集》卷二十，王晓昕、赵平略点校，北京：中华书局，2016年，第684页。

② ［明］王阳明：《石庵和尚像赞》，《王阳明全集（新编本）》（第5册），吴光等编校，杭州：浙江古籍出版社，2010年，第1762—1763页。束景南将此诗系年于弘治十四年（1501），见束景南：《阳明佚文辑考编年》，上海：上海古籍出版社，2012年，第109页。

③ ［日］忽滑谷快天：《王阳明与禅学》，李庆保译，长春：时代文艺出版社，2018年，第228页。《祖堂集》中提到"翠花黄竹"有多处，其中卷三有："问：'古德曰："青青翠竹尽是真如，郁郁黄花无非般若。"有人不许，是邪说；亦有人信，言不可思议。不知若为？'师曰：'此盖是普贤、文殊大人之境界，非诸凡小而能信受。皆与大乘了义经意合。故《华严经》云："佛身充满于法界，普现一切群生前，随缘赴感靡不周，而恒处此菩提座。"翠竹既不出于法界，岂非法身乎？又《摩诃般若经》曰："色无边，故般若无边。"黄花既不越于色，岂非般若乎？此深远之言，不省者难为措意。'"（张美兰：《祖堂集校注》，北京：商务印书馆，2009年，第99页。）

黄华若是般若，般若即同无情，翠竹若是法身，翠竹还能应用？座主会么?”曰：“不了此意。”珠曰:“若见性，人道是亦得，道不是亦得，随用而设，不滞是非；若不见性，人说翠竹着翠竹，说黄华着黄华，说法身滞法身，说般若不识般若。所以皆成诤论。”宗杲云:“国师主张翠竹是法身，直主张到底，大珠破翠竹不是法身，直破到底，老汉将一个主张底破底，收作一处，更无拈提，不敢动着他一丝毫，要你学者具眼。”

对于这两则禅宗公案，罗钦顺评论道:“彼所谓般若、法身，在花、竹之身之外；吾所谓天命、率性，在鸢、鱼之身之内。在内则是一物，在外便成二物。二则二本，一则一本，讵可同年而语哉？且天命之性，不独鸢、鱼有之，花、竹亦有之。程子所谓‘一草一木亦皆有理，不可不察’者，正惟有见乎此也。”①从罗钦顺的记载可知，黄花翠竹的故事就是禅宗的故事。而且，生活在性理学时代的罗钦顺很自然地将这个故事和程朱理学中一草一木皆有理的格物说关联起来。既然罗钦顺能够有这样的想法，阳明会不会也有同样的想法呢？更重要的是，罗钦顺记录的他所读之书在阳明那个时代未必是方便获取之书，不然他也不会如此郑重其事地详细记录了，但阳明读书极多，既可遍读朱子之书，想来读到几部禅宗公案语录当不会是难事。而且，王畿很明确说过他曾向阳明请教过禅宗公案，想来阳明一定看过相关的书籍了。

无论是香严智闲格竹子公案，还是宗杲黄花翠竹公案，都在说明同一件事情，即禅宗早已将竹子格了若干遍，从竹子中格出了禅宗的义理。如果按照诸多研究者的说法，阳明本人对于二氏之学极为熟稔，甚至是如陈荣捷先生所说:“宋明理学均有禅宗色彩，王学为理学中心学之极高峰，其禅宗思想色彩更浓厚。”②举凡阳明之重要概念、修省方法、提点法门无不与禅宗有密切关系，王传龙博士径下定论:“阳明用禅，正是取其理论核心，而将其导入儒家之功用，说得夸张一点，谓阳明心学从概念、内容到修行方法，皆取自佛教，也不会偏离事实太远。”③那么，我们将阳明亭前格竹事置于其年少无知时代似乎更加不合理。因为至少从上述两公案来看，这格竹子的可都是高僧大德，一个无知幼童或者放荡不羁少年能格出来吗？实际上，阳明门人对此亦有评论，如黄绾说：

今日君子于禅学见本来面目，即指以为孟子所谓良知在此，以为学问头脑。凡言学问，惟谓良知足矣。故以致知为至极其良知，格物为格其非心。言欲致知以至极其良知，必先格物以格其非心；欲格物以格其非心，必先克己以去其私意；私意既去，则良知至极，故言工夫，惟有去欲而已。故以不起意、无意必、无声臭为得

① ［明］罗钦顺《困知记·续卷上》，阎韬点校，北京：中华书局，2013年，第75—77页。

② 陈荣捷:《王阳明与禅》，台北：台湾学生书局，1984年，第73页。

③ 王传龙:《阳明心学流衍考》，厦门：厦门大学出版社，2015年，第101页。该书为王传龙博士论文修订稿。本书的主要观点为：阳明学之核心体系更倾向于佛教而非儒家，阳明吸取大乘佛教义理及方法并进行了再诠释，批判小乘教义及其排佛的主张；阳明以佛入儒的二元路径直接导致了阳明后学的分裂。

良知本体。良知既足，而学与思皆可废矣，而不知圣门所谓志道据德、依仁游艺为何事。又其说以为良知之旨，乃夫子教外别传，惟颜子之资能上悟而得之。颜子死而无传，其在《论语》所载，皆下学之事，乃曾子所传，而非夫子上悟之旨。以此鼓舞后生，固可喜而信之，然实失圣人之旨，必将为害，不可不辨。[①]

黄绾很明确地说，阳明学与禅学有着密切关系，将禅学中的若干话语与儒家经典相印证，从而形成了良知之学。所以，纠结于阳明亭前格竹之事件为真实事件，并在此基础上进一步考证发生的具体时间，根本就是脱离了历史的学术想象力的发挥，无关乎阳明本人亦无关乎阳明学。若按《传习录》所记录的阳明亭前格竹说来诠释，我们只能说，阳明在此实际上是在说明应如何去格物，若是以格竹的那种方法（或者考据的）那可能导致的结局是吐血致疾，与圣贤之学无缘。

关于格物，用心学的义理来说，我们可以用杨简的说法见其一斑。杨氏说：

此心在道则不在物，在物则不在道。耻恶衣恶食，是堕在事物中，为事物移换，未能格物而欲致知，是无理也。格物不可以穷理言。文曰格耳，虽有至义，何为乎转而为穷？文曰物耳，初无理字义，何为乎转而为理？据经直说，格有去义，格去其物耳。程氏倡穷理之说，其意盖谓物不必去，去物则反成伪。既以去物为不可，故不得不委曲迁就，而为穷理之说。不知书不尽言，言不尽意，古人谓欲致知者在乎格物，深病学者之溺于物，而此心不明，故不得已为是说。岂曰尽取事物屏而去之耶？岂曰去物而就无物耶？有去有取，犹未离乎物也。格物之论，论吾心中事耳。吾心本无物，忽有物焉，格去之可也。物格，则吾心自莹；尘去，则鉴自明；滓去，则水自清矣。天高地下，物生之中，十百千万，皆吾心耳，本无物也。天下同归而殊涂，一致而百虑。天下何思何虑。事物之纷纷起于虑念之动耳。思虑不动，何者非一，何者非我。思虑不动，尚无一与我，孰为衣与食？必如此而后可以谓之格物。格物而动于思虑，是其为物愈纷纷耳，尚何以为格。若曰今日格一物，明日又格一物，穷尽万理，乃能知至，吾知其不可也。程氏自穷理有得，遂以为必穷理而后可，不知其不可以律天下也。[②]

杨简说按照程子所谓格物穷理的方法来格物是不可能完成的任务，这也并非真正意义上的《大学》格物。格物从一开始就是为了让人明了心的道理，所论并非如何去观察、思考外在的一草一木，而是为了应对心中之事。杨简说："圣贤立言，不必以一定论。执言语以求圣人之道，非但圣人所望于学者。"[③]对此，阳明也是赞同的。他说："先儒解格物为格天下之物。天下之物如何格得？且谓一草一木皆有理，今如何去格？纵格得草木来，如何反来诚得自家意？……故欲修身在于体当自家心体，常令廓然大公，无有些子

① ［明］黄绾：《久庵日录》卷一，《黄绾集》，张宏敏编校，上海：上海古籍出版社，2014年，第656页。
② ［宋］杨简：《慈湖先生遗书》卷十，《儒藏精华编》二三七，北京：北京大学出版社，2014年，第834页。
③ 同上书，第827—828页。

不正处。”[①]亭前格竹的故事与其说是真正发生过的事，还不如说是王阳明提出的类似禅宗的公案，即并不一定发生过格竹子七天之后发现圣人做不了。这则故事更多地是想要说明，格物要着实去做，格物的最关键的地方在于物并非是客观对象之事物，而是真切发生之事件。事物与事件的区别在于，事件是人参与其中并且人在其中发挥了重要作用的事。格物乃在于事之发见，在事之发见中，人自可格物致知，即依照天理去行事，勉力而为，顺乎天理，可以真正地致知。

王阳明不想将格物理解为对（事物中）秩序原则（理）的达及，而想通过对本己的心的秩序原则（心即理）而对实践事物（行为）的纠正。[②]事物的表象有无穷尽的名义和指称（辞），乃事物复杂性的具体表现，无可辩驳，此为事之无穷或物之无穷特性，“义理无定在，无穷尽”（《传习录》上，第22条）。这也是对于事物的解说无穷尽的根源，即繁文日盛，不可胜穷。若以此为道，则会迷失在事物或语言丛林之中而不自知。故所谓的修道并不在于穷尽事物之理，而在于将诸表象的义理归结于道本身的纯洁性和一致性，道一而已。学的真义并非在物（辞）的世界中迷失方向，而在于通过学的过程，让人不断充实扩展，即心获得归属。所以读经明理的要义在于不泥于文字，“不必泥着文句”（《传习录》上，第14条），而在于明了名义所蕴含的理的统一性，不知变通就是执。“明道者使其返朴还淳而见诸行事之实”（《传习录》上，第11条），即要跳出表象世界而进入实在世界。实是实实在在，而非虚文。

总之，阳明格竹，只能是哲理式的叙事，而非事实意义的叙事，或者可以理解为一段公案和一则譬喻。公案故事能否作为真实的历史去考据是一回事，公案故事能否用于理解学术思想是另外一回事。我们的确可以将它当作某种意义上的历史真实，并用现代人的思维来予以科学的定位；我们也可以将它视为一种讲学的譬喻方法，并用历史的思维来予以学术的定位。何者为阳明学所重，何者为阳明学所轻，对于我们而言或许有多重的考量。

吾人之所以能断定格竹子只能是一个公案故事有如下论据：第一，吾人所据之阳明格竹资料不足，仅有钱德洪参与编辑的话语，无其他旁证，且当时即有阳明门人提出过反对意见。第二，阳明格竹事被今日哲学家、小说家所重视，但前人之记载中关注反而不多，特别是小说家，如在最早的阳明传记小说，即冯梦龙《阳明出身靖乱录》中亦未加以重视，若此事为真，小说家似不应放过。第三，即便在阳明论敌中，我们也未见有人以此攻击之，若真有其事，其论敌似不应放过。第四，从我们的文献考察可知，格竹故事的流传出现在阳明去世后他的学生讲述，不同版本有不同的情节。故我们认为，亭前格竹可作为禅宗公案，或譬喻修辞。从此基础上再加以诠释，或为理解阳明学之一可

① ［明］王守仁：《传习录》下，《王阳明集》，第110页。

② ［瑞士］耿宁：《人生第一等事：王阳明及其后学论致良知》，倪梁康译，北京：商务印书馆，2014年，第139页。

行路径。正如杜维明先生所说的，现代学者以阳明格竹故事来说明他因为没有经验科学的观察技术，是天真幼稚的尝试，是不懂得归纳法的盲目尝试。杜氏认为，这样的指责是无的放矢的现代哲学论断，因为无论是朱子，还是阳明，他们所谓的格物都不是要从认识论意义上来讨论格物，而是要从伦理—宗教的方面去探寻如何才能通往圣贤之路。不过，杜氏也受到了现代学者的影响，将阳明格竹作为一个曾经发生过的真切事件，并且是困扰了阳明的哲学事件。他说："按照朱熹的教导，格一物，不论是自然现象还是人的活动，都是内在的自我觉悟的前提。因此当守仁去格竹子的时候，他实际上是在进行一种精神上的探索：如何把一种具体的自然现象的客观理解同自我实现的内心关怀联系起来。"①杜氏认为，阳明格竹所反映的是一种哲学的困境，即如何解决自我知识与外部知识之间的张力。由于阳明信奉朱子学，他没有想过要背离朱子的思想路线，"这部分地解释了格物实践的失败何以会给守仁造成如此严重的迷失。他真诚地相信他本人在某个基本的方面不够格"。②杜氏的这一解释，可以在一定程度上来理解《年谱》作者的设想，即他们认为阳明学术的成就是通过对朱子的反对而实现的，他曾经作为朱子学的信徒，却未能从那里寻找到成为圣贤的方法，最后通过他本人不懈的努力，终于依靠致良知的新方法优入圣域了。

阳明的立足点、工夫模式较之朱子更接近禅，这是不争的事实。在朱子学者的眼中，阳明披着儒家的外衣，隐藏其禅家的真面目，赋予知行等术语以源于私意的概念性规定那一套东西，以此炫耀继承了儒家正统，却恰恰暴露出破绽百出的丑态，然而，阳明如此狂热地醉心于事物概念、古典术语的诠释，尊重和包容理论与规范，难道仅仅是出于欲于儒宗篡位的狼子野心吗？③或者说仅仅是出于年幼无知的幼稚之举吗？或许，阳明的真正用意在于超越对知行的对象性观察，知的真切笃行处，那就是本来人的栖身之地。对本来人而言，知的限定即是行的限定；行的明觉精察之处，即是本来人的栖身之地，对本来人而言，行的限定即是知的限定。④"知之真切笃实处，即是行；行之明觉精察处，即是知，知行工夫本不可离。"⑤阳明格竹所具有的意涵应该从此来诠释方能无碍。更为重要的是，我们要真正理解阳明格竹故事的意涵，就需要对宋明以来的学术思想有深入的理解，不仅要在朱子学和阳明学那里寻找问题的答案，更要在整个学术的环境中找寻这一故事的背景。

---

① 杜维明：《青年王阳明》，朱志方译，北京：生活·读书·新知三联书店，2013年，第50页。
② 同上。
③ ［日］荒木见悟：《佛教与儒教》，杜勤等译，郑州：中州古籍出版社，2005年，第274页。
④ 同上。
⑤ ［明］王守仁：《传习录》中，《王阳明集》，王晓昕、赵平略点校，北京：中华书局，2016年，第6页。

七　义学义理：聚讼的话头

学术发展过程中，宗师的讲法往往会出现意想不到的结果，这是学术史常见的情况。对此，王畿说："般若，所谓智慧也。嗣后，传教者将此事作道理知解理会，渐成义学。及达摩入中国，不立文字，直指人心，见性成佛，从前义学，尽与刊下。传至六祖以后，失去源流，复成义学。宗师复立持话头公案，顿在八识田中，如嚼铁酸馅，无义路可寻讨，无知解可凑泊，使之认取本来面目、圆满本觉真心，因病施药，未尝有实法与人，善学者可以自悟矣。"①学术之所以发展，正是在于不同时代的人将前贤的学说加以重新阐释，这种阐释首先要有所依据。就中国传统学术思想而言，孔夫子及其门人弟子所确定的六艺经典成为一切学术创新发展的渊源所在。而后世的朱子、阳明被视为一代宗师之后，他们的学术观点被各自的门人弟子以及拥护者、反对者不断讨论，一方面是增进了朱子学和阳明学本身的体系化和精致化，也就在这一过程中让义理本身呈现出打动人心的学术吸引力；一方面也为学者进入经典、进入思想世界提供了门径，也就在这一思考过程中让义学本身成为可能。

我们看到，阳明门人弟子纷纷讨论格物问题，将这一课题变成了当时知识人所面对的"第一公案"。王畿《致知议略》回应了聂豹、邹守益和罗洪先等人关于致知的观点，他认为："三公言若人殊，无非参互演绎，以明师门致知之宗要。"②王畿认为，致良知是人人皆能的："若谓愚夫愚妇不足以语圣，几于自诬且自弃矣。"③其实，王畿《格物问答原旨》一文对阳明的格物说有更加细致的说明。他说：

> 格物之物，是意之用处，无意则无物矣。后儒格物之说，未有是意，先有是物，必须用持敬工夫以成其始，及至反身而诚，又须用持敬工夫以成其终。《大学》将此用功要紧字义失下，待千百年后方才拈出，多见其不自量也已。夫实心谓之诚，诚则一，一心之谓敬，一则诚，非两事也。既说诚意，则不须复说持敬，而敬在其中矣，故曰"合之以敬而益缀"。《大学》诚意以下皆有传，而不传致知格物，非有缺也。诚意之好恶即是物，如好好色、如恶恶臭即是格物；毋自欺也，不自欺其良知也，慎独即是致知。慎独工夫在好恶上用，是谓致知在格物。知是寂然之体，物是所感之用，意是寂感相乘之机。非即其物而格之，则无以致其知。致知格物者，诚意之功也。《大学》之要，诚意尽之矣，故曰"补之以传而益离"。④

很明显，王畿这是在对阳明《大学古本序》的重新解释。这是他所理解的阳明格物

① ［明］王畿：《答五台陆子问》，《王畿集》，吴震编校整理，南京：凤凰出版社，2007年，第147页。
② 同上书，《致知议略》，第130页。
③ 同上。
④ 同上书，《格物答问原旨》，第142页。

之说（“请先发明师门格物之说”）。阳明说，《大学》的要旨不过是诚意罢了。那么，如何才能达到诚意呢？格物。诚意的目的何在呢？回到人心的本体，也就是止至善。什么是格物呢？就是“即其事而格之”，也就是致良知。①王畿曾与他的学生反复讨论格物致知：

“诸生请问格致之旨。先生曰：‘《大学》之要，在于诚意。其机原于一念之微，意之所感为物。良知者，研幾之灵窍，所以揆物而使之正也。古之欲明明德于天下，大志也。致知格物以诚其意，实学也。所期不远则沦于卑近，所履不真则流于虚妄，皆非所语于《大学》也。天下无心外之理，无心外之物。后儒以推极知识为致知，以穷至事物之理为格物，是为求助于外，或失则支。使人各诚其意，各正其心，为明明德于天下，是为取必于效，或失则诞。支于诞，其去道也远矣。’”②

如果把格物理解为知识的积累，那就容易陷入到知无涯的虚无主义；如果把格物理解为真理的顿悟，那就容易导致盲目的绝对主义。不管是虚无主义，还是绝对主义，都是阳明学所要破除的形而上哲学，因此阳明学人也就一再以各种不同的说辞、故事来讲述其学理，格竹故事显然就是为了说明心学格物说的一个公案。但这样的公案故事，对于后学来说未必就是最佳的方案，因为譬喻的理解需要一定的知识背景，也需要特定的语境，将其语境转移之后，那种譬喻甚至会变成不可理解的谜题。比如，东林党领袖高攀龙（字存之，号景逸，1562—1626）就曾针对阳明格竹发表过议论。他说：

余观文成之学，盖有所从得。其初从铁柱宫道士得养生之说，又闻地藏洞异人言周濂溪、程明道是儒家两个好秀才，及娄一斋与言格物之学，求之不得其说，乃因一草一木之说，格及官舍之竹而致病，旋即弃去。则其格致之旨，未尝求之；而于先儒之言，亦未尝得其言之意也。后归阳明洞习静导引，自谓有前知之异，其心已静而明。后谪龙场，万里孤游，深山夷境，静专澄默，功倍寻常，故胸中益洒洒，而一旦恍然有悟，是其旧学之益精，非于致知之有悟也。特以文成不甘自处于二氏，必欲篡位于儒宗，故据其所得，拍合致知，又妆上格物，极费工力，所以左笼右罩，颠倒重复。定眼一觑，破绽百出也。后人不得文成之金针，而欲强绣其鸳鸯，其亦误矣。③

高攀龙据《年谱》所云格物之事，推论出阳明实际上并未深入理解朱子学之格物，走到了二氏之路，故可说阳明是儒表佛里。阳明后学若据此而格物，必将误入歧途无疑。《明史·高攀龙传》：“初，海内学者率宗王守仁，攀龙心非之。与顾宪成同讲东林书院，以静为主。操履笃实，粹然一出于正，为一时儒者之宗。海内士大夫，识与不识，

① ［明］王守仁：《王阳明集》卷六，王晓昕、赵平略点校，北京：中华书局，2016年，第215—216页。

② ［明］王畿：《竹堂会语》，《王畿集》，吴震编校整理，南京：凤凰出版社，2007年，第109—110页。

③ ［清］黄宗羲：《明儒学案》（修订本）卷五十八，沈芝盈点校，北京：中华书局，2008年，第1427页。

称高顾无异词。"[①]高攀龙不满意于阳明后学，特别是混同三教的说法，进而认为阳明于先儒之说并未用心理会，只是用了非儒学的观念来解释儒学，故而破绽百出。如果我们认可了格竹故事的公案，则高攀龙的说法也是成立的。不仅是成立，而且他看到了阳明学人将禅宗思想引入到儒学讨论中的情形。不过，我们今天并不赞同高攀龙所谓的正统观念，因为这种观念并非是儒学涵容特点所在，儒学的发展恰恰在于它能够将不同的学术思潮引入到经典的问题域中展开细致的讨论，一旦它不再有这种涵容性，也就失去了它的发展动力。反对阳明学的高攀龙将格竹故事视为阳明不解格物的例证，而阳明学的支持者则将其作为阳明学产生的一大机缘。如刘宗周《大学杂言》说：

"朱子格物之说，虽一草一木，亦须格得十分透彻。文成初学其学，遂就亭前竹子，用力数日，而不得其说，至于病，因反求之心，渐有悟于知行合一之旨，而《大学古本》出焉。自今观之，朱子言一草一木亦格其切于身者，如周子庭前草，谓其与自家生意一般便是。文成本欲诋其说，故专就一草一木上用工夫，安得不困。"[②]

刘宗周提醒我们，阳明格竹如周子庭前草一样，都是一种公案譬喻。《二程遗书》中记载的程颢语录说："周茂叔（周敦颐）窗前草不除去。问之，云：与自家意思一般。子厚观驴鸣，亦谓如此。"[③]自程颢以后，周敦颐的庭前草或者窗前草故事也就成了性理学的公案。朱子就曾以之作为讲学的譬喻：

问："周子窗前草不除去，云与自家意思一般。此是取其生生自得之意邪？抑于生物中欲观天理流行处邪？"曰："此不要解。得那田地，自理会得。须看自家意思与那草底意思如何是一般。"[④]

问："周子窗前草不除去，即是谓生意与自家一般。"曰："他也只是偶然见与自家意思相契。"又问："横渠驴鸣，是天机自动意思。"曰："固是。但也是偶然见他如此。如谓草与自家意一般，木叶便不与自家意思一般乎？如驴鸣与自家呼唤一般，马鸣却便不与自家一般乎？"问："程子观天地生物气象，也是如此。"曰："他也只是偶然见如此，便说出来示人。而今不成只管去守看生物气象。"问："观鸡雏可以观仁，此则须有意，谓是生意初发见处。"曰："只是为他皮壳尚薄，可观。大鸡非不可以观仁，但为他皮壳粗了。"[⑤]

① ［清］张廷玉等撰：《明史》卷二百四十三，北京：中华书局，2011年，第6314页。万斯同《明史稿》云："先是，海内学者率宗王守仁，其流至恣肆混释老为一，攀龙心非之，故其学一本濂洛，以静为主。"（《明史稿》卷三百四十四）

② ［明］刘宗周：《刘宗周全集》第2册，吴光主编，杭州：浙江古籍出版社，2012年，第617—618页。

③ ［宋］程颢、程颐：《二程遗书》卷三，潘富恩导读，上海：上海古籍出版社，2000年，第112页。

④ ［宋］朱熹：《朱子语类》卷九十六，《朱子全书》第17册，朱杰人等主编，上海：上海古籍出版社，2010年，第3255—3256页。

⑤ 同上书，第3256页。

我们看到，朱子在解释窗前草故事时，虽然有刘宗周所理解的那样把它视为是格物的一种譬喻，但朱子更强调的是偶然性，也就是强调了公案故事的情境特点。公案之所以成为公案，一方面是它具有言行故事的特点，能够给人一种可亲近、可理解的形象，一方面是因为它具有情境发生的特点，给人多种理解的可能。这也是宋代以来性理学家将日常生活的所见所谓与性理学的义理相结合的一个特征。义理不再只是书籍经典中的文字，也不再只是圣经典故，它能够与常人的日用常行重新结合起来，义理也就从抽象的哲理辩论回归到士人的生活世界，从政治哲学的主张回归到了士人的生活世界。当我们的生活中能够无处不在地与之相遇时，这门学术也就重新有了智慧的价值，这也是性理学在宋代产生以来，成为宋明学术主色调的一个原因。在这种学术氛围之下，我们的思想家们才会有这种语言文字和生活故事的运用。朱子如此，阳明如此。

至于当代学者中，明确将阳明格竹视为譬喻的学者，大概是熊十力。1926年熊十力在北京大学讲授因明学，其讲义《因明大疏删注》谓："常人但观一一实物，而鲜能作共相观。维孩稚亦然，叩以所知，必举实物对。虽在学人，亦或如此。王伯安因《大学》言格物，而去竹园格竹，七日不得其理，遂致大病。以其观物而不知取共相故也。"①熊十力认为，格物之事，重要的是从物看到共相，也就是所谓的辨义，观共相才能够"举其物，陈取那义"。值得注意的是，熊氏这里讲的是"喻体"问题，也就是通过譬喻来凸显学术宗旨。他所引用阳明格竹故事，显然也是认为此为譬喻。为何要以竹子为喻体？

八　茂叔庭前草，阳明君子竹

竹子与中国文化有着密切关系，从《诗经》的《淇奥篇》"瞻彼淇奥，绿竹猗猗。有匪君子，如切如磋"开始，历代咏竹诗篇极为丰富。②将竹子与庭前草联系起来，则为性理学兴起以后的故事。严粲《慈湖墨竹》诗："先生万虑昼空时，元气浑沦可得窥。还有发生消息在，挥毫烟雨一枝枝。戏笔偶然成此耳，直将造化论锱铢。不知茂叔庭前草，有此风烟一段无。"③严粲将杨简墨竹与周敦颐庭前草的故事关联起来。此诗或为杨简（字敬仲，1141—1226）墨竹画作所写。杨简是陆九渊的弟子，是性理学中心学一系

① 熊十力：《因明大疏删注》，上海：上海书店出版社，2008年，第183页。

② 成乃凡：《增编历代咏竹诗丛》，太原：山西人民出版社，2010年。该书收录自先秦至晚清咏竹诗7000余首。

③ 北京大学古文献研究所：《全宋诗》（第59册）卷三一二九，北京：北京大学出版社，1995年，第37402页。

的代表人物之一。他也是绘画史上墨竹题材的名家。①杨氏主张“此心即道”。②他高倡“德之在人心，人皆有之，非惟君天下者独有也。圣人先得我心之所同然耳，得其所同然者谓之德。同然者，天下同此一心，同此一机”。③按照严粲的《慈湖墨竹》所讲，杨简的心学其实是延续了周敦颐的学说。也就是说，虽然我们今天认为杨简是心学的代表人物，而宋人则认为他们所延续的是北宋性理诸子的学风，也即将心与道关联起来，将格物与道理关联起来。这样一来，竹子就不单单是一个自然的物，墨竹也不单单是一个绘画的意象，它所呈现的是士人所构建的一种天理与人生的性理世界。

阳明对竹子的情感有家族传承。其祖父王天叙，人称竹轩先生。魏瀚《竹轩先生传》说：“先生名伦，字天叙，以字行。性爱竹，所居轩外环植之，日啸咏其间。视纷华势利，泊如也。客有造竹所者，辄指告之曰：‘此吾直谅多闻之友，何可一日相舍耶？’学者因称曰竹轩先生。”④而阳明与其祖父关系极为密切，阳明年谱中，阳明儿时的故事与王天叙有关的有改名、记诵竹轩公书、从游赋诗等多条。⑤因此，竹的形象对阳明而言是十分熟悉且亲切的。

更为重要的是阳明亦爱竹。在贵州龙场时，阳明建了何陋轩、君子亭，君子亭前栽种的就是竹子：“阳明子既为何陋轩，复因轩之前营，驾楹为亭，环植以竹，而名之曰君子。曰：竹有君子之道四焉：中虚而静，通而有间，有君子之德；外节而直，贯四时而柯叶无所改，有君子之操；应蛰而出，遇伏而隐，雨雪晦明无所不宜，有君子之时。清风时至，玉声珊然，中采齐而协肆夏，揖逊俯仰，若洙泗群贤之交集；风止籁静，挺然特立不挠不屈，若虞廷群后，端冕正笏，而列于堂陛之侧，有君子之容。竹有是四者，而以‘君子’名，不愧于其名；吾亭有竹焉，而因以竹名，名不愧于吾亭。……阳明子曰：嘻！小子之言过矣，而又弗及。夫是四者，何有于我哉。抑学而未能，则可云尔耳。昔者夫子不云乎‘汝为君子儒，无为小人儒’，吾之名亭也，则以竹也。人而嫌以君子

① 陈师曾谓：“墨竹盖始于五代。南唐后主以金错书法写墨竹，自竿至叶皆以勾勒，谓之铁钩锁，此犹是双钩者也。……至于大畅厥旨，左右一世者，则神宗朝之文同与可为首屈一指。苏东坡亲炙其风，波澜益广。如李时雍、赵士表、谢堂、张昌嗣、赵世安、林泳、杨简、丁权、单炜、田逸民、徐履、艾淑等皆有名当时。”（刘梦溪主编：《中国现代学术经典·陈师曾卷》，石家庄：河北教育出版社，1996年，第784页。）

② 杨氏说：“孔子曰心之精神是谓圣，孟子亦曰仁人心也，此心即道，故舜曰道心。”“人心即道，自灵自明。”（［宋］杨简：《慈湖先生遗书》卷十，《儒藏精华编》二三七，北京：北京大学出版社，2014年，第810—811页）

③ ［宋］杨简：《慈湖先生遗书》卷十，《儒藏精华编》二三七，北京：北京大学出版社，2014年，第814页。

④ ［明］王守仁：《王阳明集》卷三十七，王晓昕、赵平略点校，北京：中华书局，2016年，第1173—1173页。

⑤ 同上书，卷三十二，第1024—1025页。

自名也，将为小人之归矣，而可乎？小子识之！”[①]

很明显，这篇文字与其格物之说一致，非以求理于事事物物之中，而是以内在吾心之理去感通事物，事物所具有的理就超越了其作为一般意义上的事物之意涵，也即事物本身的物之理（或者说现代意义上的所谓的物理之理）与心相合为一之后，方才能够体验到人生之意义，即是岛田虔次先生所说“主观方面吞没了那个根源性的、原理性的、规范性的事物”，“格物就是正自己意念的发动，而事物也就是全存在，最终亦即意念的发动，或者说是意念发动之后才存在的东西”。[②]

在此文中，阳明认为竹子所表征的君子之道包括德、操、时和容，[③]此四德之核心乃在于阳明所认同的君子之道。施邦曜称此乃阳明“以圣人自任”，[④]所谓圣人即君子，正如阳明在文中所引孔子所说为君子儒，阳明之所以要以圣人自任，以君子自居，不在于其狂妄无知，而是一个人在感受到道统在握之后的一种圣贤情怀，一种儒者的诚心虔敬、反求诸己，以求精神上之明悟和操行上之奋发，即如方东美所云：“肯定普遍生命大化流行，于大宇长宙中一脉贯通，周运不息，万物一切，沉潜涵蕴其间，现为天地万物气象，而生机盎然，淋漓充沛；天地间任何生命个体存在皆可契会神明，澈通无碍。”[⑤]

从竹子抽离出来的君子之德操时容，是王阳明对自我的一种期许，所以他的门人就说这是阳明先生自谦之语，实为夫子自道。所谓的德操时容，归结起来是要做一个作为君子的儒者。所谓格物不是我去格个外在的物，而是以物来格我，物我一体，从物体贴出我之知。从竹子得到的关于我的认知进一步将我的认识进行提升，反诸经典则是所谓的“敬以直内”。从这个意义上说，敬为身心之根。

天理之万物得其妙用者为人，人心乃一身之主宰，故存心之道，在于诚敬（诚意），诚敬（诚意）为涵养工夫，所以收心乃是一种工夫，然而这种工夫，不是致虚静，而是心专于一，以天理应万事。这就是孟子所说的“君子所以异于人者，以其存心也。君子以仁存心，以礼存心。”[⑥]倘若对此不能究心，或者以逻辑的考据的方式来应对，则必然

---

① ［明］王守仁：《君子亭记》，《王阳明集》卷二十三，王晓昕、赵平略点校，北京：中华书局，2016年，第756—757页。

② ［日］岛田虔次：《中国近代思维的挫折》，甘万萍译，南京：江苏人民出版社，2005年，第15页。

③ 杜维明的诠释是：首先，竹子是谦虚的，因为竹子是中空的，而且竹子长得越高，它就弯得越低。比如松是挺拔的，越高越挺拔，但竹子上去之后会下来。其次，竹子是长青的，竹子是有节的，代表着持久、正直。再次，一般不会看到一根竹子，竹子总是一批，所以它是合群的。最后，古人非常喜欢听风吹竹子的声音，如果能够在竹林下面下棋，就感到很愉快。如此等等，总之有很多君子所欣赏的特性。（杜维明：《儒家心性之学的当代意义》，《开放时代》，2011年第4期，第106页。）

④ ［明］王守仁著、［明］施邦曜辑评：《阳明先生集要》，王晓昕、赵平略点校，北京：中华书局，2008年，第872页。

⑤ 方东美：《中国哲学精神及其发展》，孙智燊译，北京：中华书局，2012年，第70页。

⑥ 《孟子·离娄下》，［宋］朱熹：《四书章句集注》，北京：中华书局，2011年，第278页。

出现类似亭前格竹之事，直至吐血致疾，但一旦明了也就自然澄明，自然自得，故阳明说："惟天下至圣，为能聪明睿智，旧看何等玄妙，今看来原是人人自有的。耳原是聪，目原是明，心思原是睿智，圣人只是一能之尔。能处正是良知，众人不能，只是个不致知，何等明白简易！"①

在此意义上说，宋明理学家继承了早期思想家们的各种思想，并根据时代进行了新的诠释，正如前述阳明之制义所揭示的，在理学家看来，理在天地之间，而一心主之，故须存心，存心即是存其良知，因为"人的良知，就是草木瓦石的良知。若草木瓦石无人的良知，不可以为草木瓦石矣。岂惟草木瓦石为然，天地无人的良知，亦不可为天地矣。盖天地万物与人原是一体，其发窍之最精处，是人心一点灵明。风雨露雷、日月星辰、禽兽草木、山川土石，与人原只一体。故五谷禽兽之类，皆可以养人；药石之类，皆可以疗疾：只为同此一气，故能相通耳"。②

故此，我们方能理解为何阳明要说"知是心之本体，心自然会知：见父自然知孝，见兄自然知弟，见孺子入井自然知恻隐，此便是良知，不假外求。若良知之发，更无私意障碍，即所谓'充其恻隐之心，而仁不可胜用矣'。然在常人不能无私意障碍，所以须用致知格物之功。胜私复理，即心之良知更无障碍，得以充塞流行，便是致其知。知致则意诚"。③唯有在此意义上方能知行合一。这里所谓的本体，就是心体（本心），也即良知本身。原本合一的良知心体何以知行不合一呢？其原因是有了私意的隔断，若能去除私意则能复其本体，也就实现了自性合一。④知行合一并不意味着消解知行本身的复杂关系，即便合一，但也存在着多种样态，如生知安行、学知利行和困知勉行，都是知行关系的不同表现形式，因此知行合一是统一的多样性，而非一元的排他性。这与朱子的诠释不同。朱子试图在动与静、沉思与理性思维的关系上建立起一种统一，因为"学"含有两个组元：其一是"敬畏凝神"（敬）的"沉思"组元，即在宁静中，在"情感产生之前"（未发）、在与世界交遇前就启动并且"滋养着心"的组元；其二是建基于对秩序原则的研究与认识的活动组元。⑤而王阳明则直接认为知行关系在本体（本源）上就具有合一性，即其关系原初乃一体，即"心一也，未杂于人谓之道心，杂以人伪谓之人心"。⑥心之本体属性是一，这里的一并非单纯的数量上的一或者简易化的一，而是在理

① ［明］王守仁：《传习录》下，《王阳明集》，王晓昕、赵平略点校，北京：中华书局，2016年，第101—102页。

② ［明］王守仁：《传习录》下，同上书，第99—100页。

③ ［明］王守仁：《传习录》上，同上书，第6页。

④ 蔡仁厚：《王阳明哲学》，北京：九州出版社，2012年，第37页。

⑤ ［瑞士］耿宁：《人生第一等事：王阳明及其后学论致良知》，倪梁康译，北京：商务印书馆，2014年，第67页。

⑥ ［明］王守仁：《传习录》上，《王阳明集》，王晓昕、赵平略点校，北京：中华书局，2016年，第7页。

的面向上的一。诠释知行关系离不开对于心的理解，心知心行，离开心探究知行关系不是切己的真实学问，本于心来讲求知行关系就需要将私欲（见闻）之遮蔽祛除，立足于心的坚实之基，知行也就理所当然的合一。心之所以一也，不在于其情欲多寡，不在于其气质之纯杂，不在于其动静之贯彻，而在于心之本体是至善，是良知。但良知却似乎无法得以统一，至少从圣贤之话语来看各有不同，如果良知为内在之一贯的话，如何诠释其中的差异性?《传习录》中有这样的对话：

> 问："良知一而已：文王作《彖》，周公系《爻》，孔子赞《易》，何以各自看理不同?"先生曰："圣人何能拘得死格?大要出于良知同，便各为说何害?且如一园竹，只要同此枝节，便是大同。若拘定枝枝节节，都要高下大小一样，便非造化妙手矣。汝辈只要去培养良知。良知同，更不妨有异处。汝辈若不肯用功，连笋也不曾抽得，何处去论枝节?"①

竹子在此成为一种独具象征意义的事物。此乃是阳明学充满激情活力之处，它不是一种枯槁的、无趣的、无生机的学问，而是融生命于世界之中的感通情理之学。但值得注意的是，阳明的思想背景中，除了儒者之学，君子之道之外，还有很强烈的禅宗之学，正如罗光所说："王阳明思想的变迁，由儒入道和佛，由道和佛再转入儒学，经过贵州龙场的流难困苦经历，乃悟道致良知。禅学的祖师禅讲直接体验，反观自心，直接体验实相真如，由真如看到万法平等。为能有直接体验，先要使心虚空一切，无念无心。王阳明体验到自心的本体为良知，良知即是天理。外面事物和心相感触时，天理良知自然显露，人乃由良知的直接体验，外面的事物和良知相合为一。在内外相合为一之中，良知天理达到事物，便称为致良知。然而在良知和事物之间，不能没有私欲的障碍。心动为意，私欲而动，意若诚于天理，私欲的障碍便可消除。王阳明的修身论便在于诚意。天理在人心，心外面没有天理，而且心外也没有事物，因为宇宙万物的意义都来自人心。"②阳明的这一思想虽然有禅宗的影响，但这也是中国儒家思想之传统，否则阳明学亦无法将其流畅之融于一体。

从《君子亭记》中的竹子所具有的君子之德，到格竹的禅宗公案，其间的跨越正可说明，阳明并不局限于某一特定的教条，而是根据时代的特征加以重新梳理，使之成为符合自己内心良知的生活之道，也才能使"日月风雷山川民物，凡有貌象形色，皆在太虚无形中发用流行，未尝作得天的障碍。圣人只是顺其良知之发用，天地万物，俱在我良知的发用流行中，何尝又有一物超于良知之外，能作得障碍?"③。那么我们应如何理

---

① ［明］王守仁：《传习录》下，《王阳明集》，王晓昕、赵平略点校，北京：中华书局，2016年，第104页。

② 罗光：《罗光全书册十二·中国哲学史·元明篇》，台北：学生书局，1996年，第181—182页。

③ ［明］王守仁：《传习录》下，《王阳明集》，王晓昕、赵平略点校，北京：中华书局，2016年，第98—99页。

解并诠释良知？鉴于与阳明时代的抽离，我们需要首先以一种知识的理知（reason）态度来对其进行疏解，虽然阳明学更加重视的是体悟、感通和践履，但绝非意味着阳明学是一种反理知的学说。[①]但如果我们对其没有一点逻辑性的把握，极有可能导致亭前格竹吐血致疾，为此，我们首先从知识的意义上分析之，因为“知识，就我们已知而言，必然是理性的。我们既没有非理性的认知模式，也没有一门非理性的科学”。[②]阳明说：“凡观古人言语，在以意逆志，而得其大旨。若必拘滞于文义，则靡有孑遗者，是周果无遗民也。……在知道者默而识之，非可以言语穷也。若只牵文泥句，比拟仿象，则所谓心从《法华》转，非是转《法华》矣。”[③]显然，对于阳明格竹的故事，我们也需要如是观。

九　随物而格：致知之功及其他

阳明格物故事是阳明门人的记录。阳明为了让门人更好地明白什么是格物致知，讲述了这样的故事。嘉靖三年甲申（1524），阳明门人周道通[④]致书阳明请教：“但鄙心则谓与初学言之，还须带格物意思，使之知下手处。本来致知格物一并下，但在初学，未知下手用功，还说与格物，方晓得致知。”阳明对此的回复是：“格物是致知工夫，知得

---

① 余英时认为中国传统中，特别是政治传统中一直存在着反智主义，即“法家主张圣人除了劳动者之外，只需要战士，此外对于一切有德行、学问、技能的人，政权的门则永远是关闭的”；“焚书和坑儒这两件大事便是法家反智论在政治实践上的最后归宿”；“儒家法家化之后，其所谓缘饰以儒术实际上是法律只能控制人的外在行动，经义断狱才能深入人心。”（余英时：《中国思想传统及其现代变迁》，沈志佳编，桂林：广西师范大学出版社，2014年，第359、362、369页。）

② ［奥］米塞斯：《人的行为》，夏道平译，上海：上海社会科学院出版社，2015年，第87页。

③ ［明］王守仁：《传习录》中，《王阳明集》，王晓昕、赵平略点校，北京：中华书局，2016年，第59—60页。

④ 周冲字道通，号静庵，江苏宜兴人。《明儒学案》称“南中之名王氏学者，阳明在时，王心斋、黄五岳、朱得之、戚南玄、周道通、冯南江，其著也。”又说“周冲字道通，号静菴，常之宜兴人。正德庚午乡举。授万安训导，知应城县，以耳疾改邵武教授，升唐府纪善，进长史而卒，年四十七。阳明讲道于虔，先生往受业。继又从于甘泉，谓‘湛师之体认天理，即王师之致良知也’。与蒋道林集师说，为《新泉问辨录》。暇则行乡射投壶礼，士皆敛衽推让。吕泾野、邹东廓咸称其有淳雅气象。当时王湛二家门人弟子，未免互相短长，先生独疏通其旨。故先生死而甘泉叹曰：‘道通真心听受，以求实益，其异于死守门户以相訾而不悟者远矣！’”（［清］黄宗羲：《明儒学案》（修订本），沈芝盈点校，北京：中华书局，2013年，第578、583页。）

致知，便已知得格物。若是未知格物，则是致知工夫亦未尝知也。”[①]周道通认为，初学者要讲格物，因为格物是下手用功之处。而阳明则告诉他，学者不分初学与否，终身要做的事只有修身诚意，即朝向圣贤努力这一件事。阳明说：“致知者，意诚之本也。然亦不是悬空的致知，致知在实事上格。如意在于为善，便就这件事上去为善；意在于去恶，便就这件事上去不为。……诚意功夫实下手处，在格物也。若如此格物，人人便做得，人皆可以为尧舜，正在此也。”[②]

阳明认为道即是良知，良知即是道，这即是良知学的根本立场，或者如耿宁先生所说的信仰者。在此立场下，格物就是循良知而随物而格。“夫良知即是道，良知之在人心，不但圣贤，虽常人亦无不如此。若无有物欲牵蔽，但循着良知发用流行将去，即无不是道。但在常人多为物欲牵蔽，不能循得良知。……学者学循此良知而已，谓之知学，只是知得专在学循良知。”[③]所谓随物而格实际上是为行为而知识，此是由周初以来，中国的学术基线，即是一种为己之学，追求知识的目的在于自我之发现、开辟升进，以求自我的完成。[④]

王阳明与人论格物多据自身和日常而述说。如对门人陈九川（1494—1561）说：“耳

① ［明］王守仁：《传习录》中，《王阳明集》，王晓昕、赵平略点校，北京：中华书局，2016年，第56页。阳明书信中有“近有一书与友人论此颇悉，今往一通，细观之，当自见矣”。这里的与友人论格物书究竟为何尚为疑案。佐藤一斋说：“文成论格物，检《全书》，不止十数。本文‘一书’，今未审的指何书，俟考。”（［日］佐藤一斋：《传习录栏外书》，上海：上海古籍出版社，2017年，第113页）陈荣捷则认为阳明言及格致之书，虽有多通，然详尽而堪作替代答道通者，厥为《答顾东桥书》（第130至143条）与《答罗整庵书》。尤其是《答顾书》之第134条与《答罗书》之第173与174条。然据《年谱》嘉靖三年（1524）正月道通方受业，道通书云“春间再承教益”，则必非指初受业之年而指以后一年或数年也。此书云“近有一书与友人”，《答罗整庵》在正德十五年（1520），至少在四年以前，似不能言近。异本《全书》题下之甲申（1524），必不可靠。诸本不采，非无故也。《答顾东桥书》收入《续刻传习录》。《年谱》系此录于嘉靖三年。但《年谱》又系《答顾东桥书》于嘉靖四年（1525），是在《刻续录》之后。《年谱》自相矛盾。三年四年，二者必有一误。如《答顾东桥书》，果为嘉靖四年之春或夏，则《答周道通》在是年春夏以后，附《答顾书》，可云近也。道通三年正月受业。若四年春间再承教益，夏间来书，阳明守丧之中草草作复，顺往答顾之书，亦至自然。然《答顾书》不提守丧。或在嘉靖五年阳明守足三年之丧以后耳。（陈荣捷：《王阳明传习录详注集评》，重庆：重庆出版社，2017年，第166—167页）其中云异本全书，不知何本。阳明《答周道通书》系嘉靖三年甲申（1524）应无误，从今可见之闻人诠嘉靖十四年刻《阳明先生文录》卷二（翟凤奎、向辉《阳明文献汇刊》第21册，成都：四川大学出版社，2015年，第252页）、范庆嘉靖二十六年刻《阳明先生文录》卷二（翟凤奎、向辉《阳明文献汇刊》第25册，成都：四川大学出版社，2015年，第203页）、宋仪望刻《阳明先生文录》卷二均系年为甲申。非陈荣捷先生所说诸书不采者，只是今本《传习录》中卷删去所有书信时间，不系年而已。且甲申阳明所书不少，其中被收入今本《传习录》者有《答陆原静书》，其中亦有论及下手工夫。《答顾东桥书》作于嘉靖四年乙酉（1525）亦不误。此书中所说之论此者，《答陆原静书》可能性较大。阳明此书中只说“近有一书与友人论此颇悉”，并未明指何书，不能因答罗顾二书论述更细致即指此中之一，并由此推断《年谱》系年之误也。

② ［明］王守仁：《传习录》下，《王阳明集》，王晓昕、赵平略点校，北京：中华书局，2016年，第111页。

③ ［明］王守仁：《传习录》中，同上书，第64页。

④ 徐复观：《中国思想史论集续编》，北京：九州出版社，2013年，第529页。

目口鼻四肢，身也，非心安能视听言动？心欲视听言动，无耳目口鼻四肢亦不能，故无心则无身，无身则无心。但指其充塞处言之谓之身，指其主宰处言之谓之心，指心之发动处谓之意，指意之灵明处谓之知，指意之涉着处谓之物：只是一件。意未有悬空的，必着事物，故欲诚意则随意所在某事而格之，去其人欲而归于天理，则良知之在此事者无蔽而得致矣。此便是诚意的工夫。”①所以但衡今说：“本节着重心意知物是一件，此阳明学术一手撑天处。谓之身，谓之心，谓之意，谓之知，谓之物，亦只是一件。一扫古今支离分别。”②王阳明反复强调的是理为一，道一而已，反对支离。王阳明法书还记录了一段类似的对话：

> 生（白悦，字贞夫）又问：“圣贤之学，所以成身；科举之业，将以悦亲。二者或不能并进，奈何？”予（王阳明）曰：“成身悦亲，道一而已。不能成身，不可以悦亲；不能悦亲，不可以成身。子但笃志圣贤之学，其绪余出之科举而有余矣。”曰：“用功何如？”曰：“先定志向，立工程次第，坚持无失。循序渐进，自当有至。若易志改业，朝东暮西，将亦无成矣。”③

在给后学的赠言中，王阳明将学与业的关系再次作了阐明，学生问学与业无法统一怎么办。王阳明说，学与业一于道，或者说道一而已，学和业之间并非矛盾不可分解，而是互为条件的，但最为重要的是笃志圣学，立定志向，循序渐进，如此则学日进而业可期。王阳明强调需要皈依圣贤之学，而圣贤之学在当时士人看来即为孔孟之学，即道学理学，在阳明这里即是良知之学。良知必然是一种内在于我之生命中的道德精神状态和永不停歇地实际追求，格物当然是闻见之知，但经过体认、体得的工夫，将客观之理，内在化而与心性之理相符应、相融合，因而将心性之理加以充实、彰著，④“圣人致知之功至诚无息，其良知之体皎如明镜，略无纤翳。妍媸之来，随物见形，而明镜曾无留染。所谓情顺万事而无情也。无所住而生其心，佛氏曾有是言，未为非也。明镜之应物，妍者妍，媸者媸，一照而皆真，即是生其心处。妍者妍，媸者媸，一过而不留，即是无所住处。病疟之喻，既已见其精切，则此节所问可以释然。病疟之人，疟虽未发，而病根自在，则亦安可以其疟之未发而遂忘其服药调理之功乎？若必待疟发而后服药调理，则既晚矣。致知之功无间于有事无事，而岂论于病之已发未发邪？”⑤

仁是儒家道德精神的总持，即是修己以敬的归结。⑥阳明建立之事功，阐发其学说，皆由此而来，所以阳明说“在孟子言‘必有事焉’，则君子之学终身只是‘集义’一事。

---

① ［明］王守仁：《传习录》，《王阳明集》，王晓昕、赵平略点校，北京：中华书局，2016年，第85页。
② 陈荣捷：《王阳明传习录详注集评》，重庆：重庆出版社，2017年，第231页。
③ 束景南：《书四箴赠别白贞夫》，《阳明佚文辑考编年》，上海：上海古籍出版社，2012年，第438页。
④ 徐复观：《中国思想史论集续编》，北京：九州出版社，2013年，第536页。
⑤ ［明］王守仁：《传习录》中，《王阳明集》，王晓昕、赵平略点校，北京：中华书局，2016年，第65页。
⑥ 徐复观：《中国思想史论集续编》，北京：九州出版社，2013年，第572—573页。

义者宜也，心得其宜之谓义。能致良知，则心得其宜矣，故集义亦只是致良知。君子之酬酢万变，当行则行，当止则止，当生则生，当死则死，斟酌谓停，无非是致其良知，以求自慊而已。故‘君子素其位而行，思不出其位’，凡谋其力之所不及而强其知之所不能者，皆不得为致良知；而凡‘劳其筋骨，饿其体肤，空乏其身，行拂乱其所为，动心忍性以增益其所不能’者，皆所以致其良知也。”①良知乃是本心或者说良知之心自证自知，因此良知工夫就成为一种易简的、体证的、亲切的工夫，这是就其全部生命（你死我活）的决斗模式的集约性、究竟性、整体性而言的，而不是让人回避繁杂纷呈的现实，枯竭性情斩除烦恼，走一条一蹴而就的捷径。抵达同一目标，轻而易举的方法与繁杂纷呈的方法并存，就简避繁乃人之常情。但是如果从一开始就回避应该承担的义务，限制了实践的范围，忽略了自身力量的积攒，那么就已经本来性的立场失足堕落，沦为功利打算之徒，于是也根本没有什么资格去理论什么工夫的繁简难易了。②因此，试图从竹子身上找到理的格物不是阳明的学术主旨，更不会是朱子学术的主旨，无论朱子学还是阳明学，其格物学说的根本目的在于大学之道，即修己以敬的成己成物。这种格物，既不是黄花翠竹的空无，也不是青青翠竹的诗情画意，而是竹有君子之德的切己觉悟和着实用功的体验，正是这种觉悟和体验让性理学成为提振士气的精神支柱。

至于当代学人，对此的理解和解释又有所不同。比如胡适《先秦名学史》说，以积蓄学问开始引导至豁然贯通的最后阶段的方法，在明代王阳明加以反对之前，一直是新儒学的逻辑方法。王阳明说“初年与钱友”云云，因此，王阳明反对宋学的方法，创立他所认为是《大学》本义的新学。他的心学认为“天下之物本无可格者，其格物之功只在身心上做。”（《传习录》下）离开心，即无所谓理，也无所谓物。“身之主宰便是心，心之所发便是意，意之本体便是知，意之所在便是物。如意在事亲，即事亲便是一物。”（《传习录》下）这样，王阳明认为格物中的格字，并不是宋儒所主张的穷究，而是正的意思，有如孟子所说的“大人格君心”的格。所以，格物并不是指研究事物，而是“去心之不正，以全其本体之正”（《传习录》下）。简单地说，就是心之良知，“知是心之本体，心自然会知，……用致知格物之功胜私复理，即心之良知更无障碍，得以充塞流行便是致其良知，知致则意诚”。③胡适认为：“程氏兄弟及朱熹给格物一语的解释十分接近归纳方法：即从寻求事物的理开始，旨在借着综合而得最后的启迪。但这是没有对程序作出详细规定的归纳方法。上面说到的王阳明企图穷究竹子之理的故事，就是表明缺乏必要的归纳程序的归纳方法而终归于无效的极好例证。这种空虚无效迫使王阳明凭着良知的理论，把心看作与天理同样广大，从而避免了吃力不讨好的探究天下事物

① ［明］王守仁：《传习录》中，《王阳明集》，王晓昕、赵平略点校，北京：中华书局，2016年，第68页。
② ［日］荒木见悟：《佛教与儒教》，杜勤等译，郑州：中州古籍出版社，2005年，第293页。
③ 胡适：《先秦名学史》，欧阳哲生编《胡适文集》第6册，北京：北京大学出版社，2013年，第6页。

之理。”[1]在胡适看来，无论是程朱，还是陆王，他们或者以探求事物之理来诚意以正心（宋学），或者直接说格物只在身心上做（王阳明），他们即便有各种不同，根本一点上是相通的，那就是他们把物当作事，用一种人文主义的哲学解释来限制了哲学的范围，即“它把哲学限制于人的事务和关系的领域”；他们用一种伦理与政治哲学的讨论替代了对自然客体的研究。“因此，在近代中国哲学的这两个伟大时期中，都没有对科学的发展作出任何贡献。可能还有许多其他原因足以说明中国之所以缺乏科学研究，但可以毫不夸张地说，哲学方法的性质是其中最重要的原因之一。”[2]显然，阳明及其学说被胡适等现代科学主义者视为是进步的绊脚石，至少是他们认为应该抛弃的传统学说。拥抱新的学说，展开新的讨论，才是胡适等人所规划的新时代课题。

胡适的看法，很长一段时间里成为主流的意见。然而，当我们去阅读同时代人的著作时，我们会发现，有人并不赞同这样的意见，但也无可奈何。诚如章太炎说：“阳明生时骂朱文公为洪水猛兽，阳明读书不多，未曾遍观宋人之说，故独骂朱子，实则伊川、象山均如此讲。朱子治学，亦未身能穷知事物之理，无可奈何，敷衍了事，而作此说。今之新学小生，误信朱子之言，乃谓道德而不能根据科学者不是道德，夫所谓道德，将以反抗自然也，若随顺自然，则杀人放火，亦何不可以科学为之根据者？信斯言也，真洪水猛兽之比矣。朱子有知，不将自悔其言之孟浪乎？”[3]章太炎讲述阳明故事时，所面临的正是胡适等人所鼓动的新学成为主流的时代，传统的学术成了国故，需要科学的整理，否则就毫无价值可言，甚至可以是阻碍社会进步的洪水猛兽。但，传统并不因为曾经的正反意见而成为尘封的历史，也并未因为学者在特定语境下的解读而失去它的价值。它在新的时代又获得了新生。正是在这种情况下，阳明格竹故事一再被人谈及，只不过换了讲法罢了。

小结

毫无疑问，格物在宋明理学中具有重要的意义。《传习录》中讲述格物之理贯穿始终，从早期徐爱的记录，到后期黄以方的记录，这表明，格物的问题，并非一言可以解释清楚，其含义具有多重性，根据不同的情境可能会做出不同的诠释。王阳明晚年用了格竹故事这样的譬喻来讲述一个道理，即“物”非死物或者完全脱离人而存有之物，而是人所面对之“事”，即人在其中之生活世界，这是一个有人的万物世界，事的意涵在于人的参与和人心的进入，这才是格，所谓的参与和进入并不意味着人直接完成了事物，或者事物的价值需要人才得以成立，而是说人如果要着实地生活在这个世界，就需

① 胡适:《先秦名学史》，欧阳哲生编《胡适文集》第6册，北京：北京大学出版社，2013年，第7页。
② 同上书。
③ 章太炎:《国学之统宗》,《章太炎全集·演讲集》，上海：上海人民出版社，2015年，第482—483页。

要将其心投射到事物之中，即人在世间为人为学最为关键在于应事而作；不论什么样的人，都要生活在人事之中，不可能绝对孤立地存在，有事就有应对。人也只有在应世应事的过程中才能真正地实现自我，即有担当。这种担当就是将人作为人的本性发挥出来，能够成己成物。至于阳明讲述的故事，则要如王畿所提示的那样："言者，所由以入于道之诠。凡待言而传者，皆下学也。学者之于言也，犹之暗者之于烛，跛者之于杖也。有触发之义焉，有培栽之义焉，而其机则存乎心悟，不得于心而泥于言，非善于学者也。"①

阳明格竹故事是阳明之言，已经被人反复讲述了四百多年。这个从禅宗公案而来，被阳明反其道而用之，用于讲述格物是要在心上、在事上用功的道理。阳明门人记录下这则故事，又编进《年谱》，把它的隐喻性意涵转化为浅白的故事性。其后，这种浅白的寓意故事广为传播，当然故事也在讲述的过程中不断被修改，或者被审慎地忽略，或被用来说明其他的道理。它的故事性越来越为人们所熟悉，即便是严肃的故事讲述者，也要用我们所熟悉的观念来重新讲述这个故事，让这个故事更加符合读者的想象；而它的隐喻性却渐渐被人忘却，只有熊十力、侯外庐等为数不多的学者在他们的讲述中指出这是"喻体"故事和公案之说。熊十力等人的讲述提醒我们：要理解这一故事就要从譬喻和公案的角度来思考，也需要通过故事的讲述历史来梳理这一故事在不同文本中的变化，如此才能明白这一故事本身所蕴涵的真理性意义。如此一来，阳明格竹也就具有了真正的哲学意义和历史意义。

（向辉，中国国家图书馆研究馆员）

① ［明］王畿：《重刻阳明先生文录后语》，［明］王守仁：《王阳明集》，王晓昕、赵平略点校，北京：中华书局，2016年，第5页。

不列颠哥伦比亚大学图书馆藏《熊廷弼、杨涟札合册》研究

熊　飞

摘　要：不列颠哥伦比亚大学图书馆藏《熊廷弼、杨涟札合册》，是研究明代后期历史与文学的重要实物，此合册二札的书写背景，为明天启年间，是朝中廉正士大夫同魏忠贤阉党生死搏斗的生命书写。其撰写时间，当在天启四年（1624）冬十一二月。收藏者分别为谢又绍、梁章钜、琴江翁氏等，最终收藏者为山东菏泽庞镜塘。此件由庞镜塘之女庞祎带到加拿大，庞祎去世后，其子方志豪（Paul Fang）便将此合册连同其他古籍一道，捐给不列颠哥伦比亚大学图书馆。

关键词：明代书信；熊廷弼；杨涟

《熊廷弼、杨涟札合册》，收明代后期两位著名历史人物熊廷弼和杨涟二人来往书札各一封，这是研究明代后期历史与文学的重要实物，价值不言而喻。可惜的是，这份历史材料因某种原因离开中国，现藏于不列颠哥伦比亚大学图书馆，罕为人知。近年，本人因整理熊廷弼文集，偶尔发现了这个材料。兹不揣浅陋，略作考辨，供喜爱明代历史、文学及书法的朋友分享。

一、《熊廷弼、杨涟札合册》介绍

《熊廷弼、杨涟札合册》，现藏于不列颠哥伦比亚大学图书馆。此合册收熊廷弼与杨涟二人来往书信各一。其中，熊廷弼与杨涟札九纸，杨涟与熊廷弼札十二纸，共二十一纸。书纸纸质似为竹宣。书信用纸原约十六开，似已经人剪裁，每两纸用一幅八开绵宣托住。书信之纸色与衬纸之纸色均为淡黄，书纸纸色略深于衬纸。衬纸各幅均有不同程度的虫蚀痕迹，但此札书写字迹完好。

熊廷弼与杨涟，均为明代后期历史中关系明朝生死存亡的重要人物。熊廷弼（1569—1625），字飞百，一作非伯，后改作非之，号芝岗，湖广武昌府江夏县（今武汉市江夏区）人。出生于江夏一贫寒之家。启蒙后，曾一度辍学。万历二十五年（1597），

举乡试第一。次年（1598），中进士，解褐保定府推官。三十三年（1605），擢工部主事。三十六年（1608），授浙江道御史，巡按辽东。三十九年（1611），改差南直隶提督学政。四十一年（1613），革职回籍。四十六年（1618）十一月，起升大理寺左寺丞兼河南道监察御史，宣慰辽东。旋擢兵部右侍郎兼右佥都御史，经略辽东。次年（1619）九月，听勘回籍。天启元年（1621）六月，起升兵部尚书兼都察院右副都御史，再次经略辽东。天启二年（1622）春，被参革职下狱。天启五年（1625）八月，受人诬陷被杀，传首九边。

杨涟（1572—1625），字文孺，号大洪，湖广德安府应山县（今湖北广水）人。明末东林党"六君子"之一。万历三十五年（1607）登进士第，任常熟知县，举全国廉吏第一。入朝任户科、兵科给事中，累迁至左副都御史。光宗即位，杨涟极力反对郑贵妃求封皇太后。光宗逝世，李选侍欲挟太子朱由校（明熹宗）把持朝政，杨涟因力主李选侍移宫，前后两次得罪后宫权阉。天启五年，又上疏弹劾魏忠贤二十四大罪，被诬下狱，惨死狱中。

熊廷弼与杨涟二人此次书信来往，发生在熊廷弼被关押刑部大狱期间，即天启二年入狱后，五年八月被杀前。据《明史》及《明实录》，杨涟被逮入狱，是因锦衣卫北镇抚司掌司事许显纯等勘问汪文言之狱，辞连赵南星、杨涟、左光斗、魏大中、缪昌期、袁化中、惠世扬等人。于是天启下旨遣缇骑逮至京，令许显纯严刑究问。[①]不久，涟等被逮，下镇抚司狱，相继死于狱中。[②]据杨涟此间经历，涟与熊廷弼回书，则应在其被诬下镇抚司狱前。

二、《熊廷弼、杨涟札合册》的写作背景及二札各自之撰写时间

下面再对《熊廷弼、杨涟札合册》这两封书信的写作背景略作考证。熊廷弼在此书中说："月来风景愈恶，旦夕莫测……度相国行时，必于南翁有深托。"此书中言及的"相国"，即加少师太子太师首辅韩爌。据《熹宗实录》，当时，左副都御史杨涟上疏劾魏忠贤二十四大罪，忠贤惧，求援于爌，爌不应，忠贤深衔之。首辅叶向高罢，韩爌继为首辅，每事持正，为善类所倚。其冬，忠贤假会推事，逐赵南星、高攀龙。爌急，率朱国祯等上疏说，陛下一日去两大臣，臣民失望。且中旨径宣，不复到阁。而攀龙一疏，经臣等拟上者，又复更易，大骇听闻，有伤国体。忠贤益不悦，传旨切责。未几，又逐杨涟、左光斗、陈于廷，朝政大变，忠贤势益张。韩爌自知不敌魏阉奸党，惶惧抗疏乞休[③]。据《明史·熹宗纪》记载，天启四年"十月，削吏部侍郎陈于廷、副都御史杨涟、

---

① 《明熹宗悊皇帝实录》卷五七，北平图书馆藏红格抄本，台北：历史语言研究所，1962年，第2658—2659页。

② ［清］张廷玉等撰：《明史》卷二五九，北京：中华书局，1974年，第303页。

③ 《明熹宗悊皇帝实录》，北平图书馆藏红格抄本，台北：历史语言研究所，1962年，第6245—6246页。

佥都御史左光斗籍。十一月己巳，韩爌致仕”。[1]梁本《熹宗实录》卷四七亦记：天启四年（1624）冬十月“己酉，吏部右侍郎陈于庭、左副都御史杨涟、左佥都御史左光斗削籍”，[2]“己巳，大学士韩爌引罪乞休，许之”。[3]天启四年冬十月壬午朔，己酉为十月二十八日；十一月辛亥朔，己巳为十一月十九日。熊廷弼书中所言之“月来风景愈恶”，当指十一月韩爌致仕以后，朝政大变，忠贤阉党凶势益张，朝中正人君子之命运几乎是“旦夕莫测”。故此信应撰于天启四年冬十一月下旬，最迟不得迟于十二月上旬。再从杨涟回书看，杨涟在书中告诉熊廷弼：“不肖出春明后，一路骑马落店到家。”则此时杨涟已被削籍，故应撰于四年十月二十八日后。但时仍在其年冬，尚未出春。涟于此书后署“初十日涟再顿首”，则杨涟回信之“初十日”，应为天启四年冬十一月初十日或十二月初十日。但据熊廷弼札，此时宰相韩爌已经辞职，故涟札只能撰于十二月初十日。由此反推熊廷弼此书撰写时间，也应与上面所推出之时间相当。此时正是朝中“善类”与魏忠贤奸党激烈搏斗之重要时刻，汪文言狱是魏忠贤网罗朝中“善类”所设最恶毒最阴险的一局。本来，韩爌在位，朝中“善类”尚有所依。魏忠贤先逐赵南星、高攀龙，再去陈于廷、杨涟、左光斗，进而逼走韩爌，朝中话语权便基本掌握在魏奸手中，汪文言狱之所以能成狱，就在于其时善类已无话语权，只能任人宰割。熊、杨二札所反映的就是此局揭开之前，二位先哲已经隐约感到了形势的危急，“旦夕莫测”就是熊廷弼向同志发出的危险信号。

三、熊、杨二札上所留印鉴与题跋

下面就熊、杨二札上所留印鉴与题跋，对《熊廷弼、杨涟札合册》的收藏情况略作考证。谈收藏首先不得不谈此二札上所留下的各种附着物。除衬纸外，余下者主要是印鉴与题跋。前面谈到，《熊廷弼、杨涟札合册》共二十一纸，每两纸用一幅八开绵宣托住。所托之衬纸原从中折叠，今尚可见深深的折痕。第一幅衬纸右半钤有六方篆文印章，第一方钤于右下角衬纸边，为阴文方形四字印“镜塘长物”。然后五方图章呈品字形分布。衬纸最上方，为阳文篆书大字无边“副启”二字印。另四印左右各二方。右二方上为长方形阳文“缘胜斋”三字印，下为长方形阳文“莤林收藏”四字印。左二方上为长方形阳文“镜塘乙酉后所得”七字印，下为长方形阳文“闽中谢又绍鉴藏经籍图史之章”十三字印。第一幅衬纸左半，于书纸与衬纸之右下角，骑缝钤有方形印三枚，自上至下依次为“嬴缩研斋”四字印、“琴江翁氏珍藏”六字印与“古瓦砚斋”四字印。

在衬纸第五幅左半，于熊廷弼书信末尾之左下方，自上而下钤有“镜塘审定”、“莤

---

① ［清］张廷玉等撰：《明史》卷二五九，北京：中华书局，1974年，第303页。

② 梁鸿志编印：《明熹宗悊皇帝实录》卷四七，南京国学图书馆藏抄本影印本，台北：历史语言研究所，1962年，第2462页。

③ 同上书，第2471页。

林审定”二方阳文四字方形印，硃色一深一浅。第六幅衬纸右半右下方，书信与衬纸骑缝钤有“古瓦砚斋”方形阳文四字印一方。第十一幅衬纸左半右下方，钤有三方四字印，为倒品字排列，上右为“杨涟私印”阳文四字印，钤于杨涟给熊廷弼之信末尾“顿首”二字之下，这当是杨涟自钤。下为“莔林审定”阳文四字印，最左边一印，钤于衬纸左边上与“杨涟私印”般高处，为“楼莲获观”阴文四字印。第十二幅衬纸右半，为清何绍基获观此二札所记，文曰：“熊公词气直迫，伟哉！毅臣杨公准情平理，粹乎儒者，其刚烈之性一也，皆吾楚之望也，何幸获观！何绍基谨记。”并于其左加盖阳文“蝯”字独字方形章一枚。衬纸左半为清福建盐差吴大廷观后记，文如下：“二公皆楚先贤，而其孤忠直节，以死报主，亦皆于明社有光。今观两书可悲，弥可敬也。同治丙寅（1866）七月，沅陵吴大廷识于福建鹾署。”①并于其左加盖“桐云敬观”阳文四字方形章一枚。在“桐云敬观”印之左，靠近纸边，自上而下钤有“镜塘长物”与“羸缩研斋”二方四字方形印。

四、明代“副启”为何物

此二札封首第一幅衬纸之右半，钤有六方篆文印章，最上方一印为阳文篆书大字无边“副启”二字印。“副启”是什么？今天，人们对“副启”这个东西已很陌生，但这两字关乎此信的性质，故不得不多说两句。“副启”辞书解释为：“正式信件之外附加的信。”②这个释义，本人以为似有不确。“副启”应为明朝中后期书信的一种名称。据当时人记载：“尺牍之有副启也，或有所指讥，或有所请托，不可杂他语，不敢具姓名，如宋疏之贴黄类耳。近年以来，必以此为加厚。大抵比之正书，稍简其辞，而无他说。或无所忌讳，而必欲隐其名。”③明代中后期，东西厂特务横行，社会各界之人，朝不保夕，时时有性命之忧，人们为了免灾避祸，才在与相关人书信往来之时，约定俗成，均使用不具姓名的“副启”形式。这是政治黑暗时代的产物。《金瓶梅》第五十五回就曾描写过使用“副启”一事。书中写道：“（苗员外）就叫那门馆先生写着一封通候的八行书信，后面又写那相送歌童，求他青目的语儿；又写个礼单儿，把些尺头书帕做个通问的礼儿。”④于是就打发家人苗秀、苗实与那两个歌童，带着此信径往西门庆府中来。见着西门庆以后，就“双膝跪下，禀道：‘小的是扬州苗员外有书拜候老爷。’……那西门庆举个手，说着‘起来’……就叫书童把银剪子剪开护封，拆了内函封袋，打开副启，细细

① 以上所引印鉴及题跋，并见不列颠哥伦比亚大学图书馆藏《熊廷弼、杨涟札合册》。

② 《辞源》（修订本），北京：商务印书馆，1979年，第362页。

③ ［明］王世贞撰：《觚不觚录》，文渊阁《四库全书》第1041册，上海：上海古籍出版社，1987年，第439页。

④ ［明］兰陵笑笑生撰：《金瓶梅词话》，北京：人民文学出版社，1992年，第504页。

看时，只见那苗秀、苗实依先跪下，奉过许多礼物。”① 从这段描写看，《金瓶梅》主人翁扬州苗员外与西门庆的此次通信，其俗名叫“八行书”，“八行书”就是普通书信的代名词。西门庆接到这封“八行书”以后，即让书童拿剪子“剪开护封，拆了内函封袋，打开副启。”信封内装的就只有“副启”，并未见有所谓的“正信”。也就是说，在《金瓶梅》这里，“八行书”与“副启”为同一物，即书信。《金瓶梅》反映的时代生活，一般都认为是明代中后期的社会生活，与熊、杨此二书所反映的时代生活如出一辙。只不过一以文字，一以形像而已。熊廷弼与杨涟的这两封信，是标准的明代“副启”实物，两信都“有所指讥”，熊廷弼书中还“有所请托”，故二书都不见抬头称呼。

五、《熊廷弼、杨涟札合册》的收藏情况研究

1.二“镜塘”与《熊廷弼、杨涟札合册》的收藏

再来看《熊廷弼、杨涟札合册》的收藏情况。在二札的诸多收藏鉴赏印鉴中，最多的是“镜塘”。直接者有三方，第一方“镜塘乙酉后所得”，第二方“镜塘审定”，第三方“镜塘长物”。此二札所钤这三方印之“镜塘”，一般都认为是钱镜塘（1907—1983）。钱镜塘，原名钱德鑫，字镜塘，后以字行。晚号菊隐老人，室名数青草堂、六莹堂等，浙江海宁人。中国现代书画收藏大家，人称江南第一藏。祖父辈均善丹青，富收藏。幼受庭训，丹青以外，经他手收藏过的历代书画、金石等共计约五万余件，与吴湖帆并被誉为今之“鉴定双璧”。

钱镜塘是20世纪著名收藏家，在他的收藏中，明代名人尺牍是其重要特色收藏之一。他几乎倾毕生精力，从事这一专题收藏，一生所收明贤尺牍达400余件，共收藏自明永乐至崇祯朝两百余年间400位重要历史人物的信札。对收藏的这些明代名人尺牍，钱氏首先聘请至交、著名文物鉴定家倪禹功逐件审看考证，并将其考证结果另纸著录于边栏。其次，又花大价钱聘请著名装裱师林师傅，对每件尺牍都进行了精裱精装，用紫檀镶框，锦缎封面，分装为20册。2002年，上海古籍出版社印制的《钱镜塘藏明代名人尺牍》，则重新分装为六册。按理说，钱镜塘花了这么大力气搜罗明代名人尺牍，《熊廷弼、杨涟札合册》是极有可能为钱氏藏品，且此二札上有三方直接用“镜塘”二字的印鉴。开始，本人也以为这应该是海宁钱氏的藏品，最起码经过了钱镜塘的鉴藏。但事实上，《熊廷弼、杨涟札合册》的确与海宁钱氏无关。这个结论，是通过两个材料的研究得出的。一是《钱镜塘藏明代名人尺牍》，这部巨著披露了钱镜塘所藏明贤尺牍400余件，绝大多数尺牍上都钤有“海昌钱镜塘收藏明贤尺牍记”“数青草堂”“海昌钱镜塘藏”等

① ［明］兰陵笑笑生撰：《金瓶梅词话》，北京：人民文学出版社，1992年，第505页。

印，以及鉴定人倪禹功所钤“秀水倪禹功铨考印”[①]，一为收藏印，一为鉴定印，《熊廷弼、杨涟札合册》上没有钤盖这些印鉴。一是钱镜塘后人所编《钱镜塘鉴藏印录》，此印录收集钱镜塘平生所用鉴藏印鉴82枚，用原石复拓形式印刷出版。[②]这八十多枚印鉴，没有一枚与《熊廷弼、杨涟札合册》上之“镜塘”三印相同。

无独有偶，与钱镜塘同时、同好，又同样以“镜塘”、以收藏著称于世者，尚有山东人庞镜塘（1900—1977）。庞镜塘，山东菏泽市东郊庞楼村人。其祖父庞玉璞清末任两广督标中镇府兼两广水师提督，其父庞士云，清监生、候补知县。庞镜塘出生于广州，少年随父还乡，就读于省立菏泽六中，考进北京大学文学系，后转入山西大学政治经济系。毕业后长期在国民政府内任职，直至国民党山东省党部主任委员、“国大”代表。1948年被俘，1960年第二批特赦释放。后从事文史工作，任沈阳市政协专员。

庞镜塘家境富有，平生之最大爱好同钱镜塘一样酷爱收藏。数十年中，他收藏的古书字画多达九万余件，数量更超过了海宁人钱镜塘。解放前后，其长女庞禔，到了台湾；次女庞祎，定居加拿大，就读于加拿大哥伦比亚大学（UBC）。2000年，庞祎子方志豪（Paul Fang）在母亲去世以后不久，就主动联系UBC图书馆，将其母保存的一批庞镜塘藏品捐给UBC图书馆。[③]《熊廷弼、杨涟札合册》，就是方志豪此次所捐赠的庞镜塘藏品之一。[④]

根据中国地方志专业考察团赴美国、加拿大考察报告等文字记载，《熊廷弼、杨涟札合册》原应为菏泽人庞镜塘家收藏，庞镜塘应是此二札合册的最后一位个人收藏者。究竟此札合册中之镜塘藏印，是二人还是一人，的确非专业鉴定者，难以决断。本人反复观看所钤各印之墨色及形状，“镜塘审定”与“镜塘长物”二印墨色相同，硃色深而黑，且所占位置明显靠后靠边，与“镜塘乙酉后所得”之红色显非一时所钤。另外，“赢缩研斋”“缘胜斋”二印墨色相同，而与“镜塘乙酉后所得”及“镜塘长物”“镜塘审定”三印墨色有别。“赢缩研斋”应为庞镜塘斋名，很多庞氏收藏均钤有此印。如方志豪捐出之静思堂刊《杜工部集》二十卷、《手批唐诗鼓吹》二书，均钤有“赢缩研斋藏书”“镜塘长物”二印。《手批唐诗鼓吹》还钤有“缘胜斋”“镜塘审定”二印。《情话堂诗稿》则钤有“镜塘长物”“赢缩研斋”等印。[⑤]又，山东省图书馆收藏的海内孤本《李氏易解》十卷，该书上钤有“赢缩研斋藏书”“镜塘长物”“赢缩研斋”诸印。《李氏易解》这部海内孤本，展览报导者只说此书为清康雍间果亲王允礼旧藏，[⑥]而不知其实为菏泽人庞镜塘捐赠给山

① 钱镜塘编：《钱镜塘藏明代名人尺牍》，上海：上海古籍出版社，2002年。
② 钱镜塘后人编：《钱镜塘鉴藏印录》（沙孟海题签编号本）第40号，朵云轩原石钤拓出版，1999年。
③ 刘静、谷敏：《不列颠哥伦比亚大学庞镜塘藏书述要》，《中国典籍与文化》2011年第2期。
④ 和卫国、张英聘：《中国地方志专业考察团赴美国、加拿大考察报告》，《中国地方志》2013年第6期。
⑤ 刘静、谷敏：《不列颠哥伦比亚大学庞镜塘藏书述要》，《中国典籍与文化》2011年第2期。
⑥ 于国鹏：《省图馆藏珍品暨儒学珍籍特展将开展41展品皆珍品》，大众网，2013年5月31日。

东图书馆者。从上面这些庞氏藏品上所钤鉴藏印可知，《熊廷弼、杨涟札合册》确为山东菏泽庞氏所藏，与海宁钱氏没有关系。庞镜塘是此合册的最后个人收藏者。此二札所钤“镜塘乙酉后所得”印之“乙酉”，据钱镜塘生平，则当为中华民国三十四年（1945）。这一年正是抗日战争的结束之年。他专门刻此印以示纪念，一以得非常之物，一以抗战胜利非常之时。他得到熊、杨这两封信，距此二札之撰写时间，已经过去三百多年，因此，庞镜塘不可能是此物的第一收藏者。

2.《熊廷弼、杨涟札合册》的最早收藏者谢道承

在此二札的诸多收藏鉴赏印中，有一方字数最多、墨色最淡的阳文印章“闽中谢又绍鉴藏经籍图史之章”。闽中谢又绍为清初福建学问家谢道承之字。谢道承（1691—1741），字又绍、号古梅，别署种芋山人，福建闽县人。家住福州官贤坊（今福州鼓楼区道山路）。清康熙五十九年（1720）福建乡试第一，次年（1721）登邓锺岳榜进士，选庶吉士。雍正元年（1723），授翰林院编修。雍正三年（1725），辞官归乡，与里中名士陈星斋、黄任等在法海寺结社，诗酒唱和。雍正六年（1728），出任续修《福建通志》总辑官，总裁官为闽浙总督郝玉麟。设通志局于法海寺，历时九载成书。是志提要云：“自星野至艺文，为类三十，为卷七十有八，视旧志增多十四卷，如沿海岛澳诸图，旧志所不载者，皆为详绘补入，足资考镜，于体例亦颇有当焉。”①谢道承学以躬行，词章非所注意，善书法，以褚体见长。乾隆三年（1738），入京授太子中允、侍读、国子祭酒。居监内，讲正学，斥浮华，太学风气为之一变。升内阁学士、礼部侍郎兼管国子监事，年五十一卒于任，归葬福州西北平潭山。著有《小兰陔集》十二卷（一作八卷）、《汉魏碑刻纪存》一卷、《二梅亭集》及《砚史》等。谢道承清初长期在翰林院及国子监等文人集中的地方做官，其时又去明天启四年（1624）未远，因此，谢道承最先得到这件故物并非偶然。

3.《熊廷弼、杨涟札合册》第二收藏者梁章钜

在《熊廷弼、杨涟札合册》二札的诸多收藏鉴赏印中，“茝林审定”“茝林收藏”二印很值得注意。“茝林”为清中期著名学问家梁章钜（1775—1849）之字号，梁章钜字闳中，号茝林（又作茝邻），晚号退庵，祖籍福州府长乐县（今福建省福州市长乐区），清初迁居福州府城。梁章钜生于世代书香之家，叔父梁上国为乾隆四十年（1775）进士，官至光禄寺卿。梁章钜自幼颖悟异常，十五岁中举，嘉庆七年（1802）登进士第，授翰林院庶吉士，迁礼部主事，以病辞官归福州。嘉庆二十一年（1816）考充军机章京，出为湖广荆州府知府，历淮海河务兵备道、江苏按察使、山东按察使、江苏布政使、甘肃布政使、广西巡抚、江苏巡抚兼署两江总督。梁章钜久宦官场，见朝政日非，深知事不可为，晚年遂称病辞职，回到福州，后迁居扬州，从事诗文创作与学术研究。梁章钜学识渊博，工诗

① ［清］永瑢等撰：《四库全书总目》卷六十八《史部二十四・地理类一》，北京：中华书局，1965年，第607页。

文，精鉴赏，富收藏，勤著述，尤长于金石文字之学。生平著述共有85种之多，[①]实称繁富。较著名者有：《论语集注旁证》二十卷、《三国志旁证》三十卷、《文选旁证》四十六卷、《称谓录》三十二卷、《退庵随笔》廿二卷、《枢桓纪略》廿八卷、《制义丛话》二十四卷、《藤花吟馆诗钞》十卷等。熊、杨此二札既经“茝林审定”并加以收藏，谢家珍藏物品从家中流出，其时只能在谢道承辞世之后。谢氏与梁氏同居福州，这是此二札同地转藏的地域因素。谢道承与梁章钜二人生年相距近八十年，卒年相距九十馀年，此二札之收藏流转，似应在其子孙辈手上。此二札既经“茝林审定”并加以收藏，亦足以证明二札之文物价值。

在《熊廷弼、杨涟札合册》二札的诸多收藏鉴赏印中，还钤有一方“古瓦砚斋”四字方形阳文印。此印在熊廷弼、杨涟二札中各出现了一次，其硃色与其它所有鉴藏印均有差异，说明此二印乃单独钤盖，也应为此二札的收藏者之一。其时代应在“琴江翁氏”之后。有材料记载道咸间平湖人沈寅清，字肃庭，号古瓦砚斋主人，1849年举人，亦是所谓的绩学之士。生平好金石成癖，于古人书画尤能辨其真伪，并以此驰誉艺林。著有《蕴真斋小志》。此“古瓦砚斋”若为沈寅清，则此人也应是二札的鉴藏者之一。不过，一般都将“古瓦砚斋”与“古瓦研斋”混同，砚、研可通。“古瓦研斋”为清梁章钜斋名，如一方“古瓦研斋”款的白端山水人物故事文房插屏，背面刻“古瓦研斋”楷书四字，又镌“长乐梁氏”篆文图章一枚，则“古瓦研斋”为福建长乐梁章钜斋名。又，北京保利国际拍卖公司于2010年春季拍卖会所拍藏品有清林在峨辑《砚史》二卷（存首八卷），此书有鉴藏题识一款，云：“嘉庆丙子春，始得此书，粗读一过，长乐梁章钜识于宣武门外之古瓦研斋。”下即钤一方形阳文四字印“古瓦砚斋”。[②]题识写的是“古瓦研斋”，钤的印却是“古瓦砚斋”，由此知“古瓦研斋”与“古瓦砚斋”实为一人，即长乐梁氏，与平湖人沈寅清无关。

4.《熊廷弼、杨涟札合册》第三收藏者福建“琴江翁氏”。

在《熊廷弼、杨涟札合册》二札的诸多收藏鉴赏印中，还钤有一方“琴江翁氏珍藏”印，此“琴江翁氏”也应是合册收藏者之一。据此印之颜色及其所钤之位置看，其时代应在梁章钜之后，庞镜塘之前。福建“琴江翁氏”，似应为明后期名臣福建侯官人翁正春之后人，具体为谁未详。

《熊廷弼、杨涟札合册》的收藏情况约略如此。其第一收藏者福建闽县人谢道承，大约是出任京官，与京中文人相交时得获此物。其后将此物带回家中，故其后的两次转藏均在福建，一为梁章钜，一为琴江翁氏。庞镜塘得到此物，约与其少年时期的南方生活经历有关。抗战时期，北方很多人都有流徙西南的经历。庞镜塘抗战胜利之年得到此物，是此人此物之幸，后又以种种原因流落海外，又是其不幸。幸乎？不幸乎？熊廷

① 蔡莹涓：《梁章钜研究》，福建师大博士论文，2009年，第41页。

② 北京保利国际拍卖公司官网首页，网址：www.polypm.com.cn。

弼、杨涟手书函札绝大多数不存于世，今幸于不列颠哥伦比亚大学图书馆藏书中得见此二札，亦本人及此札之大幸也。故于文末聊赘片言，以见本人心中之感慨。

附录:《熊廷弼、杨涟札合册》释文

狱中与杨涟书（据集本拟）

风闻足下大孝，有学问，有肝胆，而又出自患难，磨练之久。今闻来此，何日幽扉中得一望颜色也？仆本听勘南归，南翁以流言故，谕令来京，许为分豁。不意到此，流言转甚，遂至今日，天耶？人耶？

月来风景愈恶，旦夕莫测；赖南翁多方维护，仅而不死，幸足下千万为我代谢〔五〕。今大老中，知吾冤者，惟南翁而已矣。南翁不仆之救，而谁救仆？不南翁之望，而谁望哉？今时情，又欲借不佞为题，以逐诸老而杀不佞，徒以虚为之情，受实杀之祸，试看王、杨诸疏，不知南翁亦动心否？古人云：天不祚宋，必无此事。如其不然，不佞一身之死，何足轻重？亦毫不以为言也。诸不一。

廷弼再顿首。

今海内实无人如仆，不宜屈第二指。当此四方多事，何故久絷，为人出闲气，而不为国家早图，舒其祸乱。此一节不敢望之时贤，惟南翁宜深念之。如早救仆出，非为仆也，为国家也。若为仆计，则仆不望救矣。

杨涟与熊廷弼回书（拟）

猛风恶语，骤暗晴天，善类真成卷堂散矣。不肖涟亦得从大君子之后，领臭骂一顿而归，可谓厚幸。不唯结却忤权奸一局，而得微罪以行，不见君父，为嬖幸逐法官之迹，于初心甚安。并不属见几先逃，忍委君父自洁以去，于臣义更完，皆可自谢。惟是痴愚一念于当日，凭几依依，丝毫无补。祗落得一去卸担。夜气清明，每一想及，不禁涕落，又窃笑其梦未醒也。今官家已另用一番人矣，亦唯愿继起当事者，无即涂面从人，略从君父起见，还以正直相持，无令祖宗养士二百余年气脉，一朝断灭殆尽。至于我辈，于世道且无必问，但愿君身疆固，无大可忧，渐次天开治平可耳。钱受之入都，此有心人，当有沉几点挽工夫；亦直，恐孤掌不鸣，危身难立也。前闻沈湛老欲拚官做大文章，乃不虚天留此老，今未知已出手否？段幻老谓我辈当寻得一沉浑朴毅人，小人不见忌者，潜引十数辈君子，伏于其中，台台早有以为心于此也。不肖出春明后，一路骑马落店到家，仍只青衣小帽一尊来，似乎非怨慕之意，台台其以为如何？偶南还鸿，便草草布瞻不尽，欲言珍重，世道关系之身，以对中外仰望。

初十日涟再顿首。

（熊飞，韶关学院文学院教授）

清代女学者王贞仪事迹编年

肖亚男

王贞仪（1769—1797），字德卿，于归前有室名曰“冷韵轩”，①安徽泗州天长县（今属滁州市）人，生于南京，二十五岁适安徽宣城詹枚为妻。贞仪自幼在祖父王者辅指导下学习天文算术，“复读家藏诸历算书善本十余种，潜心稽究，十余年不稍倦”，成为中国古代罕见的女科学家。贞仪还是古代撰述最丰富的女性之一，据清中期著名学者钱仪吉记载，她撰有《术算简存》五卷、《绣紩余笺》十卷、《星象图释》二卷、《筹算易知重订》《策算证讹》《西洋筹算增删》《女蒙拾诵》《沉疴呓语》各一卷以及《德风亭初集》十四卷、《德风亭二集》六卷。②可惜存世者仅剩《德风亭初集》十三卷。《德风亭初集》以文为主，诗词为辅，近十万字。文章篇数超过七十篇，字数近七万，所涉文体有序、传、记、书、辩、论、解、跋、祭文、铭、赋等十余种，卷帙之富、数量之多、体裁之丰，在清代妇女别集中出类拔萃，展现了王贞仪较为全面的学养。王贞仪另有一个清中期女性罕能相匹的特殊之处，即其“足行万里”，③足迹所至，几半中国。根据《德风亭初集》的诗文内容，王贞仪至少到过江苏、山东、北京、辽宁、吉林、河北、山西、陕西、四川、湖北、湖南、广东、江西、浙江这些省份地区，为其短暂人生增添了传奇色彩。本文通过对《德风亭初集》的细读，勾勒出王贞仪一生行迹。

清乾隆三十四年（1769）己丑一岁

生于南京。

《德风亭初集》卷一《历算简存自序》：“乾隆五十七年岁次壬子躔营室，金陵女子王贞仪德卿氏撰，时年二十有四。”

曾祖王颖哲，以家贫弃举业，授蒙学于乡里。

① 肖亚男整理：《德风亭初集》卷十二《丁未至日周素修张亚云陈淑兰三夫人同过冷韵轩留饮联韵》，北京：中华书局，2020年。

② 《衎石斋记事稿》卷三《术算简存序》。

③ 肖亚男整理：《德风亭初集》卷十二《题女中丈夫图》：“忆昔历游山海区，三江五岳快攀途。足行万里书万卷，尝拟雄心胜丈夫。”

《(嘉庆)备修天长县志稿》卷八上。

祖父王者辅，字近颜，号惺斋。幼受庭训，后受教于张映葵等，为廪生。由孙嘉淦保举，雍正五年(1727)任广东海丰县令，政绩突出。六年(1728)革职。十二年(1734)由鄂弥达保举，往关中帮办军需。乾隆二年(1737)授直隶固安县知县，升顺天府南路同知。乾隆五年(1740)升宣化府知府。乾隆六年(1741)降职广东，以司知直隶州补用，历署惠州、钦州知府。乾隆九年(1744)补嘉应州知州。乾隆十三年(1748)革职回籍。黄廷桂任两江总督，招其入幕。自此长居南京。乾隆十六年(1751)皇帝首下江南，王者辅参与迎驾，被赏给原衔。后入江苏巡抚庄有恭幕。乾隆十八年(1753)卷入“庄有恭朱晪捐银赎罪案”。[①]乾隆二十一年(1756)年底事发，翌年被革去知州衔，发往吉林乌剌安插。几年后返回南京。乾隆四十至四十三年(1775—1778)间，又被发配吉林(确切事由和时间待考)。乾隆四十七年逝于戍所。者辅在任时勤政为民，德声显赫。亦擅文章，惜著作多佚，今仅存《重建方饭亭记》《东征集序》《平台纪略序》《大榕角水坝记》数文。另曾发起编纂《宣化府志》。又嗜天文算术之学，惜亦无著述留存。

《(嘉庆)备修天长县志稿》卷八上;《畿辅通志》卷一九一;《广东通志》卷四十九;《重修安徽通志》卷二〇一等。又《(同治)海丰县志续编·词翰·怪尹记》:“盖是时领表廉能吏无出尹右者”,“尹为政明决，折狱如神，嫉恶严而待民恕，禄俸外一钱不染，地方大小事务无不办”。《(乾隆)海丰县志·词翰·重建方饭亭记》;蓝鼎元《平台纪略》《东征集》;《(乾隆)嘉应州志》卷七《大榕角水坝记》(作于乾隆十一年)。

祖母董氏，能诗文，能教孙辈读书。

《德风亭初集》卷四《上卜太夫人书》:“九岁，家祖母命之学诗……十二，教工文章。”

大伯父王锡昌，监生，曾从姚士封(字玉笥，号湘门，康熙六年进士)游，身涉庄有恭、朱晪捐银赎罪案，发配吉林。有可能死于吉林。

卷二《姚母张太夫人传》:“仪先大伯父从湘门先生游。”按:张太夫人即张令仪，大学士张英第三女、张廷玉姊。适姚士封。王锡昌涉案事，见第一历史档案馆所藏乾隆二十二年正月初二日安徽学政刘墉“奏报检查王锡昌札稿等件事”奏本、同年八月初八日两江总督尹继善“题为遵旨审明王者辅父子招摇指撞各案按律定拟事”题本。

二伯父、三伯父、四伯父，名字不详。皆无功名。四伯父曾客居湖南。另有一姑母，情况不详，早逝。

卷三《岱岳游记》:“同游者六人，家大母也，家二伯父也，三伯父也，家严也，

① 王澈:《庄有恭准朱晪捐银赎罪案》,《历史档案》1990年第1期。

家大姊也，其一则贞仪也。”卷一《韵学正讹序》：“仪四伯父客湖南。”卷十一《再过广陵》自注：“曾同家姑母游平山堂，今姑母逝已七年矣。”

父王锡琛，盖为者辅第五子，困于场屋，改习医术，撰有《医方验钞》。

卷八《敬书家大人医方验钞后》。

母洪氏，孕贞仪十三月。外祖父洪某，能诗。

钱仪吉《术算简存序》：“据枚所为传，其母洪孕十三月而生。”《德风亭初集》卷十二《游华山登云台观诸胜处敬次外王父韵二律》。

贞仪为者辅次女孙，锡琛长女。同辈中有同祖兄诸人，曰“大兄”、“孝廉兄”、“五兄”；有同祖姊一人，曰“大姊”，早逝；有同父或同祖弟妹诸人，曰“大弟”、“元妹”、“二妹”（即仲妹）、“四妹”。二妹静仪为同胞妹，聪慧，年十六早逝。

卷八《敬书先大父惺斋公读书记事后》：“次女孙贞仪敬志。”卷十《闻大兄有扬州之游诗以嘲之》《山居即事次大姊韵》《送大弟之吴门》《戏四妹》《喜元妹见过留饮》；卷十一《送家五兄回旧居》；卷十二《怀天长女士刘湘蘅》自注：“余往与大姊同湘蘅订为雁序，今大姊已故。”同卷《癸丑九日哭二妹绝句二》《见仲妹静仪遗字感赋》。

清乾隆三十七年（1772）壬辰三岁

最早于此年开始接受祖父熏陶，跟随祖父学历算知识。

卷三《舫寄记》：“贞仪年甫髫龄，侍先大父侧。”按：髫龄一般指三四岁到八九岁。卷五《岁差日至辨疑》：“贞仪幼随侍先大父惺斋公，公细训以诸算法。”

清乾隆四十年（1775）乙未七岁

祖父王者辅约于此年至乾隆四十三年（1778）被发往吉林。

卷八《敬书先大父惺斋公读书记事后》：“往者大父得罪后坐吉林台站，遂捐馆舍，于今将二十年矣。”此文作于乾隆五十九年（1794），回溯十六年至十九年，最早为乾隆四十年，最晚为乾隆四十三年。

清乾隆四十二年（1777）丁酉九岁

祖母董氏命其学诗。

卷四《上卜太夫人书》：“九岁，家祖母命之学诗。”

清乾隆四十三年（1778）戊戌十岁

二妹静仪出生。

卷八《二妹祖奠文》：“维大清乾隆五十八年（1793）月日，愚姊贞仪谨以茶香牲礼之奠，祭告于二妹之灵。”卷十二《见仲妹静仪遗字感赋》：“生年止十六。”

清乾隆四十四年（1779）己亥十一岁

大约于春节后，侍奉祖母董氏赴吉林探视祖父。途中游览胜地。旅途辛劳。

卷十二《题女中丈夫图》自注：“余年十一，奉先大母董太恭人之吉林。”《德风亭初集·自序》：“年十一二，随侍尊人远游，胜地名境，多所阅历。”卷十《出山海关外杂诗》：“劳劳几经旬，山蹊日以仄……从征事尊长，瘁况敢辞释。作此当纪游，聊以述遐役。”

过新泰县，逢雪霁，见柳条发芽。

卷十《过新泰县》：“正值雪处霁，相看柳初荑。”

至京城，稍作逗留。

卷一《刘药畦夫人遗诗序》：“昔余侍家祖母由都门赴吉林，尝闻药畦名。”

从京城出发。出山海关，过孟姜女祠，有作。

卷十《出山海关外杂诗》《过姜女祠诗以吊之（有序）》。

约于春末抵吉林。

卷十一《吉林途中作》：“风雨客思家，征途感岁华。青山连木叶，黑水涨松花。古渡冰犹结，长川日易斜。故乡回首处，相望各天涯。”按：松花江是黑龙江最大支流，故亦可称黑水。据此诗，松花江时已解冻涨水，但渡口还有余冰。乾隆朝平均温度较今天约低零点五度，以今天松花江吉林段的解冻时间推测，当时开始解冻时间不早于阴历二月中旬，而完全解冻不早于三月下旬。

在吉林台站，继续从祖父习天文历算之学。

卷五《岁差日至辨疑》：“自大父既终，则苦无师承。”据此知祖父去世前一直在教贞仪天文历算。

清乾隆四十五年（1780）庚子十二岁

此年，祖母始教其文章之学，兼习编织之事。卷九《吉林春感赋》《春柳赋》或是这段时间的学习成果。

卷四《上卜太夫人书》：“十二，教工文章，兼习捆事。”

启程南归。约于中秋时节，出喜峰口，往南过蓟县。

卷十《出喜峰口》：“万里秋空迥，长行出喜峰……前途经蓟野，山翠扑衣浓。”喜峰口在今唐山市境内，为河北平原与东北平原间的交通要道。

归途大概未在京逗留。

卷一《刘药畦夫人遗诗序》：“余侍家祖母由都门赴吉林……后四年，南旋经宛平，始晤药畦于表姑丈李退庵太史宅。”“后四年”是第二次从吉林南归时，故推测第一次南归未在京停留。

经河北之白沟河、赵北口、滹沱河，有所作。

卷十《白沟河感赋》；卷十一《自赵北口至滹沱河二首》。窥其意境，均作于秋季，故系于此。赵北口是京德古御道过与津保内河航运之交汇点。

清乾隆四十六年（1781）辛丑十三岁

春，在金陵翻检家藏书籍，发现四伯父所钞《韵学正讹》，于此年或之后作《韵学正讹序》。

卷一《韵学正讹序》："辛丑之春，偶检家藏书，乃得伯父所录之本。"

清乾隆四十七年（1782）壬寅十四岁

闻祖父丧，随祖母、伯父等奔丧吉林。

卷一《陈宛玉女史吟香楼诗集序》："及大父捐馆吉林，时余年十四，侍大母及家伯等奔丧其地。"

过山东临沂时已是朔风扑面。郯城今属临沂。

卷十一《由青骆寺至郯城朔风吼烈兀坐车中毡帷四蔽作诗排闷》："北风吹面起黄沙，鞔虒经程互戒装。"

过河北东光县，梦怀祖父。

卷十一《舟泊东光县》："梦近天南怀白发，程行直北过青州。"

经北京。

卷十《卢沟桥》："黄叶寒云秋气萧，霜高疏柳下长条。浑河两度经行处，又趁轻车晚过桥。""两度"，指第一次去吉林之来回。

抵吉林后，盖因路途遥远，将棺木装载回乡不易，财力物力均需费时准备，乃逗留焉。学诗书、女红于卜谦艾老夫人门下，与夫人之孙女陈宛玉，以及白鹤仙、吴小莲诸女士交好。

卷一《陈宛玉女史吟香楼诗集序》："及大父捐馆吉林，时余年十四……值瀹斋先生官侍御，有差于吉林，余以故得晤宛玉，而订闺中之雁序。"卷四《上卜太夫人书》："夫人一见即蒙不弃，而收之帨下，使仪得执女弟子礼。"卷十《宴卜太夫人杯海亭次韵》《环翠园十咏为卜太夫人作》《同白鹤仙夫人夜语》《白鹤仙姊海角楼宴集》《同鹤仙姊围棋二首》《送白鹤仙姊还大兴》《吉林杂诗二首存一》《过宛玉姊二律》《宛玉姊以桃花粥见惠赋谢二首》《题小莲女士行乐二首》《过吴姬小莲影画山园》；卷十三《浪淘沙·吉林秋感次鹤仙夫人韵》。

从蒙古族阿将军夫人学习骑射。

卷十二《题女中丈夫图》："亦曾习射亦习骑。"钱仪吉《术算简存序》："贞仪从其父奔丧塞外，乃学射于蒙古阿将军之夫人。发必中的，每角射，跨马横戟，往来若飞。”

清乾隆四十八年（1783）癸卯十五岁

是年回忆髫龄侍先大父侧所闻大父与客论辩之言，撰《舫寄记》。

卷三《舫寄记》：“及大父既终之二年，乃谨述其词，以为舫寄之记。”

因同辈嫉妒倾毁，约于是年作《上卜太夫人书》。

卷四《上卜太夫人书》：“唯仪禀性坚白，虽一女子，雅知克己，而一皆以道自守。凡目前之意，所抵牾者，辄必攻辩。执玉碎之见而闇瓦全之情，抱独醒之痴而悖啜醨之沉，遂使近日婉媛之辈有所不合，噂沓背憎，倾毁时加。”

年底将近，自吉林启程，扶榇南归。

卷十《吉林途中》：“侵晨起夙驾，驾言归故乡。顾此本逆旅，留滞安可常。于役已有时，殂谢惊流光。山川一以隔，杳若参与商。岁聿忽云暮，道路何悠长……徒御多彷徨。旋归固可喜，严程殊未央。”徒御指车马。

至宛平，逗留一月。寓表姑丈李退庵太史宅，与刘药畦女史论诗。刘药畦，名肃婉，宛平人。生于诗书之家，年十六适真州吴鲁宾，七载而寡。贞仪的表姑父李退庵，是刘药畦之姨父，则贞仪与药畦亦属表亲。

卷一《刘药畦夫人遗诗序》：“昔余侍家祖母由都门赴吉林，尝闻药畦名，惜不获一面。后四年，南旋经宛平，始晤药畦于表姑丈李退庵太史宅。药畦盖太史姨甥女也。既见，欢如平生，盘桓匝月。”

清乾隆四十九年（1784）甲辰十六岁

在京逢立春，作诗记之。

卷十《都中立春偶次唐人应制诗韵》。

出京。经德州，有诗作。

卷十《德州》：“行到青齐接壤州，白云回首去燕幽。好沽薄酿春风店，买取红酥佐晚瓯。”

舟行过徐州下邳。

卷十《下邳夜泊》：“扁舟不道小如叶，载得春愁分外宽。”

舟行过淮安，估算将于端午节抵家（实际应该提前了一些日子）。

卷十《舟次淮安》：“遥指到家刚午节，画奁重理送寒衣。”午节即端午节。

归金陵。盖将棺柩安放之后，又侍祖母董氏等出游，目的大概是寻求亲朋赞助，以厚葬祖父。此行历年二载，足迹所至，几半中国。

卷十二《题女中丈夫图》自注：“十六回江南。又侍大母及家严等自都中至关西，又由楚之粤。”

舟过淮安清江闸，观开闸水景。

卷十《舟过清江闸口号》。

过彭城，有咏史之作。

卷十《彭城》。

五月十二日，与家人登泰山。

卷三《岱岳游记》：“计时在五月，计日在十二……同游者六人，家大母也，家二伯父也，三伯父也，家严也，家大姊也，其一则贞仪也。”

经淄博，谒见黄太夫人于村塾。

卷十一《过新城县谒黄太夫人村塾》。

过德州，观伎走马。

卷十一《德州道中观伎走马》。

七月初七夜，在水驿与扬州女子朱梓娟相别。盖为旅途所结识者。

卷十一《赠别维扬女子朱梓娟时在乙巳七夕》。

初秋抵达京师。

卷十一《玉河桥外柳》：“玉河波冷逼新秋，桥外斜阳隐暮愁。水落一湾飞絮颤，霞残十里翠烟收。高风北地邻疏影，别梦江南奈远游。最是他乡感摇曳，寒鸦霜意晚楼头。”玉河即通惠河在京城的部分。

中秋，转赴陕西。

卷十二《八月十九夜泊黄河口》《关中偶占》《潼关》《游华山登云台观诸胜敬次外王父韵二律》。按：《游华山登云台观诸胜敬次外王父韵二律》有“万年花发莲香岫，六月风高云满岑”句，时间上有矛盾，或非实写眼前之景？存疑。

清乾隆五十年（1785）乙巳十七岁

经楚地，已转年。舟行长江，风大则泊，动辄经旬。

卷十《夜泊宝塔湾值风》：“扁舟深夜泊，愁奈飓风何。雁影三江冷，铃声一塔多。蓬敲经夕雨，帆滞逆流波。莫使连旬住，劳心怨孟婆。”宝塔湾在今湖北荆州境内。

过湘北。

卷十《舟过洞庭遇雨》；卷十一《岳阳楼和壁间韵》；卷十二《辰沅道中书所见二律》《五溪杂诗》。

舟行四月，到江西境内，经庐山、石钟山，均不得上岸游。经石钟山，时当五月。至章江，逢雨小泊。

卷十一《过鄱阳湖》《舟行过庐山不得泊游怅然赋此》《石钟山阻风不得上游》：

“舟行四月未踏地……前此溯流九江楫，欣然望见庐山容。虽已过眼睹真面，峰岚未涉心难穷……是时五月正喧热，炎威顿觉皆飘空。”《章江二首》：“好雨欣消热，霏微小泊舒。”

翻梅岭，入粤地，往广州。

卷十一《早过梅关》《过庾陵见早梅数枝偶成一绝》；卷十二《岭广道中》。

清乾隆五十一年（1786）丙午十八岁

至雷州，逢除夕。

卷十一《雷州除夕》《雷州正月望后始微雪》《雷阳见黄牡丹》（雷阳为雷州半岛别称）《粤南春祠》《粤南竹枝三十首》。

元宵夜，返广州。

卷十一《广州元夜二首》《游越秀山》。

二月，陈宛玉吉林来信寄到南京，为其诗稿索序。其时贞仪尚在粤，大概回金陵后才读到信札，并为之撰序。

卷一《陈宛玉女史吟香楼诗集序》：“丙午之春二月，宛玉自吉林寄札于余，并以诗稿索序。”

端午时节，在珠江泛舟。

卷十一《舟中午日时阻风珠江》。

重阳节，从南雄出发归南京。表妹董雪琼赋《秋菊诗》赠行。董雪琼，据其姓氏，或为贞仪祖母董氏之侄孙女？

卷九《秋菊赋》：“昨秋重九，余别南雄，言归白下，董雪琼表妹赋得《秋菊诗》赠行。”

回金陵后，又归泗州天长县旧居，盖为祖父下葬事。

卷十二《题女中丈夫图》自注：“十八，归泗州天长旧居。”卷四《奉家父书》：“地已看就否？葬期将近，尚望留心。”

清乾隆五十二年（1787）丁未十九岁

春，其堂叔棣庵开园拓圃，整饬之，培植菜蔬。贞仪后为之撰《裕圃记》。

卷三《裕圃记》：“家从叔棣庵同叔母何孺人居天长邑之东乡里……丁未春，大其园之地而拓之，复买得邻家废圃，去旧垣而通之，共至二十亩之余。”

祖父大概于清明下葬，其后贞仪偕家人返金陵。与周载芳交，并为其集作序。

卷一《周夫人诗集序》：“近回白下，又得交周夫人。周夫人固维扬名族女，且亦贤母也。名载芳，字湘蘅，为仪中表姻戚……暇日夫人以其诗若文著述册相示，且命之为序。”

重九，作《秋菊赋》。

卷九《秋菊赋》："今年又值斯节，览花怀远，慨焉，作秋菊之赋。"

冬至，周素修、张亚云、陈淑兰三夫人同过贞仪之冷韵轩，贞仪留之饮茶联韵。陈淑兰（1763—1795），字惠卿，南京人，有《听秋轩诗集》。周素修，清乾隆时在世，有诗作留存。张亚云情况不详。

卷十二《丁未至日周素修张亚云陈淑兰三夫人同过冷韵轩留饮联韵》："凿凿冰开岸柳舒，日传添线应非虚。倾卮似拟消寒会……"

清乾隆五十三年（1788）戊申二十岁

正月，读张衡《灵宪》文，有所疑。至上元之夕，家宴于德风亭。宴毕，以灯与镜为器材，动手实验，模拟月食，恍悟月食之理，并作图证之。

卷七《月食解》："犹忆戊申正月……"

七月朔日，撰成《葬经辟异序》。

卷一《葬经辟异序》落款："时则乾隆戊申七月朔日也。"

清乾隆五十五年（1790）庚戌二十二岁

接刘药畦女史请序手札，并诗文稿一帙，得悉药畦已亡。

卷一《刘药畦夫人遗诗序》："岁在庚戌，药畦书忽来自豫章。余既喜且讶，又不暇即询邮书者之言状。急展读之，乃知为药畦病亟时伏枕手札。书中多悲语，决言不复能晤，并寄旧作诗词稿一帙，乞为之序。"

清乾隆五十六年（1791）辛亥二十三岁

十一月五日，撰成《刘药畦夫人遗诗序》。

卷一《刘药畦夫人遗诗序》落款："时在辛亥十一月五日。"

清乾隆五十七年（1792）壬子二十四岁

春，作《历算简存自序》。

卷一《历算简存自序》落款："乾隆五十七年岁次壬子蘧营室，金陵女子王贞仪德卿氏撰，时年二十有四。"

清乾隆五十八年（1793）癸丑二十五岁

重阳之前，二妹静仪去世，贞仪撰《二妹祖奠文》，又作二绝句悼之。

卷八《二妹祖奠文》："维大清乾隆五十八年月日，愚姊贞仪谨以茶香牲礼之奠，祭告于二妹之灵。"卷十二《癸丑九日哭二妹绝句二》："如何今岁过重九，姊妹随肩少一人。”

冬，与詹枚完婚。詹枚，字文木，安徽宣城人，诸生。生于诗书贫寒之家。其父能画。詹枚能诗文。

卷十二《题女中丈夫图》自注：“十九复回金陵，二十五适外。”卷三《江上草堂图记》：“独索画江上草堂图于仪之舅翁。”《德风亭集自序》：“迨于归后，虽日与夫子相唱和。”钱仪吉《术算简存序》：“其卒也，谓其夫曰：‘君家门祚薄，无可为者。’”

婚后完成四千余言之《读史偶序》。

卷一《读史偶序》中自称“妇人”，据此可知此文作于婚后。

清乾隆五十九年（1794）甲寅二十六岁

立春日，雪，与章簾堂唱和。章簾堂，铜陵人氏，簾堂当为号，其余欠考。

卷十二《甲寅立春日雪和铜陵章簾堂先生韵》。

七月二十日，归宁。翻检家藏书籍，发现祖父著作遭蠹虫损毁，作《敬书先大父惺斋公读书记事后》。

卷八《敬书先大父惺斋公读书记事后》落款：“甲寅七月二十日，次女孙贞仪敬志。”

初秋连雨，米价连升，作诗叹之。

卷十二《甲寅初秋苦雨》：“农功经月断，米价逐时增。处志贫无虑，攒眉强未能。”

初冬，偕夫詹枚自金陵返宣城。

卷三《江上草堂图记》：“甲寅之初冬，仪偕夫子归自金陵，抵宣城北郭外澄江亭下。”

冬至日，雪，填《满江红》词。

卷十三《满江红·甲寅冬至日雪》。

清乾隆六十年（1795）乙卯二十七岁

三月二十日，作《象数窥余自序》。

卷一《象数窥余自序》落款：“时乾隆乙卯春分之日，德卿女士贞仪自序。”

七月四日，作《书虎口余生录后》。

卷八《书虎口余生录后》落款：“乾隆六十年七月四日，德卿女史王贞仪识。”

此年，宣城鳌峰关庙重修完工，代知县徐日簪作《重修鳌峰关庙碑记》。

《(嘉庆)宁国府志》卷十四《营建志》：“乾隆六十年，重修鳌峰关帝庙，知县徐日簪记。”《德风亭初集》卷三《重修鳌峰关庙碑记》题下小注：“代徐明府作。”按：

徐明府，即徐日簪，字柳堂，江苏阳湖人。乾隆五十年（1785）九月授休宁知县，五十二年（1787）补宣城知县，六十年九月升兰仪同知。（事见《（嘉庆）宁国府志》卷四《职官表》、《（嘉庆）宣城县志》卷十一《官师》）

清嘉庆元年（1796）丙辰二十八岁

正月初一，新年试笔，作七律一首。

卷十二《嘉庆元年岁朝试笔》。

正月十三日，病中作《新正十三日偶成》。

卷十二《新正十三日偶成》："我因新病醉情阑。"

是年春，夏乐山自浙中回宣城，学诗于贞仪。于此年作《与夏生乐山论诗书》。乐山每请仪诗及文稿，欲缮为完帙。贞仪鉴其诚，始与其夫詹枚同理奁具中杂稿。

《德风亭初集·自序》："去春，值夏子乐山自浙中回宣，暇日乃学诗于仪。每请仪诗及文稿，欲缮为完帙，意诚而未可以谢也。"

此年作《题女中丈夫图》。

卷十二《题女中丈夫图》："二十五适外，盖于归宣城，迄今计又三年矣。"

清嘉庆二年（1797）丁巳二十九岁

春，怀金陵诸女伴，作诗抒之。

卷十二《嘉庆丁巳春季怀金陵诸女伴》。

夏，杂感萦怀，作七律四首，其三有"由来造化捐成象，空遣帘前燕雀猜"句。

卷十一《丁巳夏日杂句四律》。

八月下旬，删存诗文稿，得十之二三。录缮既成，有士者讥之，以为妇人女子唯酒食缝纫是务，不当操管握牍，吟弄文史翰墨为事，并讥讽贞仪好名。乃撰序言自辩。

《德风亭初集·自序》："剑头一吷，聊用自娱，犹之鸟之鸣春，虫之语秋，言所欲言而已。覆瓮无憾，登选非荣，毁我誉我，不妨两任之。"稿颜以先人旧居"德风亭"，"示不忘先人之意。"落款："嘉庆二年岁次丁巳中秋月下浣。"

病笃，嘱其夫詹枚将其生平手稿尽致蒯夫人。蒯夫人即钱与龄，字九英，其曾祖母陈书，号南楼老人，为康雍时著名女画家。与龄承家风，工写生，酷似陈书笔意，又得从兄钱载指授，艺益进，名列《墨香居画识》《墨林今话》。《清史稿·钱伦光妻传》载其事。与龄年二十归吴江蒯嘉珍，寓居金陵，与贞仪结文字之交。

钱仪吉《衎石斋记事稿》卷三《术算简存序》、卷十《亡姑蒯君夫人墓志》；《清史稿》卷二九五。

贞仪卒后，钱与龄珍藏其稿，秘不示人。

钱仪吉《术算简存序》："姑总为一缣，囊珍贮之，未尝示人。"

清嘉庆八年（1803）癸亥卒后六年

钱仪吉省视其姑，得见贞仪遗稿，并为《术算简存》作序。

钱仪吉《术算简存序》："后六年，予省姑于黎里，得见之。"

清道光七年（1827）丁亥卒后三十年

七月，钱与龄去世。此后贞仪手稿盖归钱仪吉收藏。

钱仪吉《衎石斋记事稿》卷十《亡姑蒯君夫人墓志》："年六十有五，弃堂帐于黎里之居，时则道光七年秋七月庚午也。"

清咸丰五年（1855）乙卯卒后五十八年

朱绪曾从钱仪吉后人（钱仪吉已去世）处得到贞仪手稿，为之记，收入《开有益斋读书记》卷五。

清光绪六年（1880）庚辰卒后八十三年

萧穆撰《女士王德卿传》，载《敬孚类稿》卷十三，亦载闵尔昌辑《碑传集补》卷五十九。萧穆（1835—1904），字敬甫，一作敬孚，安徽桐城人，清后期著名文献学家，精于校勘，长于考证。其传中有"及阅《同治上江两县志》《续修江宁府志》，稍稍知其著述大略。近读钱氏《记事稿·术算简存序》、朱公《读书志·德风亭初集序》，叙述颇为详尽"等语。考《续修江宁府志》、朱绪曾《开有益斋读书志》均出版于光绪六年，钱仪吉《衎石斋记事稿》亦有光绪六年刻本，据此推断此传作于光绪六年或稍后。

清光绪二十二年（1896）丙申之前卒后九十九年前

吴昌绶撰《王贞仪传》，载闵尔昌辑《碑传集补》卷五十九。摘集朱绪曾、钱仪吉之文以成传。吴昌绶（1868—1924），字伯宛，一字印臣、印丞，号甘遯，晚号松邻。近代藏书家、刻书家。吴传言"贞仪擅长天算，著述裒然，竟当续入《畴人传》中，附存其目"云云，可知此传作于《畴人传三编》之前。

清光绪二十二年（1896）丙申卒后九十九年

诸可宝编《畴人传三编》面世，卷七有《王贞仪传》，亦多采朱绪曾、钱仪吉之文。诸可宝（1845—1903），字迟菊，号璞斋，浙江钱塘（今杭州）人。博涉群籍，尤精天算。踵阮元、罗士琳《畴人传》初、续编之例，撰《畴人传三编》七卷。

清光绪二十四年（1898）戊戌卒后一〇一年

徐乃昌刻《小檀栾室汇刻闺秀词》第七集出版（按：第七集牌记署"光绪戊戌三月

张謇题端”），收入王贞仪《德风亭词》，并撰贞仪小传。小传文字简略，全取自诸可宝《畴人传三编》。

中华民国三年（1914）甲寅卒后一一七年

翁长森、蒋国榜辑《金陵丛书》，将《德风亭初集》纳入其中，排印传世。蒋国榜撰《德风亭初集跋》，言“所著托之吴江蒯氏，蒯以与嘉兴钱衎石侍御，侍御以归朱述之先生。是本则侍御，铁梅丈钞之朱氏者也”。铁梅即翁长森。

中华民国十一年（1922）壬戌卒后一二五年

施淑仪《清代闺阁诗人征略》十卷出版，卷五载王贞仪事迹，乃取徐乃昌《小檀栾室汇刻闺秀词》小传。

（肖亚男，北京师范大学图书馆副研究馆员）

【名家访谈】

是真大师自为世范

——关于启功先生的对话

朱小健　李大遂

启功先生逝世后，学生相聚，总是要谈到先生，以下是北京师范大学文学院朱小健教授、北京大学对外汉语教育学院李大遂教授在2005年12月18日关于启功先生的对话。

李大遂：启功先生是饮誉海内外的文物鉴定专家、书画作家、诗人，更是中国古代文学、汉语文字学和中国史学方面的卓有成就的学者，还是从教七十余年、桃李满天下的教育家。颜渊曾用“夫子循循然善诱人”这句话来称赞他的老师孔子，启先生也曾用颜渊的这句话来做纪念自己恩师陈垣先生文章的标题，其实启先生自己就是这样一位善于教书育人的大师。

朱小健：是呀，1996年12月，北京师范大学中文系在实习餐厅举行新年联欢会，启先生为联欢会写了一张贺卡：“所学足为后辈之师，所行应为世人之范！学习校训，理解如此。”其实，北京师范大学校训——“学为人师，行为世范”就是启先生撰写的，它是北京师范大学培育人才的指导思想，也是北京师范大学莘莘学子的奋斗目标。学行并重，师范乃尊，启先生自己就是这方面的楷模。

李大遂：我自己当教师也有30多年了，教书的年头越长，越觉得自己与启先生这样老一辈大师的距离太大。子贡谈论他的老师孔子时说：“夫子之文章，可得而闻也；夫子之言性与天道，不可得而闻也。”我觉得启先生也是这样。您长期在北师大中文系工作，有幸经常与启先生接触，对启先生的为师之道，一定有更深的了解吧？

朱小健：套句俗话吧，是真名士自风流，是真大师自为世范。有一次系里一位老师到启先生家里请教书法，他告诉启先生，自己每天都会坚持练习一个小时的毛笔字。启先生却说：“我每天不写一两个钟头的字就感觉不舒服。”我想这才是一个大师的境界吧，不是人为地约束自己刻苦钻研，而是从心底里有努力钻研的冲动和需求。这是大师风范的最重要的根底——真。从真的兴趣出发，用真的精神从事，以真的情感待人；求真的研究结论，讲真的内心感触，教真的治学方法；真大师也许就应该是这样吧。

李大遂： 您的意思是“真”是能成为大师的关键。

朱小健： 至少我们在启先生身上看到了这样的真。比如人们最常提到的启先生的幽默，像“我哪儿乖”，在我看来，都是启先生真情的流露。

李大遂： 您是说研讨《汉语现象论丛》那次吧。

朱小健： 就是。1995年11月，我忘了是哪天了，好像是个周末，系里举行“启功先生《汉语现象论丛》学术研讨会”，与会者都对启先生的新著《汉语现象论丛》给予了高度的评价。启先生一直静静地听着大家的发言，后来启先生站起来认真地说：“我内侄的孩子小的时候，他的一个同学常跟他一块儿上家里来玩儿。有时我嫌他们闹，就跟他们说：‘你们出去玩儿吧，乖，啊？’如此几次，终于有一天，我听见他俩出去，那个孩子边下楼边很有些不解地问：‘那个老头老说我们乖，我们哪儿乖啊？’今天听了各位的发言，给我的感觉我就像那小孩，我不禁要自问一声：‘我哪儿乖啊？’”启先生讲这段小故事，既表达了自己的谦逊，也暗含着对大家的感谢，当时会场里立刻洒满了欢笑，响起热烈的掌声。过后不少人撰文盛赞启先生讲这段故事的风趣与幽默，一时间“我哪儿乖啊”成为学术界、文化界的流行语。可是我总觉得启先生其实并非有意幽默，实在是内心真情的自然流露。启先生并不是妄自菲薄的人，但与那些恰如其分的称赞相比，他老人家真的是想听到实在有益的切磋。这一点，恐怕就不是人人都能体会到的了。我想，像启先生那样学术造诣极深、学术素养极高的大师，有时会有一点知音难寻的寂寞吧。当然，能用这么生动的故事来表达，确实只有大师才能做到了。

李大遂： 那时我正在泰国华侨崇圣大学中文系任教，未能躬逢盛会。不过启先生当年给我们讲课不也总是这样充满真情、生动风趣、引人入胜的吗？从最切合学生本人需要处入手，解决每个学生各自的问题，没有真情是做不到的。

朱小健： 那当然了。启先生把给我们讲的古代文化知识课诙谐地称为“猪跑学”。因为北京民间有一句谚语：“没吃过猪肉，还没见过猪跑吗？”常用来批评知识不足、说话出错的人。记得那时启先生除了自己讲课，还请他的一些老朋友来给我们讲课，那可都是各方面的顶尖专家。有一次启先生讲古书的句读标点，举了《礼记·大学》里面的例子。启先生说：“《大学》开篇是：‘大学之道，在明明德，在亲民，在止于至善。知止而后有定，定而后能静，静而后能安，安而后能虑，虑而后能得。物有本末，事有终始，知所先后，则近道矣。’从前，有位私塾先生教《大学》，把这一段里‘知止而后有定，定而后能静，静而后能安，安而后能虑，虑而后能得’这一句读成：‘知止而后有定定，而后能静静，而后能安安，而后能虑虑，而后能得……’读到这里他读不下去了，因为他断句断得不对，读不通了。于是这位先生告诉他的学生：‘书上少印了一个“得”字，大家用笔添上吧。’结果他教的学生学的《大学》这句都是‘而后能得得’。同时，还有另外一位私塾先生，也教《大学》，他把这一句读成：‘知止而后有，定定而后能，静静而后能，安安而后能，虑虑而后能’，于是他也告诉学生，书上多印了一个‘得’字，让学生拿剪刀把后一个‘得’字铰掉了。后来，第一位先生到第二位先生的私塾里去访问，看到他那儿有许多铰下来的‘得’字，于是说：‘敢情，我们那儿少的“得”字都在你们这儿呢！’”在我的印象里，至今还没见别人能把古书句读标点的重要和对文意理解的影响讲得这样透彻传神。还有一次，启先生讲音韵，谈到古音“见”母字声母g到现代变为j时，举例说：“有一个工匠托人给自己的妻子捎回一封信，他妻子看过信后问捎信的人：‘您光把信给我了，我丈夫捎回来的十八两银子呢？’捎信的人很奇怪，问她怎么知道捎回了银子？因为捎信的人看过信的内容，信里没写捎银子的事呀。于是工匠的妻子指着信上画的两只苍蝇、两条狗告诉他：‘银子银子，二九一十八。’你们看，她念的‘九’跟‘狗’就是一个音。”去年我到香港浸会大学任教一年，亲耳听到香港人把“九”都念成gǒu，就不由想起启先生当年讲这个例子的情形。不过我想这里面的关键还在一个“真”。我以前在一篇文章里说过，“深入浅出”的内部逻辑是前因后果——能够浅显地讲清要说的问题，根本的原因是对该问题进行了真正深入的钻研。只有像启先生那样真的理解掌握了这些知识，才可能讲得如此生动。正像您说的，启先生是从最切合学生本人需要处入手，来解决每个学生各自的问题。这里面首先有一个启先生自己真的认为这些知识有用的动因，启先生是把自己所有的心得真的都教给学生了啊。我后来讲课时也曾模仿启先生讲过这两个例子，大受学生欢迎。可惜大家整理出版的《启功讲学录》并没收进这两例。

李大遂：启先生讲课有无数这样生动的例子，恐怕是收不胜收吧。

朱小健：也许是吧。有时我们接触启先生多了，对启先生的风趣习以为常，甚至都有些麻木了。我担心由于学生的麻木会在整理先生成果时湮没那些本来非常有价值的内容。

李大遂：启先生对学生、对同事、对单位的关爱应该也是一种“真”吧。启先生社会活动那么多，常常从早到晚宾客盈门。但无论多忙，却从不拒绝学生的请教；无论多累，总是热情地接待学生，耐心细致地讲解问题。启先生对周围的同事、学生怀有一份发自自然的关心。启先生自己生活十分俭朴，平时常把废旧报纸用笔蘸水抚平后存起来练字或包东西；把用过但还没破损的信封、塑料袋收集起来包好，写上“还可用的信封”“还可用的塑料袋”以备用。但对学生，对同事，对学校却十分慷慨。1982年，启先生去日本访问，没有为自己购买任何物品，却用自己节省下来的全部生活费，购置了一部复印机送给了中文系，解决了系里师生复印资料的燃眉之急。启先生总是这样随时随地地关心着别人，奉献着爱心。为了促进祖国的教育事业，为了报答自己的老师陈垣先生的培育之恩，延绵陈垣先生的教泽，为了使后学青年奋发向上，学业有成，启先生捐资160多万元建立“励耘奖学助学基金”，用来奖励资助那些学习、研究、教学卓有成果和需要资助的后学青年。这笔巨款是启先生义卖自己在1988年至1990年之间辛勤创作的书画精品所得。为了这次义卖，启先生不得不住进自己花钱租下的招待所来躲避干扰，夜以继日、日以继夜地勤奋创作，直至过度疲劳晕倒而被送进医院。启先生决心完全凭自己的努力来完成这个义举，连字画的装裱费用也都是从自己平时积攒的稿费中支出的。可是到了确定基金的名称时，启先生却坚决不用自己的名字命名，而是采用陈垣先生的书屋“励耘”命名。这份高洁的情愫，确是对陈垣先生崇高师德的继承发扬，昭示着我辈后学应循的道路。

朱小健：人们都说启先生是慈祥宽厚的长者，其实，启先生也是坚守原则的智者。启先生经常结合自己的切身体会与我们谈论国家大事，培养我们的爱国思想和敬业精神。启先生自己从来是淡泊名利，严于律己，宽于待人。也经常告诫我们要有务实精神，不要贪图虚名。启先生多次出国访问交流，每次都严格要求随行的家人和同事遵守国家规定。强调要在国际交往中保持中国人的人格、国格。记得有一次，美国一个博物馆邀请启先生出席开馆式，启先生了解到这个博物馆里收藏的一些文物是从中国掠夺而得，就回绝了对方的邀请。启先生就是这样坚守着中国人的民族气节，维护着祖国的尊严。

李大遂：这也就是您说的真性情吧。

朱小健：在学术问题上也是这样呀。启先生在学校指导的学生所学的专业叫“古文献学”，但启先生自己一直不赞成这样叫，多次跟我说过这个名称并不妥当。后来，在2002年，启先生还是写了一篇叫《〈文史典籍整理〉课程导言》的文章，正式提出“文献学”的名称并不副实，“文是指文字的记载，献是指贤人，记得朝章国典的人”，现在所谓的“文献学”其实只有“文”，并不包括“献”。启先生的意见未被有关方面接受，但启先生并不因为别人不同意就改变自己的看法，这不是很真的秉性吗？

李大遂：启先生生活中对学生、他人的细心体贴，也总是那么情真意切。

朱小健：记得1986年1月，我硕士毕业刚刚留校任教不久，内子还在家乡，我独自一个人在北京生活。有一天，系里一位老师给我拿来一幅字，说是启先生给我的。我打开一看，是启先生书写的一幅行草：“拔翠五云中，擎天不计功。谁能凌绝顶，看取日升东。”写明是送给内子和我的。我对这首诗不太熟悉，只知道启先生较多写的是行楷，很少给人写行草，看着启先生秀丽飘逸的书作，感到启先生是在教导我要更加努力，还要不图名利，奋发向上。后来一查，才知道这首诗是唐人戴叔伦的《题天柱山图》，顿时一股暖流沁透我的心脾：天柱山是我家乡的山啊，启先生记着呢！那年春节，我带着启先生的墨宝回家，与内子一起欣赏，感到无比幸运。我的女儿也在那年2月出生，至今她还每每指着这条幅说：“启爷爷的字儿比我还大一个月哟！”

李大遂：是啊，得到启先生的书法作品实在是一种幸事，谁不想得到启先生的墨宝呢？尤其是我们北师大中文系毕业的学生。记得我们中文系七八级毕业以后，我留在北师大中文系任教，几位离京的同窗表示，希望我能帮他们求启先生赐几个字。其实，我也很渴望得到启先生一幅墨宝。1985年冬日的一天，我去拜访启先生，谈话间表示了我们的心愿。谈话之后，启先生欣然提笔写了四幅。一幅是“业精于勤”，给我了；一幅是“珍惜寸阴”，给李振国了；一幅是“积健为雄”，给胡和平了；一幅是“松风水月”，给李洪广了。启先生的墨宝，既给我们以艺术的享受，也给我们以亲切的教诲。启先生赐给我们的珍贵的书法作品，寄托着他老人家对我们这些受业者的关心、爱护和期望。启先生“业精于勤”的条幅，二十年来，一直挂在我的书房，激励我不倦地从事学术研究，激励我全身心地投入教学。颜渊赞美孔子：“仰之弥高，钻之弥坚。瞻之在前，忽焉在后。夫子循循然善诱人，博我以文，约我以礼，欲罢不能。既竭吾才，如有所立卓尔。虽欲从之，末由也已。”谈到启先生这幅字，谈到启先生对我们的教诲，我也有相似的感慨呀！

朱小健：每次去启先生家，一进门启先生都要跟我握握手，临别时启先生都要亲自送到门口。有一次是个大冬天，我从外面进来手太凉，就冲着启先生说：“今儿个咱不握手了，我手太凉。”没想到启先生却用自己的一双大手紧紧地攥住我的手，眯着眼笑着说：“那咱今儿个就更要多握一会儿了，暖和了才撒呢。”当时我的眼眶就湿了。打那以后，多冷的天，我也不敢让自个儿手凉着就去见启先生了。2004年圣诞节，我从香港回京度假，去看启先生。启先生听我讲香港的一些趣事，非常高兴，还特意让内侄章景怀先生拿来启先生新出的《诗文声律论稿》，主动题字签名送我。题字时，启先生忽然对我说：“我写这个‘晓’了啊。”我说：“好啊！”于是启先生为我写下了“晓健先生指教 启功求正”。看着启先生缓慢地、一笔不苟地为我题字，我猛然想到，启先生在给我的书上题字，写我的名字已有三种了。一是“小健”，那是较早的九十年代的事；二是“筱健”，是近几年的事。记得有一次，我在外地开会，忽然接到学校办公室的电话，说启先生要送我一本《启功书画集》，已经题好字了，不过名字中的“小”写错了，写成了“筱”。回来后我把这事告诉启先生，启先生乐了，说：“他们不知道这是您大名专用的大写呀！”其实我有时发表文章署名用的真就是这个“筱”。启先生所谓“大写”，一方面是对晚辈的厚爱，更是顽童之心的率真流露。但这次写“晓”，不知有何深意？我回来跟内子说起，她说：“你问问启先生呀。”我当时想，等我从香港回来时再问吧。没想到，大年初一，接到电话，说启先生病重再次入院，我只能在南国遥祈先生早日康复。3月我完成在香港的教学工作返京，立刻去医院看望启先生，启先生已不能言语了。启先生为什么要写“晓”？是嘉许我那天说的香港趣事明白晓畅？是鼓励我要用心洞晓古今典籍？还是要晓喻我在知命之年还需更加努力？已成一个永远的谜。其实2004年圣诞节那天我就应想到启先生身体不适的。那天启先生在送我的书上题完字，是章景怀先生替启先生用的印。这是我所有的启先生题过字的书中唯一一本不是启先生亲自用印的书。启先生累了，我的反应多么迟钝啊，竟还奢望着还有许多与启先生的相聚、聊天、求教的机会。转眼又到圣诞节了，真怀念启先生啊！

李大遂：谁说不是呢？就让我们好好学习、理解启先生的“真”，更认真地拜读启先生的著作，更认真地从事学术研究，更认真地教自己的学生吧！我想，这是我们对启先生最好的纪念。

附记：本文最初由日本山梨县立大学教授平野和彦翻译为日文在日本发表，平野先生长期热心日中文化教育交流事业，2021年出版了日文版的汉语教学课本。本文汉语版曾在微信公众号“励耘南国”发布。

（朱小健，北京师范大学教授；李大遂，北京大学教授）